매일, 단어를 만들고 있습니다

WORD BY WORD

매일, 단어를 만들고 있습니다

코리 스탬퍼 지음 / 박다솜 옮김

월북

일러두기

- 책은 『 』, 잡지, 논문, 희곡은 「 」, 방송, 영화, 음악을 포함해 그 외의 것은 〈 〉로 표기하였다.
- 괄호 안 번역을 제외하고 옮긴이 주라고 표시하지 않은 주석은 모두 지은이 주다.
- 지은이가 원문에 이탤릭으로 강조한 것은 굵은 표시로 강조했다.
- 각주의 (*MWU*) 표시는 메리엄 웹스터 사전 원문을 그대로 실었음을 밝힌 것이다.

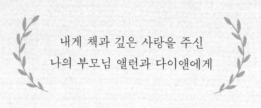

내게 책과 깊은 사랑을 주신
나의 부모님 앨런과 다이앤에게

관찰컨대 영어에는 논리적 체계가 없고, 그 어휘는 몇 대의 명료한 사상가들과는 무관하게 발전했다. 영어에 기존 과학적 방법론 이상으로 간주되는 것을 적용해봤자 우리에게 애초에 주어진 것보다 체계적이고 명료한 결과를 얻어내리라 기대할 수도 없다. 지금 우리에게 주어진 영어는 질서 있게 소통해보려는 무수한 시도들을 튼튼한 뼈대로 삼은 불완전하고 비균질적인 집합체로, 우리가 내리는 정의들은 그 전체로서 이 상황을 반영할 수밖에 없다.

－필립 배브콕 고브, 메리엄 웹스터 사내 '정의 기술' 메모.
1958년 5월 22일

차례

서문

　　언어는 인류가 공유하는 몇 안 되는 공통의 경험 중 하나다. 우리 모두 걸을 수 있는 건 아니고, 모두 노래를 할 수 있는 것도 아니고, 모두 피클을 좋아하는 것도 아니다. 그러나 우리는 우리가 왜 걷지 못하고 노래하지 못하고 피클을 먹지 않는지 소통하고 싶은 욕구를 타고난다. 이를 위해 우리는 언어를, 지금껏 살면서 수집가처럼 닥치는 대로 주워 모은 단어를, 그 의미의 광활한 색인을 사용한다. 그렇게 우리는 마침내 다른 사람과 눈을 맞추고 말이나 글이나 노래로 "전 피클은 좀 그래요"라는 뜻을 전할 수 있는 지점에 도달한다. 문제가 생기는 건 질문을 받았을 때다. "좀 '그렇다'는 게 정확히 무슨 뜻이죠?"

　　그렇다가 무슨 의미냐고? 짐작건대 인류는 처음 지상에 나타난 이래로 어떤 식으로든 단어의 정의를 내려왔을 것이다. 오늘날 모국어를 습득하는 아이들에게서 그런 모습을 본다. 누군가 아기에게 그 애를 둘러싼 우주를 설명해주고, 그 애가 엄마나 아빠의 입에서 나오는 '컵'이라는 소리와 엄마나 아빠가 가리키고 있는 물건 사이의 연관성을 이해하는 데서 정의가 시작된다. 연결이 이루어지는 장면을 목격하는 것은 소형 핵분열을 보는 것과 비슷하다. 눈 뒤에서 무언가 번 득이고 시냅스 여러 다발이 동시에 발화되며 정신없는 손가락질과 자료수집이 이루어진다. 아기는 손가락질을 한다. 어른은 손가락이 가리키는 물건을 일컫는 단어를 성실하게 대답한다. 그렇게 우리는 정의를 시작한다.

자라면서 우리는 단어들을 보다 고운 가루로 다진다. '고양이'를 '야 옹'과 짝짓는 법을 배우고, 장모종 페르시안 집고양이와는 테디베어 와 회색곰만큼이나 공통점이 적은 사자와 표범도 '고양이'의 일종인 걸 배운다. 누군가 '고양이'라고 말했을 때 떠오르는 것들을 전부 머 릿속에 작은 색인 카드로 나열해 만들고, 아일랜드 몇몇 지역에서 나 쁜 날씨를 '고양이'라고 부른다는 걸 알게 되면 눈이 휘둥그레져서 색 인 카드에 스테이플러로 추가 사항을 붙인다.

우리는 '고양이'라는 한 단어로 대표되는, 집에서 게으르게 뒹굴거 리는 동물과 사자와 아일랜드의 나쁜 날씨마저도 아우를 수 있는 형 언 불가능하고 보편적인 고양이다움을 포착한 하나의 문장을 항상 마음속으로 찾고 있다. 그 문장을 찾기 위해 우리는 사전으로 시선을 돌린다.

우리는 사전에 적힌 정의를 읽되 그 정의가 어떻게 사전에 오르게 되었는지는 거의 생각지 않는다. 그러나 사전적 정의는 단 한 부분도 빼놓지 않고 사무실에 앉아 있는 사람의 손으로 빚어졌다. 그들은 눈을 지그시 감고 날씨를 뜻하는 '고양이'의 의미를 간결하고도 정확 하게 기술할 방법을 고민한다. 그들은 '형언 불가능한ineffable'을 기 술하기 위한 적확한 단어를 찾느라 매일 엄청난 정신적 에너지를 소모한다. 흠뻑 젖은 뇌를 쥐어짜며 완벽한 단어가 책상 위로 뚝뚝 떨어지기를 바란다. 발치를 적시고 신발 속까지 스며들고 있는 쓸모없는 단어들의 웅덩이는 무시해야만 한다.

사전을 쓰는 법을 배우는 과정에서 사전 편찬자들은 영어와 영어 화자들의 논리가 에셔의 판화와 같다는 걸 알게 된다. 겉보기엔 뻔했던 단어도 안으로 한 발짝 들어가보면 공중을 향해 열리는 문과 어디로도 이어지지 않는 계단으로 채워진 언어적 귀신의 집이기 일쑤다. 언어에 대한 대중의 깊은 확신이 발목을 낚아채고 자신의 편견이 목에 맷돌을 걸기도 한다. 우리는 오로지 언어를 포착하고 기록한다는 목표에만 매달려 착실히 발걸음을 내딛고, 꾸역꾸역 앞으로 나아간다. 위는 아래이고** 나쁜 건 좋은 것이며*** 가장 작은 단어들이 몰락의 구덩이가 된다. 정말이지 다른 일은 전연 하고 싶지 않다.

우리가 영어라는 소란스러운 언어에 접근하는 방식은 사전을 찾는 방식과 동일하다. 한 단어씩 나아간다.

- 이 책에서 나는 지칭하는 사람의 성별이 알려지지 않았을 경우 중성대명사 '그he'나 어색한 '그 혹은 그녀he or she' 대신 단수대명사 '그들they'을 쓰겠다. 이 용법에 논란의 소지가 있다고 생각하는 사람들이 있는 걸 알지만, 사실 이 용법은 14세기부터 쓰였다. 나보다 나은 작가들도 단수 '그들they'과 '그들의their'를 사용해왔고, 그럼에도 영어는 아직 완전히 지옥으로 떨어지지 않았다.

- • up 부사… 7 b (1) : 완전함이나 종료의 상태로 (*MWU*).
  down 부사… 3 d : 완전하게 (*MWU*).

- ••• bad 부사… 10 속어 a : 좋은, 훌륭한 (*MWC 11판*).

1장

비좁은 회의실.
아름다운 6월의 하루,
땀이 줄줄 흘러 원피스에 배어난다.
일자리 면접을 볼 때면 늘 이 모양이다.

Hrafnkell

언어와 사랑에
빠지는 것에 관하여

지금 우리가 있는 곳은 불편할 만큼 비좁은 회의실
이다. 아름다운 6월의 하루, 나는 강하게 냉방을 한 회의실 의자에
가만히 앉아 있지만 땀이 줄줄 흘러 원피스에 배어난다. 일자리 면접
을 볼 때면 늘 이 모양이다.

한 달 전, 나는 미국에서 가장 오래된 사전 회사 메리엄 웹스터의
채용 공고에 지원했다. 공고가 난 일자리는 가장 하잘것없는 편집 보
조였지만 주 업무가 영어 사전을 편찬하고 편집하는 일이라는 안내
를 읽자마자 머릿속에 오락실처럼 불이 들어왔다. 나는 이력서를 급
히 만들어서 제출했다. 면접을 보러 오라는 연락이 왔다. 나는 최대
한 좋은 면접 복장을 갖춰 입고 땀 억제제를 평소보다 넉넉히 발랐다
(소용은 없었다).

내 맞은편에 앉은 스티브 페로는 메리엄 웹스터의 정의부서 부장
이었고 (지금도 그렇다) 내 상사가 될 사람이었다. 그는 키가 훌쩍 크

고 아주 조용한 사람으로 나처럼 자세가 구부정했으며 거의 나만큼
이나 낯을 가렸다. 넓지 않고 거의 적막하다시피 한 편집부 층을 안
내하는 내내 그는 어색한 태도로 일관했다. 우리 둘 다 면접을 즐기
지 않는 건 확실했다. 그러나 땀을 뻘뻘 흘리고 있는 건 나뿐이었다.

그가 어렵게 입을 뗐다. "자, 사전 편찬에 관심이 있는 이유를 한
번 들어볼까요."

나는 심호흡을 하고, 횡설수설할까봐 일단 턱을 굳게 다물었다. 나
의 답변은 복잡했다.

나는 딱히 문학적이라고 할 수 없는 블루칼라 가정의 장녀로서, 책
을 사랑하는 아이로 자랐다. 과장된 전기에 따르면 나는 세 살 때 글
을 읽기 시작해서 차를 타고 가는 동안 창밖의 표지판을 모조리 읽어
댔고 냉장고에서 샐러드드레싱 병을 꺼내서 혀를 굴려가며 그 톡 쏘
는 이름들을 발음했다고 한다. **블루치이즈. 아이—탈—라이—언. 싸우
즈—앤드 아이즈—랜드.** 부모님은 내 조숙함에 감탄했지만 그에 대해
별 생각은 없었다.

나는 판지로 만든 책을 씹어먹었고, 카탈로그를 수집했고, 우리 집
에서 구독하던 월간지 두 개(「내셔널 지오그래픽」과 「리더스 다이제스
트」)를 누더기가 될 때까지 읽고 또 읽어 해치웠다. 하루는 지역 발
전소에서 퇴근한 아버지가 기진맥진한 몸으로 소파에 털썩 앉아서
스트레칭을 하며 신음을 하고는 헬멧을 벗어 옆에 앉아 있던 내 머
리에 씌웠다. "애야, 뭐 읽고 있냐?" 나는 책을 들어 아버지에게 표
지를 보여줬다. 『테이버 의학 백과사전Taber's Cyclopedic Medical

Dictionary』, 먼 옛날 어머니가 간호사로 일하던 시절의 유산이었다. "피부경화증에 대해 읽고 있어요. 피부에 생기는 병이래요." 아홉 살 난 내가 말했다.

열여섯 살이 되자 나는 어른의 즐거움을 발견해나갔다. 오스틴, 디 킨스, 맬러리, 스토커, 여러 명의 브론테. 나는 내 방에 책을 숨기고 들어가서 눈이 가물가물해질 때까지 읽곤 했다.

나를 끌어당긴 것은 (좋은 것이든 나쁜 것이든) 이야기가 아니었다. 영어 그 자체, 영어라는 언어가 교정기를 낀 내 입 안과 사춘기에 접어든 내 머릿속에서 느껴지는 감각이었다. 나이가 들면서 단어들은 내가 사용하는 무기가 되었다. 어수룩하고 작달막하고 쭈뼛거리는 십대 소녀에게 그것 말고 뭐가 있었겠는가? 나는 진짜배기 너드(지능이 뛰어나지만 사회성이 떨어지는 사람을 전형적으로 이르는 말—옮긴이)였고 그에 걸맞은 대접을 받았다. 할머니는 나를 놀리는 아이들에 대해 "걔네들한텐 반응할 가치도 없다"라고 조언했고, 어머니는 그 말을 똑같이 메아리쳐서 "그냥 무시해"라고 말했다. 그러나 오로지 나 자신만의 만족을 위해서일망정, 멋지게 한 방 먹일 수 있는데 멍청히 당하고만 있을 까닭이 뭔가? 나는 할인 코너에서 구입한 낡은『로제 동의어 사전Roget's Thesaurus』을 책꽂이에서 꺼내 셔츠 아래, 심장 바로 옆에 숨기고 허둥지둥 내 방으로 달려갔다. 그 후로 나는 복도에서 성미 고약한 남자애가 다른 여자애의 몸에 대해 무례한 말을 던지는 걸 보면 조용히 '혈거인troglodyte(동굴 속에 사는 사람—옮긴이)'이라고 중얼거렸다. 급우가 지난 주말 벌인 광란의 맥주 파티를 자랑하면 '허풍쟁이cacafuego'라고 말했다. 다른 십대 애들은 '따까리

brownnoser' 취급했다. '아첨이나 늘어놓는 딱한 멍청이'라니 그보다 더 사실일 수 없었다.

나는 단어 애호가이긴 했지만 직업으로 단어를 만지게 될 거라고는 생각도 못했다. 나는 현실적인 블루칼라 집안의 소녀였다. 단어는 어디까지나 취미였고 편안한 생활을 보장하지 못했다. 수천 마일 거리의 다른 방에 갇혀 하루에 열네 시간씩 책을 읽기 위해—우리 가족 아무도 다닌 적 없는—대학에 간다는 건 낭비로 느껴졌다. (비록 생각만 해도 좋아서 몸이 다 떨렸지만.) 나는 의사가 되겠다는 결심으로 대학에 진학했다. 의사는 안전한 직업이었고, 신경외과의가 되면 분명히 책 읽을 시간도 충분할 테니까. *

미래의 환자들에겐 천만다행이게도 나는—오로지 의사 인력풀에서 나 같은 범인을 솎아내기 위해 존재하는—유기화학 강의를 통과하지 못했다. 방향을 잃고 대학 2학년에 올라가자 내 시간표에는 인문학 수업 몇 개가 전부였다. 기숙사를 같이 쓰던 여자애 하나가 레이즌 브랜 시리얼을 먹으면서 어떤 수업을 듣느냐고 물었다. 나는 웅얼거렸다. "라틴어, 종교철학, 중세 아이슬란드 계도 소설 세미나…."

"잠깐, 중세 아이슬란드 계도 소설. **중세 아이슬란드 계도 소설**이란 말이지." 그녀가 숟가락을 내려놓았다. "한 번 더 되풀이할 테니까, 얼마나 미친 소리로 들리는지 좀 느껴봐. **중세 아이슬란드 계도 소설**."

그래, 미친 소리로 들렸지만 유기화학보다는 훨씬 재미있을 것 같

---

* 아무리 책을 많이 읽었어도 열일곱 살은 바보 같은 생각을 한다.

았다. 짧았던 의대 예과 생활에서 얻은 교훈이 있다면, 내가 숫자와 사이가 영 나쁘다는 것이었다. 그녀가 다시 숟가락을 들며 말했다. "그래, 알았어. 학자금 빚 갚을 사람은 너니까."

중세 아이슬란드 계도 소설은 아이슬란드에 제일 처음 정착한 고대 노르드인들에 관한 이야기 모음이고, 다수가 역사적으로 증명 가능한 사건을 기반으로 하고 있음에도 불구하고 잉그마르 베르히만이 집필한 아침드라마 같은 모양새였다. 가문들은 몇 세기 동안이나 원한을 버리지 못하고, 남자들은 정치적 이득을 위해 살인을 저지르고, 여자들은 가문의 영광을 되찾고자 자기들끼리 공모해서 남편이나 아버지를 조종하고, 사람들은 결혼하고 이혼하고 다시 결혼하며 배우자들은 모두 미심쩍은 상황에서 죽는다. 좀비와 보통 사람들에겐 '대구를 뜨는 자 토그림'이나 '납작한 코 케틸' 같은 이름이 붙어 있다. 실패로 끝난 예과 1학년의 상처를 치료해줄 약이 있다면 바로 이 강의였다.

그러나 나를 매혹시킨 것은 (붉은 수염을 말쑥하게 다듬고 옥스브리지식 예법을 갖춘, 전설 속 인물이라면 '트위드를 입은 크레이그'라는 이름이 붙었을) 교수님이 우리에게 고대 노르드어 이름 발음법을 알려준 수업이었다.

그때 우리는 'Hrafnkell'이라는 인물이 주인공인 소설을 읽기 시작한 참이었다. 나와 다른 급우들은 이 불운한 글자들의 조합을 '허로펑컬'이나 '로펑컬'이라고 발음하리라 예상했다. 아니, 아니야. 교수님이 고개를 저었다. 고대 노르드어는 발음법이 달랐다. 'Hrafnkell'

은 이렇게 발음하는 거다. 교수님이 말했다. 이윽고 그의 입에서 나온 소리는 알파벳의 26자로 표현할 수 없다. 'Hraf'는 후두 진동음으로 발음은 '흐랍'이었다. 단거리 달리기 선수를 멈춰 세워서 숨이 차 헐떡이는 상태로 '크랍'을 발음하라고 시키면 나올 법한 소리였다. 'n'은 삼키는 소리로 곧 영광스럽게 터져 나올 'kell'을 준비할 수 있도록 성대에게 주어진 짧은 휴식이었다. 광고 속 아이들이 딸기 초코 폭탄 크런치 시리얼 대신 삶은 브로콜리 요리를 받았을 때 내는 소리, '블렉blech'을 상상해보라. 그리고 어두의 /bl/을 '아기고양이kitten'의 첫소리인 /k/로 바꿔보라. '흐라픈켈.', 그게 'Hrafnkell'의 발음이었다.

마지막 음절을 올바로 발음할 수 있는 사람은 아무도 없었다. 학생들은 전부 헤어 볼을 뱉어내는 고양이처럼 켁켁거렸다. 교수님이 **"켁, 켁"** 하면 우리는 성실하게 그를 흉내 내어 **"어크, 어크"** 했다. 한 학생이 "가래를 뱉어내는 것 같아요"라고 불평하자 교수님은 얼굴이 환해졌다. "그래, 바로 그거야!"

교수님은 고대 노르드어의 이중으로 들어간 ll이 무성 치조 설측 마찰음이라고 설명했다. "뭐라고요?" 내가 무심코 묻자 교수님은 반복했다. "무성 치조 설측 마찰음." 이어서 교수님은 이 소리가 웨일즈어에서도 사용된다고 말했지만 나는 설명을 한 귀로 흘리며 그 엄청난 이름을 조목조목 뜯어보았다. **무성 치조 설측 마찰음.** 우리가 내는 소리, 성대에서 나는 소리가 '무성'이며 씹는담배도 아닌데 '혀 옆'을 지날 수 있다니. 게다가 '마찰음'이라니—어찌할 도리가 없었다. 그 이름은 눈이 번쩍 뜨일 만큼 음란하게 들렸다.

나는 수업이 끝나고 교수님에게 가서, 바로 **이것**을—아이슬란드 계도 소설과 괴상한 발음과 뭐 그런 것들을 전공하고 싶다고 말했다.

"중세 연구를 전공하면 되겠구나. 시작점으로는 고대 영어가 제격이지." 교수님이 제안했다.

다음 학기, 나는 스무 명의 학생들과 인문대가 아니면 작전실이 등장하는 영화에서나 볼 수 있는 종류의 커다란 회의용 탁자에 둘러앉아서 같은 교수의 안내 하에 고대 영어의 세계로 입장했다. 고대 영어는 현대 영어의 증조부 격으로 대략 기원후 500년에서 1100년 사이 잉글랜드에서 사용되었다. 겉모습은 술에 취해 게걸음을 걷는 독일어에 문자 몇 개를 추가로 보탠 것과 같다.

Hē is his brōðor.

Þæt wæs mīn wīf.

Þis līf is sceort.

Hwī singeð ðes monn?

그러나 소리 내어 읽으면, 가족관계가 명확해진다.

He is his brother(그는 그의 형제다).

That was my wife(그건 내 아내였다).

This life is short(이 삶은 짧다).

Why is that man singing(저 남자는 왜 노래하는가)?

우리는 더듬더듬 고대 영어를 해석했다. 교재 『브라이트 고대 영어 문법Bright's Old English Grammar』 에 실린, 유용하고도 대단히 심원한 발음법 설명을 읽으며 교수님의 설명에 귀 기울였다.

그러나 첫 번째 해석 연습을 마치고 내 머리 뒤쪽엔 가시지 않은 간지럼 같은 것이 남았다. "Hwī singeð ðes monn?" 나는 한동안 이 문장에서 시선을 떼지 못한 채, 해석과 정확히 들어맞는 나머지 문장과 다르게 이 문장만 예외인 이유를 궁리했다.

이 간지럼은 처음 느낀 것이 아니었다. 고등학교 독일어 시간에 아버지, 어머니, 자매를 뜻하는 **파터**vater, **무터**mutter, **슈베스터** schwester가 각각 영어의 파더father, 마더mother, 시스터sister의 아미시파 사촌처럼 보인다는 걸 깨달았을 때도 느꼈다. 라틴어 시간에도 머릿속이 근질거렸다. 아모amo, 아마스amas, 아마트amat 동사 변형을 웅얼거리던 중—사랑한다는 뜻의 동사 또는 사랑받는 사람을 뜻하는 명사인—영어 단어 아무르amour가 사랑한다는 뜻의 라틴어 동사 아마레amare와 무척 닮았다는 걸 깨달았을 때였다. 나는 수업이 끝나기를 기다려 교수님께 'hwī singeð ðes monn'의 해석에 대해 질문했다. 교수님은 이것이 단어를 일대일 대응시킨 직해가 아니라고 고백했다. 직역하면 이 문장은 'Why singeth this man?'이었다. 간지럼이 심해졌다. 그때 나는 셰익스피어가 지금은 사용하지 않는 몇몇 단어들을—가령 'singeth' 같은—사용한 걸 어렴풋이 알고 있었지만

• 　　내가 사용한 『브라이트 고대 영어 문법』의 편집자는 제법 명성 있는 사전학자 프레드릭 캐시디다. 사전학과 중세학은 칼과 방패처럼 함께한다.

과거의 어형이 현재 어형과 다른 이유는 생각해본 적이 없었다. 영어는 어쨌거나 영어 아닌가? 그러나 나는 영어가 유동체라는 사실을 빠르게 배워나가고 있었다. 'singeth'는 단지 셰익스피어의 작품에 고양감과 우아함을 불어넣기 위한 허세용 단어가 아니었다. 16세기 말에 'singeth'는 지금의 'sing'과 똑같이 평범하고 따분한 단어였다. 그리고 이는 앵글로색슨어의 유물이었다. 'singeth'는 노래한다는 동사의 3인칭 단수형으로 'sings'보다 더 오래 사용되었다.

그때 나는 여러 해 동안 단어를 온 힘을 다해 무차별 흡입한 뒤였다. 바닥에 쏟아진 팝콘을 게걸스럽게 먹어치우는 개처럼 언어를 삼킨 것이다. 나는 'sing'과 'singeth'를 꿀꺽꿀꺽 삼키면서 둘의 형태가 왜 다른지는 깊이 고민하지 않았다. 단지 '영어는 원래 **멍청하니까**'라고 생각했을 뿐. 그러나 우리 모두를 고생시키고 우리 모두를 분노하게 하는 영어의 비논리적인 멍청함은, 알고 보면 전혀 비논리적이지 않다. 바로 여기, 영어의 어릴 적 사진에 한 글자 한 글자 적혀 있지 않은가.

그때부터 나는 뭔가에 홀린 사람처럼 굴었다. 나는 고대 영어의 거친 칼날과 둥근 방패를 지나, 중세 영어의 치찰음 시소를 지나, 외설적으로 눈을 찡긋거리고 옆구리를 쿡 찌르는 셰익스피어를 지나 단어들을 쫓아다니기 시작했다. '거만한supercilious' 같은 단어를 붙잡고 해부해서 그 아래에 숨어 있는, 모음을 느리게 발음하는 근사한 라틴어와 그리스어를 발견해냈다. '좋은nice'에 음탕하다는 의미가 있었고 '스튜stew'가 한때 매음굴을 뜻했음을 알아냈다. 나는 어쩌다가 토끼굴에 빠진 게 아니었다. 멀리서 토끼굴을 발견하고 전속력으로 달려가 머리부터 구멍에 처넣은 것이었다. 더 많은 걸 알게 될수록 나는 이 거칠고 생생하고 난잡한 언어와 사랑에 빠졌다.

나는 양손을 꼭 모아 쥐고 스티브 페로에게 이 이야기의 축약본을 가능한 한 유려하게 들려주고자 했다. 그는 무표정하게 맞은편에 앉아, 내가 땀을 비 오듯 쏟으며 허튼소리를 지껄이는 걸 지켜보았다. 그때 나는 구인공고에 답한 이래 처음으로 내가 이 일자리를 정말, 정말 원한다는 걸 깨달았고, 내가 대단히 장황한 이야기를 늘어놓고 있다는 것도 깨달았다.

나는 이야기를 멈추고 몸을 앞으로 쑥 내밀고 숨 가쁘게 말했다. "저는 그냥." 나는 내 쪽으로 지성을 불러 모으려는 양 손짓을 하면서 입을 열었다. 그러나 지성은 내게 오지 않았다. 내가 가진 건 진심에서 우러나온, 적나라한 진실이 전부였다. "저는 그냥 영어를 사랑해요." 말이 불쑥 나왔다. "영어를 사랑해요. 정말, 정말 사랑해요."

스티브가 숨을 깊이 들이마시더니, 진지한 얼굴로 말했다. "음. 당신처럼 열정이 있는 사람은 많지 않아요."

3주 뒤 나는 메리엄 웹스터에서 편집 보조로 일을 시작했다.

메리엄 웹스터는 미국에서 가장 오래된 사전 제작사로 그 비공식적 역사는 1806년 노아 웹스터가 최초의 사전 『영어 간이 사전A Compendious Dictionary of the English Language』을 펴낸 해로 거슬러 올라가고 공식적 역사는 메리엄 형제가 웹스터의 사후에 사전 판권을 구매한 1844년으로 거슬러 올라간다. 메리엄 웹스터는 포드 자동차, 베티 크로커, 나스카 대회, 미국 50개 주 가운데 33개 주보다 더 오래되었다. (영국에서 발명된) 풋볼이나 (마찬가지인) 애플파이보다 더 미국적이다. 구전에 따르면 메리엄 웹스터의 주력상품 『메리엄 웹스터 대학 사전Merriam-Webster's Collegiate Dictionary』은 미국 역사에서 손꼽히게 잘 팔린 책으로 그보다 잘 팔린 책은 성서가 유일하다. •

이렇게나 위엄 있는 미국 기관이라면 모름지기 고귀한 조지 왕조 양식이나 신고전주의 양식으로 세워진, 기둥이 무지하게 많고 깨끗한 잔디밭이 딸린 대리석 건물에 거취를 정했으리라 기대할 것이다. '사전'이라는 단어에 해당하는 건축은 스테인드글라스, 둥근 천장, 짙은 목재 패널, 장엄한 휘장이 아니겠는가.

현실은 사뭇 다르다. 메리엄 웹스터 사옥은 매사추세츠 스프링필드의 좋게 말해 '변화 중인 동네'에 위치한 2층짜리 벽돌 건물이다. 주차장에서 이따금 마약 거래가 이루어지고 건물 뒤편의 안전유리에는 총알자국이 남아 있다. 아름다운 내닫이창과 썩 흥미로운 벽돌 장식이 달린 정문은 항상 잠겨 있다. 초인종을 눌러봤자 아무도 나오지 않는다. 직원들은 마치 길모퉁이 스트립 클럽에 살그머니 들어가는 사람마냥 뒷문으로 몸을 숙이고 재빨리 들어간다. 내부에는 기묘한 병치가 가득하다. 잘 쳐줘야 '단조로운 사무실 스타일'이라고 밖에부

• 이에 관한 사내 구전은 입증하기가 어렵다. 베스트셀러 목록을 산출하는 방법론은 대부분이 수상쩍고 이해하기 어렵다. 『메리엄 웹스터 대학 사전』이 아직까지 출판되고 있는 가장 오래된 탁상용 사전인 덕분에 미국에서 가장 잘 팔리는 탁상용 사전일 가능성이 높다고 말하면 안전할 것이다. 어쨌든 이 사전을 2위로 올린 목록은 없었다.

를 수 없을 미학의 건물 안에 과거의 소모품들이 구석구석 흩뿌려져 있다. 지하실 한쪽 면은 지금은 운영되지 않는 1950년대 카페테리아로, 바닥에 소리가 울리는 리놀륨을 깔고 단단한 목재 테이블을 놓아 구내식당으로 탈바꿈했다. 창밖으로 정원이 보이는 '반지하' 쪽에는 작은 사무실이 있다. 반대편의 약한 조명을 켜둔 철제 장식장에는 회사가 기증받은 기묘한 물건들이 보관되어 있다. 미국사의 중요한 장면들을 담은 낡은 초등학생용 디오라마, 우르두어로 출간된 우리 회사 사전 한 상자, 철제 책꽂이에 급히 던져 넣은 퀴퀴한 종이 뭉치 같은 것들. 비좁은 복도를 걷다 보면 목덜미의 솜털이 곤두서는 게 느껴진다. 데이비드 린치가 꿈꾸는 창고가 이런 모양일까.

러브크래프트(미국의 공포·판타지·SF 작가―옮긴이)풍의 불안함이 이곳의 전부는 아니다. 건물 양쪽 끝에는 웅장한 회의실 두 개가 북엔드처럼 버티고 있다. 벽에는 페인트를 칠한 목재 패널과 긴 휘장이 붙어 있고 방 한가운데에는 특별 제작된 부직포를 댄 책상용 패드 이외에는 **아무도** 아무것도 올려서는 안 되는, 항상 거울처럼 빛나게 윤을 낸 짙은 색의 거대한 회의 테이블이 존재감을 과시한다. 그러나 이곳에서 조금이라도 위엄이 깃든 방은 이 회의실 두 개가 전부다. 나머지 방들은 색이라고 말하기도 뭣한 암회색을 밝기만 달리해 칠한 토끼 사육장 같다. 여기선 커피마저도 시대착오적이다. 우리가 마시는 커피는 이름이 적히지 않은 대용량 주황색 포일 봉투에 담겨 있는데, 이 봉투는 존슨 정부 시대부터 쓰던 산업용 커피메이커와도 잘 어울린다. 봉투 안의 가루를 커피메이커에 넣으면 젖은 판지 맛이 나는 액체가 만들어진다. 그게 우리 커피고 우린 바꿀 생각이 없다. 최근 편집부 층에 드디어 성난 도마뱀처럼 쉭쉭거리며 커피를 한 잔씩 내놓는 신식 기계가 들어왔지만 이곳 사람들은 여전히 고약한 주황색 봉투에 담긴 커피를 내려, 마신다.

여기선 사람들도 기묘한 병렬을 이룬다. 1층에는 대화를 즐기는 직원들이 있다. 고객서비스, 마케팅, IT부서. 사무실은 시끄럽진 않지만 대화와 웃음소리, 전화에서 나는 전자음, 누군가 양손으로 상자를 들어올려 던지는 '쿵' 소리가 난다. 사람들은 자리에서 일어나 프레리도그처럼 칸막이 너머로 얼굴을 내밀고 동료를 부른다. "오늘 근처에서 점심 먹을까 하는데 같이 안 갈래?" 완벽하고도 단조로운, 평범한 사무실 풍경이다. 소리가 크게 울리는 계단을 따라 2층으로 올라가는 동안 발랄한 소음은 정적 속으로 잦아든다. 계단을 다 오르면 묵직한 방화문 두 개가 서로를 마주하고 굳게 닫혀 있다. 귀를 기울이면 텅 비고 버려진, 귀신 들린 장소 같은 소리가 난다. 계단참이 예상보다 훨씬 어둡다는 것도 딱히 도움이 되진 않는다. 눈앞에 펼쳐진 풍경을 보며 이 위에 어떤 기묘한 것들이—마음을 불편하게 하는 디오라마나 먼지 쌓인 긴 의자에 앉아 웃고 있는 미스 해비셤(찰스 디킨스의 『위대한 유산』 속 등장인물로 과거의 먼지 속에 갇혀 있는 인물—옮긴이)이—숨겨져 있을지 궁금해하다 보면 별안간 문 하나가 덜컥 열린다. 문 안쪽에 있던 사람은 놀라서 눈이 접시만큼이나 휘둥그레진 채 고개를 숙이고 "죄송합니다" 하면서 급히 당신을 피해 간다. 문이 열려 있다. 그 너머에는 칸막이 달린 사무실, 아주 많은 책, 그리고 사람들의 **느낌**이 있지만 사람들의 **소리**는 없다. 편집부에 온 것을 환영한다.

대다수의 사람들은 자신이 사용하는 사전에 대해 별 생각이 없다.

사전은 그냥 **존재**하는 것이다. 우주처럼. 어떤 종류의 사람들에게 사전은 **하늘로부터**ex coeli 인류에게 주어진 것, 신만큼이나 오류 없는 진실과 지혜가 담긴 신성한 가죽 장정 책이다. 다른 종류의 사람들에게 사전이란 할인 코너에서 1달러에 판매하는 페이퍼백으로, 성인이라면 모름지기 사전 하나쯤은 갖고 있어야 한다는 생각에 구입한 것이다. 두 부류 모두 사전이 인간이 만든 문서임을, 실제로 살아 움직이는 멋없는 사람들에 의해 꾸준히 편찬되고 교정되고 개정되는 것임을 자각하지 못한다. 스프링필드의 소박한 벽돌 건물에는 출근해서 하루 종일 사전 편찬만 하는—언어를 체에 거르고, 분류하고, 기술하고, 알파벳 순서로 배열하는—사람이 스무 명 넘게 있다. 그들은 인생의 많은 시간을 사전적 정의를 집필하고 편집하고 부사에 대해 깊이 생각하면서 숙명적으로 천천히 눈이 멀고 있는 단어광들이다. 그들이 바로 사전 편찬자다.

공정하게 말하자면 많은 사전 편찬자들도 그 일을 시작하기 전까지는 사전 이면의 사람들에 대해 깊이 생각하지 않았다. 나는 영어를 그렇게 사랑하는데도 사전에 대해선 별 생각이 없었고, 세상에 사전이 하나가 아니라는 사실조차 깨닫지 못했다. 세상에는 '**단 하나**의 사전'이 아니라 '**하나의 사전**', '**여러 가지 중 하나**의 사전'이 존재한다. 우리 모두가 사용한 빨간색 웹스터 사전은 다양한 출판사에서 펴낸 여러 웹스터 사전 중 한 가지일 따름이다. '웹스터'는 전매 상표가 아니라서 아무 출판사에서나, 원하면 아무 참고문헌에나 그 이름을 붙일 수 있고 실제로 붙인다. 19세기 이래 미국의 거의 모든 참고문헌 출판사에서 여러 서적에 '웹스터'라는 이름을 붙였다. ˙ 그러나 나는 메리엄 웹스터에서 일하기 전에 이런 사실들을 전혀 몰랐다. 사전에 대해 그렇게나 무관심했던 사람이 사전 편찬에 대해서 티끌만큼이라도 신경 썼겠는가.

이게 우리의 노래다. 대다수 사전 편찬자들은 사전 편찬업의 한가운데로 내던져지기 전까지 이런 커리어가 존재한다는 걸 생각도 못 한다.

메리엄 웹스터의 편집자 닐 서빈이 유일한 예외인데, 그가 유년기에 사전이 어떻게 만들어졌는가에 대해 짧게 사색한 내용은 한마디로 이러하다. "나는 어두운 복도와 성난 사람들을 상상했습니다."

오늘날 우리 업계에는 사람이 많지 않다. 언어는 성장 사업이지만 사전은 사양 사업이다. (**당신**이 마지막으로 새 사전을 구입한 건 언제인가? 그럴 줄 알았다.) 그럼에도 내가 남들에게 무슨 일을 하는지 말하면―그리고 "사전을 써요"라는 말이 너무나 예상 밖이라서 한 번만 다시 말해달라는 청에 응하고 나면―곧장 우리가 직원을 채용하고 있는지 묻는 사람이 많다. 하루 종일 방에 앉아서 글을 읽고, 단어의 의미를 생각하는 일은 단어를 조금이라도 좋아하는 사람 누구에게나 이상적인 직업으로 여겨진다.

메리엄 웹스터에서 사전 편찬자가 되기 위한 공식 요건은 두 개뿐이다. 전공을 불문하고 공인 4년제 칼리지나 대학 학위가 있어야 하

• 　지금 메리엄 웹스터라고 불리는 회사는 1889년 『웹스터 대사전』의 저작권이 말소되었을 때 '웹스터'라는 이름이 공유 저작물이 되었다는 1908년 제1순회항소법정 판결 이래 '웹스터'에 대한 독점권을 잃었다.

며, 영어 원어민 화자여야 한다.

사전 편찬자가 언어학이나 영어 전공자가 아니어도 된다는 말을 들으면 사람들은 놀란다(아연실색한다는 게 더 알맞은 표현일지 모르겠다). 그러나 사실, 더 나은 정의를 위해선 다양한 집단의 노역자가 필요하다. 대부분의 사전 편찬자들은 '일반 정의자'다. 즉, 뜨개질과 전쟁사, 퀴어 이론과 속도를 올리기 위한 자동차 개조까지 모든 분야의 단어를 정의한다. 한 분야에서 사용되는 어휘를 정의하기 위해 모든 분야의 전문성이 필요한 건 아니지만, 어떤 분야에서는 다른 분야보다 이해하기 어려운 어휘 목록을 사용한다.

P*가 P보다 작을 경우, 연방에서는 신용 정책을 완화시킴으로써 은행신용 장과 통화량이 더 빠르게 성장할 수 있도록 한다. P* 공식은 다음과 같다.

$$P^* = M_2 \times V^*/Q^*$$

이때 M_2는 통화량(수표와 수표성 예금, 저축, 정기예금 계좌의 합)의 공식적 지표로서 V^*는 M_2의 속도, 즉 화폐유통 속도이고 Q^*는 연간 명목성장률 2.5%를 가정했을 경우의 GNP 추정치다.

나처럼 수학과 적대 관계에 놓인 사람에게 이 항목은 악몽이다. P가 대체 뭐지? 수표랑 수표성 예금이 달라? 돈이 내게서 달아나는 건 알았지만 속도까지 있다고? 그러나 경제학 강의를 들은 사람에겐 이 전문 용어의 바다를 항해할 장비가 있을 것이다. 따라서 우리는 영어와 언어학 전공자를 최소한 몇 명 이상 채용하지만, 경제학자, 각종 과학자, 역사학자, 철학자, 시인, 예술가, 수학자, 국제경영 전공자, 르네

상스 축제를 열기에 충분할 만큼의 중세학자도 직원으로 받는다.

사전 편찬자들은 영어 원어민이어야 하는데 이유는 아주 실용적이다. 우리가 집중하는 언어는 영어이므로 숙어와 표현에 통달해 있어야 하는 것이다. 슬프게도 사전 편찬자로 일하면서 매일 읽는 글 중에 좋은 건 소수고 그저 그렇거나 형편없는 게 훨씬 많다. 사전 편찬자라면 'The cat are yowling(고양이가 울부짖는다)'이 비문이고, 'The crowd are loving it(사람들은 그걸 사랑한다)'이 아주 영국적이라는 걸 남이 말하기 전에 알아야 한다(첫 번째 문장은 단수명사 cat에 복수형 동사 are을 대응해서 비문이다. 두 번째 문장은 미국 영어에서는 crowd와 같은 집합명사를 단수 취급하기 때문에 비문이지만, 영국 영어에서는 집합명사를 단·복수형 둘 다 사용하므로 비문이 아니다—옮긴이).

내가 영어 원어민이라는 사실은 커리어 내내 위안이 필요할 때마다 기댈 수 있는 버팀목이 되어주기도 한다. 일을 하다 보면 단어의 잡초 밭에 발이 감겨서 책상 위로 몸을 웅크리고 머리를 양손으로 감싼 채 뼈가 으스러지도록 집중해야 하는 순간이 온다. 한 항목을 며칠째 들여다보고 있지만 어디서 실마리를 잡아야 할지 확신이 서지 않고, 어느 순간 제정신을 유지해주는 필라멘트가 쉬익 소리를 내면서 끊어지고 만다. 갑자기 마음 한가운데서 당신이 이 항목에서 고전하고 있는 이유가 명백해진다. 알고 보니 당신이 영어 화자가 아니기 때문이다—당신이 지금 읽고 있는 단어는 무슨 저지 독일어 방언이고, 당신은 더 이상 그 의미를 확신할 수 없다. 4월의 어느 수요일 오후 3시다. 책상 옆 창문 틈으로 내다보이는 바깥 날씨는 초현실적일 만큼 화창하다. 하교하는 아이들의 고함 소리가 귀에 설은 동시에 익숙하게 느껴진다. 차가운 금속성의 공포가 식도를 타고 내려가 뱃속에서 인사를 건넨다. 놀랄 것 없다. 영어와 단둘이 하루를 보내고 나면 이 모든 게 정상이니까. 그냥 자리에서 일어나, 씩씩하게 아래층으로 내려가서, 처음 마주치는 마케팅이나 고객서비스 부서 직원에게 물어라. "제가 지금 영어로 말하고 있나요?" 그들은 그렇다고 확언해줄 것이다. 우리 회사에서는 영어 원어민만 고용한다는 사실을 환기시켜줄지도 모른다.

사전 편찬자에게 요구되는 측정할 수 없고 명시되지 않은 조건이 또 있다. 무엇보다도 '슈프라흐게퓔sprachgefühl'이라는 것에 사로잡혀 있어야 한다. 영어 화자들이 독일어에서 훔쳐온 이 단어는 '언어에 대한 감각'을 뜻한다. 슈프라흐게퓔은 자꾸 손아귀를 빠져나가는 미끄러운 장어이자, 'planting the lettuce(양상추를 심다)'와 'planting misinformation(틀린 정보를 심다)'에서 'plant(심다)'의 용법이 다르다는 걸 알려주는 머릿속 기묘한 윙윙거림, 'plans to demo the store(가게를 데모할 계획)'이 쇼핑하는 법에 대한 친근한 시범이 아니라 대형 망치를 들고 패기를 발휘할 계획을 뜻한다는 걸 알려주는 눈의 경련이다. 모두에게 슈프라흐게퓔이 있는 것은 아니며 영어에 무릎까지 담그고 그 진흙탕 속을 헤쳐나가려고 애써보기 전까지는 자신이 그것에 사로잡혀 있다는 것을 알기 어렵다. 나는 일부러 '사로잡혔다'라는 표현을 쓰고 있다. 슈프라흐게퓔은 결코 **가질 수** 없고, 오로지 **사로잡힐 수**만 있는 것이니까. 머리 밑바닥에 자리를 잡고, 메뉴에서 'crispy-fried rice(바삭 볶음밥)' 같은 걸 읽을 때마다 머리에 망치질을 해대는 튜턴족 도깨비를 상상해보라. 도깨비가 당신의 뇌에 손톱을 꽂아 넣으면 당신은 테이크아웃 중국집 카운터에 서서 평범하게 음식을 주문하는 대신 'crispy-fried rice'가 보통 밥을 'crispy-fry(바삭하게 볶은)'한 메뉴인지, 아니면 기존의 'fried rice(볶음밥)'를 흥미로운 방식으로 바꾼 메뉴인지 고민하게 된다. '그냥 하이픈을 잘못된 위치에 넣은 걸 수도 있어. 하지만 그게 아니라면….' 튜턴족 도깨비가 키득거리며 손아귀에 힘을 준다.

슈프라흐게퓔에 사로잡히지 않은 사람은, 사전 편찬자로 딱 반년만 일해보면 그 사실을 알게 된다. 실망할 것 없다. 일을 그만두고 음식 배달부처럼 보다 생산성 있는 일자리를 얻을 수 있다는 뜻이니까.

사전 편찬자가 되려면 하루에 8시간씩 거의 완벽한 침묵 속에서 전적으로 혼자서 일하는 것도 기질에 맞아야 한다. 사무실에는 다른 사람들도 있다—종이를 넘기고 혼잣말을 하는 소리가 들린다. 그러나 그들과 접촉은 거의 없다. 사실을 말하자면 나는 이에 관하여 수차례 경고를 받았다. 메리엄 웹스터 면접의 첫 번째 코스는 무덤처럼 적막한 편집부 층을 둘러보는 것이었다. 스티브가 책상 대다수에 전화가 없다는 점을 지적했다. 어떤 끔찍한 이유에서든 전화를 걸거나 받아야 하면, 편집부 층에 비치된 전화 부스 두 개를 쓰면 된다. 지금도 전화 부스는 건재하다. 거의 사용되지 않고, 비좁고 환기도 되지 않으며 방음도 되지 않는다. 그러나 비좁고 환기가 되지 않고 방음도 되지 않기 **때문에** 거의 사용되지 않는 건 아니다. 편집자들이 어지간해선 전화로 이야기하는 걸 피하기 때문이다. 내가 전화 부스를 보면서 감탄사를 내뱉자 스티브가 미심쩍은 눈으로 나를 보았다. 책상에 전화가 있길 바랐나요? 그가 물었다. 나는 그게 아니라고 그를 안심시켰다. 전 직장에선 분주한 사무실의 사무 보조로 일하면서 완전히 진이 빠졌기 때문에, 책상에 전화가 없다는 말을 듣고 기뻐서 눈물이 날 뻔했다.

면접의 두 번째 코스는 당시 메리엄 웹스터의 수석 편집자였던 프레드 미시를 만나는 것이었다. 그는 은신처의 거미처럼 작은 회의실에 앉아서 멀끔한 면접 복장을 입은 파리가 실룩거리며 날아 들어오길 기다리고 있었다. 그는 내 이력서를 흘끗 보더니 불신의 기색을 한껏 담아 내가 남들과 교류하는 걸 즐기는지 물었다. 만약 그렇다면 이 일자리에서 교류는 전혀 일어나지 않는다는 걸 알아두라는 얘기였다. "아마도 당신이 익숙할 사무실 안의 수다는 좋은 사전을 편찬하는 데 도움이 되지 않고, 여기선 일어나지 않습니다." 그가 딱딱거렸다. 거짓말이 아니었다. 나는 7월부터 메리엄 웹스터에 출근했는데, 편집부 층에서 근무하는 다른 편집자 마흔 명과 인사를 나누는 데 (어떤 경우에는 단지 인사만을 나누는 데) 한 달 정도 걸렸다. 동료 한 사람은 1990년대 초반까지 편집부 층에 공식적인 침묵의 규칙이 있었다고 알려줬다—그는 각 단어의 첫 글자를 대문자로 발음하고 있는 게 분명했다. 최근 그것이 사실이 아니라는 얘기를 듣긴 했지만. 『웹스터 신 국제 사전Webster's New International Dictionary』 3판을 작업하던 1950년대에 이곳에서 일했던 편집자 한 사람은 뜬소문이 아니라고 주장한다. "양들의 침묵은 사실이었습니다. 누가 신참들에게 계속 그 얘기를 늘어놓았는지는 모르겠지만요." 사전학의 거장이자 메리엄 웹스터 명예 편집자인 E. 워드 길먼이 말한다.

15년 이상 메리엄 웹스터에서 편집자로 일한 에밀리 브루스터는 모든 편집자들의 비밀스러운 욕망을 한마디로 요약한다. "맞아요, 이게 내가 원하는 거예요. 하루 종일 혼자 칸막이 사무실에 앉아서 단어에 대해서만 생각하고 다른 누구와도 대화하고 싶지 않아요. 듣기만 해도 좋네요!"

우리의 정적에는 합당한 이유가 있다. 사전 편찬은 과학과 예술의 혼합이고, 둘 다 조용히 집중해서 전념할 필요가 있다. 정의자로서 당신의 역할은 한 단어의 의미를 기술하는 적확한 단어들을 찾아내는 것이고, 그러려면 상당히 머리를 쥐어짜야 한다. 예를 들어 'measly(쥐꼬리만 한)'는 대체로 '작은'을 의미하므로, 그냥 그렇게 정의하고 넘어갈 수도 있다. 하지만 'measly'에는 'teeny(자그마한)'와는 구별되는 특별한 작음이 있다. 'measly'에는 악착같이 아까워하는 작음이, 결핍된 인색함이 내포되어 있다. 이 단어를 정의해야 하는 당신은 영어의 대로와 샛길을 누비며 'measly' 특유의 작음을 기술할 정확한 단어를 탐색한다. 'measly'의 플라톤적 이상이라 할 만한 완벽한 정의를 딱 한 음절 거리에 두고, 머릿속 그림자 속에 웅크려 있는 그 정의를 향해 살금살금 다가가려는 바로 그 순간 동료가 새로 들인 커피 필터와 그가 받은 결장경검사와 보스턴 레드삭스가 올해 결승에 올라갈 가능성 따위에 대해 길고 시끄러운 대화를 시작하는 것만큼

•　『메리엄 웹스터 대학 사전』 11판에서 'measly'는 '경멸스럽게 작은'이라고 정의되어 있다. 에밀리 브루스터는 이것이 사전 전체에서 최고의 정의라고 생각한다.

나쁜 일은 없을 것이다. *

물론 우리도 살다 보면 때때로 의사소통을 할 필요가 있다. 지금은 이메일을 사용하지만 편집부에 컴퓨터가 보급되기 전까지는 '핑크'라는 사내 의사소통 시스템이 있었다.

메리엄 웹스터에서 모든 편집자의 책상에는 똑같은 도구 세트가 놓여 있다. 성과 날짜가 박힌 개인 날짜 도장. 이것으로 책상을 거쳐 가는 모든 물체에 서명을 한다. 펜과 연필(곧 닥칠 연필 대재앙을 대비해 과거 광택 있는 교정지에 삽입과 삭제를 표시하는 데 사용된 오래된 스타빌로 몽당연필을 버리지 않고 쌓아두었다) 한 주먹. 그리고 핑크, 노랑, 하양, 파랑 네 종류의 3×5인치 색인 카드. 여러 색깔 카드를 쓰는 건 잿빛 사무실에 축제 분위기를 불어넣으려는 목적이 아니고, 용도를 구분하기 위해서다. 흰색 카드는 인용을 위한 것으로 특기하고자 하는 어떤 종류의 영어 용법이든 여기에 적어둔다. 파란색 카드는 인쇄 시 참고 사항을 위한 것이다. '버프'라고 불리는 노란색 카드에는 정의 초안만 적는다. 핑크색 카드는 온갖 자질구레한 메모를 적는 용도다. 오탈자 보고, 어떤 항목을 다룰 방법에 대한 질문, 기존 정의에 대한 질문. ** 핑크색 카드는 차츰 개인적인 의사소통에도 쓰이게 되었다.

이 소통 체계의 작동 방식은 이러하다. 금요일마다 점심을 같이 먹

**   모든 것이 전산화되고 꽤 시간이 흘렀지만 '핑크'라는 어휘는 사라지지 않았다. 지금도 제작용 스프레드시트에 주석을 달 때 우리는 '파일에 핑크를 단다'라고 말한다.

는 편집자 무리가 있다고 치자. 이번 주에는 인도 음식을 먹을지 태국 음식을 먹을지 정해야 하는데 한가롭게 편집자들의 책상으로 일일이 찾아가서 귀찮게 하고 싶지 않다. 그래서 '핑크'를 쓴다. 카드 우측 상단에 각 편집자의 이름 이니셜을 적고, 한가운데에 질문을 적고, 서명한 다음 아침 첫 사내 우편 수집 시각에 맞추어 카드를 발신함에 던져 넣는다. 카드는 목록의 첫 번째 편집자에게 간다. 수신인은 답을 하고 자기 이름에 취소표를 그은 뒤 다음 편집자의 수신함에 카드를 던져 넣는다.

대화보다 비효율적이고 빙빙 도는 게 아니냐고? 물론 그렇다. 그러나 동료가 날아드는 매 앞의 토끼처럼 깜짝 놀라 굳어버릴 위험을 감수하고 동료의 책상을 직접 찾아가는 것보다는? 훨씬 낫다.

정수기 앞의 잡담이 권장되지 않기 때문에 사전 편찬자들은 사람과 사람 사이 가벼운 대화를 나눌 때의 미묘한 예법에 관해서는 약간 미숙할 수 있다. 메리엄 웹스터에 채용되고 나서 우리 신입 사원들은 건물 곳곳을 안내받았다. 그러다가 한 편집자의 책상에 이르렀는데, 거기엔 메리엄 웹스터의 고릿적 유물들이 가득했다. 벽에는 옛 광고 포스터와 대형으로 인쇄한 과거의 일러스트 여러 장 위에 한 남자의 흑백 초상화가 걸려 있었다. 편집자는 기쁘게 각 그림과 포스터가 무엇인지 우리에게 설명해주고서는 초상화를 가리키며 말했다. "그리고 저 사람은, 여기서 일하던 편집자인데 어느 날 집에 가서 권총으로 자살을 했어요." 나는 눈이 휘둥그레졌다. 편집자는 아무렇지 않게 팔짱을 끼고선 모두 어떤 대학을 나왔느냐고 물었다.

우리의 제도적 내향성이 가장 잘 드러나는 건 메리엄 웹스터의 명

절 파티에서다. 파티는 보통 오후에 건물 지하에서 열린다. 문자 그
대로 그 파티만을 위해 지하실을 단장하는 해도 있다. 전통적으로 편
집자들은 카페테리아를 빙 둘러싸고 두세 명씩 모여서 와인을 홀짝
이며 조용히 우리끼리 얘기를 한다. 반면 마케팅과 고객서비스부서
사람들은 새우 칵테일이 놓인 방 한가운데에 "와" 하고 모여서 입담
좋게 대화를 나누며 음량의 크기로 측정 가능한, 시끄러운 재미를 본
다. 편집자들이 재미를 싫어하는 건 아니다. 우리는 조금 덜 "와" 하
면서 재미를 보는 것뿐이다. ˙ 상호참조 편집자인 에밀리 베지나가
말했다. "우리는 반사회적이 아니에요. 우리 식으로 사회적인 거죠."

사전 편찬자들은 그 누구와도 다른 방식으로 일생 영어의 바다에
서 헤엄을 친다. 사전 편찬업의 속성 자체가 이를 요구한다. 영어는
아름답고 당혹스러운 언어로, 깊이 잠수해 들어갈수록 공기를 마시
러 수면까지 올라가는 데 더 많은 노력을 요한다. 사전 편찬자가 되
려면 자리에 엉덩이를 붙이고 앉아 한 단어와 그것의 많고도 복잡한
용법들을 숙고하고, 그 용법들을 해당 단어가 글에서 사용되는 대다
수 용례를 아우를 만큼 넓은 동시에 실제로 이 단어에 대해 구체적인
무언가를 이야기해줄 만큼 좁은 두 줄짜리 정의에 담아내야 한다. 예

˙   편집부 층에서는 우리 속도에 훨씬 어울리는 우리만의 명절 포틀럭 파티가
      열린다. 긴 테이블을 치우고 음식을 올려놓는다. 편집자들은 인용문 파일을
      보관하는 높은 서랍장 위에 접시를 놓고 모여서 보통 크기의 목소리로 말하
      는 법을 연습한다. 편집부 포틀럭 파티는 20년째 이어지고 있고, 앞으로도
      20년은 더 열릴 것이다. 망할 커피메이커와 함께.

를 들어 'teeny'와 'measly'가 서로 다른 종류의 작음을 일컫는다는 것을 보여야 한다. 무엇이 단어를 가치 있고 아름답고 혹은 올바르게 만드는지에 관한 개인의 언어적, 어휘적 편견을 제쳐두고 언어에 관한 진실을 말해야 한다. 만일 당신이 숙고 중인 단어가 영어에서 썩 내쫓아야 마땅한 역겨운 똥 덩어리더라도, 모든 단어는 평등한 대우를 받아야 한다. 사전 편찬자들은 기묘한 수도승처럼 속세를 등지고 전적으로 언어에만 헌신한다.

그로부터 사전 편찬자가 되기 위한 세 번째이자 가장 애매한 성격적 기벽 요건이 탄생한다. 폭풍 속에 던져진 수플레처럼 우주가 푹 꺼질 때까지 가만히 앉아서 같은 책을 놓고 같은 임무를 계속하는 능력. 정의하는 일은 그 자체로도 반복적이지만, 다른 이유도 있다. 사전 편찬업 프로젝트는 전통적으로 지질학적 시대로 구분하는 것이 더 합당할 만큼 장기간에 걸쳐 진행되기 때문이다. 『메리엄 웹스터 대학 사전』의 신판 작업이 완료되는 데에는 3년에서 5년 정도 걸릴 수 있는데, 그조차도 대부분의 편집자들이 오로지 『메리엄 웹스터 대학 사전』에만 몰두하고 있다고 가정할 때의 계산이다. 우리가 가장 최근에 출간한 대사전인 『웹스터 신 국제 사전』 3판은 거의 편집자 100명과 외부 자문 202명이 12년을 들여서 집필했다. 우리는 2010년에 그 후속작인 4판 작업을 시작했는데, 인원 감축으로 인해 내가 이 글을 쓰는 지금 회사에 편집자는 25명뿐이다. 원래 일정을 고수한다면 『웹스터 신 국제 사전』 신판은 예수 그리스도가 산 자와 죽은 자를 심판하러 지상에 재림하기 몇 주 전에 완성될 것이다.

사전 편찬업은 과학적으로 고체로 분류될 만큼 느리게 움직인다.

정의를 마치고 나면 교열해야 한다. 교열을 마치면 교정을 봐야 한다. 교정을 보고 나면 다시 교정을 봐야 하는데, 그 사이 바뀐 것들이 있어서 다시 확인해야 하기 때문이다. 마침내 사전이 출시되어도 떠들썩한 파티나 축하는 없다. (너무 시끄럽고, 너무 사교적이다.) 우리는 이미 그 사전의 다음 개정판을 작업하고 있을 것이다. 그새 언어가 바뀌었으니까. 쉴 틈이 없다. 사전은 완성된 바로 그 순간 낡기 시작한다.

사전 편찬이 이렇듯 영어라는 늪지대를 힘겹게 헤쳐나가는 일이기 때문에, 영어 사전학의 비공식적 수호성인인 새뮤얼 존슨은 1755년 『영어 사전Dictionary of the English Language』에서 '사전 편찬자'를 이렇게 정의했다. "사전을 쓰는 사람, 무해한 노역자." 사람들을 피식 웃게 만드는 이 정의는 그러나 농담이 아니다. 1747년 체스터필드 백작에게 보낸 편지에 존슨은 적었다.

> 내가 발 들인 이 작업은 일반적으로 맹인을 위한 노역이자 볼품없는 산업에 고유한 수고로 간주되며, 학습의 빛도 재능의 활용도 요구되지 않고, 단지 부담을 아둔하게 인내하고 알파벳의 숲속에 느릿느릿 길을 내는 능력만 있으면 성공적으로 수행할 수 있다는 것은 알고 있었소…. 배움의 모든 땅 가운데 내게 할당된 곳은 일반적으로 가장 유쾌하지 못하고, 과실을 맺거나 꽃을 피우지 못하며, 길고 고된 경작 뒤에도 씨 없는 월계수조차 자라지 못하는 땅인 듯하오.

부담을 떠안는 인내력, 알파벳의 숲속에 느릿느릿 길을 내는 능력, 가장 유쾌하지 못한 것, 결실을 맺지 못하는 긴 노동—새뮤얼 존슨이 사전 편찬에 대해 이렇게 느낀 것은 그 유명한 『영어 사전』 집필을 시작하기 **전**이었다. 집필을 마친 뒤에도 그는 여전히 침울했다. 걸작에 바치는 서문은 이렇게 시작된다.

세상의 낮은 업에서 노역하는 이들은 숙명적으로 선의 가능성에 끌리기보다는 악에 대한 공포에 쫓기고, 칭찬받을 가망 없이 비판에 노출되고, 착오에 의해 망신을 사거나 태만에 의해 벌을 받고, 성공해봤자 박수갈채는 받지 못하고, 성실함에 보답받지 못한다. 그 불행한 필멸자들 가운데 사전 편찬자들이 있다.

그럼에도 이 불행한 필멸자들은 자신의 일을 계속한다. 옛 사전들을 연구하는 한 학자 친구가 사전 편찬이 직업보다 소명에 가까워 보인다고 말했는데, 어떤 면에서는 정말 그렇다. 사전 편찬자들은 매일 팔꿈치까지 오는 영어라는 탁류 속으로 몸을 던지고, 단어들과 씨름을 벌인 끝에 진흙탕에서 단어를 잡아 **빼서** 펄떡거리는 채로 페이지 위에 내던지고, 지치고 들떠서 똑같은 일을 반복한다. 모든 작업은 회사 이름 아래 익명으로 출간되니 명성을 위한 일도 아니요, 사전 편찬에서 얻는 이윤은 센트 단위로 계산해야 할 만큼 보잘것없으니 부를 위한 일도 아니다. 사전을 창조하는 일은 마법적이고, 절망스럽고, 두통을 유발하고, 평범하고 속되며, 초월적이다. 이는 궁극적으로 사랑스럽지 않고 사랑할 수 없다고 일컬어진 언어에 대한 사랑을 보이는 일이다.

그 일은 이렇게 이루어진다.

2장

금요일 오후 6시.
몸을 웅크리고 관자놀이를
양손으로 누르면서
고뇌하게 만드는 단어가 있다.
아무도 신경 쓰지 않는 작은 단어들이다.

But

문법에 관하여

내 남편은 뮤지션인데, 그 말인즉슨 내가 때때로 재미있는 머리 모양을 한 멋진 사람들이 가득한 화려한 파티에 초대받는다는 뜻이다. 나는 배우자 된 도리로 파티에 따라가서는 얼빠진 들러리 역할을 하곤 한다. 음식 근처에 자리를 잡고, 아무도 내게 말을 걸지 않기를 바라며 음식을 최대한 입 안에 밀어 넣는다.

그러나 나보다 사교술이 훌륭한 누군가가 다가와서 묻기 마련이다. "무슨 일을 하세요?" "사전을 집필해요." 이렇게 대답하면 질문한 사람은 얼굴이 환해지곤 한다. "아, 사전이요! 저는 단어들을 사랑해요! 문법도 사랑하고요!"

이 시점에 나는 방 안을 둘러보며 출구를 찾고, 방 건너편에서 쇤베르크나 일렉트로니카에 대한 대화에 푹 빠져 있는 남편에게 강력한 텔레파시를 보내기 시작한다. 나는 어떤 말이 이어질지 안다. 마침내 박스에 넣어 파는 싸구려 와인을 홀짝이며 상대가 말한다. "문법을 아주 잘 아시겠어요."

나는 제일 가까이 있는 간식을 아무거나 한 움큼 쥐고 입 안에 욱여넣는다. 내가 할 수 있는 일은 어정쩡하게 고개를 끄덕이는 것뿐이다. 머리를 흔드는 것으로 내 뜻이 충분히 전달되기를, 내가 실제로 생각하고 있는 걸 굳이 입 밖으로 내지 않아도 되기를 바란다. 내가 생각하고 있는 건 이렇다. 사전 편찬자로 일하면서 가장 먼저 마주하는 가혹한 진실 하나는 당신이 문법을 잘 안다는 건 당신의 **생각**일 따름이며 당신이 잘 아는 문법은—미안하지만—쓸모없다는 것이다.

당신은 학생 시절 문장 도해를 좋아했거나, 광란의 파티에서 이접사disjunct와 접속사conjunct의 차이에 대한 이론을 개진할 수 있었을지도 모른다(광란의 파티에 사전 편찬자들을 초대한다면 그런 일이 일어날 것이다). 어쩌면 당신은 여러 언어를 구사할 수 있는 사람으로, 행운의 동전처럼 언어들을 수집하고 그 사이의 차이점과 유사점을 소중히 살펴서 어떤 단어를 엄지로 쓰다듬는 것만으로 그 단어가 속한 언어의 느낌과 무게 전체를 환기할 수 있을지도 모른다. 사전 편찬자가 되는 사람들은 천성적으로 영어의 태엽 장치에 흥미가 있지만, 여러 해 동안 그 미세한 톱니와 바퀴들을 연구하다 보면 근시가 되고 만다. 자리에서 일어나 몇 걸음 물러서 주위를 둘러보기 전까지는 스스로 얼마나 심한 근시가 되었는지 깨닫지도 못한다.

사전 편찬자가 되기 위해 받는 첫 번째 교육인 〈문체와 정의〉 수업이 바로 영어에서 한발 물러서 문법적 방향감각을 되찾는 기회다. 오리엔테이션의 일환으로 받은 〈문체와 정의〉 수업은 편집부 층 뒤편의 작은 회의실에서 열렸다. 사실대로 말하자면 이 회의실은 화물 엘리베이터와 계단을 만들고 남은 작은 창고 공간에 하필 창문이 있었고, 그래서 청소 도구로 채우기엔 아깝다 싶어서 조금 꾸며놓은 곳에 지나지 않는다. 지금 이 회의실에는 낡은 사전들과 편집자 네 사람은 편안히 앉을 수 있지만 여섯 사람이 앉으려는 경우에는 서로 의도치 않은 신체 접촉을 피하기 위해 겁에 질려 팔꿈치를 몸에 딱 붙이고 숨을 얕게 쉬어야 하는 작은 테이블 하나가 놓여 있다.

우리를 교육시킨 사람은 E. 워드 길먼으로 우리는 그를 길이라고 불렀다. 내가 입사했을 때 메리엄 웹스터에서 40년째 근무 중이었던 그는 적어도 두 세대의 정의자들을 길러냈다. 그는 메리엄 웹스터의 『영어 용법 사전Dictionary of English Usage』 대부분을 집필했고, 「뉴욕 타임스」에 칼럼 〈언어에 관하여〉를 기고하는 윌리엄 새파이어와 정기적으로 논쟁이 붙곤 했다. 길은 지면에선 위협적인 지성을 뿜냈지만 직접 만나보면 서글서글한 사람으로, 뱃살이 두둑하고 젠체하지 않는 소탈한 태도가 전성기를 지난 19세기 선장을 연상시켰다. 그러나 당시 우리는 이를 모르고 있었기에, 지나치게 따뜻한 편집부 회의실, 길먼의 맞은편에 앉아 설레는 동시에 살짝 주눅이 들어 있었다. 그날 우리 앞에는 『정의자들을 위한 별나고 간단한 문법A Quirky Little Grammar for Definers』(3판, 4쇄)이 펼쳐져 있었다. 창문을 통해 햇살이 어른거렸고, 낡은 사전의 퀴퀴한 바닐라 냄새가 우리 주위에 떠돌고 있었다. 길이 몸을 뒤로 젖히고 침을 삼켰다. 그리고 경고했다. "문법이라. 당신들 몇 사람은 내가 지금부터 하는 얘기를 좋아하지 않을 겁니다."

사전 편찬자 관점에서 문법의 시발점은 품사, 즉 문장 내에서의 기능을 근거로 우리가 단어를 집어넣는 8개의 깔끔한 분류다. 미국에서 정규 교육을 받았다면 적어도 품사 네 종류는—명사, 동사, 형용사, 부사—읊을 것이고 모범생들이 끼어들어 나머지를—접속사, 감탄사, 대명사, 전치사—답할 것이다. 대부분의 사람들이 품사를 서로 별개의 분류로, 각각 라벨을 붙인 서랍으로 생각한다. 서랍 안에는 영어가 은퇴한 노인의 양말처럼 깔끔하게 개어져 있을 거라고 기대한다. 명사는 사람, 장소, 물건을 가리킨다. 동사는 행동을 기술한다. 형용사는 명사를 꾸민다. 부사는 W 질문(누가who, 언제when, 어디서where, 무엇을what, 왜why, 어떻게how—옮긴이)에 답한다. 접속사는 단어들을 한데 묶는다. 감탄사는 우리가 기쁘거나 놀랐거나 화났을 때 내뱉는 말이다.

사전 편찬자로서 처음 깨닫는 불편한 진실은 언어를 체에 걸러서 단어들을 하나하나 이 서랍에 넣는 사람이 바로 자신이라는 것이다. 단어들이 어떻게 생겨났는지에 관한 순진한 추정은 여기서 제대로 뒤통수를 맞는다. 단어들이 무로부터 자신이 속한 서랍 속에 그냥 나타나는 게 아니란 말인가? 매사추세츠의 베이지색 사무실에서 일하는 웬 얼빠진 사람이 단어가 어떤 품사인지를 **결정**한다고?

엄밀히 말해 그렇지 않다. 사전 편찬자로서 당신의 임무는, 영어를 실제 용법에 따라 한 문장씩 신중하게 분석하고 문장을 구성하는 단어들을 기능에 따라 올바르게 분류하는 방법을 배우는 것이다. 길이 오늘 오후 당신을 향해 의심쩍은 시선을 보내는 이유이기도 하다. 단어의 품사를 정하는 것은 당신이 아니다—영어를 말하고 쓰는 대중이다. 당신의 일은 단어의 품사를 밝혀내고 사전의 항목에 정확하게 반영하는 것이다.

이 사실은 위안이 되어야 하겠지만, 그렇지 않다. 영어는 대단히 유연한 언어이며 그 문법은 우리가 배운 것과는 딴판으로 지저분하다. 품사란 모든 걸 무 자르듯 구분해서 먼지가 앉지 않게 보관할 수 있는 별개 상자들이 아니라, 마구 뒤섞인 고기잡이 그물과 더 비슷하다. 『종합 영어 문법A Comprehensive Grammar of the English Language』의 저자 랜돌프 쿼크는 이를 '그래디언스gradience'라고 부른다. 많은 단어들이 개개의 그물에 쉽사리 포착된다. 'Dictionaries are great(사전은 위대하다)'라는 문장에서 'dictionary'가 명사임을 쉽게 알 수 있는 까닭은 그것이 '사람, 장소, 물건'이라는 일반적이고 극히 단순한 명사 구분 패러다임에 들어맞기 때문이다. 그러나 품사의 주변부에서 살아가는 단어들도 아주 많고, 그 단어들은 여러 개의 그물에 엉킬 수 있다. 명사는 형용사처럼 행동할 수 있다(chocolate cake(초콜릿 케이크)). 형용사는 명사처럼 행동할 수 있다(Grammarians are damned(문법학자들은 저주받았다)). 동사는 동사처럼 보이거나(She's running down the street(여자가 거리를 달려가고 있다)), 형용사처럼 보이거나(a running engine(잘 돌아가는 엔진)), 명사처럼 보일 수 있다(Her favorite hobby is running(그녀가 가장 좋아하는 취미는 달리기다)). 부사는 그 나머지다. 영어의 잡동사니 서랍이랄까(like so(이처럼)).

일단 하나의 그물에 포착된 단어도 미끈거리기는 마찬가지다. 사전 편찬자는 'The young editors were bent to Webster's will(젊은 편집자들은 웹스터의 뜻에 굴복했다)'라는 문장을 보고 약간의 정신적 속임수를 써서 이 문장에서 'bent'가 동사라고('bend'의 과거분사라고) 결론 내린다. 아주 잘했다. 이때 'bend'는 타동사인가(가령 'I bend steel(나는 철을 구부린다)'에서처럼 목적어를 필요로 하는가), 자동사인가 (가령 'Reeds bend(갈대는 굽는다)'에서처럼 목적어가 불필요한가)? 'were bent'는 'bend'의 수동태로 구부리는 행위자가 어휘 층위에 드러나 있지 않을 수 있고, 수동태에서 쓰이는 건 대체로 타동사다—그러나 여기서 행위자는 누구인가? 웹스터의 육신에서 분리된 뜻? 건방진 젊은이들의 헛소리를 믿지 않는 나이 든 편집자들? 머릿속이 혼란스럽다. 까딱 분노에 찬 혼잣말이 튀어나올까봐 연필 끝을 깨문다. 그러면서 혹시 잘못 생각한 건 아닌지 궁리한다. 이 문장의 'bent'는 'bend'의 과거분사로 만든 형용사 'bent'가 아닐까? 'Go to hell and get **bent**(지옥으로 꺼져버려라)'에서처럼. ' 공책을 끌어당기고, 그 위에 의도치 않게 온갖 음산한 문장을 쏟아낸다. 'The young editors were **subdued**(젊은 편집자들은 진압되었다).' '[Someone] **subdued** the young editors([누군가] 젊은 편집자들을 진압했다).' 이 용법이 자동사인지 타동사인지 알아보려는 거였는데, 쓰면 쓸수록 모르겠다.

당신은 혼자가 아니다. 메리엄 웹스터의 피터 소콜로프스키Peter Socolowski에게 편집부 대대로 내려온 희귀한 유물이 하나 있다. 정식 명칭은 타동사 검사기. 누군가는 트랜지타이저transitizer라고 부르는 이 유물은 문장이 적힌 핑크색 색인 카드다. 동사가 들어갈 자리에 구멍이 뚫려 있어서 문제가 되는 동사 위에 이 카드를 얹고, 완성된 문장에서 문제의 동사가 타동사인지 아닌지 확인할 수 있다. 트랜지타이저의 문장은 이렇다. "I'ma _____ ya ass(나는 네 엉덩이를 _____ 거야)." 나는 네 엉덩이를 <u>구부릴</u> 거야. (웹스터의 뜻대로.) 그렇다. 여기서 'bend'는 타동사임이 분명하다.

이 아수라장이 벌어진 이유 하나는 우리가 따르도록 되어 있는 신성한 품사라는 개념이 영어에 고유한 것이 아니기 때문이다. 서구에서 ** 품사의 개념은 기원전 4세기 플라톤이 『크라틸로스』에서 동사와 명사를 문장의 두 부분으로 구분하면서 처음 등장했다. 의견을 나누는 자리에 빠질 리 없었던 아리스토텔레스가 플라톤의 두 개 품사에 '접속사'를 추가하고, 『시학』에서 '의미 없는 소리'라고 정의했다. ('그리고… 그리고… 그리고…'로 이어지는 문장을 너무 많이 본 영어 교사들은 이에 진심으로 동의할 것이다.) 오늘날 우리가 쓰는 품사들은 기원전 2세기 「문법의 기술The Art of Grammar」이라는 논문에서 확정되었다. 명사, 동사, 분사, 관사, 대명사, 전치사, 부사, 접속사라는 8개 품사가 처음 나타난 것이다. 이 체계는 여러 세기를 거쳐 다듬어졌다. 관사가 빠졌고, 감탄사가 더해졌으며, 분사는 훗날 동사의 한 갈래로 들어갔고, 형용사는 명사에서 떨어져 나와 제 갈 길을 가기 시작했다. 영어 사전 편찬자들이 등장한 중세 말기에 영어 품사는 이미

- bent *adj* …-get bent 은어—누군가의 발언이나 제안을 분노 혹은 경멸을 담아 무시할 때 사용된다. "다음날 아침 나는 그에게 전화해서 사과하고자 하지만 그는 내게 꺼지라고get bent 말한다."—척 클로스터만, 『섹스, 마약, 코코아 퍼프Sex, Drugs, and Cocoa Puffs』, 2003 (*MWU*).
- ** 서양에서 발명되었다고 알려진 많은 것처럼 문법도 동양에서 처음 탄생했다. 학자들에 따르면 산스크리트어의 풍부한 문법 유형학 전통은 적어도 기원전 6세기, 어쩌면 기원전 8세기까지 거슬러 올라간다고 한다.

고정되어 있었는데 그 기반은 전적으로 라틴어와 그리스어였다.

이게 종종 말썽인 건 영어가 라틴어나 그리스어가 아니기 때문이다. 라틴어에는 부정관사도 정관사도 없다. 즉 'a', 'an', 'the'가 없다는 말이다. 관사는 일반적으로 맥락에서 함축적으로 이해된다. 고대 그리스어의 주요 문예 방언에서는 단지 글을 맛깔스럽게 만들 목적으로 정관사를 사용하지만 관사는 사용하지 않는다. 영어 원어민들에게는 외계인만큼이나 낯선 얘기다. 'the lexicographer(그 사전 편찬자)'라고는 말할 수 있지만, 'a lexicographer(한 사전 편찬자)'라고는 말할 수 없다고? 아티카 그리스어(그리스어 방언 중 하나로 수세기 동안 아테네인들의 언어였다—옮긴이)에서는 가능한 얘기다. 부정관사는 맥락에 내포되어 있다. 하지만 시간을 조금 더 거슬러 올라가 호메로스 시대까지 가면 그리스어에도 라틴어처럼 관사가 아예 없다. 관사로 아주 엉망이 된 영어를 연구하는 문법학자들에게는 썩 도움이 되지 않는 일이다.

영어의 품사가 모범으로 삼은 라틴어와 그리스어에 관사가 없다면, 사전 편찬자는 'a'를 대체 어떤 품사로 분류해야 마땅하겠는가?

길의 『정의자들을 위한 별나고 간단한 문법』에 딸린 컨닝 페이퍼에는 빈번히 쓰이는 용법들을 명료하게 이해하는 데 도움이 되는 짧은 용례들이 적혀 있다. 이 용례들은 사전 편찬자들이 언어라는 끈적끈적한 덩어리를 찢어 그 내장을 들여다보고자 할 때 빠지기 쉬운 함정에 대해 경고를 아끼지 않는다. 『별나고 간단한 문법』에서 관사를 어떻게 설명하고 있는지 보자.

4.2 관사. 부정관사 a와 an, 정관사 the 세 종류가 있다. 여기까지는 혼동할 여지가 없을 것이다. 셋 다 전치사로 쓰이기도 한다. six cents *a* mile(1마일에 6센트), 35 miles *an* hour(한 시간에 35마일), $10 *the* bottle(한 병에 10달러). the는 부사이기도 하다. *The* sooner *the* better(빠를수록 좋다). 보다 정교한 문법에서 관사는 한정사의 일종으로 분류된다.

길의 문법책은 전부 이런 식이다. 이건 품사야. 그리고 이건 이 품사의 용법을 분석하려 할 때 미치고 팔짝 뛰게 만들 모든 용례들이지. 주된 설명에선 한 품사의 기본적 속성이 소개되고, 하위 설명에서는 그 기본적 속성에서 벗어날 수 있는 모든 가능성이 나열되는 식이다.

현실은, 고등학교 영어 선생님들이 단어들이 무얼 할 수 있는지에 대해 거짓말을 했다는 거다. 영어를 실제보다 훨씬 더 단순한 것으로 만들기 위해. 그래, 접속사가 두 절을 연결하는 건 맞다(This is stupid **and** I'm not listening anymore(이건 멍청한 얘기이고 나는 더 듣지 않을래)). 하지만 어떤 종류의 접속사들은 절과 절 사이의 종속 관계를 보이고, 그런 접속사들은 부사와 아주 비슷하게 보인다(She acts **as if** I care(그녀는 내가 신경이라도 쓰는 듯이 행동해)). 선생님은 전치사가 항상 명사 또는 명사구 앞에 온다고 가르쳤을 것이다(He let the cat **inside** the house(그는 고양이를 집 안으로 들였다)). 전치사 뒤에 올 명사나 명사구가 분명한 경우 생략이 가능하다는 사실은 가르치지 않았을 것이다(He let the cat **inside**(그는 고양이를 안으로 들였다)). 부사가 '누가' '무엇을' '언제' '어디서' '왜' '어떻게' 했는지에 관한 질문에 답한다는 건 누구나 알지만, 접속사와 전치사도 같은 기능을 수행할 수 있음을 아는 사람은 별로 없다. 길은 누구나 명사에 대해 알 거라고 짐작해서 아무도 명사에 대해 완벽한 정의를 하지 않았다고 지적한다. '사람, 장소, 물건'이라는 정의는 전적으로 불충분하다. '희망'은 명사고 '살인'도 명사다. 이것들이 사람, 장소, 물건에 해당되는가?

문법적으로 분류하기 가장 어려운 단어들은 아무도 신경 쓰지 않는 단어—영어에 편재하는 작은 단어들이다. '업계에서 제법 굴렀다' 하는 사전 편찬자 아무에게나 물어봐라. 야간 경비원이 커다란 재활용품 쓰레기통을 끌고 가는 소리가 들리는 금요일 오후 6시, 사내에 비치된 『별나고 작은 문법』 책 위로 몸을 웅크리고 관자놀이를 양손으로 누르면서 고뇌하게 만든 단어가 무엇인지. 대답은 'sesquipedalian(길이가 1피트 반에 이르는 아주 긴 단어라는 뜻—옮긴이)' 같은 화려한 다음절 단어가 아니다. 대답은 'but', 'like', 'as' 같은 단어들이다. 이들은 교활하게 변신하며 품사와 품사 사이에서 살아간다. 우리가 커리어 내내 분석하고 또 분석해야 하는 단어들, 며칠 동안 수없는 용례를 들여다보다가 결국 "지옥에나 가라"고 외치면서 부사로 분류하게 되는 단어들이다. 영어는 너무나 유연하기 때문에 똑같은 교육을 받은 두 사전 편찬자가 똑같은 문장을 보고 똑같은 문법책을 근거로 똑같은 양의 머리칼을 쥐어뜯고서는 한 단어를 서로 다른 품사로 분류할 수 있다. 시도는 해봐야지, 어쩌겠는가What can they do but try?

이 망할 놈의 'but'. 그 정체는 무엇인가? 『별나고 작은 문법』을 한 손에 쥐고 이 문장을 읽으면서 나는 'but'이 접속사임에 틀림없다고 생각한다. 뒷걸음질을 치다 보니 도달한 결론이다. 'but'이 무엇인지 알려면 우선 'try'가 무엇인지를 알아야 한다. 나는 각종 너드 기술을 현란하게 발휘해본다. 문장을 도해하고, 'but' 뒤에 다른 동사를 넣어서 단어의 문법적 느낌이 크게 달라지는지 검사하고, 먼 곳을 응시하며 나의 슈프라흐게퓔이 'but try'의 **뼈**를 건드릴 시간을 준다. 마침내 나는 'try'가 주어가 생략된 절(They try(그들이 시도하다))의 동사라고 판단한다. 이때 'try'가 절이라면 'but'은 접속사인데, 기능상 'but'이 두 절을 연결시키고 있기 때문이다. 생략된 단어 하나와 명시된 단어 하나, 단 둘로 구성된다 하더라도 절은 절이다. 쉽게 내린 결론은 아니었다. 커피를 한 잔 더 마시고 1,779쪽짜리 『별나고 작은 문법』을 30분 더 뒤적이고 욕설을 내뱉은 뒤에야 가능했으니.

나는 동료 에밀리 브루스터에게 내 결론을 검토해달라고 이메일을 보낸다. 에밀리는 현재 우리 회사의 문법 전문가로, 2009년 길이 은퇴한 뒤 우리는 사전에 올릴 용법 해설을 쓸 때 에밀리에게 도움을 청한다. 언어학 학위가 있는 에밀리는 무척 똑똑하며, 거의 모든 것에 대한 족집게 분석을 즉석에서, 그것도 평이한 영어로 해낼 수 있는 종류의 여자다. 이 문장의 'but'이 접속사라는 사실을 확인해 줄 수 있는 사람이 세상에 존재한다면 그건 에밀리일 테다.

답장이 재깍 돌아왔다. 에밀리는 'but'이 전치사라고 했다.

나는 답장했다. **하지만, 하지만, 하지만.** 저 'try'를 주어가 생략된 절의 동사로 읽어야 의미가 통하지 않나요? (이는 에밀리에 대한 도전이라기보단 마음에서 우러나온 외침에 가까웠다. 『별나고 작은 문법』을 30분씩 들여다본 보람이 있어야지 않겠는가?) 이 문장의 'but'이 전치사라면, 어째서 동사인 'try'가—전치사의 목적격이 될 수 없는 품사가—여기 있는 거죠?

에밀리는 기꺼이 상세한 설명을 들려주었다. 어쨌든 그녀는 지금 정의해야 할 단어들에서 잠깐 휴식이 필요했다. 점심시간 이후로 쭉 'ball gag(사도마조히즘 성향의 사람들이 사용하는, 입에 물리는 공 달린 재갈—옮긴이)' 인용문을 들여다보고 있었으니.

에밀리는 문제의 문장을 놓고 그녀만의 너드 기술을 현란하게 발휘한 뒤, 그 멍청한 'try'는 주어가 생략된 동사가 아니라 'to'가 생략된 부정사라고 말한다. 'What can they do but [to] try?' 그 뒤에 이어질 논리는 우리 둘 다 잘 알았다. 부정사는 'to'가 없어도 부정사가 될 수 있다. 부정사는 명사를 대체할 수 있다. 명사는 전치사의 목적격이 될 수 있다. 그 말인즉슨, 이 문장의 'but'이 고개를 살짝 기울이고 곁눈질로 보면 전치사로 보인다는 뜻이다.

그렇지만 지나치게 곁눈질로 보는 것 아닌가요. 나는 불평한다. 여기서 'try'가 'but' 뒤에 온다는 것 말고 명사로 사용된다는 단서가 더 있나요?

에밀리는 바로 대답하지 않았다. 잠시 뒤, 그녀는 판결을 내렸다. "이런."

대화를 시작하기 전까지 우리는 둘 다 자신의 판단에 확신이 있었는데, 이제 함께 확신을 잃고 문법적 불가지론에 빠져들고 있었다. 이제 왜 '품사part of speech'를 'POS'로 줄여 말하는지 알았을 것이다. 'POS'는 '똥덩어리piece of shit'의 준말이기도 한데, 이 이중 의미는 적절하며 묘하게 위안이 된다.

사전 편찬자들과 언어학자들에게 재량권이 주어졌다면 영어에는 문법적으로 모난 단어들을 깔끔히 정리해서 집어넣을 수 있는 28개 품사가 있을 것이다. (언어학자들은 이보다도 더 복잡한 체계를 제안했고 자기들 논문에서 그 체계를 실제로 사용한다.) 그러나 영어의 문법적 변용은 28개 품사로도 부족할 만큼 많다. **대명사**만 해도 12가지 종류가 있다. 우리 무해한 노역자들은 괴짜들의 영역에 속하는 이런 심원한 지식에 대해 술술 이야기할 수 있다. 그러나 영어 화자 및 독자 대다수가 그 대명사들의 차이에 대해 알아야 하는지, 알더라도 신경이나 쓸지 의문이다. 사전 편찬자들도 그 이상 파고드는 건 한계다.

『아메리칸 헤리티지 사전The American Heritage Dictionary』의 편집국장 스티브 클라이네들러는 말한다. "내 생각은, 뭐라고 부르든 그건 중요하지 않다는 겁니다. 단어가 어떻게 사용되는지 정의하고 어떤 틀에서 사용되는지 보였다면 접속사라 부르든 전치사라 부르든 부사라 부르든 상관없습니다. 그건 단지 분류일 뿐이죠. 품사가 존재하는 이유는 단어를 더 쉽게 찾을 수 있도록 분류하기 위해서입니다. 분류에 꼭 들어맞지 않거나 여러 분류에 걸쳐 있다 해도, 정의만 잘 내렸다면 잘한 겁니다."

교육을 받고 몇 년 뒤, 나는 〈T〉 항목의 교정을 보다가 'the'가 형용사로 올라가 있는 것을 발견했다. 실수겠거니 하고 『웹스터 대사전』 3판을 확인하니 거기에도 'the'가 형용사로 올라 있었다. 증거가 명명백백했는데도 나는 마침 자기 사무실을 나서고 있던 길을 커피메이커 쪽으로 몰아붙이고 질문을 던졌다. 품사 선택지가 제한되어 있다는 건 알지만 '형용사'는 너무 아무렇게나 분류한 거 아닌가요? 길은 아무렇게나 분류한 게 아니라고 답했다. 'the'는 형용사처럼 명사를 수식했고, 불만이 제기될 경우 전통이 우리 편이었다. 'the'는 19세기부터 사전에 형용사로 등재되어 있었던 것이다. 하지만 그건 미봉책 같은걸요. 사전의 핵심은 한 단어가 사용되는 방식을 정확히 기술하는 건데, 거기엔 품사도 해당되잖아요. 품사를 바르게 판단하지 못한다면…. 내 말에 길이 한숨을 쉬었다. 커피 한잔 마시려고 자리에서 일어났다가 스스로 웹스터가 문법에 보낸 선물이라고 생각하는 사람에게서 영어 관사에 대한 장광설을 듣다니 웬 봉변인가. 길이 헛기침을 했다. "그럼, 선택지가 제한되어 있는데, 그 망할 관사를 어디다 넣겠어요?"

사전 편찬자들과 언어학자들은 언어에 대해 짜증을 내지 않는다고 주장한다―우리는 어쨌든 객관적인 언어 연구자 아닌가. 그러나 이는 정직하지 못한 주장이다. 에밀리 브루스터는 'lay'와 'lie'의 구별에 유난히 신경이 쓰인다고 고백하고, 나는 아직도 글을 읽다가 'impactful'을 마주치면 핼쑥해진다. 심지어 망할 'impactful'을 정의해야 했던 뒤에도 말이다. 그러나 사전 편찬자들과 언어학자들이 참된 신앙을 옹호하는 개종자처럼 열정적으로 토로하는, 대단히 사소하지만 대단히 짜증을 유발하는 단 하나의 불평거리가 있다. 자신들을 제외한 모두가 '문법'이라는 단어를 잘못 쓰고 있다는 것이다.

언어학자들과 사전 편찬자들에게 '문법'은 일반적으로 단어들이 한 문장 안에서 서로 상호작용하는 방식, 또는 그 방식을 지배하는 체계적인 규칙을 일컫는다. 사전 편찬자에게 문법은 'He and I went to the store(그와 나는 가게에 갔다)'라고 말하지, 'Him and I went to the store'라고 말하지 않는 이유다. 또한 우리가 독일어 화자들과 달리 동사를 (대개는) 주어와 목적어 사이에 넣는 이유다. (가령 독일어에서는 'Why we the verb between the subject and the object stick'과 같은 어형이 완벽하게 문법에 맞고 정상이다.) 사전 편찬자들은 (표면상) 객관적이고 사실적인 이런 종류의 문법에 대해서는 상당히 너그럽다.

그러나 언어학자나 사전 편찬자가 아닌 사람들은 다른 것을 '문법'으로 일컫는다. 그들이 말하고자 하는 건 표준 영어에서 동사의 위치가 어디인가에 관한 체계적 규칙이 아니라 언어를 보는 훨씬 넓은 관점이다. 그들에게 '문법'은 옳고 그름을 판가름할 수 있는 문체상의 단어 선택, 모든 영어 화자가 살다가 한 번쯤은 저지르는데도 '나쁜 문법'으로 낙인찍힌 철자 오류, 중학교 영어 선생님에게 혼나면서 배운 용법 '규칙'들 가운데 잊어버리지 않은 절반, 개인적이고 때로는 비이성적인 혐오 등을 포함하는 느슨한 복합체다. 이것이 'your'와 'you're'를 구분하지 못하는 것을 비웃는 인터넷 밈에서 말하는 문법, 문장을 전치사로 끝내선 안 된다고 주장하는 사람들이 들먹이는 문법, 식료품점의 '10 items or less(물건 10개 이하)' 표시가 '나쁜 문법'이라고 불평할 때 언급되는 문법이다.

친애하는 독자 여러분은 이런 문법에 높은 가치를 두고 있을 가능성이 높은데, 왜냐면 이런 문법은 숙달하기가 워낙 어려워서 아마 여러분이 깨어서 보낸 시간의 상당 부분을 투자해야 했을 것이기 때문이다(우리 모두 그렇다). 이런 종류의 문법을 집짓기 블록이라고 생각해보라. 우리가 제일 먼저 갖게 되는 블록은 무의식적으로 얻어진 것으로 지하에 놓인다. 명사가 한 개보다 더 많을 때는 일반적으로 단어의 끝에 '–s'를 붙여서 표시한다, 동사는 문장 가운데 주어와 목적어 사이에 놓인다, 동사는 화자가 달라짐에 따라 형태를 바꾼다 등등. 이것이 우리가 앞으로 블록을 쌓는 토대가 된다.

인생을 살면서(특히 학교를 다니면서) 우리는 토대 위로 쌓아올릴 블록들을 더 많이 모으게 된다. 문장을 전치사로 끝내지 마라, 수동태를 쓰지 마라, 조건절에서는 'was' 대신 'were'을 써라(그러나 항상 그래야 하는 건 아니며 그 예외에 대한 지식은 나중에 모을 블록이다). 블록은 점점 더 작아져서, 우리가 쌓아올린 벽에서 눈에 보이는 구멍을 전부 메울 수 있게 된다. 'lay'는 명시된 목적어가 있을 때 쓰이고(Lay the book on the table(탁자 위에 책을 놓다)) 'lie'는 명시된 목적어가 없을 때 쓰인다(I'm going to lie down on the sofa(나는 소파에 누울 거야)). 'who'는 사람을 지칭할 때만, 'that'은 사물을 지칭할 때만 쓰인다. 절대, 결코, 어떤 상황에서도 'ain't'는 쓰지 마라. 우리는 이런 자잘한 블록들을 그러모으고, 모르타르로 접합하고, 탑을 점점 더 높이 쌓아 올리면서 우리보다 블록을 적게 찾았거나 탑을 엉성하게 지어올린 사람들을 끊임없이 자신과 비교한다. 이게 우리가 말하는 '문법'이다. '좋은'이라는 수식이 생략된 이 문법은 우리가 남들과 우리를 비교하는 잣대다.

이는 젊은 사전 편찬자들이 탐닉하는 종류의 문법이기도 하다. 그래서 스티브 페로가 면접에서 "영어 문법을 잘 알고 있느냐"라고 질문했을 때 우리는 모두 콧방귀를 뀌며 우쭐댔다. 물론, 우리는 영어 문법을 **대단히** 잘 알고 있다. 평생 그러모은 블록들로 탑을 튼튼하게 세웠으니까.

가엾도다, 우리! 모든 사전 편찬자가 〈문체와 정의〉 수업에서 가장 먼저 겪어야 하는 일은 자신의 언어적 편견에 직면하고, 반대 증거 앞에서 자신의 편견을 유보하거나 수정하는 것이다.

내게 그 경험은 단어 'good'으로 찾아왔다. 〈문체와 정의〉 수업 초반에 길이 큰 소리로 이 단어를 말했다. 그리고 우리에게 물었다. "형용사일까요, 부사일까요?"

잠시 적막이 흘렀다. '누가 몰라. 이거 혹시 난센스 질문인가?' 나는 불길 속으로 성큼 걸어 들어갔다. "형용사죠." 나는 몇 년 전, 내가 "I don't feel good(기분이 좋지 않아요)"라고 말할 때마다 "'good'이 아니라 'well', 'well'이야!" 하고 고함치던 영어 선생님을 추억하며 말했다. 'I feel well'이라고 해야 한다. 'well'이 부사니까. 'I feel **good**'이라고 하면 안 된다. 제임스 브라운이 노래에서 뭐라 했든, 'good'은 형용사니까.

"'I'm doing good(잘하고 있다)'은 어때요? 여기선 부사로 쓰이지 않았나요?" 길이 물었다.

나는 기분이 영 좋지 않았다. 그건 부사적 쓰임이 **맞았다**. "하지만, 그렇게 말하면 안 돼요. 'I'm doing well'이라고 해야죠." 내가 주장했다.

길이 혀를 찼다. "그럼 실제로 'I'm doing well'이라고 말합니까, 'I'm doing good'이라고 말합니까?" 그가 뾰족한 눈빛으로 나를 보았다. 우리 둘 다 내가—단 5분 전에!—문법 공부가 어떻게 되어가고 있냐는 질문에 "I'm doing good"이라고 대답했다는 걸 알고 있었다. 나는 그가 나를 당장 해고하거나 아니면 두 턱을 커다랗게 벌려 나를 통째로 삼킬 거라고 확신하고 혼신의 힘을 다해 바닥으로 녹아버리려고 애썼다. 길은 좌불안석하는 나를 무시하고 설명을 이어나갔다. 어법 해설자들과 예민한 사람들이 규탄할지언정, 'good'이 천 년 가까이 부사로 사용된 건 엄연한 사실이다. 길은 사전이 언어를 사용되는 모습 그대로 기록한 것이며, 부사로 쓰이는 'good'을 아무리 업신여기고 싶더라도(이 대목에서 그는 안경 너머로 나를 보았다) 우리는 그 존재를 두고 무의미한 소동을 벌이는 대신, 그 유서 깊은 용법을 사전에 기록해야 한다고 말했다.

길은 몸을 젖히고 환하게 미소 지었다. 그 순간 내가 쌓아올린 탑이 무너지기 시작했다. 블록들이 사방으로 쏟아졌다.

길이 이 이야기를 들려준 까닭은 사전이 사람들이 사용하는 언어를 다만 있는 그대로 기록할 따름이라는 개념이 우리가 일반적으로 생각하는 사전의 역할을 거스르기 때문이다. 많은 사람들이—사전 편찬이 자기 적성이라고 생각하는 사람들도—사전은 영어의 위대한 수호자이며, 그 역할은 사감 선생님이 통금 시간을 정하듯 방탕한 언어를 예법의 울타리 안에 가두는 일이라고 생각한다. 사전에 오른 단어들은 대문자 O로 쓰는 공식Official이며, 왕실 영어 및 표준 영어의 일부로 인정받았다. 필연적으로 사람들은 사전이 나쁘고 상스럽고 추하고 혐오스러운 단어들을 그 성스러운 페이지에 올리지 않았고, 그로써 왕실 영어, 공식 영어, 표준 영어에서 금지시켰을 것이라고 생각한다. 그렇게 언어는 보호되고, 바르게 유지되고, 순수하고 **좋**은 것으로 남는다. 일반적으로 '규범주의'라고 불리는 이런 생각은 불행히도 사전의 작동 방식과는 거리가 있다. 우리는 좋은 것만 사전에 넣지 않는다. 나쁘고 추한 것도 넣는다. 우리는 단순히 관찰자들이고 우리 목표는 가급적 정확하게 언어의 최대한 많은 부분을 기술하는 것이다. '기술주의'라고 부르는 이 접근법이 거의 모든 현대 사전의 철학적 기반이다. 가장 전문적으로 집필된 사전에 어떤 단어가 등재되기 위한 조건은 문어체 영어에 널리 보급되고 꾸준히 사용되는 것이 전부다. 문어체 영어에는 '나쁘고' '추한' 단어들이 놀랄 만큼 많이, 거듭 등장한다.

내가 아이러니를 의도하는 따옴표를 남발하고 있다는 걸 눈치 챘는가? 일부러 그랬다. 우리가 표준 영어로 간주하는 것에 들어맞지 않는 용법은 도덕적 지탄을 받는다. 부모들은 자녀들에게 'ain't'가 나쁜 영어라고 악의 없이 가르친다. 사람들은 'irregardless(무관한. 부정 접두사 ir–와 부정 접미사 –less가 동시에 붙어 있으며 regardless와 동의어다—옮긴이)'를 사용하는 사람들을 비웃는다. 고등학교 때 에세이를 제출했더니 선생님이 문장 끝에 등장하는 전치사마다 일일이 동그라미를 치고 'A+ 아이디어를 C− 문법이 망친 사례'라고 적어 돌려준 경험이 누구에게나 있을 것이다.˚ 보다 나은 문법을 통해 자신을 개선시키는 방법을 다룬, 『좋은 사람이 나쁜bad 문법을 사용할 때』나 『당신이 저급한poor 문법을 쓸 때 나는 당신을 평가한다』 같은 제목의 책이 시중에 몇 톤이나(문자 그대로 몇 톤이나) 나와 있다. (이 제목에서

˚   내겐 그런 선생님이 있었다. 그 논평을 생각하면 아직도 짜증이 솟구친다.

보다 격식 없고 상투적인 '나쁜bad' 대신 '저급한poor'을 쓴 것에 주목하자. 질을 표시하는 '저급한'과 도덕성을 표시하는 '나쁜'을 구분하여 쓴 것은 문법에 대한 예민함을 넘어선 예민함―진짜 예민한 사람의 예민함이다. 잘했다.) 이런 태도는 극단까지 치달을 수 있다. 아는 사람이 최근 말하길, 자기는 단어에 새 뜻이 생기는 것이 언어와 교육의 타락일 뿐만 아니라 세상 속 악(그것도 대문자 E로 시작하는 악Evil)의 적극적 활동 때문이라고 믿는다나.

규범주의와 기술주의도 이런 도덕적 이원론에 욱여넣어진다. 알려진 대로라면, 규범주의는 영어에서 '최고의 모범'만을 옹호하고 기술주의라는 신식 언어적 상대주의를 피한다. ˙ 그렇다면 규범주의는 좋을 것이다―'최고의 모범'만 받아들였다는데 좋지 않을 도리가 있겠는가? 그리고 만약 규범주의가 좋다면, 기술주의와 그 원칙과 그것을 따르는 자들은 필연적으로 나쁠 수밖에 없다. 베스트셀러 글쓰기 지침서 『글쓰기의 요소The Elements of Style』의 공저자 스트렁크와 화이트에서 후자를 담당하고 있는 인물 E.B. 화이트는 기술주의에 대한 현대인의 불평을 미려하게 표현한다.

˙ 현대의 언어학적 상대주의에는 못해도 2천년의 역사가 있다. "Multa renascentur quae iam cercidere, cadentque / quae nunc sunt in honore vocabula, si volet usus, / quem penes arbitrium est et ius et norma loquendi(지금 스러진 많은 단어들이 부활할 것이며 / 지금 존경받는 많은 단어들이 스러질 것이다. 그것이 사용자들의 뜻이라면 / 언어의 법규와 기준을 결정하는 것은 바로 그 힘일지니)." 호라티우스, 『시학』, 기원후 18년. 완전히 빨갱이 히피 진보주의자 아닌가?

저는 『글쓰기의 요소』에 대한 당신의 여러 염려에 계속해서 동조했습니다만 조정할 수 없는 스트렁크 씨의 생각을 현대 영문학의 진보주의자, 아무거나 괜찮은 그자에게 맞추어 바꾸려는 시도는 할 수 없고 하지도 않을 겁니다. 당신은 편지에서 그에 대한 경멸을 표하면서 다른 한편으로는 그의 찬성을 원하는 것 같습니다. 제가 그자에게 반대하는 건 기질적 이유도 있고, 그의 제자들의 글을 보고선 집어치워라 소리가 절로 나왔기 때문이기도 합니다. (스트렁크가 집필한 『글쓰기의 요소』는 1918년에 출간되었으며, 그의 제자였던 E.B. 화이트가 스트렁크 사후에 맥밀란의 의뢰를 받아 전면 개정한 판본이 1959년에 출간되었다. 위의 편지는 화이트가 맥밀란 출판사의 편집자 J.G. 케이스에게 보낸 것으로 '그자'는 맥밀란을 가리킨다—옮긴이.)

기술주의자들, 아무거나 괜찮다는 히피들. 우리는 그들의 글을 보았고, 정신이 똑바로 박힌 도처의 사람들은 그들에게 집어치우라고 말한다.

자, 사전 편찬자가 되었다면 이제 당신도 기술주의자다.

3장

영어는 성장하면서 자기만의 삶을 산다.
정확히 우리가 바라는 대로 행동하기도 하고,
가끔은 우리가 싫어하는 곳으로도 간다.
결코 우리는 영어의 지배자가 될 수 없다.
그게 영어가 번창하는 이유다.

It's

'문법'에 관하여

영어를 보호하고 '좋은 문법'을 옹호하기 위한 피비 린내 나는 전투가 태초부터 벌어진 건 아니다. 사실 15세기 중반 전에 영어는 담화하는 언어, 공식적인 언어, 영속적인 언어로 간주되지 않았다. 그 이전 공식 문서들은 대부분 (기록용 언어의 최적 표준이었던) 라틴어나 프랑스어로 기록되었다. * 물론 여러 익명의 작가들이 (그리고 조프리 초서Geoffrey Chaucer처럼 이름을 내건 ** 작가들 몇몇이) 자신

* 우리가 금발에 혈색 좋은 잉글랜드 사람이라고 생각하는 군주들은 사실 많은 이들이 프랑스인이었다. 가상의 로빈후드가 지배하던 시대, 본국을 비웠던 군주, 고약한 존 왕의 형제 사자심왕 리처드(1189~1199년 재위)는 영어를 한마디도 못했고 성지를 때려 부수거나 오스트리아의 감옥에 갇혀 있지 않던 시간은 아키텐 공국에서 보냈다. 노르망디 정복 후 왕좌에 앉은 최초의 진정한 '잉글랜드인' 왕은 헨리 7세였는데, 그는 사실 웨일즈인이었다.

** **on·y·mous**\'änəməs\ *adj* : 이름을 지닌; 특히 저자의 이름을 주거나, 지닌 〈저자의 이름이 실린onymous 잡지 기사〉 (*MWU*).

의 지혜를—혹은 방귀에 관한 농담을—영어로 보존하기로 선택했지만, 헨리 5세가 1417년 갑자기 공식 서신에서 영어를 사용하기 전까지 영어는 진지한 문학적 언어로 여겨지지 않았다. 그로부터 수십 년 뒤, 영어는 프랑스어와 라틴어를 거의 완전히 대체하고 잉글랜드 관료제의 언어로 등극했다.

이 변화의 문제는, 상당히 오랫동안 기록용 언어로 사용된 프랑스어와 라틴어는 둘 다 비교적 표준화되어 있던 반면 영어는 그렇지 못했다는 것이다. 라틴어와 프랑스어는 발음과 무관한 표기법이 있었지만 영어는 순전히 발음 그대로 표기되었다. '권리right'를 적는 방법은 중세 라틴어로는 한 가지(rectus)였고, 잉글랜드 법과 문학에서 사용된 고대 프랑스어로는 여섯 가지(drait, dres, drez, drettes, dreyt, droit)였지만, 공식 기록 언어가 된 중세 영어로는 무려 77가지였다.' 『메리엄 웹스터 간이 영어 용례 사전Merriam-Webster's Concise Dictionary of English Usage』에 정황이 훌륭하게 설명되어 있다. "영어는 이제 과거 라틴어와 프랑스어의 기능을 수행해야 했다… 그리고 이 새로운 현실은 가변적인 발음에서 독립적인 표준 영어 문어의 형성에 강하게 박차를 가했다."

여기서 핵심 단어는 '문어'다. 영어 발음은 여전히 매우 다양했으나 15세기부터 표준 철자법이 부상하기 시작했다. (이런 움직임이 시작된 건 15세기 중반이지만 영어 철자법이 완전히 표준화된 것은 그로부터 얼추 500년 이상이 지난 뒤다.) 철자법의 표준화는 영어를 기록에 적합한 언어로 만든다는 목표에 초점을 맞추었다. 공식적인 법원 문서나 법률 서류를 지역 필경사가 쓰듯이 작성할 수는 없는 노릇이었다. 이때

법원 직원들이 사용하던 유형의 언어(적절하게도 공문서 영어Chancery English 혹은 공문서 기준Chancery Standard이라고 불렸다)** 는 초기 현대 영어가 발전하는 씨앗이 되었다.

법원 직원들의 노고가 전부는 아니었다. 15세기에 인쇄기가 잉글랜드에 도입되면서 표준화 절차를 가속화시켰다. 당시 잉글랜드에서 가장 유명한 인쇄업자였던 윌리엄 캑스턴과 리처드 핀슨이 공문서 기준을 채택했다.

공문서 기준이 책과 인쇄된 소책자의 형태로 인쇄 업계에서 퍼져 나가면서 영어 철자법이 차츰 표준화되는 사이, 영어 자체는 기세 좋게 성장하고 있었다. 16세기에 영어는 기록의 언어로 자리매김했다.

- re3t, reght, reghte, reht, reit, rethe, rey3t, reyght, reyt, reyte, r3t(있어야 할 위치에 모음이 없는 것을 보면 전달상 오류로 보임), rich, richt, ricth, ri3, ri3ght, ri3ht, ri3hte, ri3t, ri3te, ri3th, ri3tt, ri3tte, ri3ty(추가로 y가 붙은 것을 보면 전달상 오류로 보임), righte, rigt, rigth, rigthe, rih, rihct, rihht, rihst, riht, rihte, rihtt, rihtte, rij3t, rist, rit, rite, rith, rithe, ritht, ritth, rothes(복수형. 터무니없는 o를 보면 이것 역시 전달상 오류로 보임), rycht, ryde, ry3, ry3ght, ry3ht, ry3hte, ry3t, ry3te, ry3th, ry3the, ry3tt, ry3tte, ry3tth, ry3tthe, ryg, rygh, ryghe, ryght, ryghte, ryght3, rygt, rygth, ryht, ryhte, ryt, ryte, ryth, rythe, rytht, wryght(w로 시작하는 것을 보면 이 역시 전달상 오류로 보임), zi3t(z로 시작하는 것을 보면 전달상 오류가 분명함), 그리고 물론, right.
- **¹chan·cery** \'chan(t)-s(ə-)rē, 'chän(t)-\ n -ies...**2** : 본디 국왕의 증서, 특허장, 교서를 발행하고 보존하기 위한 기록 사무소로 후에는 공공 기록물과 교회, 법, 외교적 문서들을 수집하고 정리하고 안전하게 보관하는 데 사용되었다. (*MWU*).

이제 문학의 언어로도 성장할 차례였다.

　문제는 잉글랜드 최고의 작가들이 영어가 아직 그만한 준비가 되지 않았다고 생각했다는 것이었다. 갑자기 대두된 문제는 아니었다. 영어가 문학에 적합하지 않다고 불평하는 것은 늦어도 12세기부터 잉글랜드의 국가적 심심풀이였으며, 확신하건대 만약 잔존하는 문서 기록이 더 많았더라면 어떤 고대 영어 원고의 구석에 영어가 형편없고 라틴어가 훨씬 우월하다는 낙서가 발견되었을 것이다. 존 스켈튼은 16세기 초에 쓴 시에서 "우리가 타고난 말은 거칠다"라고 주장하면서 영어가 시의 언어로는 부족하다고 말했는데, 그는 **잉글랜드의 망할 계관시인**(영국 왕실에서 국가적으로 뛰어난 시인을 이르는 명예로운 칭호—옮긴이)이었다. 영어를 문학의 언어로 만들기 위해선 갈 길이 멀었다.

　16세기에 영어 어휘가 급성장했다. 신어의 많은 부분이 대륙의 아름답고 문학적인 언어들—라틴어, 이탈리아어, 프랑스어에서 빌려 온 것이었다. 로망스어(라틴어가 과거 로마 제국에 속했던 여러 지역에서 분화하여 만들어진 근대어의 총칭—옮긴이)에서 어휘를 차용하는 데에는 논란이 따랐고—셰익스피어는 단지 똑똑해 보이려고 거창한 외국어를 쓰는 사람들을 놀리기도 했다*—그렇게 16세기 말에 이르자 영어는 외국어에서 차용한 단어로 어휘가 크게 늘어났고, 한편으로는 급성장 중인 이 언어를 배우려 드는 외국인들도 아주 많았다. 마침내 영어 원어민 몇 사람이 질서 정리에 나섰다. 영어 표준화와 개혁에 관심이 있었던 윌리엄 벌러카가 1586년 최초의 영문법 책을 출간했다. (제목은 적절하게도 『영어의 간단한 문법Bref Grammar for English』이었다.) 1604년 로버트 코드리가 최초의 영영 사전을 펴냈다.

그들은 끔찍이 지저분해진 영어에 고삐를 채워야겠다고 생각했다. 어떤 사람들은 보다 거창한 해법을 제시했다. 영어 아카데미를 설립해서 좋은 영어 용례 규범을 정하고, 나아가 나쁜 것을 몰아내자는 주장이었다. 여기서 '나쁜 것'은 단지 사람들이 상스럽다고 생각하는 단어뿐 아니라 우아하지 못하고 추하다고 여겨지는 온갖 종류의—문체, 용법, 시의 운율 등등 갖가지—언어를 가리켰다. 대니얼 디포는 영어 아카데미라는 개념이 마음에 쏙 들어서, 이것이 영어뿐 아니라 잉글랜드인의 정체성과 이해 관계에도 도움이 될 거라고 생각했다. 아카데미의 임무는 '교양 학습Polite Learning을 권장하고, 영어를 세련되게 다듬고, 완전히 무시된 올바른 언어의 기능을 발전시키는 것. 또한 순수하고 적절한 문체가 무엇인지 정하고, 무지와 가식이 덧붙인 모든 불규칙적인 추가 사항들과 일부 독단적인 작가들이 개인적 망상을 규칙으로 만들며 모국어에 뻔뻔하게 불어넣고 있는 혁신이라 불리는 것들을 그로부터 제거하는 것'이었다.

•   모스 [방백] : 저분들은 말의 잔치에 갔다가 찌꺼기를 훔쳐왔지요.
코스타르드: 오! 저 사람들은 오랫동안 자선 바구니의 말 찌꺼기를 집어먹고 살아왔지. 자네 주인이 여태껏 자네를 말로 알고 집어삼키지 않았다니 놀랍군. 자네는 키가 '호노리피카빌리투디니타티부스honorificabilitudinitatibus(영예를 얻을 수 있는 상태라는 뜻의 라틴어로 당대에 세상에서 가장 긴 단어로 간주되었다-옮긴이)'보다 머리 하나는 작지 않은가. 술에 띄운 건포도보다도 쉽게 삼킬 수 있었을 텐데. 「사랑의 헛수고」 5막 1장 36~42줄.

디포가 영어를 싫어했다고는 생각지 말길. 그는 이렇게 말을 잇는 다. "나는 이런 협회에 힘입어 우리 영어의 문체가 진정 영광으로 빛나리라고, 그리하여 영어가 세상의 교양 있는 사람들로부터 세상의 모든 저속한 언어 가운데 가장 고귀하고 가장 포괄적인 언어라고 찬탄을 받고 실제로도 그렇게 되리라고 감히 말한다."

영어의 지위를 격상시키고자 소망한 사람은 디포 혼자가 아니었다. 조너선 스위프트도 같은 것을 갈망했고 존 드라이든은 이를 위해 분투했다. 문법은 외국인들에게 영어를 가르치는 교재가 아니라 영어 원어민들에게 영어를 가르치는 교재가 되었다.

주제넘은 이야기로 들린다면, 이 사실을 기억하길. 18세기에 문해 교육(특히 공식 교육)이 호황을 이루었고, 그로부터 얼마 지나지 않아 '좋은 문법'은 교육받고, 균형 잡히고, 예의 바르고, 도덕적으로 올바른 사람과 무지하고, 천박하고, 도덕을 느슨하게 지키는 사람을 가르는 선이 되었다. 문법학자들은 영어가 일련의 논리적 규칙과 기대들로 환원될 수 있는 체계이며 그 논리적 규칙들이 바른 사고를 표현한다고 주장했다. 도덕과 영어 사용의 괴상한 연결은 난데없이 튀어나온 게 아니었다. 당시 잉글랜드와 그 식민지들은 거대한 사회적 변화를 겪고 있었다. (전통적으로 대부분 기초 교육은 받았지만 그 이상은 배우지 못한) 중간 상인 계급은 교양 사회의 입장권을 사기에 충분한 돈을 벌기 시작한 반면 (대부분 모범적인 교육을 받은) 귀족 계급은 토지와 돈을 잃고 영향력마저 잃고 있었다. 계급의 사다리를 올라가는 사람들은 항상 상위 계급의 예법과 교육을 갈망하지만 혼자 힘으로 그것들을 거머쥐기는 어렵다. 18세기도 예외가 아니었다. 갑자기 현금을 잔뜩 쥐게된 상인들은 특히 사업을 할 때 처음부터 돈이 많았던 척을 해야 했다.

부상하는 중간 계급을 위해 서신 작성 지침서의 형태로 특별히 쓰인 책들이 그들이 필요했던 도움을 주었다. 대니얼 디포도 1725년에 그런 안내서의 일종인 『잉글랜드 무역상을 위한 일상 서간 작성법 완전판The Complete English Tradesman in Familiar Letters』을 펴냈다. 이 책에는 중간 계급 상인들을 위한 각종 사업 조언과 더불어 알찬 훈계가 가득했다. "상인이 직업상 의무적으로 해야 할 일을 몸이나 마음의 쾌락으로 인해 게을리하게 된다면, 나는 어떠한 쾌락에도 무죄를 선고할 수 없다."

이렇듯 18세기 영어 문법은 에티켓 도서의 언어편 부록과 같았다. 런던 주교 로버트 로우스는 1762년에 집필한 『영문법에 대한 짧은 개론: 평석본A Short Introduction to English Gammar: With Critical Notes』 서문에서 설명한다.

적절하고 정확하게 자신을 표현하는 것은 일반 교육을 받은 모든 사람에게 기대되고, 대중을 가르치거나 대중에게 즐거움을 주는 모든 사람에게 필수적으로 요구되는 자질이다. 이 책의 평석으로부터 최고의 작가들도 영문법 지식이 부족하거나, 혹은 영문법 규칙에 충분히 주의를 기하지 않은 탓에 굉장한 실수를 범했음이 훤히 드러날 것이다.

로우스의 문법에서 우리는 오늘날 대중들이 생각하는 '문법' 개념의 시초를 본다. 그의 책 첫 줄에는 이렇게 적혀 있다. "문법은 단어로 우리의 생각을 올바르게 표현하는 기술이다." 그의 문법은 가령 전치사와 부사의 차이 같은 실제 문법뿐 아니라 우리 현대인들이 '용법'이라고 부르는 것도 다룬다. 가령 언제 'will'을 사용하고 언제 'shall'을 사용하는지 ('will'은 1인칭 단수와 복수에서는 약속하거나 위협할 때 쓰고, 2인칭과 3인칭에서는 예고할 때만 쓴다. 반대로 'shall'은 1인칭에서는 단순히 예고할 때만 쓰고 2인칭과 3인칭에서는 약속하거나 명령하거나 위협할 때 쓴다.) 혹은 'who'와 'whom'을 헷갈리는 것은 주격과 목적격에 통달하지 못했다는 증거이니 둘을 올바로 쓰는 것이 얼마나 중요한지 이야기한다. *

이걸 꼭 문법을 위한 문법이라고 할 수만은 없다. 로우스의 머릿속에서 표현의 적절함과 정확함은 신사의 보증서였다. 좋은 예법, 좋은 도덕성, 좋은 문법은 전부 걸음을 나란히 했다.

이런 훈계는 오늘날까지도 적잖이 이어지는데 우리가 옳은 사람이 되길 좋아하고, 또 불호령이 잘 팔리기 때문이다. 린 트러스는 2003년 출간한 저서 『먹고, 쏘고, 튄다Eats, Shoots & Leaves』(구두점이 없으면 '죽순과 잎사귀를 먹는다'라는 의미지만 구두점이 있으면 '먹고 쏘고 떠난다'라는 의미로 돌변하여 구두점의 중요성을 강조할 때 쓰이는 농담—옮긴이)에서 구두점을 오용하는 사람들에게 성서에서나 나올 법한 무시무시한

---

* 로우스는 성서 번역자들조차 이를 올바로 쓰지 못했다는 데 주목한다. "Whom do men say that I am(사람들이 내가 누구라고 하더냐)?" (마태복음 16:13, 마가복음 8:27, 누가복음 9:18). 그는 한숨을 쉬며 말한다. "전부 who로 써야 옳다."

엄벌을 내린다.

소유격 'its(아포스트로피 없음)'와 축약형 'it's(아포스트로피 있음)' 사이의
혼동은 일자무식의 명백한 증표로 보통의 예민한 사람에게서 "죽이고
싶다"라는 파블로프 조건반사를 이끌어낸다. 규칙은 이렇다. 'it's'는 'it
is'나 'it has'를 대신한다. 'it is'나 'it has'로 대체했을 때 뜻이 통하지 않는
다면 그 자리에 와야 할 건 'its'다. **지극히 이해하기 쉽다.** 이 둘을 혼동하
는 것은 구두점의 세계에서 범할 수 있는 가장 큰 결례다. 당신이 박사
학위가 있거나 헨리 제임스의 전작을 두 번씩 읽었더라도, 굳이 'good
food at it's best(좋은 음식을 최선의 상태로)'라고 쓰겠다고 우긴다면 그
자리에서 번개에 맞아 몸이 갈기갈기 찢어져 죽고, 무덤에는 묘비도 세
우지 말아야 마땅하다.

트러스가 말한 'its'를 잘못 쓰는 사람들의 불행한 운명은 농담이 분
명하지만, 이를 농담으로 받아들이지 않은 독자들도 있는 듯하다.
한 온라인 리뷰는 이렇게 시작한다. "나는 구두점 순교자를 자부한
다." 위의 문단을 읽은 사람 가운데 살면서 'its'와 'it's'를 단 한 번도 잘
못 써보지 않은 사람은 아무도 없을 거라고 장담할 수 있지만, 트러
스의 책은 대히트를 쳤다. 트러스의 책이 이 장르의 절정을 찍은 것
도 아니었다. 2013년 (독학으로 사업가에서 교사가 된) N.M. 그윈은 『그
윈의 문법: 문법과 좋은 영어 글쓰기를 위한 궁극적 입문서Gwynne's
Grammar: The Ultimate Introduction to Grammar and the Writing of Good
English』에서 그가 '좋은 문법'이라고 간주하는 문법을 지키지 않으면

진정한 행복에 이를 수 없다는 논리를 펼친다. "근거를 요약하자면 다음과 같다. 문법은 단어를 올바로 쓰는 과학이고, 이는 올바른 사고로 이어지고, 이는 올바른 결정으로 이어지는데, 올바른 결정이 없이는—상식과 경험 둘 다에 의하면—행복은 불가능하다. 따라서 행복의 일부는 적어도 좋은 문법에 달렸다."

우리를 진정한 행복으로 이끌어주는 문법이란 어떤 것일까? 다른 책에서 수없이 본 문법과 같은 맥락이다. 독자들의 눈에 우아해 보이지 않을 수 있으니 부정사를 'to'와 동사로 분리하는 일은 삼가라. '전치사'는 '무언가의 앞에 놓는다'라는 의미이니, 문장을 전치사로 끝내는 건 그르다. 'its'와 'it's'를 제대로 쓰는 건 그다지 어렵지 않으니 헷갈리지 마라.

그러나 이런 문법의 가장 큰 문제는 아무리 논리적으로 들릴지언정 그 기반 논리에 흠결이 있다는 것이다. 'its'와 'it's'를 제대로 쓰라는, 지겹도록 들었을 경고를 한번 뜯어보자. 모두가 'its'는 소유격, 'it's'는 축약형이라는 걸 기억하기가 무척 쉽다고 주장한다. 그러나 논리적으로 영어에서 명사 뒤에 붙은 's는 소유를 의미한다. 'the dog's dish(개의 접시)', 'the cat's toy(고양이의 장난감)', 'the lexicographer's cry(사전 편찬자의 절규)'. 만약 영어가 논리적이라면, 그리고 우리가 따라야 할 규칙이 단순하다면, 'it's'는 어째서 소유격이 아닌가? 우리는 's가 축약을 의미할 수도 있다는 걸 알지만, 'the dog's dish'와 'the dog's sleeping(개가 잔다)'를 구분하는 건 하나도 어렵지 않다. 그런데 왜 'it's dish'와 'it's sleeping'을 구분하는 건 갑자기 어렵다고 할까?

이런 문법은 종종 영어에서 수백 년 동안 (때로는 천 년 이상) 자리

잡고 쓰인 용법을 깡그리 무시한다. 'it's'를 사용하는 규칙은 외우기 쉬울지 몰라도 'its'와 'it's'가 사용된 역사를 무시한다. 과거 한 시점에 'it'은 그 자체로 소유대명사였다. 1611년 킹 제임스 성서엔 이렇게 적혀 있었다. "That which groweth of it owne accord… thou shalt not reape(너의… 스스로 난 것을 거두지 말고)", 셰익스피어의 「리어 왕」에는 이런 문장이 있다. "It had it head bit off by it young(새끼에게 머리를 뜯어 먹혔다네)." 'it'은 그 이전에도 소유대명사로 쓰였다. 그 역사는 15세기로 거슬러 올라간다.

그러나 셰익스피어가 속세의 굴레에서 벗어났을 즈음, 소유격 'it'이 'it's'의 형태를 취하기 시작했다. 변화가 일어난 이유는 확신할 수 없지만 일부 평론가들은 'it'이 'his'나 'her'처럼 소유대명사가 아니라 명사에 붙는 소유격 표시 's를 필요로 하는 일반대명사 형태이기 때문이라고 추정한다. 때로 이 소유대명사는 아포스트로피 없이 'its'로 썼지만, 17세기와 18세기에 거쳐 'it's'는 점점 인기가 늘어나서 결국 지배적 형태로 자리매김했다. 이 형태는 19세기에도 살아남아서 토머스 제퍼슨과 제인 오스틴의 편지, 에이브러햄 링컨의 연설문 원고에 자취를 남겼다.

'it's'가 'it is'나 'it has'의 축약형으로도 쓰이지만 않았더라면 상황은 비교적 간단했을 것이다. (셰익스피어의 「헨리 8세」 1막 2장 63줄에 "and it's come to pass(그게 실현되었습니다)"라는 문장이 있다.) 일부 문법학자들은 불평했다―그들의 불만은 소유격 'it's'와 축약형 'it's'가 혼동된다는 것이 아니라, 'it is'의 표준 축약형인 ''tis'를 써야 할 자리에 축약형 'it's'를 쓰는 것이 오용이라는 것이었다. 이 전쟁에서는 규정을 고수하는 사람들이 졌다. "'tis'가 내리막길을 걷는 동안 'it's'는 널리 퍼져 나갔다.

'its'와 'it's'는 19세기에 분화를 시작했는데, 아마 소유격과 축약형을 구분하기 위해서였을 것이다. 그러나 오래된 습관은 쉽게 죽지 않는다. 소유격 'it's'는 여전히 인쇄물에 정기적으로 등장했다. 그 무대는 동네 중고시장을 홍보하는 손글씨 전단지에 그치지 않는다. 우리 파일에 수집된 소유격 'it's'의 최근 사용례에는 「보그」, 「뉴욕 타임스」, 「구르메Gourmet」, (로널드 레이건 전 대통령의 말을 인용한) 잡지 「타임」까지 온갖 매체가 수집되어 있다. 물론 오자지만, 이렇게 많은 'it's'가 오류 없는 기사를 써내는 데 전력을 쏟는 두 사람, 즉 저자와 편집자의 손아귀를 교활하게 빠져나갈 만큼 눈에 거슬리지 않았다는 건 엄연한 사실이다.

'좋은' 문법의 규칙들이 실제 사용에서 비롯된 게 아니라면 대체 출처가 어딜까? 대개는 저 옛날 죽은 백인 남자들의 개인적인 불호가 법문화된 것뿐이다.

예를 들어 문장을 전치사로 끝내선 안 된다는 규칙을 보자. 대부분의 젊은 작가들이 글을 쓰는 한 시점에 이 규칙을 입력당하고, 규칙을 지키지 않으면 (문자 그대로, 혹은 은유적으로) 선생님에게 손바닥을 맞는다. 오늘날 이 규칙을 고수하는 사람에게 정확히 왜 문장을 전치사로 끝내선 안 되는지 물으면 그는 아마 당신이 전기 소켓을 혀로 핥으면 안 되는 이유라도 물은 양 눈알을 부라릴 것이다. 그게 **객관적으로 나으니까**, 그게 이유다.

전치사 규칙을 처음 명시한 사람은 17세기 시인이자 문예 비평가였던 존 드라이든이다. 그는 초기 저작에서 문장 끝에 전치사를 쓰곤 했으나 나이가 들고 영광스러운 라틴어에 홀딱 빠지면서 그런 용법에 반대하게 되었다.

나는 「카틸리나Catiline」를 우연히 훑어보다가 마지막 서너 페이지에서 [벤] 존슨이 잘못 썼다고 결론짓기에 충분한 오류를 발견했다…. 문장 끝에 전치사가 있었다. 그가 흔히 범하는 실수이고, 내가 최근에야 나 자신의 글에서 발견한 실수다.

그는 말년에 저작을 다시 펴낼 때 젊은 날의 우행들을 바로잡았는데, 문장을 전치사로 끝내는 것도 이때 수정된 우행의 하나였다. 드라이든의 저작들 후기 판본에는 "the age which I live in(내가 사는 시대)"이 "the age in which I live"로 바뀌는 식으로 문장 끝 전치사들이 신중하게 제거되어 있다.

전치사가 뭐라고 이 난린가? 드라이든은 르네상스의 아들이었기에 모든 고전적인 것에 열광했다. 문법과 수사법에 방점을 찍는 고전적인 교양 교육, (대부분 라틴어로 글을 쓴) 고전 작가들, 우아하고 간명하고 정확한 라틴어. 일시적인 매혹은 아니었다. 드라이든은 종종 자신의 문장을 라틴어로 번역하여 그 결과물의 간명함과 우아함에 찬탄했고, 라틴어의 아름다운 문법을 마음에 품은 채 그 문장을 다시 영어로 번역하곤 했다. 드라이든이 문장 끝에 오는 전치사를 규탄하게 된 것은 그런 연유였을 것이다. 라틴어에서는 전치사가 문장 끝에 올 수 없는데, 라틴어는 우아하고 세련되고, 그리고 무엇보다도 명맥이 오래 이어지는 언어의 '네 플루스 울트라ne plus ultra(라틴어로 완벽한 예)'였으니까. 문장 끝 전치사에 대한 드라이든의 불호는 18세기와 19세기 용법 저자들에 의해 반복되고 강화되어 마침내 규칙으로 굳어졌다.

이 규칙엔 아까와 같은 문제가 있다. 영어 문법이 라틴어 문법과 다르다는 것이다. 두 언어는 사촌이긴 하지만 인도·유럽어 어족의 다른 가지에서 나온, 먼 사촌이다. 영어의 문법 구조는 다른 게르만어파 언어들과 유사하고 라틴어의 문법 구조는 다른 이탈리아어파 언어들과 유사하다. 인도·유럽어 어족의 다른 가지에서 나온 두 언어의 문법 체계를 합치는 것은 오렌지주스와 우유를 섞는 것과 비슷하다. 못할 건 없지만, 맛이 아주 고약하다.

영어의 문법적 특징 하나는 문장 끝에 전치사를 써도 전혀 해가 되지 않는다는 것이다. 사실 문장 끝에 전치사를 쓰는 것은 가능할 뿐더러, 초창기부터 영어에서 전치사를 다뤄온 표준적인 방법이었다. 문장 끝 전치사는 존 드라이든이 태어나기 700년 전부터 꾸준히, 쉽게 사용되어왔고 지금도 관용적으로 쉽게 사용되고 있다. 물론 문장의 마지막에 전치사를 쓰지 않기로 선택할 수도 있지만, 그건 문체상의 선택이지 높은 분들이 강권하는 문법적 규칙이 아니다.

우리에게 제시된 많은 규칙들은 사실 단지 자신의 의견을 책으로 펴낼 기회가 있었던 사람들의 일시적인 선호로서 몇 세기 동안 강화되고 반복되어 진실로 굳어졌을 따름이다. 그원과 같은 사람들이 신경 쓰는 문법을 구성하는 많은 규칙들은 사실 표준 영어 사용자(이자 옹호자)로 간주되는 작가들 본인들이 오랫동안 사용하던 습관에서 어긋난다. 보다 쉽게 말하자면, 최고로 까탈스러운 사람들조차도 자신이 말하는 규칙을 지키지 못한다는 얘기다.

현대 문학의 거장 데이비드 포스터 월리스는 「하퍼스」에 실린 유명한 에세이에서 자신을 "지적 속물", "새파이어 칼럼의 문장에서 실수를 찾는 것이 일요일을 즐겁게 보내는 방법인 극도의 어법 광신론자"라고 칭했다. 포스터는 다작을 했으며 매우 신중한 작가이기도 했다. 예를 들어 '멀미가 난다'라고 말할 때 'nauseous' 대신 'nauseated'를 사용했는데 이는 옛 문법상 세밀한 구분으로 오늘날 규범주의를 가장 철석같이 고수하는 어법 평론가들도 대수롭지 않게 넘기는 것이다. 월리스가 규범주의 영웅으로 받드는 브라이언 가너는 이 구분을 거의 포기했다. 『가너의 현대 미국 영어 용법Garner's Modern American Usage』에 실린 언어 변화 색인표에서 이 두 단어의 구분은 4단계에 해당했다(4단계의 설명은 다음과 같다: 문형이 사실상 보편화되었으나 소수의 충실한 언어 사용자들(즉 완고한 지적 속물들)에게는 타당한 이유로 거부된다—옮긴이). 여하간 월리스는 좋은 용법을 중시했다. 그러니 그가 「하퍼스」에 실은 단편에서 "지적 속물"들이 자주 경멸의 대상으로 삼는, '문자 그대로literally'를 비유적으로 사용하는 용법이 발견된 건 놀랄 만한 일이다.

우리 사이의 그 순간은 경계 없이 팽팽하게 멈춰져 있었다. 목을 가다듬고 싶다는 충동이 일었으나 건방져 보일까 두려워 참았다. 문자 그대로 끝없는 기다림 속에서 나는 내가 그 아기의 뜻에 따랐고, 아기를 존경했고, 아기에게 완전한 권한을 부여하였기에 그림자 없는 아버지의 작은 사무실에서 아기와 단둘이 기다리고 있다는 것을 깨달았다. 내가 그 순간부터 이 작고 희고 두려운 것의 명령을 받드는 도구나 수단이 되었음을 알고서.

포스터가 아이러니를 의도한 걸까? 독자가 이 안에서 일종의 능글맞은 웃음을 읽어내야 한 걸까? 우리로선 알 도리가 없다. 우리가 아는 건 자신이 지적 속물이라고 자백한, 어휘 선택에 정확을 기하기로 유명한 작가의 작품에 '문자 그대로'를 비유적으로 사용한 사례가 있다는 것뿐이다. 다른 사람의 산문에서 이런 과장법을 발견했더라면 지탄했을 사람이 직접 '문자 그대로'를 비유적으로 쓴다는 증거를 제공한 셈이다.

항상 이런 식이었다. 조너선 스위프트는 축약형의 사용에 대해 "우리 영어 작가들 사이에서 몇 년 동안 군림해온 통탄해 마땅한 무지의 소산이자 우리의 취향을 심하게 타락시키고 우리의 문체를 계속 부패시키는 것"이라고 폄하한 다음 『스텔라에게 보내는 일기Journal to Stella』에서 축약형을 잔뜩 사용한다. E.B. 화이트는 『글쓰기의 요소』에서 '확실히certainly'에 대해 "일부 화자들이 다른 화자들의 '아주very'와 같이 아무 문장이나 강조하려고 무차별하게 사용한다. 이런 종류의 매너리즘은 말에서 나쁘고 글에선 더 나쁘다"라고 말하고서는 『모퉁이에서 두 번째 나무Second Tree from the Corner』에서 본인도 '확실히'를 사용한다. ("You certainly don't have to be a humorist to taste the sadness of situation and mood(확실히 익살꾼이 아니더라도 이 상황과 분위기의 슬픔을 맛볼 수 있다).") 린 트러스는 한 혐오자의 리뷰에 따르면 "언어의 뉘앙스를 보존하기 위한 구두점의 가치에 대해 열변을 토하는 책"을 썼지만, 구두점 용법을 다루는 그 책에서 여러 구두점 오류를 범하며 그중 하나는 심지어 표지에 박혀 있다. '무관용'을 뜻하는 'zero tolerance'는 가운데에 하이픈이 들어가야 한다. 인간들은 영어를 지배하고자 규칙을 세우지만, 영어는 가는 길마다 초토화시키는 거대한 괴물juggernaut처럼 앞으로 밀고 나간다. •

사전 편찬자인 당신이 길의 〈문체와 정의〉 수업을 받으면서 맞서 싸워야 하는 상대가 이것이다. 당신이 언어적, 도덕적 공격을 방어할 요새 축성용으로 모아온 사소한 정보들 대부분이 쓰레기라는 자각. 배신감을 느끼겠지만—'between'과 'among' 사이의 차이를 숙달하는 데 몇 년을 바쳤는데! 그 시간 동안 재미있는 사람들과 데이트를 할 수도 있었는데!—후딱 극복해야 한다. 사전 편찬자의 임무는 자신이 품고 있던 비수를 내려놓고 언어가 실제로 어떻게 사용되는지에 대해 진실을 말하는 것이다. 문자로 남은 기록들을 뒤적이다 보면 셰익스피어가 이중 부정을 사용했고 제인 오스틴이 'ain't'를 사용했다는 걸 발견할 것이다. 신조어와 논란을 일으킨 단어들이 등장하

• 'juggernaut'는 힌두교에서 '세상의 주인'인 비슈누, 자간나트를 변용해 들여온 단어다. 힌두교에서는 축제 중에 자간나트의 거대한 화신이 수레에 실려 거리를 누빈다고 생각하고, 그 수레바퀴에 일부 교인들의 몸이 깔리도록 놔둔다.

고, 시간이 흐르면서 쫓겨나기는커녕 기존 언어에 잘 섞여 들어간 걸 발견할 것이다. 한때 끔찍하거나 추하다고 간주되었던 단어들이―가령 'can't'가―이제 평범하게 여겨진다는 것을 발견할 것이다. 영어는 이렇게 오류투성이인데도 불구하고 사전 편찬자는 영어가 아직 살아 있으며, 나아가 번성하고 있다고 결론지을 수밖에, 실로 그렇게 **믿을** 수밖에 없다.

'문법'으로 규범화된 여러 규칙은 현실이 아닌 이상을 옹호한다. 17세기 이래 문법학자들은 언어를 쓰이는 그대로 보존하는 것보다는 언어가 어떤 모습이 되어야 온당하다는 재구성된 개념을 영속시키는 것에 주의를 쏟았다. 영어를 보존하고자 하는 싸움의 일선 군인들은 영어를 오히려 심하게 변화시켰는데, 그 기준은 최고의 영어 작가들의 모범이 아니라 우아함과 올바름에 대한 자신의 개인적 관점이었다. 그들이 보존하고 고취하고자 한 것은 대부분 실존하지 않았다. 도덕적 용어로 덧칠하여 스스로 증식해나갈 수 있도록 한 편리한 허구였을 따름이다. 다시 한 번 말하겠다. 문법학자들과 학자들이 표준 영어라고 제시하는 것은 허구적이고, 정적이고, 이상적인 어법에 기반을 둔 하나의 방언이다. 영어의 모범이 시간에 따라 바뀐다는 생각은 그들에게 파문감이다. 그렇게 그들은 영어를 보존하려다가 피클로 만들고 만다. 이 순환이 깨지지 않고 반복된다. 세기마다 글깨나 배웠다는 학자가 지치지도 않고 나타나서 영어가 엉망진창이라는 사실을 새로이 발견하고, 지붕 위로 달려 올라가 꼬질꼬질하고 멍청한 대중들에게 소리쳐 알리고, 과거로 돌아가자고 선동한다. 새뮤얼 존슨조차도 그 행위에 동참한다.

우리가 두려워하는 변화들에 거역할 수 없다면, 인류의 다른 심각한 고통에서와 같이 침묵으로 공모하는 것밖에 다른 방도가 있겠는가? 격퇴할 수 없더라도 지체시키고, 치료할 수 없더라도 완화시킬 수는 있다. 죽음을 궁극적으로 패퇴시킬 수는 없으나 돌봄으로써 생명을 연장시킬 수는 있다. 언어는 정부와 같이 자연적으로 타락하는 경향이 있다. 우리는 오랫동안 헌법을 보존해왔다. 언어를 위해서도 분투해보자.

우리는 영어를 방어해야 할 요새로 생각하지만 더 나은 유추는 영어를 아이로 생각하는 것이다. 우리가 사랑으로 양육하지만, 종합적 운동 기능이 발달하자마자 우리가 제발 가지 않았으면 했던 바로 그곳으로 향하는 아이. 망할 전기 소켓으로 직진하는 아이. 고운 옷을 입히고 얌전하게 굴라고 일렀더니 머리에 속옷을 뒤집어쓰고 남의 양말을 신고 돌아오는 아이. 영어는 성장하면서 자기만의 삶을 산다. 바르고, 건강한 일이다. 영어는 가끔 정확히 우리가 바라는 대로 행동하고, 가끔은 우리가 싫어하는 곳으로 가지만 우려가 무색하게 번성한다. 우리는 영어에게 깨끗이 씻고 좀 더 라틴어처럼 행동하라고 말할 수 있다. 짜증을 내면서 프랑스어를 배우기 시작할 수도 있다. 그러나 결코 우리는 영어의 지배자가 될 수는 없다. 그게 영어가 번창하는 이유다.

4장

우리는 해저 바닥에서
이미 형성된 단어를 찾아내거나
외딴 지역에서 단어를 채굴하지 않는다.
사전에 오르는 단어는 모두
만들어진 단어다.

Irregardless

틀린 단어에 관하여

메리엄 웹스터의 여러 편집자들이 수행해야 하는 임무 하나가 편집부에 온 편지에 답장하는 일이다. 1860년대 이래 메리엄 웹스터에서는 사전 사용자들에게 당사에서 펴낸 책이나 영어에 대한 전반적인 질문을 편지로 보내도록 권장했다. 독자 편지에 답하는 건 참을성 있는 편집자의 몫이었다.

이 체계에는 두 가지 결함이 있다. 첫째로 우리에게 편지를 보내는 고객들은 일반적으로 사전이 언어의 문지기라는 규범주의의 오해를 신봉하며, 그들이 편지를 쓰는 이유는 사전에 오를 자격이 없다고 생각하는 단어가 사전에 등재된 것에 대해 분노를 뿜기 위해서다. 둘째로 히스테리를 부리는 독자들에게 어떤 단어가 사전에 오른 이유를 친절히, 차분하게 설명해야 할 의무가 있는 편집자들은 대체로 타인과의 상호작용이 거의 없기 때문에 편집자라는 직업을 택한 사람들이다.

불행히도 나는 이전에 가졌던 여러 직업에서 장시간 고객들의 고성을 듣는 게 주 업무였기 때문에* 가장 분노에 찬 이메일이 내게 넘어오곤 했다. 이들 이메일은 대부분 사전의 어떤 항목에 대해 경악하거나, 좌절하거나, 꾸짖는 내용이었고 내 임무는 그 항목을 뒷받침하는 근거를 차분히 설명하는 것이었다. 그리 싫은 일은 아니었다. 우리 회사에는 각 항목을 왜 그렇게 기술했는지에 대한 증거가 충분히 있었고, 질문에 답하기 위해 조사하는 건 종종 흥미로웠다. 적어도 전화로 내게 고함을 치는 사람은 없었으니까.

이 모든 게 바뀐 건 메일함을 정리하다가 재전송된 이메일 한 통을 발견한 날이었다. 이메일 발신자는 우리가 사전에 'irregardless'를 올렸다고 격분하고 있었다. 나는 눈을 의심했다. 'irregardless'는 **명백히** 유효한 단어가 아니고, 그러므로 우리 사전에 올라 있을 일도 없었다. 나는 메일 발신인이 아무 허접한 사전을 넘기다가 단어가 아닌 'irregardless'가 올라 있는 걸 발견하고, 그걸 우리 잘못으로 여겼다고 추정했다. 참으로 심란한 일이었다.

나는 'irregardless'가 사전에 올라 있지 않다고 답장의 운을 뗐다. 그 사실을 확인하시려면 저희 웹사이트를 방문해서 온라인 사전을 검색해보세요. 그러면 검색 결과로 이런 말이 나올 것입니다…. 여기서 나는 온라인 사전에 등록되지 않은 단어를 검색했을 때 뜨는 메시지를 확인해야 했다. 그래서 나는 웹사이트를 열고 'irregardless'를 타

---

*   보험 손해사정사, 졸업생 기부 권유원, 빵집 보조(한번은 화가 난 고객이 엘모 케이크를 집어들어 내 머리에 던진 적도 있다).

이핑했다. 그리고 곧장 넋이 나갔다. 'irregardless'는 우리 사전에 올라 있었다. 나는 어찌나 놀랐던지 평소 크기의 목소리로 말했다. "지금 나랑 장난해?"

나와 가까운 자리에 앉아 있는 과학 편집자 댄 브랜든이 답했다. "아마도요."

'irregardless'에 쏟아지는 광범위한 혐오는 견줄 대상이 없다. 모두가 'moist(습한)'를 싫어한다고 말하지만, 그건 막연하고 장난스러운 혐오다. 'moist'라니 우웩, 징그러워. 그러나 'irregardless'에 대한 사람들의 혐오는 구체적이고 극렬하다. 이 단어는 '유관하게'라는 뜻이어야 하지만 '무관하게'라고 쓰이니 난센스고 존재해선 안 된다. 이 단어는 이중 부정이므로 분별 있고 지각력 있는 사람이 사용해선 안 된다. 이 단어는 'irrespective'와 'regardless'를 합친 잉여 단어이므로 필요 없다. 이 단어는 비논리적이므로 단어가 아니다. 이 단어는 무식의 증표이고, 사전에 올라선 안 된다. 이런 모든 불평들은 결국 하나의 방향을 가리킨다. 'irregardless'는 존재 자체로 영어가 지옥에 떨어지고 있다는 증거이고, 메리엄 웹스터 당신네는 즐겁게 바구니를 흔들면서 내리막길을 달음박질치고 있다고.

솔직히 말하자면, 나는 그 불평에 공감했다. 'irregardless'는 그냥 틀린 단어다—나는 분자 수준에서 이 사실을 알고 있었고, 사전에 뭐라고 올라 있든 설득당할 리 없었다. 그러나 내 일은 언어에 대한 개인적 불만을 공유하는 것이 아니었으므로 나는 할 말을 정리해서 답신을 쓰기 시작했다. 맞습니다, 그 단어는 사전에 올라 있어요, 라고 운을 뗐다. 하지만 저희 사전에서는 이 단어를 (대부분의 교양 있는 영

어 화자에게 받아들여지지 않는다는 걸 보기 좋게 완곡히 표현한) '비표준'
이라고 명시했으며, 그 정의 바로 뒤에 아주 긴 용법 해설을 통해 대
신 'regardless'를 써야 한다고 설명하고 있습니다. 저희는 언어를 사
용되는 그대로 기록해야 할 의무가 있습니다. 나는 이를 악물고 문장
전체에 강조의 따옴표를 흩뿌리고 싶은 충동을 억누르며 답신을 끝
맺었다.

이 편지가 마지막이길 바랐지만, 현실은 달랐다. 나는 그 뒤로 도
착한 많은 편지에 차례차례 답해야 했다.

유감스럽습니다만 'irregardless'는 실제로 단어입니다. '일반적으로
자립 가능한 더 작은 단위로 분리되지 않는, 하나의 의미를 표현하
고 소통하는 일련의 소리'라는 뜻이죠. 'irregardless'는 단어일뿐더
러, 이 미천한 노역자로서는 이유를 알 수 없지만, 편집을 거친 산문
에 놀라울 정도로 많이 등장합니다. 맞아요, 'irregardless'는 생김새만
보면 '유관하게'를 의미해야 마땅하지만 사람들은 그렇게 쓰지 않죠.
그리고 사전은 사람들이 쓰는 대로 언어를 기록해야 한답니다. 맞아
요, 확실히 이중 부정이 맞지만, 그게 사람들이 말과 글에서 이 단어
를 아직도 사용한다는 사실을 부정하지는 (하하) 않죠. 영어 어휘에서
잉여성은 흔합니다―폄하하는 게 아니라 사실을 있는 그대로 말하는
거예요. 그리고 'irregardless'가 잉여 단어라고 해서 기록에서 지울 수

• 내게 "바보"라고 답장하는 사람들도 있다. 'irregardless'가 'ir-'와
'regardless'로 쪼개진다는 것이다. 그건 맞는 말이지만, 'ir-'는 자립해서 쓰
이지 못하고, 따라서 나는 '바보'가 아니다.

는 없는데, 잉여 단어를 몰아내기 시작하면 영어 어휘의 절반은 그냥 사라져버릴 테니까요. 'irregardless'가 비논리적인 조어라는 지적은 옳습니다만 '가연성'이라는 뜻의 'inflammable'도 그렇고 'thaw(녹이다)'의 반대말이어야 하는 'unthaw'가 똑같이 '녹이다'라는 뜻인 것도 그렇지요. 그럼에도 이것들이 단어가 아니라고 주장하는 사람은 없습니다. 물론 저희도 'irregardless'가 일반적으로 틀린 단어로 간주된다는 사실은 이해합니다. 그게 저희가—진보적인 빨갱이 기술주의자들인데도—긴 용법 해설을 덧붙여서 'irregardless' 대신 'regardless'를 쓰라고 권하는 이유이지요. 시간을 내어 문의해주셔서 감사합니다.

나는 몇 년 동안 이런 불평에 답했고, 그러는 사이 나 자신과 불편한 화해에 이르렀다. 나는 증거들을 보았고, 그래, 'irregardless'가 편집을 거친 인쇄물에서 충분히 자주 쓰인다는 걸 알았다. 따라서 'irregardless'는 사전에 오를 자격이 있었다. 그러나 나는 결코 'irregardless'를 좋아하지 않을 것이고, 그것이 좋은 항목이라고도 생각하지 않을 것이고, 'irregardless'를 쓰는 사람들은 아무리 좋게 말해도 끔찍하게 부주의한 사람들이라는 의견을 고수할 것이다.

그 생각이 달라진 건 2003년, 내가 편집장으로서 편집부에 도착하는 많은 편지들을 관리하던 때의 일이다. 한 독자가 일방적으로 이메일을 보내서 'irregardless'가 'regardless'의 '최상급'이라고 주장했다. 어쨌든, 교양 있는 미시시피 사람들 사이에선 그렇게 통한다는 것이었다.

나는 안경을 벗고 불꽃이 보일 때까지 눈을 비볐다. 이른 시각이었다. 카페인이 부족하거나, 아니면 잠이 덜 깼을지도 몰랐다. 혹은 악몽 속이라서, 다시 화면을 보면 이메일에 적힌 내용은 'irregardless'가 역겨운 단어며 당신네들은 틀렸다는 말일지도 몰랐다.

나는 다시 화면을 보았다. 악몽은 무슨.

형용사나 부사의 최상급은 그 형용사다움 혹은 부사다움의 극심하거나 비길 데 없는 수준을 표시하는 형태로서, 일반적으로 형용사의 최상급은 단어 끝에 '–est'를 붙여 만든 형태다. 'nice'는 'nicest'가, 'warm'은 'warmest'가 된다. 그러나 항상 그런 건 아니다. 'good'의 최상급은 'best'이고 'interesting'의 최상급은 'most interesting'이다.

최상급은 정도를 비교할 수 있는 형용사나 부사에서만 사용된다. 예를 들어 'cold(춥다)'는 점점 정도가 심해져서 'colder(더 춥다)'와 'coldest(가장 춥다)'가 될 수 있다. 정직함은 'more honest(더 정직하다)'와 'less honest(덜 정직하다)'로 비교할 수 있다. 'regardless'가 이처럼 비교 가능한 단어인가?

나는 그렇게 생각하지 않았다. 적어도, 옳게 들리진 않았다. 내 슈프라흐게퓔은 단호한 침묵을 지켰다. '더 무관하게'가 과연 말이 되는가? 아니다. 음, 편지를 보낸 사람은 자기도 모르는 소리를 늘어놓은 게 분명했다. 그때 자기가 방 안에서 가장 똑똑하다고 입증해야 직성이 풀리는 내 뇌의 일부가 지껄이기 시작했다. 알다시피, 사람들은 자주 문법 용어를 부정확하게 사용하곤 한다. 편지를 보낸 사람이 의미한 바는 'irregardless'가 'regardless'의 최상급이라는 것이 아니라, 'regardless'의 강조형이라는 것이었을 테다. 접요사 'fucking'이 들어가면 'absolutely'가 강조형 'absofuckinglutely'로 변하는 것처럼. 하지만 강조형이 부정을 뜻하는 일종의 축소사인 접두사 'ir–'를 취할 이유가 있겠는가? 나는 내 사고의 흐름도, 메일 발신인이 내세운 주장도 전부 헛소리라고 결론지었다.

자, 그래서 나는 이 이메일에 답하지 않기로 했다. 답장을 하려면 조사를 해야 하는데, 5년 동안 사전 편찬업에 몸담으며 얻은 직감에 의하면, 'irregardless'에 대한 증거들을 파헤치다가는 이 단어가 엉터리라는 내 굳건한 믿음이 영 틀렸다는 사실이 드러날 것만 같았다. 증거들을 확인한 결과 'irregardless'에 대한 내 믿음이 틀렸다고 밝혀진다면, 나는 명사 'above'나 단어 'moist'의 존재처럼 보다 가벼운 죄에 대해 불평하는 편지를 써가며 단어를 몽둥이질과 불호령으로 다스리려 드는 예민한 사람들보다 나을 게 없었다. * 다시 말해 나는 영어가 어떤 식으로 작동하는지 잘 아는데도 마음속으로는 'irregardless'가 추하고 **도덕적으로 틀린** 단어이기를, 그래서 내가 똑똑하고 **도덕적으로 옳은** 사람이 되기를 바랐다. 'irregardless'의 경우에 나는 방금 몇 페이지에 걸쳐 무너뜨린 거짓말을 믿고 있었다. 나는 이메일을 다른 편집자에게 답장하라고 넘기고, 책상에서 일어나 과히 태연한 발걸음으로 인용문 파일함으로 갔다.

사전의 정의를 집필할 때 쓰이는 날것 상태의 재료를 '인용문'이라고 한다. 인용문은 실생활에서, 주로 편집을 거친 산문에서 뽑은 토막글들로 책과 광고, 개인적인 편지와 신문을 비롯해 글자가 인쇄된 것이라면 무엇이든 출처가 될 수 있다. 인용문에는 맥락 속에서 캐낸 작은 금싸라기 같은 단어가 하나씩 밝게 표시되어 있다. 이것이 사전

---

*   온전히 자격을 갖춘 단어들이다. 미안합니다, 여러분.

편찬자들이 한 단어를 정의하기 위해 평가하는 자료다. 사전의 각 항목마다 그에 명분을 부여하는 인용문들이 한 움큼씩 있다. 메리엄 웹스터의 인용문 파일은 서류로 된 것과 전자 형태로 저장된 것이 있는데, 19세기 중반부터 수집된 서류 인용문은 편집부가 사용하는 한 층의 3분의 1을 족히 차지한다.

나는 서랍에 붙은 라벨 위를 손가락으로 훑다가 'irregardless'에 관한 종이 인용문이 전부 보관된 서랍을 찾아 열었다. 색인 카드를 뒤적이는 중에도 'irregardless'가 'regardless'의 강조형일 가능성은 희박하다고 생각했지만, 성실하게 임무를 다해야 했다.

당장 토막글 하나가 눈에 띄었다.

나는 흑인이자 예술가로서, 또한 빈곤층으로서 미국 남부의 인종주의 테러를 견뎌야 했던 그의 문제가—내가 이제야 진정으로 이해하기 시작한 문제가—얼마나 중한지 기억했다. 그는 사랑에서 불운했으며 품위 있는 부모가 아니었다. 이와 *무관하게irregardless*, 노인들이 말했듯이 그리고 스위트 씨 본인도 즐겨 말했듯이, 그는 원숙한 노년까지 살았을 뿐만 아니라…. 계속해서 자신의 목적에 알맞게 곤경과 통찰을 몹시 공들여 빚어내어, 그 결과물을 귀를 기울이는 사람 모두와 나누었다. 그는 계속해서 노래를 불렀다.

나는 차가운 금속 캐비닛에 머리를 기대고 방금 읽은 글이 내 머릿속에서 소용돌이치도록 놔두었다. 이 글의 'irregardless'에는 별난 점이 있었다—특히 글 안에서 강조되었다는 점이 그러했다. 이 단

어는 이탤릭체로 적혀 있었고, "노인들이 말했듯이"라는 부연 설명
이 함께 적혀 있다. 여기서 'irregardless'는 마치 직전에 얘기한 내용
이 더 논의되는 것을 미연에 방지하고자 길게 손사래를 치는 것처
럼, 'anyhoo(좌우지간)'의 한결 과장된 표현처럼 기능한다. 대부분의
'irregardless' 용법은 이런 식으로 강조를 받지 않는다. 'irregardless'
라는 단어를 선택했다는 것 외에는 특기할 점이 없는 용법이 대부분
이다. 이탤릭체도, '노인들이 말했듯이' 같은 부연 설명도, 아무것도
없다.

　다시 확인하니 이 인용문은 현 'irregardless' 항목을 뒷받침하는 증
거로 받아들여지지 않았다. 다시 말해 'irregardless'의 이 용법이 현재
사전에 오른 'irregardless'의 정의(즉 '무관하게')와는 다르다는 의미였
다. 이 'irregardless'가 유별나다는 또 하나의 단서였다. 인용문 카드
를 그냥 서랍에 집어넣을까 했지만, 슈프라흐게퓔이 내 머리를 두드
리며 나를 놀려댔다. **이 문제의 끝장을 보고 싶잖아, 안 그래?**

　그래서 나는 동굴 탐험을 시작했다. 이 별난 'irregardless'의 쓰임은
1860년대로 거슬러 올라갔고, 뉴올리언스에서 뉴욕까지 전 미국에
흩뿌려져 있었다. 몇몇 사례는 'regardless'와 근접한 위치에서 나타나
는데, 이에 비추면 'irregardless'가 'regardless'의 단순한 동의어가 아
니라 일부러 선택된 단어임을 알 수 있다.

모든 어린이가―종교에 무관하게regardless―성경 구절을 공부하도록
강제한다면 사람들의 언어 사용이 무한히 개선될 것이다.

문학에 소비하는 시간의 10분의 1만 문학 예술의 절정이라 할 수 있는

성경 공부에 소비한다면 (도덕적 효과와는 무관하게irregardless) 영어는 얼마나 달콤하고 순수해질 것인가!

슈프라흐게퓔이 키득거리면서 내 머릿속을 빙글빙글 돌았다. 'irregardless'가 'regardless'의 동의어라면, 그리고 글쓴이가 첫 문단에서 'regardless'로도 충분하다고 느꼈다면, 어째서 다음 문단에서 이 글이 발행된 시기에 이미 괄시받고 있던 단어를 사용했을까?

'irregardless'를 탐탁찮게 보는 가장 이른 시선은 19세기 말에 등장한다. 사설에서는 이 단어에 따옴표를 씌워서 경멸의 대상에게 슬며시 언어적 비웃음을 날렸다. "이사회에서 릴랜드 씨에게 협상권을 맡기는 것이 적절하다고 본다면, 우리는 릴랜드 씨가 채권자들의 변호인 거스리 씨의 도구인 「트로이 타임스」의 불평과 '무관하게 irregardless' 이러저러한 중재를 이뤄냈음을 알릴 것이다." 1888년 「더 위클리 캔자스 치프」의 기자가 분개해서 말했다. 이 단어가 신어라는 주장도 있는데, 그것이야말로 확실하게 사람들의 적대심을 살 수 있는 주장이다. 1882년 「앳치슨 데일리 글로브」에서 독자들에게 이 속보를 전달한다. "파슨 트와인이 새 단어를 쓰기 시작했다— irregardless."

여기서 가장 주목할 만한 사실은 'irregardless'가 처음 쓰인 18세기 말에서 19세기 중반까지는 인쇄물에서 주목을 받지 못했다는 것이다. 'irregardless'는 강조를 위한 따옴표도, 이탤릭도, [원문 그대로] 옮겼다는 표시도 없이 여타 단어들과 똑같이 인쇄되어 있다. 그러다가 19세기 말에 이르러 'irregardless'는 별안간 정신적 영양결핍의 증거가 된다.

「리포터」에서는 며칠 전 제퍼슨 흑인 거주구의 교사가 이사에게 제출한 실제 보고서 사본을 손에 넣었다. 그 내용은 다음과 같다.

"저는 모든 걸 정규 학년 과정에 포함시키려고 애써왔습니다. 학교는 이전에 등급 평가를 전혀 받지 않았고, 교과를 아무렇게나 운영할 수 있었습니다. 저는 많은 장애물과 어려움을 극복해야 했습니다. 제 판단으로는 학생들을 그들의 바람과 무관하게irregardless 정규 학년을 끝마치도록 하는 것이 최선입니다. 우리 학교 학생들을 좋은 시민으로 키워내려고 분투하는 것이요. 그러나 처음에 제게 주어진 건 형편없는 시민들이었기에, 그들은 지금도 어떤 식으로든 이상적인 시민이 아닙니다."

이사는 자신들의 행위와 너무나 무관하게irregardless 안절부절못하고 unrestless 있는 학생들을 위해 무엇이든 제안하는 것이 아마도 쓸모없을inuseless 거라고 주장한다.

신문 측에서 'irregardless'의 사용에 대해 이토록 신랄하게 반응한 것은 오늘날 흔한 불평을 상기시킨다. 부정 접두사 'ir-'와 부정 접미사 '-less'를 동시에 쓴 엉터리 단어가 사람들에게 이해받길 바라서는 안 된다는 것 말이다. 단, 주목해야 할 것은 이러한 구조—[부정][단어][부정]이 [단어][부정]을 의미하는 구조—자체가 영어에서 아주 이른 시기에 등장했다는 것이다. 과거 기록엔 'unboundless'와 'irrespectless' 같은 구조의 단어가 수십 개나 남아 있고, 증거에 따르면 이런 멍텅구리 단어들의 역사는 15세기까지 거슬러 올라간다. 문서 기록에 이처럼 멍청하고 비논리적인 합성어가 여럿 남아 있는 이유는 무엇일까? 논리는 제처두고, 음절이 더 많은 단어를 쓸수록 더 똑똑하게 들리기 때문이다. 「로건스포트 리포터」에서는 'irregardless'에 대한 짜증의 이면에 무엇이 있는지 처음으로 넌지시 건드린다. 이 단어는 방언이고, 그래서 무식하게 들린다. 이 의견은 단어가 존재하고 한참 뒤에 생겨난 것 같지만 상관없다.

영어를 강으로 생각해보라. 강은 하나의 응집된 물의 띠처럼 보이지만, 하천학자potamologist*에게 물어보면 하나의 강이 때로는 수백에 달하는 여러 개의 물줄기로 구성되어 있다는 사실을 알려줄 것이다. 흥미로운 사실은, 그중 하나의 물살이라도 바뀌면 강 전체가 생태계부터 방향까지 온통 달라진다는 것이다. 영어라는 강의 각 물줄기는 다양한 종류의 영어다. 업계 용어, 공사장에서 쓰이는 특수 어휘, 학술 영어, 청소년 은어, 1950년대의 청소년 은어 등등. 각 물줄기는 자기 소임을 다하고 있으며, 영어에 필수불가결하다.

영어의 강에서 발견되는 물줄기의 한 종류가 방언이다. 방언은 언어의 작은 하위 집합과 같아서 제각기 주류 영어와 겹치거나 겹치지 않는 어휘, 통사, 음운, 문법을 지닌다. 일례로 2인칭 복수형 'y'all'은 특히 남부를 중심으로 한 미국 영어의 일부 방언에서 완벽히 표준이

---

* 하천학자 **pot·a·mol·o·gist** \ˌpätəˈmäləjəst\ *n*, *pl* **-s** : a specialist in potamology(하천학 전문가) (*MWU*).
하천학 **pot·a·mol·o·gy** \ˌpätəˈmäləjē \ *n*, *pl* **-gies** : the study of rivers(강에 대한 연구) (*MWU*).

며 해당 방언 사용자가 이 표현을 쉽게 쓰는 걸 흔히 들을 수 있지만, 우리가 표준 영어라고 부르는 방언에는 속하지 않는다.

우리는 방언을 남부 영어, 보스턴 영어, 텍사스 영어 등 지역에 한정하여 생각하는 경향이 있다(만에 하나 방언에 대해 생각한다면 말이다). 그러나 다양한 사회적 계급, 인종, 나이 집단에도 방언이 있다. 그 말은 방언이 사람들을 가르는 수단이 되기도 한다는 뜻이다. 방언과 방언 사용자들은 고정관념과 감시의 대상이 되기도 한다.

내가 방언의 언어적 가치를 열정적으로 옹호하는 것은 자기방어 차원에서다. 나도 고정관념과 감시의 대상이 된 적이 있다. 나는 노동 계급 백인 아이로서 치카노 영어Chicano English와 아프리카계 미국인 영어African-American Vernacular English가 주로 사용되는 멕시코계 미국인 및 흑인 위주의 학교에 다녔다. 그곳에서 나는 튀는 아이였다. 내가 쓰는 방언은 오대호 지방에서 자란 부모님의 말투와 내 고향 콜로라도주에서 널리 사용되는 일반 서부 미국 방언이 기이하게 섞인, 북부 내륙 방언이었다.

물론 이 사실은 훗날 알게 된 것이다. 당시 나는 단지 친구들 사이에 끼고 싶은 불운하고 바보 같은 아이였으므로 학교 친구들의 잡다한 문화와 방언을 스펀지처럼 흡수하기 시작했다. 글로리아 에스테판과 엘 드바지와 테하노 음악, R&B를 들었고 더블 더치 줄넘기와 고무줄놀이를 했다. 나는 친구들을 '치카chica'와 '무차초muchacho', '호미homey'와 '걸프렌드girlfriend'라고 불렀다(각각 멕시코에서 쓰는 스페인어와 아프리카계 미국인 영어에서 친구들을 부르는 표현이다—옮긴이). 나이가 들면서 우리가 말하는 방식은 정치적이 되었다. 나는 이를 테면 케이블 회사에 전화를 했다가 수화기 맞은편에서 치카노 영어의 억양이나 흑인 영어의 운율을 느낀 비서에게서 어머, 한동안은 약속을 잡기가 어렵겠는데요, 이해하시죠, 하고 거절당하는 일을 평생 겪은 부모들이 아이들에게 '백인처럼' 말하라고, 언어적으로 합격되는 사람이 되라고 말하는 것을 보았다. 나는 백인들이 흑인 학생들이 수업에서 그들의 모방언인 에보닉스*를 사용하게 놔뒀다가는 영어와 '바른 교육'이 함께 끝장날 거라고 비관한 에보닉스 대논란이 벌어지기 전에 성인이 되었다.

그러나 세상의 다른 사람들이 영어를 흑인처럼 쓰는 것의 정치학을 인지하기 오래전에 나는 영어를 백인처럼 쓰는 것이 변절인지, 영어를 흑인처럼 쓰는 것이 인종 고정관념을 따르는 건지를 놓고 생각을 달리하는 친구들을 사귀었다. 어떤 친구들은 'homey' 대신 백인스러운 'guys'를 썼다. 어떤 친구들은 'homey' 대신 더 흑인스러운 'nigga'를 썼다. 내 멕시코 친구들은 업토크uptalk(평서문도 의문문처럼 문장의 끝을 올리는 어조—옮긴이)를 고치고 억양을 낮추기 시작했다. 복도에서 애들에게 '불법체류자'라고 조롱받고, 그들이 태어나지 않았고 방문한 적도 없는 나라 멕시코로 돌아가라는 말을 듣는 현실에 질린 것이다.

스스로 결정을 내리지 않는다면 누군가 내린 결정을 강제로 따라

---

* 아주 오랫동안 이 이름에는 듣는 사람만 느낄 수 있는 비하 의미가 있었다. 이 방언은 흑인 방언, 흑인 미국 영어, 아프리카계 미국인 영어 등 여러 이름으로 불리지만 언어학자에게는 절대 에보닉스라고 불리지 않는다.

야 했다. 내 사회 선생님은 수업 첫 날에 모두 '바르고 적절한 영어'를 사용해야 하며 그러지 않으면 참여 점수를 깎겠다고 엄포를 놓았다. 선생님이 점수를 깎는 중죄 중에는 '-ing' 단어 마지막의 **g**를 탈락시키는 것(아프리카계 미국인 영어의 전형적 표지인 'g 탈락'), 'growing'이나 'fill' 같은 단어들에서 **i**를 장모음 **e**로 발음하는 것(치카노 영어의 음운적 특이점인 '이완 모음 /I/의 긴장 모음화'), 그리고 의자에 푹 기대앉아서 웅얼거리는 것(멍청이가 가르치는 수업을 들어야 하는 십대의 표식인 '반항') 등이 있었다. 나는 방과 후 흑인 친구 스테파니네에 놀러가서, 그 애와 함께 거실 러그 위에 늘어져 테니스 슈즈를 까닥이며 시사 숙제를 하다가 선생님의 규칙에 대해 분노를 토하곤 했다. "늙다리 백인 남자가 나한테 '바른 영어'를 쓰라고 이래라저래라 할 필요 없어 I don't need no old white man telling me how to speak 'proper English'. 이미 내 영어는 바른걸." 스테파니가 투덜거렸다. 주방에서 스테파니의 어머니가 소리쳤다. "스테파니, 그때는 'no'가 아니라 'some'을 써야지."

나도 그 영향에서 자유롭지 못했다. 하루는 엄마에게 학교에서 있었던 일을 말하는데, 엄마가 말을 끊었다. **"이이렇게 기일게 끄을면서 말하는 것 좀 그만둘 수 없겠니? 우리이는 이이렇게 말하지 않는단다."** 엄마는 내 말투를 흉내 내고 있었다. 나는 당황했다. "그냥 말하고 있는 건데요." 무거운 침묵이 뒤따르고, 다시 엄마가 입을 열었다. "그런 식으로 말하면 친구들이 네가 자기들을 놀리고 있다고 생각할지도 몰라." 엄마가 진심이었는지는 모르겠지만, 그 말은 확실히 통했다. 나는 갑자기 내가 외모는 백인인데 말은 흑인이나 멕시코계처럼 한다는 걸, 그리고 그게 내게 악영향을 미친다는 걸 강하게 자각했다. 그때부터 나는 내 입에서 나오는 어휘의 종류와 발음에 대단히 신중을 기했다. 업토크를 그만뒀고, g 탈락과 /ɪ/의 긴장 모음화도 고쳤다. 나는 부드럽고 밋밋한 서부 백인 영어를 쓰려고 혼신의 힘을 기울었다.

그렇게 조심했는데도 대학에 진학해 뉴잉글랜드에 가자 내 방언은 티가 났다. 내 말소리는 내 귀에는 완벽하게 정상이었지만, 매사추세츠 한복판에서는 대단히 촌스러운 시골뜨기 취급을 받았다. 내 룸메이트는 내가 모음을 밋밋하고 넓게 발음한다고 놀리곤 했다. 내가 하도 느리게 말해서 언어 지체가 있는 줄 알았다는 학생도 있었다. 나는 'howdy(미국 남부에서 사용하는 격의없는 인삿말—옮긴이)'라는 말을 자주 썼는데, 아주 멍청한 (혹은 잔인한) 여자가 하루는 내가 학교에 말을 타고 오는지, 살던 곳에 전기는 들어오는지 물은 적도 있었다. 표현이야 어떻든 이런 말들은 똑같은 사실을 입증하려는 것이었다. 내가 외부인, 이방인이라는 것. 이곳 출신이 아닌 나를 낯선 사람 취급하거나 배척해야 한다는 것.

나는 한참 뒤에야—영어를 공부하기 시작한 뒤에야—방언이 언어에서 얼마나 중요한지 깨달았다. 방언은 많은 어휘를 탄생시키고, 방언의 증식은 언어 성장의 증거다. 방언 없이는 언어도 없다고 말해도 과언이 아닐 것이다. 방언에 대해 알면 알수록 나는 방언을 존중하게 되었다.

'무식하거나' '저급해' 보이는 방언들도 들여다보면 그 방언의 원어민이 아닌 사람이 이해할 수 없는 복잡한 문법으로 채워져 있다. 예를 들어 아프리카계 미국인 영어에서는 'He been sick'과 'He **been** sick'이 구분된다. 'He been sick'에서 'been'은 표준 영어의 현재완료형 'has been'의 'been'과 같지만, 'been'이 강조되었을 경우에는 그 행동이나 상태가 오래전에 시작되었다는 뜻이 더해진다. 아프리카계 미국인 영어의 원어민은 이 두 개의 'been' 사이를 항해하는 데 아무런 어려움을 느끼지 못한다.

모두가 자신이 표준 영어를 쓴다고 생각하지만, 표준 영어의 **원어민**은 없다. 표준 영어 자체가 우리가 교육을 받으면서 학습하는, 글로 적힌 이상에 기반을 둔 방언이다. 우리 모두 표준 영어 원어민이라면, 그래서 우리가 쓰는 최초의 방언이 표준 영어라면, '좋은 문법'이나 '바른 영어'에 대한 책은 무용할 것이다. 문장 끝에 오는 전치사나 단어 'dilemma(딜레마)'의 바른 사용법, 'sneak'의 과거분사로 'snuck' 대신 'sneaked'를 써야 한다는 규칙들은 전부 무의미할 것이다. 우리가 이런 미묘한 용법들을 산소 마시듯 쉽게 흡수할 테니까. 우리가 표준 영어를 따로 배워야 한다는 사실이 우리가 표준 영어 원어민이 아님을 방증한다. 하지만 괜찮다. 영어 원어민들은 **다수의** 영어 방언을 할 줄 알고, 상황에 따라서 방언 사이를 오갈 수 있기 때문이다. ˙ 방언은 근사하다!

하지만 'irregardless'는, 어떤가? 그냥 조용히 무시하면 안 될까?

강에 대한 흥미로운 사실 하나 더. 강은 정말이지 내키는 대로 흘러간다.

다른 일을 제쳐두고 'irregardless'에만 매달려 있을 수는 없었지만, 나는 짬이 날 때마다 편지 더미를 뒤적거리면서 'irregardless'가 자

틀린 단어에 관하여 **99**

기 고향에서는 표준이었다고 주장하는 사람들이 더 있는지 확인했고
(있었다), 데이터베이스에 접속해서 'irregardless'가 강조형으로 사용
된 예를 더 찾을 수 있는지 확인했다(있었다). 꽤 오래 'irregardless'를
추적하다 보니, 모르는 새에 나는 이 단어를 **인정하기** 시작했다. 오
해는 말길. 나는 이 단어를 직접 쓰거나 그 쓰임을 옹호할 생각은 없
었지만, 그 고집을, 표준 영어의 변두리에 그토록 오랫동안 머무를
수 있었던 능력을 찬탄하게 되었다. 완전히 비논리적인 조어였지만,
('unravel' 같은) 다른 비논리적인 조어들도 몇 세기 동안 번성해오지
않았는가.

어느 날 나는 퇴근길에 운전을 하다가 혹시 'irregardless'가 방언에
서 강조 뉘앙스로 사용되었는데, 글로 쓰여 퍼져나가다가 그 뉘앙스
가 벗겨지고 단순히 'regardless'와 같은 의미의 밋밋한 용법으로 변한
게 아닐까 하는 생각이 들었다. 글에서는, 특히 '무식한' 취급을 받는
단어를 지면에 실으려 하는 사람이 많지 않은 상황에서는, 강조 의미

• 언어 전환code switching이라고 부르는, 방언과 방언 사이의 전환에 대해
내가 가장 좋아하는 사례는 코미디 듀오 키와 필Key and Peele이 한 농담이
다. 한 촌극에서 두 흑인이 핸드폰을 들고 횡단보도를 건넌다. 한 사람은 아
내와 오케스트라 티켓 구매에 관해 통화하고 있고, 다른 사람은 전화를 걸고
있다. 두 사람은 서로를 보자마자 즉시 아프리카계 미국인 영어 특유의 패턴
으로 말하기 시작한다. 두 번째 남자는 길을 건너고, 첫 번째 남자의 목소리
가 들리지 않게 되자마자 보다 높고 약간 혀 짧은 소리를 내는 처음의 말투
로 돌아가서 말한다. "오 세상에, 크리스천. 방금 노상강도를 당할 뻔했지 뭐
예요."

를 전달하기가 어렵다. 만약 내 추측이 사실이라면 'irregardless'는 그에 쏟아진 모든 폭력적인 증오에도 불구하고 19세기에도 여전히 사용되었으며, 그뿐 아니라 어느 시점에 **두 번째 의미인 강조**의 의미를 얻었고, 생명을 겨우 부지하면서도 다양한 영어 사용자 공동체에 산불처럼 퍼져나간 것이다.

'irregardless'는 단지 사람들의 짜증을 유발하는 정지된 단어가 아니었다. 적극적으로 성장해가는 힘 있는 언어의 예시였다. 나는 눈을 휘둥그레 뜨고, 낄낄거리면서 운전대를 찰싹 때렸다. 내가 졌다. 내게 'irregardless'는 더 이상 문법학자가 극렬히 혐오하는 대상, 영어 최후의 날이 다가오고 있다는 조짐이 아니었다. 'irregardless'는 저 나름대로의 깊이와 역사와 고집이 있는 단어였다.

나는 즉시 미국에서 첫째가는 'irregardless' 옹호자가 되었다. 'irregardless'가 단어가 아니라는 생각을 반박하는 짧은 동영상을 찍어 메리엄 웹스터 웹사이트에 올렸고, 트위터와 페이스북에 진출해서 'irregardless'를 언어적 말세의 상징으로 쓰는 반대론자들에게 야유를 보냈다. 나는 계속해서 온갖 곳에서—심지어는 대법원 판례에 기록된 구두 진술에서 강조 의미의 'irregardless'를 발견했다. 어떤 사람은 내 동영상을 보고 'irregardless'가 진짜 단어가 아니라고 주장하는 이메일을 보냈다. "그건 자꾸 쓰여서 사전에 올라간, 만들어진 단어입니다!" 메일 발신인의 주장에 나는 유쾌한 웃음을 터뜨리고 답장을 쓰기 시작했다. **물론** 'irregardless'는 자꾸 쓰여서 사전에 올라간, 만들어진 단어가 맞습니다. 사전에 오르는 단어란 게 원래 그래요. **모든** 단어는 만들어진 단어입니다. 우리가 해저 바닥에서 이미 형성된 단어를 찾아내거나, 웨일즈의 어디 외딴 지역에서 채굴하는 줄 아셨나요? 나는 이메일을 보내오는 사람들에게 'irregardless'가 사람들이 생각하는 것보다 훨씬 복잡하며, 표준 영어가 아닐지언정 보다 존중받고, 비난을 유예받아야 마땅하다고 이야기했다. 당연하게도 어머니는 몸서리를 쳤다. "오, 코리. 기껏 대학에 보냈더니만."

이렇듯 나는 방언을 굳게 옹호하는 사람임에도 우리 모두가 빠지는 덫에 빠진다. 내가 언어적 우주의 중심이라고 착각하는 것이다. 차이가 있다면, 나는 그게 틀린 생각인 걸 안다.

내 어린 딸은 미국 동부 연안에서 유년기를 보냈기에 나와 다른 방언을 사용한다. 내 딸의 방언이 내게 일상적 경이의 원천일 거라고 생각하겠지만, 처음에 그것은 순전히 절망의 원천이었다.

어느 날 나는 사무실에서 나와서 막 하교한 딸과 대화를 나누었다. "숙제 있니?" 내가 물었다.

"아뇨. 숙제 다 했어요I'm done my homework."

이 구조는 미국 동부 연안 방언의 표식이다(캐나다 영어의 표식이기도 하다). 이는 (위에서처럼) 분사 'done'이나 'finished(I'm finished my burger(버거 다 먹었어))'와 주로 쓰이지만 분사 'going'과 쓰이기도 한다(I'm going Emily's house(에밀리네 집 가)). 이 동네에서 위 문장은 전부 다 완전히 정상이고, 의사에서 걸인까지 모든 사회경제적 계층의 사람들에게 사용된다. 전적으로 평범한 구조라는 뜻이다.

단, 내게는 전적으로 이상했다.

"아니야. 숙제 다 했다고 할 때는 'done with my homework'라고

해야지." 내가 교정했다.

"맞아요. 숙제 다 했어요I'm done my homework." 딸이 대답했다.

사전 편찬자로 훈련받은 여러 해, 방언 'ain't'나 'irregardless'에 대해 불평하는 사람들에게 신중한 답장을 쓰면서 보낸 수많은 시간들이 창밖으로 내동댕이쳐졌다. 내가 그렇게 말한 건 평가에 대한 두려움 때문이었다. 'I'm done my homework'는 표준 영어가 아니었고, 어리고 아름다운 내 딸은 표준 영어 능력을 근거로 평가받을 것이며, 나는 사람들이 그 애가 'I'm done my homework'라고 말하기 때문에 똑똑하지 못하다고 생각하는 게 싫었다. 이 동네에서 언어적 성장기를 보낸 **모두**가 이런 식으로 말한다는 건 상관없었다. 딸이 결국은 'I'm done my homework'가 표준 영어가 아니라는 걸 배우고, 다른 사람들처럼 모 방언과 특권 방언 사이를 오가는 법을 배울 거라는 것도 상관없었다. 내가 쓰는 방언이 여기선 '틀린' 거라는 사실도 상관없었다. 어머니로서 느끼는 걱정이 방언을 탓하는 형태로 표현된 것이다.

방언 혹은 방언에서 나온 어휘를 사회에서 소외시키는 것이 보다 심각한 결과를 낳을 때도 있다. 사회언어학 교수 존 릭포드는 트레이번 마틴 판례Trayvon Martin Case에서 트레이번의 친구 레이철 진텔이 한 증언을 광범위하게 분석했다. 마틴이 조지 짐머만에게 쫓기고, 이어서 그의 총에 맞는 사이 진텔은 마틴과 통화 중이었다. 즉 진텔은 총살 사건 재판에서 (조지 짐머만을 제외하면) 실질적으로 법정에 출두한 유일한 증인이었다.

진텔은 흑인이고, 그녀의 모국어는 영어와 아이티 크레올Haitian

Creole(프랑스 말을 모체로 한 아이티 말—옮긴이)이다. 진텔의 증언 내내 변호 측에서는 그녀에게 영어를 이해하는지, 자신에게 던져진 질문을 이해하기가 어려운지 물었다. 그녀는 계속 아니라고 답했다. 질문을 잘 이해했고, 솔직하고 완벽하게 대답하고 있다고 말했다. 문제는 그녀가 사용하는 아프리카계 미국인 영어의 화자들이 종종 무식하고 교육받지 못한 사람으로 취급받는다는 것이었다. 백인 배심원단이 몇 차례 재판을 멈추고 진텔의 말을 이해하지 못하겠다고 주장했으며, 변호사는 수화기 너머로 들은 몸싸움의 내용에 대한 심리 전 진술에 의문을 제기했다. 그 진술에서 진텔은 누군가 "저리 가!"라고 외치는 걸 들었다고 했다. "누구의 목소리였는지 알겠습니까?" 속기록에는 진텔이 처음에 "I couldn't know Trayvon(저는 트레이번을 알 수 없었습니다)"라고 대답하고, 나중엔 "I couldn't hear Trayvon(저는 트레이번을 들을 수 없었습니다)"라고 대답했다고 적혀 있다. 그러나 릭퍼드는 이 대답이 아이티 크레올에서도 맥락상 말이 안 된다고 지적한다. "TV에서 나온 진술 녹음을 들은 저와 다른 언어학자는 그 말을 'I could, an' it was Trayvon(알 수 있었습니다. 그건 트레이번이었습니다)'라고 들었습니다." 릭퍼드는 첫 진술에 대해서는 보다 선명한 녹음을 들어봐야 한다고 말한다. "그러나 속기록에 적힌 말은 그녀가 한 말과 다릅니다."

진술이 다르게 속기되었다면 배심원의 판결이 달라졌을까? 그런 결론은 비약일지 모른다. 그러나 '만약'의 무게는 아주 무겁다. 만약 배심원단이나 법정 안에 아프리카계 미국인 영어의 원어민이 있었더라면, 진텔의 진술은 받아들여졌을 것이고, 그러면 판결이 달라졌을

수도 있다. 그건, 내 모방언의 표현을 빌리자면, 한번 생각해볼 문제
다worth reckoning.

5장

지금까지 내 일을 가장 잘 요약한
사람은 내 딸의 친구다.
내가 무슨 일을 하는지 설명하자,
그 애는 입을 떡 벌리고 말했다.
"세상에 맙소사. 제가 살면서 들은
제일 재미없는 일이네요."
그러나 그 일이 천국의 직업이라고
느끼는 사람들도 있다.

Corpus
뼈대를 수집하는
일에 관하여

메리엄 웹스터에 취직한 뒤로 나는 친구들에게서 하루 종일 어떤 일을 하느냐는 질문을 받곤 했다. 그럴 만도 했다. 바보가 아닌 이상, 책꽂이에 꽂거나 문을 괴는 것 외에 하루 여덟 시간이나 사전을 붙들고 할 일이 있단 말인가? 그러나 나는 실제로 하루 여덟 시간씩 눈알이 빠져라 사전을 들여다보고 있었다. 바보 같은 일이란 바보가 하는 일이다.

그렇다면, 바보가 하는 일이 뭔가? 나는 친구들에게 사전 편찬업이 나 같은 너드에게는 완전히 꿈의 직업이라고 안심시켰다. 나는 하루 일과의 대부분을 읽으면서 보냈다.

그러면 친구들은 머리를 갸우뚱하고, 음료를 테이블 위에 다시 내려놓았다. 얼굴에 미묘한 불신감이 스쳤다. 읽는다고? **정말로?** 새로운 단어를 찾아 나서거나 오래된 단어를 도태시키는 게 아니라, 그냥 읽기만 한다고? 그 말에 나는 환히 미소를 짓곤 한다. 응, 그래. 그래, 그래.

사전 편찬자에 대한 보편적인 인식은―사전 편찬자에 대한 인식이
있다면 말인데―언어의 창조자이자 구원자이자 지속자, 무슨 일종의
삼위일체라는 것이다. 이런 오해로부터 내가 하는 일에 대한 온갖 괴
상한 상상들이 이어진다. 사람들은 내가 다른 사전 편찬자들과 함께
담배 연기 자욱한 회의실에 갇혀서 시가를 씹고 스카치를 목에 들이
부으면서 만화 속 광고쟁이처럼 사전에 추가시킬 멋진 최신 단어들
을 외칠 거라고 생각한다. 때로 이 상상 속에는 다트판과 눈가리개도
등장한다. 대규모 뇌물수수 정황도 은연중에 드러난다―그렇지 않으
면 '제록스Xerox'와 '클리넥스Kleenex'가 어떻게 사전에 올랐겠는가?

그런 기대를 품고 있다가 사전 편찬이 얼마나 평범한 일인지 실상
을 알면 실망할지도 모르겠다. 지금까지 내 일을 가장 잘 요약한 사
람은 내 딸의 친구다. 내가 무슨 일을 하는지 설명하자, 그 애는 입
을 떡 벌리고 말했다. "세상에 맙소사. 제가 살면서 들은 제일 재미없
는 일이네요." 그러나 그 일이 천국의 직업이라고 느끼는 사람들도
있다. 새로 사귄 한 지인은 테이블 건너로 손을 뻗어 내 손목을 덥석
잡았다. `"하루 여덟 시간씩 **앉아서 글을 읽는** 걸로 월급을 받는다고
요?" 그녀의 눈은 기쁨으로 촉촉해져 있었다.

실제 사용되는 언어의 기록으로서 사전은 사전 편찬자의 머릿속
바깥, 출판된 영어 산문의 거대한 총체를 대표하는 표본을 기반으로

·　　　독자여, 나는 움찔했다.

해야 한다. 이 표본을 얻는 것은 읽기로 시작해서 읽기로 끝나는 오래된 전통을 통해서다.

앞서 보았듯 16세기 말 잉글랜드에서는 부와 권력이 귀족 계급에서 상인 계급으로 이동하면서 영어 사전이 빠르게 확산되기 시작했다. 런던은 국제 무역과 탐험의 중심지가 되었고, 평범한 상인들도 기존에는 불필요했던 수준의 문해력을 갖추어야 했다. 초기 영어 사전은 새로 국제어가 된 영어의 지위를 반영하는 라틴어·영어 사전이나 프랑스어·영어 사전 등 이중 언어 사전이었다. 외국어로 무역을 하는 런던 상인들뿐 아니라 잉글랜드 상인들과 거래하면서 뱀 같은 어휘와 문법을 지닌 영어와 씨름해야 했던 외국인들도 이중 언어 사전을 사용했다.

런던에서 식자율이 높아지고 (특히 청년들을 위한) 문법 학교가 보급되면서, 현대 사전의 전신이라 할 수 있는 참고서적 또한 보편화되었다. 16세기 말에 이르자 인기 교과서 몇 종에 영어 독해와 작문 학습에 보탬이 될 단어 목록이 포함되기 시작했다. 머천트 테일러즈 스쿨 교장 리처드 멀캐스터의 1582년작 『초급Elementarie』(정확한 제목은 『리처드 멀캐스터가 제시하는 우리 영어의 올바른 작문을 주로 다루는 초급 1부』)은 맨 뒤에 모든 교양 있는 학생이 알아야 할 단어 8,000개 목록을 첨부했다. 에드먼드 쿠트의 1596년작 『잉글랜드 교장The English Schoole-Maister』에는 대략 1,680단어의 목록이 첨부되어 있었다.**

학자들이 최초의 정식 영영 사전이라고 부르는 책은 로버트 코드리의 1604년작 『알파벳 표…A Table Alphabeticall…』*** 다. 이 책의 내용은 코드리의 학교 교장 경험을 기반으로 한 것으로 보이는데, 그는 사전의 서문 격인 독자에게 보내는 편지에서 이 책을 쓴 의도가 사람들에게 맥락에 맞는 단어를 쓰도록 하는 것, 언제 거창한 언어를 쓰고 언제 소박한 어휘를 쓰는지 알려주고 대체로 언어적 허세를 버리는 법을 가르치는 것이라고 확실히 밝힌다. 이 편지는 경탄스럽다. 코드리는 사람들에게 사전 쓰는 법을 알려줄 뿐 아니라, 말로 거드름을 피우는 교육받고 견문 많은 사람들을 헐뜯는다. ("현명한 사람이라면, 재치가 낯선 단어에 깃든다고 생각하겠는가…? 우리가 말을 하는 것은 다른 사람에게 이해받기 위해서가 아니던가…?")

코드리는 자신의 사전이 모두를 위한 것이라고 주장하지만 실은 그렇지 않다. 그의 사전은 교육받은 사람들을 위한 어려운 단어 목록이다. 케임브리지 교육을 받은 신사라면 코드리 같은 멍청이에게서

‥ 쿠트의 목록은 기초적 정의를 포함했고 멀캐스터의 목록은 정의를 생략했다. 멀캐스터는 그 일을 다른 사람에게 떠넘겼다—자신의 단어 목록을 소개하면서 그는 누군가 영어 원어민을 위해 종합 영어 사전을 만들어주면 좋겠다는 열망을 내비친다. "외국어를 훌륭하게 구사하는 아주 많은 이들이 자기 모국어의 단어를 잘 구별하지 못하고, 잘 쓰고도 크게 엇나가는 유일한 이유는 종합 영어 사전의 부재 때문이다." (166).

⋯ "…진정한 글을 싣고 그 쓰기를 가르치며, 히브리어, 그리스어, 라틴어, 프랑스어 등등에서 차용한 어려운 영어 일상 단어를 이해하도록 한다. / 이를 숙녀, 귀부인, 다른 숙련되지 않은 사람들을 돕기 위해 평이한 영어 단어로 해석했다. / 이로써 그들이 성경이나 설교 등에서 읽고 듣는 어려운 영어 단어들을 더 쉽게, 잘 이해하고 스스로도 적절히 사용할 능력을 키운다." 세상에, 코드리.

'say'나 'dog'가 무슨 뜻인지 배우지 않아도 된다. 코드리의 책은 그 대신 'cypher(암호)'나 'elocution(변술)'이나 슬프게도 지금은 쓰임이 희소해진 'spongeous(스폰지다운)' 같은 단어들에 초점을 맞춘다. 그러나 코드리가 어떤 어려운 단어를 책에 실을지 결정한 기준은 무엇일까? 그는 학교 교장으로 일했으니 만큼 학생들이 어려워하는 단어들을 잘 알고 있었겠지만, 거기 더해서 멀캐스터와 쿠트의 단어 목록을 비롯해 이미 출간된 특수 용어 해설집과 교과서의 내용을 마음대로 가져다 썼다. 즉 코드리는 사전 편찬의 역사에서 두 가지로 이름을 날려야 마땅하다. 최초의 정식 영영 사전을 펴낸 사람, 그리고 사전 편찬업에 내려오는 위대한 표절 전통의 창시자.

향후 60년 동안 사전 편찬의 방식은 대체로 위의 틀을 벗어나지 않았다. 사전은 교육받고 학식 있는 사람들을 위한 어려운 단어의 목록이었고, 정의할 가치가 있는 단어들은 일반적으로 사전 편찬자와 이전에 같은 노역을 행한 사람들의 머릿속에서 튀어나왔다. 이런 초기 사전들은 종종 우리가 영어로 납치해온 외국어와 대량으로 만들어낸 다음절 단어들에 초점을 맞추었다. 단순하고 평범한 단어들은 사전에 실리지 않았는데, 그것들은 이미 흔해서 학생이 배울 필요가 없었기 때문이다. 초기 사전은 전적으로 훈시에 집중했다. 이미 얼마간 교육을 받은 사람들의 교육 수준을 제고하고자 한 것이다.

이런 경향이 바뀌기 시작한 것은 17세기 중반이었다. '도둑의 은어 thieves' cant', 즉 런던의 하위 계급이나 때로는 범죄자들이 사용하는 어휘들만 다루는 사전들 몇 종이 시중에 출시되었다. 사전이 다루는 어휘가 교양 있는 사람들의 고급 언어에서 소매치기의 은어로 넘어간 것이 급작스러워 보일지 모르겠으나, 이 변화는 독서에 의해 촉발된 것이었다. 16~17세기 잉글랜드에서 악당 문학이라는 장르가 유행했다. 식자층은 엘리자베스 시대 잉글랜드의 범죄 실화라고 알려진, 걸인·사기꾼·도둑들의 진솔한 고백을 담은 책과 연극, 펄프 픽션을 게걸스럽게 소비했다. 그에 따라 악당 문학 작가들은 독자들이 자신들의 작품을 더 잘 이해할 수 있도록 도둑 은어 사전을 펴내기 시작했다.

이 시대 출판업은 거대 산업이었고 사전은 번성했다. 코드리의 『알파벳 표』가 출판되고 100년 동안 신종 사전이 대략 열 종 넘게 출시되었다. 책이 잘 팔린 건 문해력을 강조하는 풍조 때문이었다. 종교개혁에서는 스스로 자기 모국어로 된 성경을 읽고 이해할 수 있는 능력을 강조했고, 그 목표 달성을 돕기 위해 학교들이 세워졌다. 종교개혁에 이어 계몽 시대가 도래하자 이성으로 향하는 경로로 문해력의 가치가 급등했다. 정확히 올바른 단어를 사용함으로써 정확히 올바른 사고를 표현할 수 있다는 것이 계몽 시대의 신조였다. 18세기 사전들은 학자에서 멍청이까지 모든 사람이 자신을 제대로 표현할 수 있도록 평범한 단어들도 실었다.

서적상들에게 글을 읽을 수 있는 사람이 늘어났다는 것은 단지 돈벌이가 잘되었다는 뜻만은 아니었다. 독자들은 자신들이 쓰는 단어들에 대한 더 많은 정보를 필요로 했다. 이 단어가 다른 단어보다 적합한 이유는 무엇인가? 이 단어는 어떻게 발음해야 하는가? 이 단어는 저급하고, 저 단어는 고상한 이유는 무엇인가? 기존 사전들은 이런 질문들에 종합적인 답을 주지 못했다. 어떤 사전에는 평이한 단어만, 어떤 사전에는 은어만, 어떤 사전에는 법이나 원예 용어만 실렸고 종합적인 사전은 아직 없었던 것이다. 요컨대 독자들은 돈을 쓴 만큼의 가치를 원했고, 그 바람이 현대 사전과 현대 사전 편찬자의 탄생으로 이어졌다.

첫째는 너새니얼 베일리가 1721년 펴낸 『보편 영어 어원 사전An Universal Etymological English Dictionary』*으로, 일상적 단어를 실었을뿐더러 단어의 광범위한 역사와 다양한 사용법 해설, 글로만 본 단어를 어떻게 읽는지 안내하는 강세 표시까지 포함했다. 이 사전은 **모든 사람을**—학생, 무역상, 외국인, '호기심 많은 사람'과 '무지한 사람'까지—대상으로 했으며 따라서 'cunt(보지)'나 'fuck(성교하다)'을 비롯

• "…고대와 현대를 가리지 않고 고대 영국, 색슨, 덴마크, 노르만, 현대 프랑스, 게르만, 네덜란드, 스페인, 이탈리아에서 들여온, 또한 라틴어와 그리스어와 히브리어에서 각자의 문자로 빌려온 일반적 영어 단어의 파생을 망라했다. 그리고 또한 앞서 말한 모든 언어와 해부학, 원예학, 물리학, 약학, 의술, 화학, 철학, 신학, 수학, 문법, 논리학, 수사학, 음악, 문장학, 해양학, 군사학, 승마, 사냥, 매사냥, 야생 새 사냥, 낚시, 정원, 농사, 공예, 과자 제조, 조각, 요리 등 기술 용어에서 비롯된 모든 어려운 단어들에 대한 간명한 설명을 실었다. 또한 우리의 고대 법령, 헌장, 영장, 오래된 기록, 법적 절차에서 쓰인 단어와 어구들 여럿의 모음과 설명, 남녀의 이름과 영국의 유명한 장소들 이름의 어원 및 해석, 그리고 여러 지역의 방언들을 실었다. 해리스, 필립스, 커시 등 현존하는 영어 사전보다 수천 단어를 더 수록했다. 여기에 가장 흔히 쓰이는 속담의 설명과 도해를 더했다. 이 모든 작업은 즐길거리가 필요한 호기심 있는 자들과 정보가 필요한 무지한 자들, 또한 자신이 말하고 읽고 쓰는 것을 철저히 이해하고 싶은 젊은 학생들, 숙련공, 무역상, 외국인들을 위해 편집되고 조직적으로 요약되었다." 확실히 요즘 사전 이름은 옛날같지 않다.

한 금기어와 은어도 상당수 포함했다(두 단어의 정의는 영어가 아닌 라틴어로 수줍게 적혀 있었다). 베일리의 사전은 대히트를 쳤다.

베일리의 다음 타자는 '심술꾼' 새뮤얼 존슨이었다. 런던 서적상의 아들이자 대학 중퇴자로서 우울증을 앓았고 현대 의사들이 투렛증후군이라고 생각하는 증상을 앓았던—'괴상한 외모, 상스러운 습관, 최소한의 자질을 갖춘'—존슨이 당혹스럽게도 영어 서적상들과 영어 작가들에 의해 **권위 있는** 영어 사전을 집필할 저자로 선택된 것이다.

이는 무척이나 중한 임무였기 때문에, 그리고 존슨이 학구적이긴 해도 진짜 학자는 아니었기 때문에, 그는 지금 우리 사전 편찬자들이 하는 대로 사전 작업을 시작했다. 즉, 글을 읽었다. 존슨은 셰익스피어, 밀튼, 드라이든, 로크, 포프가 쓴 영문학의 위대한 작품들에 집중했지만 보다 세속적이고 덜 고상한 작품도 수용했다. 그의 책상을 거친 책들은 화석에 관한 연구, 의학 서적, 교육 논문, 시, 법적 문서, 설교, 정기간행물, 개인 서신 모음, 색채에 관한 과학적 탐구, 당대의 잘못된 상식과 미신을 타파하는 책, 세계사 축약본, 그리고 다른 사전들까지 다양했다.

존슨은 관심이 가는 단어를 보면 단어에 밑줄을 치고 책 여백에 단어의 첫 글자를 적었다. 잔뜩 표시가 된 텍스트는 조수들에게 넘겨졌고, 조수들은 텍스트를 다른 종이에 옮겨 적었다. 텍스트가 적힌 종이는 알파벳 순서대로 파일에 철했다. 존슨은 이것을 참고로 삼아 사전을 집필했다.

존슨의 체계는 1755년 이후 거의 모든 사전들이 제작되는 기반이 되었다. 노아 웹스터는 1828년 펴낸 『미국 영어 사전American

Dictionary of the English Language』집필을 준비하면서 수많은 주석을 단 책들을 (그리고 다른 많은 사전들을) 참고로 삼았다.

훗날『옥스포드 영어 사전Oxford English Dictionary』이라고 불리게 될 책을 펴낸 편집장들은 (적어도 한 사람의 미치광이 살인자가 포함된) 전 세계 독자들을 대상으로 공공 읽기 프로그램을 진행해서 인용문과 희귀한 단어들을 수집했다. *

사전 회사들은 오늘날까지도 다양한 출처의 단어에 밑줄을 긋고 괄호를 치고 우리가 '인용문citation'이라고 부르는 구절들을 뽑아낸다.

코웃음 나오게 쉬워 보이는 체계지만, **보기에만** 그렇다.

노아 웹스터는 1816년에 쓴 편지에 "사전 편찬자의 업무는 한 언어에 속하는 **모든** 단어를 가능한 한 수집하고, 정의하고, 정리하는 것이다"라고 적었다. 그의 관점에서는—기술 용어, 전문어, 은어, 흥미로운 단어, 지루한 단어를 포함한—모든 단어들이 수확할 만큼 영글어

---

* 여기서 언급된 미치광이 살인마는『옥스포드 영어 사전』편집자 제임스 머레이가 고용했던 사람들 중에 가장 왕성하게 활동하고 언어적으로 민감했던 독자 윌리엄 체스터 마이너William Chester Minor 박사다. 그는 잉글랜드에서 범죄를 저지른 정신병자를 가둬두기로 유명했던 브로드무어 정신병원의 영구 거주자이기도 했다. 마이너가 독자로서 그토록 훌륭했던 까닭은 그가 정신병 발병 전 웹스터에 고용되어 똑같은 일을 했기 때문이다. 웹스터에서 1864년 출판된『미국 영어 사전』특대 4절판 서문에 마이너의 이름이 올라 있다. 그는 과학 편집자였고, 우리 사무실에 남아 있는 서신들로 미루어보건대 그리 좋은 편집자는 아니었다.

있었다. ˙ 그러나 현대 사전 편찬자들은 노아 웹스터의 말에서 강조 표시를 살짝 오른쪽으로 옮긴다. 사전 편찬자의 업무는 한 언어에 속하는 모든 단어를 **가능한 한** 수집하고, 정의하고, 정리하는 것이다. 단어라는 과실은 노아의 발언이 주는 인상만큼 낮게 매달려 있지 않다. 세상의 어떤 사전도 한 언어의 모든 단어를 기록하고 있지 않다.

사전 편찬자는 단어를 사전에 올릴지 여부를 결정할 때 자신이 타고난 언어 지식에만 의존할 수 없다. 어리석은 중세학자인 내가 생전 들도 보도 못했으며 앞으로도 일상에서 절대 마주치고 싶지 않은 회계 용어 'EBITDA'가 널리 쓰이는지 어떻게 알겠는가? 전문가로 간주되는 편집자들조차—과학 편집자들조차—반드시 전문가는 아니다. 메리엄 웹스터의 생명과학 편집자 크리스토퍼 코너는 말한다. "우리가 모든 것의 전문가는 아니에요. 그냥 그 일을 하는 것뿐이죠." 그게 많은 사전 회사에서 사전 편찬자들이 정의를 집필할 때 사용할 날 재료를 얻기 위해 어떤 종류든 읽기 프로그램을 운영하는 이유다.

도구의 질은 그 도구를 만드는 데 쓰인 재료의 질을 뛰어넘을 수 없다(우리 아버지가 차고 깊숙한 곳에서 이렇게 고함치곤 했는데, 보통은 그 직전에 갑자기 낭랑한 "쨍" 소리가 들리고, 끝도 없는 욕설이 뒤따랐다). 일반 사전의 목적은 단지 언어의 수면을 훑어서 모두가 볼 수 있는 가벼운 표류물만을 빨아들이는 것이 아니다. 언어의 바닥에서 녹슬어 진흙탕 속으로 가라앉은, 희귀하고 낡은 단어를 건져 올리는 것도 아니다. 사전을 집필하기 위해 한 언어를 진실로 대표할 수 있는 표본을 찾으려면 깊이와 너비가 둘 다 필요하다.

영어는 (좋든 싫든) 발명을 반기는 언어고 영광스러운 인터넷이 (좋든 싫든) 그 발명을 널리 퍼뜨린다. 그건 우리가 어디서든지 신조어를 목격하게 된다는 뜻이다—예를 들어 'man(남자)'과 'explain(설명)'의 작고 아름다운 혼성어 ** 로 남자가 듣는 사람보다 자기가 어떤 주제를 더 잘 알 거라고 마음대로 생각하고선 일장연설을 늘어놓는다는 뜻의 동사로 널리 쓰이는 'mansplain(맨스플레인)' 같은 단어들 말이다. 'mansplain'은 2009년경 처음 등장했고 2013년 초에는 「뉴욕 타임스」와 「허핑턴 포스트」, 캐나다의 「글로브 앤 메일」과 남아프리카의 「선데이 트리뷴」, 인도의 「선데이 가디언」까지 도처에서 쓰였다. 이 단어가 널리 퍼진 건 당연했다. **훌륭한** 단어니까. 이 단어로부터 숱한 '-splain' 자손들이 태어났다. 내 책상의 비공식 목록에는 다양한 온라인 기사에서 발견된 'grammarsplain', 'wonksplain', 'poorsplain', 'catsplain', 'whitesplain', 'blacksplain', 'lawsplain', 예상할 수 있겠지만 'sexsplain' 등의 단어들이 적혀 있다(각각 설명하는 주체가 문법학자, 공부벌레, 가난한 사람, 고양이를 키우는 사람, 백인, 흑인, 법조인, 섹스 경험자일 때 쓴다—옮긴이).

- 여기 표현된 '노아의 관점'은 사실 겉만 번지르르하다. 그는 사전에서 '천박하고' '저급한' 단어 꽤 여럿을 누락시켰다.
- .. 혼성어portmanteau란 두 단어의 형태와 의미를 섞어서 만들어진 단어다. 설명은 딱딱하지만, 이 단어군에는 재미있는 단어들이 많다. 'smoke(연기)'와 'fog(안개)'를 섞어서 만든 'smog(스모그)'나, 'breakfast(아침)'와 'lunch(점심)'를 섞어서 만든 'brunch(브런치)'를 생각해보라. 'portmanteau' 자체도 큰 여행가방을 가리키는 중세 프랑스어 단어이자 'porter(들다)'와 'manteau(망토)'를 섞은 혼성어다.

보통 독자는 '맨스플레인'과 접미사 '-스플레인'이 2010년대의 '떠오르는 단어'라고—도처에서 사용되었으며, 그걸 보건대 중요한 단어가 틀림없다고 추정할 것이다. 그리고 물론, 내 직업이 뭔지 아는 사람은 2013년부터 (절반은 설레는 얼굴로, 절반은 끔찍하다는 얼굴로) "'맨스플레인'도 벌써 사전에 올렸나요?"라고 물어 왔다. 내가 "아니요, 아직이요"라는 대답으로 그들을 실망시키거나 안심시키면, 따분하다는 반응이 돌아왔다. 한 친구는 말했다. "사전 편찬자는 언어 변화의 최첨단에 서 있어야 하는 줄 알았는데!" 나는 우리가 실제로 언어 변화의 최첨단에 서 있긴 하지만 그런 최첨단이 언제나 가장 눈에 띄는 건 아니라고 친구를 달래고는, 최근 내가 많은 시간을 들여 'bored of(지겹다)'의 쓰임을 살펴보고 있다고 말했다.

친구가 눈을 깜박였다. 나는 그것이 열렬한 호기심의 표출이길 바랐으나, 실상은 의심의 표현이었을 것이다. "'bored of'라고?"

그렇다. "I'm **bored of** being asked about 'mansplaining' every fifteen minutes(나는 15분마다 '맨스플레인'에 대한 질문을 받는 게 지겨워)." 같은 문장에서 쓰이는 'bored of' 말이다. 수백 년 동안 'bored'는 'by'나("I'm **bored by** your grammarsplaining(네 문법 설명이 지겨워)") 'with'와("I'm **bored with** your grammarsplaining(네 문법 설명이 지겨워)") 함께 쓰였지만 최근 사전 편찬자들은 'bored'가 'of'와 짝지어지는 용법에 주목하기 시작했다. 미국보다 영국에서 훨씬 흔한 경향이지만—사실 옥스퍼드 사전 직원들은 요즘 'bored by'보다 'bored of'의 사용이 더 많이 보이고, 'bored with'와 'bored of'가 막상막하라고 말한다—변화의 물결이 연못의 반대쪽에도 도달한 듯하다. 이는 'bored'

의 언어적 지각판이 살짝 움직인 정도의 사소한 변화일지 모르지만 사전 편찬자들은 충격파가 언어 전체로 물결치는 것을 느낄 수 있다. 'bored of'에서 'of'가 사용되었다는 것은 'of'에 새 의미가 더해지기 시작했다는 뜻일 수 있고, 친구들이여, 바로 이것이 사전 편찬자들을 흥분시키고 들썩이게 하는 종류의 변화다. 'bored of'는 소수만이 주목하는 새로운 용법이지만 'mansplain'을 전부 합한 것보다 훨씬 자주 쓰인다. 언어의 수면만을 건져내면 이 작지만 아름다운 표본을 놓치게 된다.

수면만 훑는 건 안 되지만 그렇다고 해서 언어의 아주 밑바닥을 캐내야 한다는 뜻은 아니다. 오래전에 내가 『메리엄 웹스터 대사전』을 위해 정의해야 했던 단어 중에 'abecedarian'이 있었다. 상대적으로 쓰임이 드물며, 사람들이 소싯적 전국 철자법 대회에 출전했다는 걸 입증하고자 할 때나 들먹이는 10달러짜리 단어다. 내 일은 흔한 단어든 드문 단어든 상관없이 그 단어가 들어간 인용문을 읽고 정의에 수정이 필요한지 결정하는 것이었다. 첫 번째 정의 "무언가의 (알파벳과 같은) 기초를 배우는 사람"은 익숙했지만, 두 번째 정의는 처음 보는 것이었다. "문맹이 성경을 해석하기 위해서는 성령의 지도 외에 다른 것이 필요 없다는 믿음을 바탕으로 인간의 배움을 멸시한 16세기 재세례교의 일파"라는 정의였다. 나는 "우" 하고 입모양으로만 말하고서는—사무실에서는 실제로 소리 내어 "우" 소리를 내지 않는데, 그건 말하는 걸로 간주되고, 말하는 건 백안시되기 때문이다—인용문 더미에 뛰어들었다. 유럽의 종교사는 내가 거의 문외한인 분야고, 이 단어는 재미가 보장되어 있었다. 개혁 재세례교라니! 성령이라니!

내 컵이 정의로 흘러넘치누나(필요한 것보다 더 많다는 뜻인 "My cup runneth over"이라는 성경 구절의 패러디다—옮긴이).

그러나 'abecedarian'은 드물게 쓰이는 단어고 특히 이 의미는 더욱 드물었다. 우리의 광범위한 인용문 파일에도 이런 의미로 쓰인 'abecedarian'에 대한 기록은 거의 없었다. 메리엄 웹스터 직원 중 아무도 이 단어가 그런 의미로 인쇄물에 쓰인 사례를 발견하지 못했다. 20세기 초반에 누군가 편집부 서재에 비치된 어떤 책에 증거가 있다는 내용의 핑크를 붙여두었을 뿐이었다. 나는 파일 서랍을 닫고, 영원토록 잉크 값과 웹스터가의 미친 요구 사항들에 대해 투덜거릴 운명인 조지 메리엄의 유령이 도사리고 있는 지하실로 향했다. 포장용 테이프 옆에 낡은 편집부 서재 책들이 보관되어 있었다. 그렇게 해서, 기이한 옛 재세례교 일파의 이름을 좇는 부질없는 추격전이 시작되었다—나는 거의 일주일을 들여 여러 언어로 된 재세례교에 대한 장문의 글들을 점점 더 오래된 것까지 읽어나갔고, 교수인 친구에게서 한 통의 이메일을 받아내는 데 이르렀다. "그래서 나는 그 『재세례교 역사Historiae anabaptisticae』라는 걸 더 읽어보고, 스토크 외 저자들이 비텐베르크에 있었던 시기와 그 후에 멜란크톤이 쓴 편지 일부도 읽어봤다네." 이는 '내가 라틴어 하는 것 좀 봐' 하고 으스댈 수 있다는 점에서는 끝내주게 신나는 작업이었지만, 사전 편찬자의 관점에서는 시간 낭비였다. 'abecedarian'이 이런 의미로 쓰인 사례가 찾기 어려울 정도로 희귀하다면 아마 이 용법은 영어의 강바닥을 구성하는 버려진 단어들의 진창 깊숙이 가라앉아 있는 것으로, 일주일의 근무 시간을 투자할 가치가 없는 게 분명했다. 그래, 츠비카우의 예언자들과 재세례교의 초기 역사에 대해서 많은 걸 배우긴 했지만 마침내 자리에 앉아 새로 발견한 사항을 냉철하게 정리해야 할 때가 되자 이 조사가 단어의 정의에는 전혀 변화를 주지 못했다는 사실을 알게 되었다. 토끼굴에서 근무 시간 일주일을 쏟아 부었는데 수확이라곤 내가 세상에서 제일가는 얼간이 지식 성애자라는 지식뿐이었다. 내가 알게 된 내용은 칵테일파티에서 써먹을 얘깃거리조차 되지 못했다. 그러니까, 속세 사람들이 뭐라고 믿든, 깊이가 다는 아니다.

그래서 우리는 중간 지대를, 즉 다양하되 얼마간 깊이가 있는 자원을 추구한다. 그러나 사전 편찬자들에게는—우리처럼 객관성을 찬양하고 분석되지 않은 날것의 자료를 숭배하는 사람들에게는—보통 사람들이 무시해주기를 바라는 사실이 하나 있다. 균형 잡힌 자료 목록이 실은 주관적 결정에서 비롯된다는 것이다. 학자들은 자신들이 쓰는 모든 걸 사람들이 읽기를 바라기 때문에 (누군가는 읽어야 하니까) 많은 분야에 이러저러한 형태의 전문 학술지가 있다. 「현대 문학 저널」을 읽는다면, 「당대 문학」도 읽어야 할까? 「미국 문학」은 또 어떻고? 「미국 문학」을 읽는다면 「초기 미국 문학」도 자료 목록에 올려야 할까, 아니면 「미국 문학」에서 초기 미국 문학도 어느 정도 다룬다고 생각해도 괜찮을까? 싸움을 걸 생각은 없지만, 「캐나다 비교문학 리뷰」나 「스코틀랜드 문학 리뷰」도 읽어야 할까? 물론 과장 섞은 얘기지만 큰 과장은 아니다. 과학으로 눈을 돌리면 자료목록은 수천 가닥의 가능성을 꽃피우는데, 예를 들어 「물리 저널」이라는 제목의 저널만 9종이 있다. 그중 어떤 「물리 저널」을 읽어야 할지 정하려면 마음이 갈대같이 흔들리고 만다. 그러나 이건 부질없는 고민이다. 출판된 대부분의 글은 학술적인 글이 아니기 때문이다. 차라리 잡지 「피플」과 「OK!」를 둘 다 읽을지 고민하는 편이 덜 시간 낭비일 것이다.

초기 사전 편찬자들은 아주 신중을 기해 기준 미달인 자료를 제외시켰다. 새뮤얼 존슨은 미국 자료를 포함시키는 것에 대해 코웃음을 쳤고 노아 웹스터는 영국 문학 거성 몇몇의 작품이 너무 과장되어서 분별 있는 좋은 영어에 포함시킬 수 없다고 생각했다.˙ 현대 사전 편찬자들은 (혹은 그 지망생들은) 자료를 선택할 때 그만큼 도도하게 굴지 않지만, 그래도 선택을 피하는 건 불가능하다. 눈앞에 마거릿 애트우드 신작과『트와일라잇』한 질이 있다고 치자.『트와일라잇』은 인기가 하늘을 찌르긴 해도 새 단어를 많이 수확할 만한 책은 아니라는 생각이 든다. 마거릿 애트우드의 책은 십대 뱀파이어, 늑대소년, 파라노말 로맨스만큼 인기가 있진 않지만 새 단어를 더 많이 수확할 가능성이 있다. 대중에게 인기 많은 쓰레기를 제쳐두고, 보다 문학적인 책을 선택해야 할까? 그러나 세상에는 쓰레기의 자리도 있어야 하지 않을까?『웹스터 신 국제 사전』3판에 제기된 불만 하나는 상당수의 인용문이─정확히 45개가─폴리 애들러의 책『집은 가정이 아니다A House Is Not a Home』에서 발췌되었다는 것이었다. 폴리 애들러의 이름은 안목 있는 20세기 초 독자들에게 잘 알려져 있었다. 뉴

˙ "세상이 셰익스피어의 천재성에 어떠한 찬탄을 보내든 그의 언어에는 오류가 가득하고, 따라할 모범으로 삼아서는 안 된다."
'미국의 교사'라고 불린 노아 웹스터는 1807년 소책자『램지 박사에게 보낸 편지… 존슨의 사전 속 오류에 관하여A Letter to Dr. Ramsay…Respecting the Errors in Johnson's Dictionary』에서 이렇게 말했다.

욕에서 가장 저명한 매음굴 주인이자 마담이었던 그녀의 회고록에는 "Trying to chisel in on the beer racket(맥주 밀수에 끼어들려 하다)" 같은 환상적인 문장이 여럿 나온다. 그리하여 중요한 고려 사항이 등장한다. 어떤 책이 (a) 쓰레기이고 (b) 신어를 캐낼 만한 금광이 아닐 거라고 판단하는 당신은 혹시 가방끈만 길고 시야는 좁은 얼간이가 아닌가? 『해리 포터』 시리즈가 처음 시중에 등장했을 때 판타지 소설인이 책이 오래가는 신어들을 낳을 거라고 기대한 사전 편찬자는 많지 않았다. 그리고 지금 우리는 특정 문화나 집단에 속하지 않는 (대체로 편협한) 사람을 지칭하는 단어 'muggle(머글)'이 아이러니의 의도 없이 사용되는 것을 도처에서, 심지어 대법원 반대 의견의 표현을 논하는 기사에서도 본다.

현대 사전 편찬자들이 맞서 싸워야 할 상대가 하나 더 있다. 인터넷이라는 이름의 거대한 세상 말이다. 전통적으로 참고문헌 출판사들은 인터넷에서 인용문을 발굴하는 것을 꺼렸는데, 인터넷에 올라가는 글은 대부분 편집을 거치지 않았기 때문이다. 그러나 책과 신문, 정기간행물들은 날이 갈수록 온라인으로 거처를 옮기고 있다. 예를 들어 「뉴요커」의 실물 잡지는 웹사이트에 올라온 것과 내용이 다르다. 출판계가 불황에 접어들면서 편집진도 감축되었는데, 따라서 기존에 신뢰할 수 있던 자료들이 이제는 일부를 제외하고 (혹은 전혀) 편집을 거치지 않는다.
인터넷이 사전 편찬자에게 던져준 문제가 하나 더 있다. 자료가 제멋대로 수정되고, 편집되고, 삭제된다는 것이다. 2015년, 편집자 브라이언 헨더슨이 오픈소스 백과사전인 위키피디아에서 'is comprised of'를 전부 삭제하거나 수정하고자 하는 프로젝트를 시작하여 이목을 끌었다. 그는 위키피디아에서 47,000건을 일일이 수정했는데 대부분은 잘못된 표현인 'is comprised of'를 'is composed of'나 'consists of'로 대체하는 것이었다. 헨더슨을 응원하는 고함 소리와 그를 그만두게 하려는 야유가 똑같이 많았지만, 우리 사전 편찬자들은 하나같이 얼굴을 조금 굳히고 미간의 주름을 문지르며 우려에 잠겼다. 우리 누구나 온라인에서 흥미로운 용법을—'bored of'나 'is comprised of' 같은—발견하고, 파일에 추가했다가, 나중에 다시 출처를 찾아갔을 때 그 표현이 수정되고 사라진 것을 발견한 적이 있었다. 망할 변덕쟁이들, 이라고 우리는 투덜거리곤 했다. 그러나 과거에도 기록은 변할 수 있었다. 존 드라이든은 그의 작품 후기 판본에서 매춘부를 뜻하는 'wench' 같은 단어들을 빼버렸는데, 나이가 들면서 자신이 같은 의미로 'mistress' 같은 단어를 더 선호한다는 걸 알게 되었기 때문이다.

마지막으로 고려할 사항이 하나 더 있다. 사전 감축의 시대, 참고문헌 출판사들이 편집자들을 마구 잘라서 직원 중에 편집자가 여섯 명만 되어도 다행일 판국에, 어떻게 이 망할 것들을 모조리 읽을 것인가?

일부 사전 회사에서는 이 문제를 코퍼스corpus라는 것으로 해결하고자 시도해왔다. 코퍼스는 큐레이터에 의해 수집된 자료 전문 모음으로 보통 검색 가능한 일종의 데이터베이스에 들어 있다. 이들 코포라'는 온라인에 완전히 공개되어 있는 것도 있고, 구독하는 사람만 접근 가능한 것도 있다. 신문에 집중하는 것, 학술 및 비학술 글의 혼합에 집중하는 것, 뉴스 방송 속기록을 포함한 것, 미국 드라마 대본을 포함하여 이름이 난 것도 있다. 대부분 수억 개 단어를 포함하고 있는 코퍼스는 사전 편찬자들에게 요긴하게 쓰여왔다. 최고의 코퍼스는 자료에 라벨을 붙이고 하위 분류로 나눠서 이를테면 말을 받아 적은 기록이나 학술 논문만 찾아보기가 용이하다. 어떤 코퍼스는 단어에 품사 태그를 달기도 한다―다섯 종류의 품사가 있는 'as' 같은 단어를 정의할 때 이는 신의 선물로 느껴진다. 코퍼스에는 사전 편찬자들이 이전에 쉽게 접근하지 못했던 자료도 수집되어 있다. SF와 판타지 소설, 영국 현대 초기의 형사 법정 속기록, 유즈넷 그룹에 올라온 글, 1970~1980년대 펑크 애호가들이 손으로 찍어낸 잡지와 소책자, 만화책. 인터넷 발명 이전에 어떤 단어에 대한 직감을 좇는 사전 편찬자들은 우선 자료가 존재하는지부터 알아야 했고, 그것이 너그러운 사서가 감독으로 있으며 쉽게 오갈 수 있는 거리에 위치한 어딘가에 보관되어 있기를 희망해야 했다.

코퍼스는 방언이나 지역적 특징이 있는 언어를 수집하는 훌륭한 수단이기도 하다. 방언이나 특정 지역에서만 쓰이는 단어는 다른 지역이나 다른 나라에서는 별로 쓰이지 않는다. 좋은 예가 'finna'다. 남부 영어에서 이 단어는 'fixing to'의 변형으로 'going to' 대신 쓰인다. 미국 남부 바깥에서 이 표현이 편집을 거친 인쇄매체에 등장하는 경

• 'corpus'의 복수형은 'corpuses'가 아니다. 사전 편찬자와 언어학자는 'corpus'의 복수형을 'corpora'라고 부른다.

우는 거의 없다. 그 말인즉슨, 미국 북부의 양키들은 전국으로 배포되는 인쇄물에서 이 단어를 거의 마주치지 못하지만 작은 지방 신문이나 인쇄물을 포함하는 코퍼스를 뒤지면 찾을 수 있다는 뜻이다. 코퍼스는 사전 편찬자들에게 기존에는 흘끗 엿보는 게 전부였던 언어적 세계로 들어가는 문을 문자 그대로 열어주었다. 코퍼스가 등장하기 전에 사전 편찬자들은 개인적으로 수집한 자료만 참고할 수 있었다. 지금은 키보드 몇 번만 두드리면 어떤 단어의 지리적 분포에 대한 감각을 얻을 수 있고, 어떤 단어가 다른 단어와 비교했을 때 얼마나 널리 쓰이는지도 확인할 수 있다.

그러나 코퍼스가 아무리 훌륭하다고 해도―정말 훌륭하긴 하지만―자신의 슈프라흐게퓔을 깨울 무언가를 기다리며 잡지나 온라인 기사를 샅샅이 뒤지는 실제 사람에는 비할 수 없다. 언어학자들은 코퍼스를 사랑한다. 언어학자 2~3명만 모여도 코퍼스의 크기, 범위, 모든 가능성, 그 모든 **자료**에 대한 숨 가쁜 페티시를 느낄 수 있다. 그러나 분석하고 해석할 사람이 없다면 세상의 모든 자료가 있다 해도 무용할 것이다.

2015년 온라인 사전 스타트업인 워드닉Wordnik이 사전 업계에 파란을 일으켰다. 모금 캠페인을 열어서 영어의 '잃어버린 단어 백만 개'를―너무 새롭거나 희귀해서 어떤 사전에도 오르지 않은 단어들을 기록하겠다고 나선 것이다. 그 방법은 인터넷을 뒤져서 주석이 붙은 단어를―즉 이렇게 등장하자마자 바로 뒤에 설명이 따라붙는 단어를―찾는 것이었다. 워드닉에서는 자료 분석 회사의 도움을 받아 'also called(―이라고도 불리는)', 'known as(―이라고 알려진)' 같은 단서

텍스트를 검색하여 잃어버린 단어 백만 개를 찾고자 했다. 자료 분석 회사의 공동창립자 한 명은 「뉴욕 타임스」에 워드닉의 연구가 새로운 단어가 얼마나 빨리 언어에 수용되는지 추적하는 데 도움이 될 거라고 말했다.

"우리는 단어가 주류 언어에 편입되는 시기를 실제로 측정할 수 있습니다." 그가 말하는 시기란 글쓴이가 보통 사람들이 의미를 다 알 거라는 가정 하에 '인포테인먼트infotainment' 같은 신조어를 더 이상 설명하지 않을 때다. "어떤 단어가 빠르게 편입되고 어떤 단어가 아웃사이더로 남는지 지켜보면 흥미로울 겁니다."

훈련된 사전 편찬자들에게는 어떤 단어가 언어에 완전히 정착했는지를 판단할 때 쓰는 잣대가 여러 개 있다. 위에서 말한 주석의 생략도 그중 하나이며, 괜찮은 척도다—단, 어떤 자료를 보고 있는지 주의를 기울인다는 조건 하에. 왜냐면 오늘날은 가장 생산성 있는 새단어—'유용한' 단어가 아니라 '도처에서 많이 쓰이는' 단어—들이 컴퓨터 프로그래밍, 의학, 경영처럼 업계어와 전문 어휘가 판치는 몇몇 분야에서 나오기 때문이다. 업계어와 전문 어휘는 해당 분야 내에서는 잘 이해되고, 우리가 잘 모르는 단어에 덧붙이는 따옴표나 이탤릭체나 주석 없이 등장하곤 한다. 그러나 일반 대중을 대상으로 하는 인쇄매체에서 이런 전문 용어는 아직 '보통 사람'의 언어에 완전히 정착하지 않았기 때문에 따옴표나 이탤릭체로 표시되고 주석이 붙을 것이다. 사전 편찬자로서 나는 이런 전문 용어를 보다 어려운 용어와 전문 어휘가 실리리라 기대받는 대사전에는 싣겠지만, 일상 어휘를 주로 다루는 요약판 사전에는 싣지 않을 것이다. 아직 꾸준히 주석이 달리더라도 워낙 중요해서 당장 사전에 실릴 자격이 있다고 판단되는 단어도 있다. 'AIDS'나 'SARS'는 등장하자마자 사전에 오를 텐데, 이들 증후군은 빨리 사라지지 않을 것이며 보건적으로 충분히 중요하기 때문이다. 이런 결정은 인간이 내린다. 현재는 언어 변화의 참호 속에서 숙련된 사람이 자연언어 분석 프로그램보다 이런 결정을 내리는 데 훨씬 능하다. 물론 속도는 컴퓨터가 훨씬 빠르지만.

편집자로서 언어를 기록한다는 것에 대해 생각하면, 뱃속 깊이에서 두려움이 솟구친다. 인용문 수집의 철학은 사실 언어가 실제로 형성되는 방식과는 정반대다. 우리는 책과 교육에 대한 접근성이 상대적으로 높은 문자 사회에 살기 때문에 글로 적힌 단어가 말로 나온 단어보다 더 중요하고, 더 의미 있다고 믿는 경향이 있다. 일리 있는 생각이다. 말은 덧없어서 청자에게 단 한 번 포착되고, 정신 속 스팸 메일로, 유용할지 아닐지 모르는 부스러기 정보로 분류되어 버려지거나 혹은 식료품 쇼핑 목록과 첫 번째 반려동물의 이름과 비틀즈의 노래 〈올 유 니드 이즈 러브All You Need Is Love〉 후렴구 아래에서 썩어갈 것이다. 반면 글은 영원하다. 인터넷에 미심쩍은 취향을 담은 글을 한 번이라도 올려본 사람에게 한번 물어보라. 일단 쓰면, 그건 **실재**가 된다.

그러나 이 논리는, 전문 용어로 말하자면, 순 가짜다. 사실 언어가 전달되는 주된 방식은 말이며 모든 종류의 언어 연구가 이를 증명한다. 평범한 상황에서 우리는 읽기를 배우기 전에 말하기를 배우고,

외국어를 배우려고 시도해본 사람이라면 유창성을 판단하는 기준이 독해력이 아니라 원어민에게 월드컵에서 어떤 팀을 응원하는지 묻고 그 대답을 이해하고 불가피하게 뒤따를 말다툼에 뛰어드는 능력이라는 걸 알 것이다. 이는 곧 새로운 단어와 구가 거의 항상 글로 적히기 전에 입으로 말해진다는 뜻인데, 이런 언어 창조의 영역에 사전 편찬자는 접근권이 없다.

하지만, 아, 그래서 어쩌라는 건가? 정말로 중요한 단어라면 누군가 결국은 그 단어를 기록할 것이고, 그러면 사전 편찬자도 그 단어를 보고 수집하고 정의하지 않겠는가. 그러나 꼭 그런 것도 아니다. 우선, 모든 글이 공적이지는 않다. 편지, 식료품 쇼핑 목록, 중학생 때 주고받은 쪽지는 일반 대중이 볼 수 있도록 조판되어 책으로 만들어지지 않는다. 위대한 남녀의 편지들도—문학적 또는 역사적 중요성이 있는 편지들조차도—일부만 출간되거나, 세월이 흐르며 소실된다. 언어적 유실이 일어나는 것이다. 많은 사람들이 이런 개인적 의사소통에서 더 자유롭게 언어를 사용하며, 기꺼이 혁신하고 축약하고 임시어를 만들어내고 언어적 경계를 늦춘다. 즉, 세상에는 사전 편찬자들이 영영 보지 못하는 새롭고 신나는 단어들이 잔뜩 존재한다는 뜻이다.

여기서 사전 편찬자들은 두 번째 어려움에 직면한다. 단어는 사전 편찬자의 눈에 띄어야 하는데, 우리 사전 편찬자들이 게걸스럽게 강박적으로 글을 읽긴 하지만 세상의 사전 편찬자를 다 모아도 세상의 글을 전부 읽는다는 건 불가능하다. 그 어느 때보다도 읽을 자료가 많아지기도 했고, 인터넷이 모두에게 읽힐 기회를 주기 때문이기도

하다. 과장이 아니다. 2014년 6월, 피치스 먼로라는 16세의 십대 소녀가 6초짜리 동영상에서 자기 눈썹이 '딱 좋다는' 뜻으로 'on fleek'이라고 표현했다. (먼로가 동영상을 올리고 고작 다섯 달 뒤인 11월에 전 세계 구글 검색의 10퍼센트가 'on fleek'에 대한 것이었다.)

내 동료 에밀리가 우리 회사 블로그에 올릴 글을 위해 먼로를 인터뷰하면서 'on fleek'의 출처를 물었다. 가족끼리 쓰던 은어였나요? 'on point'와 'flick'의 말장난인가요? 'fly'와 'chic'의 합성어인가요? 아니었다. 먼로는 이것이 자기가 그냥 만든 말이라고 말한다. '

편집작업부 부장 매들린 노박이 막 내 책상에 와서 목록 하나를 건네주었다. 나는 모든 메리엄 웹스터 신입 직원들이 훈련 중 치르는 신고식의 일환으로 『웹스터 대사전』 3판의 전문(前文)을 바쁘게 읽고 있었지만, 4포인트 활자가 빼곡한 45페이지짜리 인쇄물을 기쁘게 내려놓았다. "한번 보고, 무엇부터 시작하고 싶은지 알려주세요." 그녀가 말했다.

내가 지금 보고 있는 목록은 공식 '읽고 표시하기' 목록—즉 우리가 주기적으로 읽고 표시하는 자료의 카탈로그였다. 자료 이름이 알파벳 순서대로(아니나 다를까), 그리고 주제별로 정렬되어 있었다. 나는 『웹스터 대사전』 3판을 탁 덮고 조용히 "이거야" 하고 읊조리고는 방금 언니가 숨겨둔 M&M 사탕을 발견한 아이처럼 목록 위로 몸을 숙였다. 그리고 페이지를 위아래로 훑어보았다. 「베터 홈즈 앤 가든즈」에서 「투데이즈 케미스트 앳 워크」, 「바이브」에서 「커먼윌」, 「뉴욕 타임스」, 「록키 마운틴 뉴스」—이 대목에서 나는 가능한 조용히 비명을 지르려고 애쓰다가 느리게 기체가 누출되는 듯한 소리를 내버렸다. 「록키 마운틴 뉴스」는 내 고향 신문이었다. 매들린은 우선 서너 개를 고르라고 했지만 나는 5분 만에 내가 읽고 싶은 자료 이름을 15개나 적고 말았는데, 게다가 이건 단지 정기간행물과 신문만 있는 목록이었다! 책 목록은 아직 **구경도** 못했다. 내가 M&M 얘기를 했던가? 잊어버려라. 이건 사탕가게 전체에 맞먹는다.

나는 연필을 내려놓고 내 행운에 경탄했다. 여기, 읽는 걸 단지 좋아하는 걸 넘어서 읽기를 **멈출 수 없는**―버스를 타면 광고를 읽고, 주머니 속 영수증을 읽고, 그마저도 다 읽으면 어쩔 도리 없이 낯선 사람의 어깨 너머로 책을 훔쳐보는 여자가 있었다. 나는 **읽어야만** 했다. 그리고 여기서 나는 읽기로 돈을 벌고 있었다. **바로 이 일이야**, 라고 나는 생각했다.

읽고 표시하기 [**]는 사전 편찬자의 핵심 기술 중 하나이고―정의하기, 교정 보기, 눈 맞춤을 성실하게 피하기와 같은―다른 핵심 기술들과 마찬가지로 연습이 필요하다. 읽고 표시하는 과정 자체는 간단하다. 뭔가를 읽으면서 눈길을 끄는 단어가 있는지 찾는다. 단어를 찾으면 밑줄을 긋는다. 훗날 단어를 정의할 때 의미와 용법을 바로

---

[*]   UrbanDictionary.com에는 2003년부터 ('on'을 뺀) 'fleek' 항목이 올라 있었으며 의미는 '부드럽다' 혹은 '좋다'였다. 이 글을 쓰는 현재 먼로는 여전히 'on fleek'이 자신이 만든 표현이라고 주장한다.

[**]   '읽고 표시하기reading and marking'는 두 개의 동사로 이루어져 있으니 복수 동사로 받아야 할 것 같지만, 읽고 표시하는 행동이 동시에 이루어지므로 단수로 친다. 표시 없이 읽기만 하지 않고, 읽지 않으면 표시할 수 없다.

파악할 수 있도록 충분한 앞뒤 맥락을 포함시켜 괄호를 친다. 타자수들이 빼곡한 글씨 속에서 당신이 희미하게 밑줄 친 깨알 같은 단어를 찾으려다가 눈이 머는 일이 없도록 표시한 단어 바로 옆에 체크 표시를 한다. 읽을 게 바닥날 때까지 반복한다. 여기서 연습이 필요한 건 읽기 그 자체다. 대부분의 사람들은 우리의 읽기를 대부분의 언어 애호자들(그리고 미래의 사전 편찬자들)이 꿈꾸는, 한가롭게 몰입해서 읽기로 생각한다. 아아, 그러나 우리의 일은 노는 게 아니고 그렇게 되어서도 안 된다. 스티브 페로는 말한다. "대부분의 사람들이 지친 일과 끝 무렵에 읽고 표시하기를 한다는 느낌이 듭니다. 저는 그게 잘못된 접근이라고 생각합니다."

초보 사전 편집자에게 이는 지금까지 익힌 문법을 잊고 다시 배워야 할뿐더러 읽는 법도 잊고 다시 배워야 한다는 뜻이다. 그러려면 연습이 필요하다. 길이 낡은 범퍼를 고치는 기술자처럼 우리 신입 직원들의 언어적 편견을 망치질하는 동안, 스티브는 우리에게 읽는 법을 가르쳤다. 읽고 표시하기의 목표는 인용문 파일에 흥미로운 새 단어들을 추가하는 것으로, 이걸 잘하려면 읽는 것에 주의를 기울이되 지나치게 주의를 기울여서는 안 된다. 읽고 표시하기에서 사전 편찬자가 처하는 가장 흔한 곤경은 언어가 아니라 내용에 흥미를 느끼는 것이다. 예를 들어보자.

At the Barbra Streisand $5000-a-head Demo fund-raiser on her
Malibu spread, Hugh Hefner arrived with a scantily clad youngie who
noticed Nancy Pelosi staring at her and snapped, "Don't think I'm

dumb, sweetie, just because I'm not wearing anything!"

(바브라 스트라이샌드가 말리부 집에서 개최한 인당 5,000달러짜리 민주당 모금회에 휴 헤프너가 데려온 헐벗은 아가씨가 낸시 펠로시가 자기를 빤히 보는 걸 알아차리고 쏘아붙였다. "자기, 내가 홀딱 벗고 있다고 해서 내가 멍청하다고 생각하진 말아요!")

반쯤 벌거벗은 이 백치 미인은 누구였으며, 정말로 자신이 생각하는 만큼 똑똑했을까? 낸시 펠로시는 뭐라고 대답했을까? 휴 헤프너는 또 뭐라고 말했을까? 오 신이시여, 나는 이 일화가 어떻게 이어졌을지 알고 싶어 **죽을** 지경이다.

만약 당신도 그렇다면, 당신이 한 것은 읽고 표시하기가 아니라 그냥 읽기다. 글 속에서 벌어지는 드라마에 심취한 나머지 'democratic'의 준말로 'demo'를 쓰는 흔치 않은 축약형을 놓쳤을 것이고, 일반적으로 많은 양의 음식을 일컫는 'spread'가 집을 지칭하는 단어로 쓰인 것도 놓쳤을 것이다. 그렇다고 해서 완전히 헛수고는 아니었을 텐데, 아마도 'scantily clad' 바로 뒤에 오는 'youngie'는 포착했을 것이다. 오 템포라! 오 모레스O tempora! O mores(라틴어로 '오 시간이여! 오 관습이여!'라는 뜻—옮긴이)!

사전 편찬자에게 단어들 이면에서 펼쳐지는 이야기에 머리부터 뛰어드는 것만큼이나 위험한 것이 띄엄띄엄 읽기skimming다. 글을 띄엄띄엄 읽을 때 우리는 한 줄 한 줄, 단어 하나하나를 꼼꼼히 읽지 않고 핵심 단어와 익숙한 패턴을 찾는다. 위의 글을 띄엄띄엄 읽으면 'sweetie', 'scantily clad', 'Barbra', 'Hugh Hefner' 같은 몇 개의 블록버스터 단어들이 빠르게 눈에 들어올 것이다. 그러나 '$5000-a-head'에서 'a'와 'head'를 사용한 건 놓치기 쉽다. 둘 다 반드시 새롭다고는 할 수 없는 쓰임이지만 말에서는 자주 쓰여도 글에 등장하는 건 분명 드물기에 표시할 가치가 있다. 'fund-raiser'는 원래 띄어쓰기로 이어져 있던 복합어가 하이픈으로 이어진 복합어로 바뀌고 있다는 증거로 삼을 수 있으니 표시해야 한다. 이것들이 읽고 표시하기에서 우리가 포착하고자 하는 미묘한 변화다.

그러나 변화를 포착하려면 연습이 필요하다. 읽고 표시하기 연습에서 우리는 스티브가 이미 읽은 기사 사본을 교재로 썼다. 가끔은 「엔터테인먼트 위클리」에서 뽑은 흥미로운 기사로 난이도를 올리기도 했다. 스티브가 읽을거리를 주면 우리는 책상으로 돌아가 글을 읽고 표시했다. 그리고 편집부 회의실에 모여 결과물을 보면서 우리가 놓친 좋은 단어들이 무엇인지, 다른 단어들을 표시하는 게 덜 유용한 이유는 무엇인지에 대한 스티브의 설명을 들었다.

나의 동료 에밀리 베지나는 읽고 표시하기 훈련을 받던 때를 생생히 기억한다. 스티브가 그녀와 함께 「엔터테인먼트 위클리」의 한 페이지를 한 문단씩 읽고 있었다. "첫 문단에서 어떤 단어에 표시했나요?" 스티브의 질문에 에밀리는 자신이 표시한 단어들을 읊었다. 표시한 단어가 좋다고 생각하면 스티브는 고개를 끄덕이면서 "오케이, 좋아요"라고 답했다. 이렇게 마지막 문단까지 내려가보니 영화 〈아메리칸 파이 2〉 리뷰가 있었다. "여기선 뭘 표시했나요?" 스티브가 물었다.

에밀리는 잠시 말이 없었다. 그녀는 지금 그때 일을 이렇게 설명한다. "나는 막 일하기 시작했고, 스티브가 어떤 사람인지 잘 몰랐어요. 게다가 그는 내 상사였죠! 하지만 질문을 했으니 답한 거예요." 에밀리는 목청을 가다듬고 말했다. "아, 'horndogs(흥분했다는 뜻의 horny와 dog를 합성한 은어─옮긴이)'에 표시했어요." 그러자 스티브가 잠깐 틈을 두고 말했다. "오케이, 좋아요." 아무리 바보 같을지라도 주목할 가치가 없는 단어는 없다.

내가 계속 '눈길을 끄는 단어'를 언급한다는 걸 눈치챘을지 모르겠다. 사전 편찬자의 눈길을 끄는 단어는 어떤 식으로든 새로운 단어다. 그러나 사전 편찬자들은 수집한 인용문을 기반으로 정의를 쓰기 때문에, 오로지 새로운 단어만 표시한다면 인용문 파일이 아주 불균형해지기 쉽다. 그런 고로, 한때 메리엄 웹스터의 높으신 분들은 파일에 평소 눈길을 끌지 않는 단어들도 채워 넣기 위해 한 개 이상의 자료에서 세 단어 혹은 다섯 단어마다 무조건 한 단어씩 표시하도록 했다. 현대에는 온라인 코퍼스가 인용문 파일의 빈틈을 채우는 데 도움이 되지만, 코퍼스가 없던 시절에 우리는 직접 땜질을 했다(그리고 그 자료를 전부 받아서 밑줄 친 단어 각각을 개별 인용문으로 만들어내야 했던 충직한 타자수들에게 여러 번 사과하고 직접 구운 쿠키를 건넸다).

읽는 자료의 폭을 넓히는 것도 그런 땜질의 일환이었다. 내 앞에 놓인 읽고 표시하기 자료 목록에서 나는 절충해서 네 개를─「타임」, 「카 앤 드라이버」, 「포퓰러 머캐닉스」, 「크리스처니티 투데이」를─선택했고, 때가 되자 개인 편지함에 점심을 의논하는 핑크 카드와 함께 자료들이 도착하기 시작했다. 표지 우측 상단에 내 이니셜이 적힌 라벨이 붙어 있었다. 「카 앤 드라이버」는 내 것, 온전히 내 것인 줄만 알

앉는데 내 이니셜 바로 아래 다른 편집자의 이니셜이 적혀 있었다. 살며시 짜증이 났다. 이 잡지들을 **나**를 위해 골랐지, MDR이나 DBB 나 KMD나 다른 편집자를 위해 고른 게 아니었다. 자료를 **공유**해야 한다고? 이 일은 갈수록 내가 하고 싶었던 '바로 그 일'이 아닌 것 같 았다.

메리엄 웹스터에서 읽히는 정기간행물은 대다수가 두 명 이상의 편집자에게 읽힌다. 여기엔 이유가 있다. 편집자들이 자신의 개인어 에―고유한 어휘, 문법, 방언 표지, 취미 생활에서 주워 모은 특수 어 휘, 그리고 영어의 시공간을 움직이며 주워 담은 여러 언어적 잡동 사니에―영향을 받기 때문이다. 내 아버지는 자동차를 개조하는 취 미를 가진 사람hot-rodder˙이기에 나는 「카 앤 드라이버」에서 hot rod(개조 자동차)를 봐도 별 감흥이 없지만, 누군가에게 이 어휘는 새 롭고 짜릿할 수 있다. 그 반대도 마찬가지다. 내가 차에 대해 문외한 이라면 'drivetrain(구동렬, (자동차의) 동력 전달 장치―옮긴이)'의 의미가 아주 미세하게 변한 사실을 놓칠 것이다. 예를 들어 오늘날 구동렬은 과거와 달리 순전히 기계적인 장치가 아니라, 컴퓨터를 비롯해 내가 거의 이해하지 못하는 다른 후드 아래의 마법이 개입된 장치일 수 있 다. 만약 누군가가 (바로 내가) 이런 언어 변화를 너무 오래 놓친다면,

---

˙   **hot-rod·der** *n, pl* **-ders** 1 : a hot-rod driver, builder, or enthusiast(개조 한 자동차를 운전하거나, 만들거나, 좋아하는 사람) (*MWC11*).
이제 이 단어도 당신의 개인어에 등록될 것이고, 그로 인해 당신은 한결 나 은 사람이 될 것이다.

구동렬의 정의는 결과적으로 낡은 것이 된다. 단지 내가 구동렬에 대해 알지 못하기 때문에.

혹은 모든 어휘가 너무 낯선 나머지 매 호 'V-6'와 'catalytic converter(촉매 변환 장치)'를 'cat'으로 줄여 쓴 사례나 'horsepower(마력)'를 'horses'라고 쓴 사례가 보일 때마다 닥치는 대로 밑줄을 그을지도 모른다. 이 문제를 우리는 '과잉 표시'라고 부른다. 과잉 표시를 하면 의도치 않게 인용문 파일 내에서 이 특정한 'cat'이 사용되는 횟수를 부풀리게 된다. 더 나쁜 건 고양이라는 의미로 쓰인 'cat'은 워낙 흔해서 아무도 표시하지 않을 게 뻔하다는 것이다. 따라서 장래에 어떤 박복한 편집자가 파일에 수집된 객관적 증거가 제시하는 바와 달리 'cat'이 영어 문어에서 '촉매 변환 장치'로 사용되는 횟수가 '인터넷에서 널리 공유되는 동영상, 사진, 유머에 주로 등장하는 집에서 키우는 작은 고양잇과 동물'로 사용되는 횟수보다 더 많지 않다는 설명을 따로 붙여야 할 것이다.

앞서 언급한 MDR과 DBB는 물리 과학 편집자로서, 내가 읽은 자료를 다시 읽으면서 내가 과학자나 기술자가 아니라서 놓쳤을 특수 어휘의 변화를 표시할 것이다. KMD는 나보다 경력이 30년 많은 다른 편집자로서, 나는 그녀가 내 뒤에 표시한 「타임」을 넘겨보면서 새로운 발견에 경탄할 것이다. 커피메이커에 주황색 포일 봉투에 담긴 역겨운 물질을 넣고 물이 끓기를 기다리는 동안, 나는 「타임」 최신호 하나를 펼쳐서 그녀가 이니셜 옆에 표시한 쪽 번호를 확인했다. 그녀가 표시한 단어 하나는 전면 광고에 나온 것이었다. "The acclaimed new Dodge Durango sport utility vehicle from the drawing board to production in 23 <u>blazing</u> months(불타는 23개월 만에 제도판에서 생산에 옮겨진, 호평받고 있는 신형 닷지 듀랑고 SUV)." 나는 생각했다. **젠장. 광고가 있었지!** 기사에서 단어를 채굴하는 데 정신이 팔려 광고를 읽을 생각을 미처 하지 못했다.

다수의 편집자들에게 읽고 표시하기를 시키는 데에는 덜 철학적이고 더 따분한 이유도 있다. 읽을 게 많고, 편집부에는 지켜야 할 마감 기한이 있기 때문이다. 사전 편찬업은 이윤을 목적으로 하는 사업이다. 편집자들이 마감 기한을 지켜야 판매량이 최대화되는 특정 시점에 사전을 출간할 수 있다. 한 해에 특정 부수의 사전을 팔아야 비용을 전부 메꿀 수 있다. 비용을 메꾸지 못하면 돈을 절약할 방법을 찾아야 하고 현대 미국 노동자들이 잘 알듯이 돈을 아끼려면 보통 인원을 줄이거나 일을 하는 데 필요한 절차를 줄여야 한다. 까다로운 단어를 (예를 들어 'as'를) 정의하는 대신 하루 종일 책상에 두 발을 얹고 나른하게 읽기만 하면 좋겠지만, 그럴 수는 없는 것이다.

읽고 표시하기 목록은 사실 허상이다. 시간이 오래 지나면 읽고 싶지 않았던 것들도 읽게 된다. 나는 회사를 그만두고 교육자의 길을 택한 동료의 읽고 표시하기 자료 일부를 물려받으면서 정치 잡지를 읽게 되었다. 정치 자체가 싫은 건 아니지만, 정치적 장광설이나 호통의 낌새가 느껴지는 글을 읽는 건 싫어한다. 그런데 이제 매주 그런 글로 채워진 주간지를 읽고 단어를 선별해야 한다. 또 세월이 흐르면, 시간이 부족해서 예전에 좋아했던 자료를 그만 읽게 된다. 「카 앤 드라이버」는 더 이상 내 책상에 배달되지 않고 「포퓰러 머캐닉스」도 마찬가지다. 요즘 나는 『포스트모던 신학으로의 케임브리지 안내

서『The Cambridge Companion to Postmodern Theology』를 충실히 읽
어나가고 있다. 떠넘길 사람이 아무도 없기 때문이다. 키리에 엘레이
손Kyrie eleison(주여, 우리를 불쌍히 여기소서).

그렇지만, 대부분의 사전 편찬자들은 강박적 독자이고, 읽고 표시
하기를 통해 **꼼꼼한** 강박적 독자가 되는 법을 배운다. 다른 도리가 없
다. 일단 시작하면—무슨 일이 있어도—돌아갈 수 없다. 나는 저화질
핸드폰 카메라로 인용문 파일에 추가할 메뉴판 사진을 찍느라 저녁
식사를 방해한 적이 있다. 공영 라디오를 듣다가 누군가 'ho-bag(문란
한 여자)'이라는 단어를 쓰는 걸 듣고 받아 적으려고 아이들을 조용히
시킨 적도 있다. [•] 흥미로운 어휘가 적힌 간판 사진을 찍으려고 길가
로 급히 차선을 변경한 적도 있다. 여행을 할 때는 비치된 비누를 쓸
생각도 없으면서 혹시 재미있는 홍보 문구가 적혀 있을까 싶어서 챙
기는 버릇이 생겼다. 아래는 인용문 파일에 넣기 위해 타자수들에게
보낼 물품들의 대기 목록이다(전부 내가 올린 품목은 아니다).

- 냉동 인스턴트 식사 포장지
- 기저귀 상자
- 병맥주

   •   구어에서는 익숙지 않은 단어를 잘못 듣거나 ('*beacoup*(많은)'를 '*boku*'라고
       적는 수많은 사람들을 생각해보자) 철자를 틀릴 수 있기 때문에 일반적으로
       우리는 구어에서 인용문을 찾지 않는다. 하지만 공영 라디오에서 'ho-bag'
       이라니.

- 약 포장 상자에 들어 있는 삽입물
- 가족 앨범에서 빼낸 사진(얘들아, 미안하지만 너희는 매우 희귀하고 특정 지역에서만 사용되는 'diner'의 철자법인 'dinor' 간판 아래에 서 있었고, 어쨌든 너희 둘 다 이 사진에 대해서는 신경 쓰지 않았잖니—내가 직장에 들고 가는 걸 보기 전까진 이런 사진이 있는 것도 몰랐으면서.)
- 오더 이터즈Oder-Eaters(발냄새 제거 제품—옮긴이) 포장 상자
- 시리얼 상자
- 테이크아웃 메뉴판
- (다 먹은) 고양이 사료 봉지
- 콘서트 안내지나 프로그램
- 각종 우편주문 카탈로그
- 털실 타래에서 뜯어낸 라벨
- 전화번호부. 전화번호부 한 권 통째로

그만두려고 애써도 읽고 표시하기를 도저히 멈출 수가 없다. 물론 읽는 건 여전히 즐겁지만, 특정 단어에 정신적 거스러미가 걸리면 자꾸 따끔거려서 결국 주의를 기울여야만 한다. 유리 위를 미끄러지는 비단처럼 부드럽게 최신 베스트셀러를 읽어 내려가다가도 'fuckwad('아주 많은'을 뜻하는 fuckload의 변형—옮긴이)' 같은 단어에서 갑자기 눈이 번뜩 뜨이고 만다. **그래야 할까?** 마음속 작은 목소리는 그러지 말라고, 이미 인용문 파일에는 'fuckwad'가 쓰인 문장이 수천 건은 있을 거라고, 이 사례는 언어적으로 전혀 흥미롭지 않다고, 신이시여 제발 그냥 놔두라고 간청한다. 그러나 내면의 쾌락주의자가

말을 끝내기도 전에 이미 연필과 메모지를 들고 다음 날 사무실에 가져갈 인용문을 베껴 적고 있다. 상상컨대, 발 질병 전문가로 일하는 것이 이와 비슷할 것이다. 일을 하다 보면 세상이 온통 발로 보일 테니까.

하루 종일 읽는 직업은 확실히 기쁨일 수 있지만, 사람을 망칠 수도 있다. 나는 더 이상 단어들을 무덤덤하게 대할 수도, 가볍게 던져버릴 수도, 가만히 둘 수도 없다. 길을 걸으면서 보도에서 부스러기와 찐득한 오물과 벌레 시체와 개똥을 일일이 주워들고, 그보다 나은 할 일이 많은 부모에게 질질 끌려가면서도 "이건 뭐야? 이건 뭐야? 이건 뭐야?" 끊임없이 물어대는 어린아이처럼.

지금 시야 한 구석에 식료품 저장실의 찬장에 처박아둔 오트밀 용기가 들어온다. "Quick Cook Steel Cut Oats(빠르게 조리되는 스틸 컷 오트)."라는 글씨가 선명히 박혀 있다. 'Quick cook,' 'Steel cut'. 흠. 흥미가 생긴다.

잠시 양해해달라. 오트밀 포장을 뜯으러 가야겠으니.

6장

사전 편찬에는 괴벽이 많다.
모든 전통 사전 출판사들이
일관되게 따르는 관습은,
사전을 결코 A에서부터
집필하지 않는다는 것이다.

Surfboard
정의에 관하여

답답한 편집부 회의실, 길이 의자에 몸을 기대고 혀를 차고 있다. 사전 편찬업에 계속 종사할 사람이라면 반드시 알아야 하지만, 우리가 이해하지 못할 것들에 대해 일장연설을 늘어놓기 전 그의 습관이다.

내가 일하기 시작한 첫 해에 그는 혀를 자주 찼다.

오늘은 정의에 대한 이야기를 시작할 거라고—구체적으로는 우리가 쓸 정의와 우리가 쓰지 않을 정의의 종류에 대해 이야기할 거라고 그가 공지한다. "우선 '실질적 정의real defining'부터 시작하지요."

동료 신입 직원들과 나는 슬쩍 눈빛을 교환했다. 미국에서 가장 오래된 사전 제작 회사에서 단어의 정의를 쓰는 일은 단연 '진짜 정의' 아니겠는가. 그러나 알고 보니 정의에는 여러 종류가 있고, '진짜' 정의가 아니라 '실질적 정의'는 사전 편찬자들을 괴롭히는 두 가지 정의 중 하나였다. 실질적 정의는 철학과 신학의 영역에 속하며, 무언가의 본질을 기술하고자 한다. 실질적 정의는 '진실은 무엇인가?', '사랑은 무엇인가?', '듣는 사람이 아무도 없어도 소리는 존재하는가?', '핫도 그는 샌드위치인가?' 따위 질문들에 답한다. 많은 초보 사전 편찬자들이 자기도 이런 정의를 하게 될 거라고 상상한다. 따뜻한 목재 사무실에서 가죽을 덧댄 책상에 앉아 박식하게 자신의 철학을 펼치는 것. 허공을 물끄러미 보다가 손바닥만 한 지혜의 책을 들여다보며 사랑이 행동인지, 감정인지, 미신인지 결정한다. 어딘가 바깥에서─아마 지나가는 차에서─희미한 음악이 들린다. 더 케이엘에프가 쿵쿵거리는 리듬에 맞춰 묻는다. "사랑은 몇 시인가What time is love?" 그러면 당신은 미소를 짓는다. 더 케이엘에프에게 사랑이 정확히 몇 시인지 알려줄 수 있는 건 사전 편찬자인 당신뿐이니까.

이건 행복한 환상이다(사실 나의 행복한 환상이었다). 사전 편찬자들은 실질적 정의를 하지 않는다. 사실, 실질적 정의를 하려는 시도는 나쁜 사전의 증표다. 사전 편찬자들은 실질적 정의가 아니라 언어적 정의만, 즉 단어가 어떻게 사용되고 특정 상황에서 어떤 의미로 사용되는지 기술하는 일만 한다. 우리가 답하는 질문들은 "'She's a real beauty(그녀는 진짜 미인이다)'에서 'beauty'는 무슨 뜻인가?" 혹은 "피자를 사랑한다고 할 때 그 '사랑love'은 어머니를 사랑한다고 할 때 사랑과 용법이 같은가?"이다.

그러나 사전을 열고 'love'를 찾는 사람들은 사랑이 **무엇인지** 설명이 적혀 있길 기대한다. 사람들이 온라인 사전의 'love' 항목에 남긴 댓글을 보면 그들이 ('친족관계나 개인적 유대에서 비롯된 서로에 대한 강한 애정'이나 '성적 욕구에 기반을 둔 이끌림'이나 '동경, 자비심, 공통의 이익에 기반을 둔 애정' 같은) 거만하고 정신없는 말에는 신경 쓰지 않는다는 걸 알 수 있다.

- 사랑은 ~ L ong O vercoming V alues E ffect(길고 극복하는 가치 효과)?
- 사랑이 무엇인가?? 신이 사랑이다! "신은 사랑을 너무나 사랑하셔서 유일한 아들을 보내셨다!"
- 사랑은 능력을 완전히 실현할 수 있도록 하는 소망이다.
- 다른 사람에게 표현되는 강하고 마법적인 감정으로 모두에게 필요해요.
- 저는 사랑이 큰 속임수라서 종교나 소위 형이상학처럼 사람들이 원하는 어떤 의미로도 빚어질 수 있다고 생각합니다.
- 사랑은 이것보단 훨씬 큰 개념이죠.
- 당신들 사전에 오른 사랑의 의미는 틀렸어요. 사랑은 조나스 브라더스 Jonas Brothers를 의미한다고요. •

언어적 정의는 실질적 정의에 비하면 사소한 것에만 연연하고 중요한 문제에는 발뺌하는 것처럼 보인다. 사전 편찬자들이 의미하는

• '사랑'에만 국한된 것도 아니다. 'sofa' 항목에는 이런 댓글이 달렸다. "나는 소파에 등받이나 팔걸이가 있다고 생각하지 않는다. 소파는 그냥 눕거나 앉을 수 있는 평평한 표면. 체스터필드chesterfield는 일반적으로 터프팅 된 가죽 재질 소파다. 다이밴divan이나 데번포트davenport는 구닥다리라 쓰지 않는다. 라운지lounge는 동사다. 세티settee는 느슨한 쿠션 대신 빡빡한 덮개를 쓰는 작은 소파다. 스쿼브squab(squab에는 새 새끼라는 뜻도 있다—옮긴이)은 먹는 게 낫다."

바는, 사랑의 본질이 애정이라는 것이 아니라 그게 이 단어가 사용되는 방식이라는 것이다. 그러나 말하고 글 쓰는 언중이 '애정' 대신 '사랑'을 쓰는 건 사랑이 애정보다 더 많은 것을 의미하기 때문 아니겠는가? 사랑은 단순한 애정과는 달라야 한다.

사전 편찬자들은 영영 아슬아슬한 외줄타기를 하고 있다. 맞다, 사랑이라는 것은 애정이라는 것과 다르지만, '사랑'이라는 **단어**에는 여러 다양한 쓰임이 있고 그중 일부는 '애정'이라는 **단어**의 쓰임과 겹친다. 철학자에겐 만족스럽지 못할 이 대답이 사전 편찬자가 내놓을 수 있는 최선의 대답이다.

초보 사전 편찬자들이 사전 편찬이 무엇인지에 관한 기존의 생각을 깨끗이 버리고 난 다음 해야 할 일은 용어를 배우는 것이다. 용어를 익히면서 그들은 사전 항목이 얼마나 복잡한지 깨닫기 시작한다. 정의되는 단어는 결코 '정의되는 단어'라고 부르지 않는다. '표제어 headword'라고 부른다. 정의는 '정의definition'라고(어휴) 부르고, 특히 정의가 여럿일 때는 '의미sense'라고 부른다. 서로 다른 의미는 의미 번호(1, 2, 3 등등)로 표시한다. 서로 긴밀하게 연결된 의미는 '하위 의미subsense'로 묶어서 의미 번호 뒤에 문자를 붙여(1 a, b, c, d 등등) 표시한다. 아주 운이 좋다면 서로 긴밀하게 연결된 하위 의미들을 한 번 더 '하위—하위 의미'로 묶을 수 있을 텐데, 이는 하위 의미 표시 뒤에 괄호 숫자를 넣어서(1 a (1), (2), b, c (1)) 표시한다. 이 각각의 의미 안에는 서로 동등한 여러 개의 정의 문장이 들어 있다. 그것을 '대체어substitutes'라고 부른다. 'sub–'로 시작하는 단어가 많기도

하다. 대체어와 대체어 사이는 볼드체 콜론으로 구분하되 '결속 대체어binding substitute(일종의 원—대체어로서 그 뒤에 결속 대체어의 사례이거나 하위 집합인 하위 의미들이 따라온다)' 뒤에는 볼드체가 아닌 로만체 콜론을 쓴다. 용어를 배우다 보면 사전 편찬업에서 쓰는 용어('의미', '표제어')와 보통 사람들이 이해하는 단어('정의', '단어') 사이에서 언어 전환을 해야 한다는 사실을 알게 된다. 타인과 소통하기 위해 끔찍하게 부정확한 말을 써야 한다는 것은 언어에 정확을 기하는 법을 배우는 사람에게 몹시 절망스러운 일이다. 그러나 이는 정의 쓰는 법을 익히기 위한 좋은 연습이기도 하다.

사전을 쓸 때 제일 먼저 해야 하는 일은 단어가 사전에 수록될 가치가 있는지 판단하는 것이다. 이 문제는 서로 정반대의 이유들로 여러 사람을 괴롭힌다. 앞서 보았듯 자신들이 형편없고, 틀린 용법이라고 간주하는 단어가 사전에 오르지 않기를 바라는 사람이 많다. 사전에 오르면 단어가 합법화된다는 믿음 때문이다.

이 논란의 반대편에는 포함주의자, 즉 한 번이라도 사용된 단어가 모두 사전에 올라야 한다고 믿는 사람들이 있다. 그 단어가 1400년에는 보편적이었지만 셰익스피어 시대에 쓰이지 않게 되었더라도 상관없다. 딱 한 번 글로 적힌 단어라도 상관없다. 단어라면 전부 사전에 오를 자격이 있다.

포함주의자들은 언제나 있었지만—웹스터 본인도 다른 사전에는 미국 어휘가 부족하다고 투덜거렸다—인쇄출판의 구조에 대해 이야기하면 쉽게 입을 다물게 할 수 있었다. 애초에 참고서적을 사는 사람은 별로 없다. 참고서적을 사는 사람들도 여러 권짜리를 사지는 않는다. 여러 권짜리 참고서적이 팔리지 않는다면, 우리는 한 권짜리 참고서적에 집중해야 한다. 사전 한 권을 20인치 두께로 출판하는 건 편법이고 실현 불가능하다.

사전이 차츰 온라인으로 옮겨가면서 포함주의자들은 이 논리의 허점을 공격하기 시작했다. 전자사전에는 공간적 제약이 없으니 모든 단어를 올려도 되지 않겠는가? 그러나 한 단어도 빠짐없이 실은 영어 사전을 찾는 여정에는 커다란 속도 방지턱이 하나 더 있는데, 바로 사전 편찬자들이 멸종위기종이라는 사실이다. 인정컨대 언어는 사전 편찬업보다 훨씬 빠르게 움직인다. 영어의 모든 단어를 **정의**하기는커녕 **보기**만 한대도 사전 편찬자의 수가 부족하다.

인터넷에는 사람들이 직접 단어와 정의를 올릴 수 있는 오픈소스 사전이나 온라인 단어 목록이 제법 여럿 있지만, 그중 최고의 것들에는 공통점이 있다. 아마추어 정의자들의 뒷수습을 하는 편집진이 있다는 것이다. 속물적으로 들릴 줄은 알지만 사용자가 투고한 정의를 겪을 만큼 겪고서 하는 소리다. 메리엄 웹스터에서도 사용자들이 온라인 데이터베이스에 직접 단어, 품사, 출처, 정의를 추가할 수 있도록 하는 소규모 오픈소스 사전 실험을 해보았다. 그 결과 즉각 분명해진 사실은, 사람들이 사전적 정의 쓰는 법을 태어나면서부터 아는 게 아니라는 것이다.

교열 담당자이자 상업 네이밍 전문가인 낸시 프리드먼이 내게 'hella(캘리포니아에서 '아주'라는 뜻으로 쓰이는 부사)'의 정의가 적힌 티셔츠 사진을 트위터 링크로 보내주었다.

hella

hell·a \ helə\

부사

1. an excessive amount(과도한 양)

2. large quantity(많은 양)

3. more than above what is necessary(필요한 것보다 더 많은 것 이상)

동의어:

1. surplus(과잉의)

반의어:

1. lack, deficiency(부족, 결여)

안 돼. 나는 키보드로 울부짖었다. 이렇게 끔찍한 정의라니! 이 카피를 작성한 사람은 (맞히기 어려운) 품사와 발음법은 맞혔지만 부사를 (1) 명사로 정의했고 (2) 'a'가 빠진 데다가 본질적으로 첫 번째 정의와 동일한 의미인 명사로 정의했고 (3) 관용 어법에 완전히 어긋나고 의미도 혼란스러운, 형용사인지 뭔지 모를 것으로 정의했다. '필요한 것보다 더 많은 것 이상'이 대체 무슨 뜻이란 말인가? 'hella'가 얼마나 '많다'라는 뜻이기에 그 사실을 전달하기 위해 정의에 똑같은 의미의 전치사들을 말도 안 되게 욱여넣어야 한단 말인가? 이 정의는 '**필요 이상의 이상**over over what is necessary'만큼이나 말이 안 된다. 'hella'를 써서 뜻이 잘 통하는 문장들에서 'hella'의 자리를 저 정의들로 대체해보라.

That album is **hella** good(그 앨범 아주 좋아).

That album is **an excessive amount** good(그 앨범 과도한 양 좋아).

That album is **large quantity** good(그 앨범 많은 양 좋아).

That album is **more than above what is necessary** good(그 앨범 필요한 것보다 더 많은 것 이상 좋아).

세상에. 이게 영어이긴 한가? 이건 정말 아주hella 형편없는 정의였다. 그게 정의를 쓰기 위해 사전 편찬자들이 훈련을 받아야 하는 이유다.•

모든 사전 편찬자가 일을 시작하자마자 배우는, 그러나 일반 사전 이용자들은 전혀 모르는 정의 집필의 기본 규칙 하나는 명사가 명사로, 동사가 동사로, 형용사가 형용사로, 부사가 최대한 부사와 닮은 형태로 정의되어야 한다는 것이다. 정의의 모든 항목이 기능에 부합해야 한다. 예문에서 해당 단어는 막 정의된 품사와 같은 품사로 사용되어야 한다.

어떤 단어가 대부분의 일반 사전에 등재되려면 세 가지 기준을 충족시켜야 한다. 첫째로 인쇄 매체에서 널리 사용되어야 하는데, 이것이 사전 편찬자들이 그렇게 열심히 글을 읽는 이유 하나다. 예를 들

•   'hella'에 대한 더 나은 정의는 155쪽을 참고하라. 카피라이터들에게 비밀리에 하는 말인데, 실제로 사전 편찬자를 고용해서 정의를 쓰도록 할 수도 있다! 큰돈이 필요한 것도 아니다. 우리는 아주hella 적은 보상만 받고 일하는 데 익숙하니까.

어 「와인 스펙테이터」에만 등장하는 단어는 이 잡지를 구독하는 와인 전문가들의 술 모임 바깥에선 잘 알려져 있지 않을 수 있다. 그러나 같은 단어가 「와인 스펙테이터」와 「투데이스 케미스트 앳 워크」와 「바이스」와 「A.V. 클럽」에 등장한다면 사전에 올려도 될 만큼 잘 알려져 있다고 간주할 수 있다.

둘째로, 유통기한이 길어야 한다. 단 유통기한의 길이는 편집되고 있는 사전, 단어와 관련해 찾은 증거들, 현대의 의사소통이 언어에 미친 영향에 좌우된다. 오늘날 언어가 1600년에 비해 꼭 빠르게 성장하고 있다고 말할 수는 없다. 1600년에 쓰인 단어 가운데 우리가 아는 건 기록에 남아 있는 것들뿐이니 언어의 변화 속도에 대해 확언할 수 있는 사람은 아무도 없다. 보다 정확하게 말하면 이렇다. 대중의 문해력이 올라가고, 인쇄 매체에 대한 접근성이 좋아지고, 인터넷의 탄생으로 누구나—티셔츠 회사조차—온라인에 무언가를 발행하고 독자를 모을 수 있게 되면서 우리는 언어가 얼마나 빠르게 성장하는지에 대해 전보다 더 잘 알게 되었다. 그리고 세상에 맙소사, 언어는 정말 빠르게 성장한다. 1950년에 한 단어가 대중들에게 알려지고 사용되는 데 20년쯤 걸렸다면, 지금은 1년밖에 걸리지 않는다. 이는 사전 편찬자들이 살펴보고 있는 자료를 매우 신중하게 평가해야 하고, 때로는 단어에 얼마나 지속력이 있는지 판정해야 한다는 뜻이다.

그건 위험한 행동인데, 단어가 어디로 갈지는 아무도 모르며 훗날 판정이 틀린 것으로 드러날 수도 있기 때문이다. 1980년대 초반 우리 편집자 한 사람이 '방종하거나 기민한 사람'을 뜻하는 단어 'snollygoster'가 더는 실제로 사용되지 않는다고 판단하고는 보다 새롭고 재미있는 단어에 공간을 내주고자 『메리엄 웹스터 대학 사전』에서 빼버렸다. 그로부터 얼추 10년이 흐른 뒤 TV에 나오는 한 유명인이 어떤 정치인을 형용하는 데 완벽한 단어라고 판단하고 'snollygoster'를 쓰기 시작했다. 이제 미국에서는 'snollygoster'가 부활하고 있고, 맙소사, 우리는 정말이지 바보가 된 기분이다. 우리는 미래 기술을 놓고서도 불가능한 도박을 해야 한다. 20년 전 '검색엔진을 이용해 인터넷에서 무언가 검색하는 일'을 뜻하는 동사가 'google'이 될 거라고 생각한 사람은 없었으며, 트윗tweet이란 새의 부리 사이에서 나오는 소리에 지나지 않았다.

단어가 널리 사용되며 유통기한도 너무 짧지 않다고 판단되고 나면, 세 번째 조건은 이렇다. 단어가 '의미 있게 사용'되어야 한다는 것이다. 즉, 단어가 어떠한 의미를 가지고 사용되어야 한다는 것이다. 거참 멍청한 기준이라고 생각할 것이다. 모든 단어에는 의미가 있지 않은가!

꼭 그렇진 않다. 모든 사전 편찬자가 그 증거로 들이미는 단어는 'antidisestablishmentarianism(국교 폐지 조례 반대론)'이다. 많은 사람들이 아는 단어지만, 우리가 모은 인용문 속 이 단어는 거의 전부가 줄글 중간이 아니라 긴 단어를 모은 목록에 위치하고, 실제 글에 등장할 때에도 "'antidisestablishmentarianism'은 긴 단어다" 같은 문장에서나 쓰인다. 이런 인용문 다발에서 의미를 캐내다 보면, 'antidisestablishmentarianism'이 실제 텍스트에서 의미를 거의 부여받지 않는다는 사실을 금방 발견하게 된다. 이 단어만 그런 건 아니다. 단어 퍼즐 애호가들과 사전 편찬자들이 'P45'라고 부르는 단어

'pneumonoultramicroscopicsilicovolcanoconiosis'는 생김새로 보나 발음으로 보나 대단한 질병의 이름 같고, 『웹스터 신 국제 사전』 2판 에 올랐었지만, 실제로는 의미가 없다. 사실 이 단어는 1935년에 전 국퍼즐연맹 회장이 사전 제작자들을 속여보려고 만든 단어였다. 우 리는 보기 좋게 속아 넘어갔고, 그 후로 조금 더 신중해졌다.

사전 편찬자들은 이 세 가지 계명을─널리 사용되고, 지속적으로 사용되고, 의미 있게 사용되어야 한다─항시 지킨다. 다음 지시는 이 러하다. "단어가 항목으로 오를 기준을 충족했다면, 정의를 쓸 시간 이다." 그러나 그 사이에 말하지 않은 중간 단계가 하나 있다. 정의를 쓸 수 있으려면, 먼저 정의해야 한다.

모든 단어는 문맥에서 정의되므로, 새 단어나 기존 단어의 새 의 미를 사전에 올릴지 결정하기 위해서는 수집한 증거들을 읽고 기존 항목이 해당 용법을 포함하는지 판단해야 한다. 쉽지만은 않다. 단 어들은 품사 사이를 미끄러져 지나다니듯이 의미 사이도 미끄러져 지나다니기 때문이다. 예를 들어, 다음 문장의 'cynical'을 어떻게 처 리할지 궁리해보자. "It was concluded that students experiencing loneliness report a greater level of unhappiness, display signs of detachment during social interactions, and are more cynical and dissatisfied with their social network(결론은 외로움을 경험하는 학생 들이 보다 높은 수준의 불행을 보고하고, 사회적 상호작용 도중 이탈의 징후 를 보이고, 자신의 사회 연결망에 대해 보다 'cynical'하고 불만족스럽다는 것 이었다)." 'cynical'의 이런 의미는 사전에 오른 기존 정의인, 가령 예문 "Voters have grown **cynical** about politicians and their motives(투표자들은 정치인들과 그들의 동기에 대해 'cynical'해졌다)"에서 쓰인 '경멸을 담아 인간의 본성을 불신하는'이라는 의미에 해당하지 않고, 예문 "It was just a **cynical** ploy to win votes(이는 표를 얻기 위한 'cynical'한 술책에 불과했다)"에서 쓰인 '자기이익을 주 동기로 벌이는 인간 행위'라는 의미에도 들어맞지 않는다. 위의 문장에서 'cynical'은 오히려 'pessimistic(비관적)'에 더 가까워 보인다. 학생들이 경멸을 담아 인간의 본성을 불신한다는 것이 아니라, 그들이 끔찍한 현재 상태가 계속 끔찍할 거라고 확신한다는 것이다. 그러나 'cynical'한 사람이 인간의 본성을 불신하고, 게다가 경멸까지 느낀다면, 그들이 미래에 햇살과 꽃밭을 기대하지 않으리라는 것도 명확하지 않은가? 다시 인용문으로 돌아가보자. 어깨를 으쓱하고 이 문장을 '경멸을 담아 인간의 본성을 불신하는' 의미 더미에 넣을 것인가? 혹은 새롭게 부상하는 의미로 판단할 것인가? 혹은 이 용법을 포함할 수 있도록 항목을 수정해야 하는가?

정의를 하면 할수록 어떤 문장 속 단어가 사전의 정의에 얼마나 가까운지, 본래 의미한 대로 쓰이기 위해서 사전의 정의에서 얼마나 멀어져야 하는지 판단하는 요령이 생긴다. 의미는 스펙트럼이고 우리는 그 스펙트럼에서 가장 큰 정보 뭉치만을 기술하고 있다. 매들린 노박은 이렇게 표현한다. "여기 의미 하나가 있고, 그 의미는 어떤 단면으로도 저밀 수 있지만 그중 무엇도 의미 전체를 포착하진 못합니다. 정의란 만족이 불가능한 작업이고, 만약 의미를 정확히 짚어냈다고 생각한다면 그건 착각입니다. 여전히 가장자리에서 새어나오는 의미가 있을 테니까요."

메리엄 웹스터의 모든 편집자들은 몇 달에 거쳐 한 단어의 문법을 분석하는 방법, 인용문을 읽고 분류하는 법, 단어의 새로운 의미에 대한 정의 쓰는 법을 훈련받는다.

우리가 통일성을 위해 사용하는 수단이 몇 가지 있는데, 첫째는 정형화된 정의다. '사전어'라고 하면 느낌이 오는가? '…의, 혹은 …에 관계된' 어쩌고, '…의 특성이나 상태' 저쩌고, '…하는 행위' 등등. 우리가 게을러서 이렇게 정의를 쓰는 것이 아니다. 정형화된 정의는 어떤 단어에 특정 품사라는 꼬리표를 붙이는 유용한 방법이자, 정의 집필의 방향감각을 잡는 데 도움이 된다. 정형화된 정의는 단어의 언어적 사촌들과 연결고리를 만드는 유용한 수단이기도 하다. 'devotion(헌신)'을 '(누군가 혹은 무언가에) 헌신하는devote 특성이나 상태'라고 정의한다면, 은연중에 독자에게 'devotion'이 'devote'와 긴밀한 관계라는 메시지를 보낸 셈이다.

정형화된 정의는 때로는 유용하지만 때로는 과도한 제약을 가할 수 있다. 그럴 때 사전 편찬자들은 두 번째 도구, 대체 가능성을 꺼내 든다.

대체 가능성이라는 개념의 바탕에는 잘 쓴 정의라면 문장 내에서 정의되는 단어의 자리를 대신할 수 있고, 그 결과물이 비록 장황할지언정 틀리게 들리지는 말아야 한다는 생각이 깔려 있다(앞서 본 'hella' 티셔츠는 실패했다). 대체 가능성은 긴 정의를 간결하게 만드는 데 도움을 준다. 만일 대체 가능성을 무시하고 'hella'를 정의한다면 아마 '사전어'로 점철된, 가령 '과도한 정도로' 같은 표현으로 정의할 것이다. 문장에 'hella' 대신 이 정의를 넣어도 뜻이 통한다. '그 티셔츠는

[과도한 정도로] 멋지다.' 그러나 대체 가능성을 염두에 두면 'hella'를 '아주'나 '극도로'라고 정의할 가능성이 더 높다. '그 티셔츠는 [아주/극도로] 멋지다.'

신참 편집자들은 명사와 동사의 정의를 쓰는 법을 익히는 동시에 출판사 고유의 스타일도 숙달해야 한다. 사전 출판사마다 고유의 스타일이 있다. 출판사에서 펴내는 모든 책에서 특정 단어, 합성어, 목록을 어떻게 처리할지 나열한 것이다. 그 목적은 실용 사전 편찬업의 성배라 할 수 있는 통일성이다. 통일성을 위한 여정에선 무엇도 충분히 순수하지 않다. 메리엄 웹스터에서는 바로 이때 '검은 책'이 등장한다.

메리엄 웹스터의 편집자라면 한 사람도 빠짐없이 근무 기간 동안 수차례에 걸쳐 검은 책을 접한다. 검은 책이란 전 편집장 필립 배브콕 고브가 『웹스터 신 국제 사전』 3판을 만들던 당시 구상해서 꼼꼼하게 집필한, 메리엄 웹스터 고유의 사전 쓰기 규칙을 정리해 담은 책 여러 권을 일컫는다. 줄을 띄우지 않은 메모들이 영면을 취하고 있는 이 책은 검은 천으로 장정되어서 검은 책이라고 불린다.

검은 책은 무시무시하다. 많은 부분이 고브의 창작물이므로, 경계선 성격장애를 의심할 만큼 세세한 부분까지 주의를 기울이는 그의 성격이 반영되어 있다. 고브가 우리 편집자들을 위해 쓴 '어휘 항목의 구두점과 조판'이라는 제목의 메모 첫 문장은 이렇다. "이 메모는 주로 **어떻게**를 다루고, 명시되지 않았을 경우 **언제** 혹은 **왜**는 다루지 않는다." 농담이 아니다. 이 메모에서 고브는 메리엄 웹스터에서 펴내는 모든 사전의 정의가 따라야 할 기본 패턴을 아주 세부적인 부분까지 맹렬하게 들이판다. 33쪽에 달하는 이 메모는 심지어 정의 안에서 어느 지점에 띄어쓰기가 허용되는지도 일러준다. *

고브가 그저 잔소리꾼이었다고 생각하진 말긴. 그는 뉴잉글랜드 출신으로 (사전 편찬업을 포함한) 모든 것에서 보기 드문 효율성을 추구했다. 그러니 그의 메모가 그토록 길었다는 점에는 시사하는 바가 있다. 철저한 사전 편찬자가 된다는 것은 가장 미미한 세부 사항에까지 주의를 기울인다는 것이다. 정의에 관해서는 마이너리그식으로 유야무야 접근할 수는 없다. 깨알 같은 세부 사항까지 들여다보지 않을 거라면 집에 돌아가는 편이 낫다.

검은 책에는 고브가 해군에서 복역할 때 몸에 밴 게 분명한, 아주 무뚝뚝한 태도 역시 반영되어 있다. 그의 메모는 이런 식으로 시작한다. "정의에는 사견이 들어갈 자리가 없다." "가드러브Godlove의 색상 이름에 관한 정신물리학적 정의와 그 출처는 신성불가침으로 여겨야 옳다." 넵, 알겠습니다!

검은 책은 책 자체도 저세상을 연상시킨다. 그렇게 중요한 문서인데도 사무실의 생뚱맞은 구석구석에—전 편집부 비서의 책상 옆 키 낮은 책장이나 『메리엄 웹스터 대학 사전』의 초기 교정쇄가 담긴 버려진 캐비닛들의 미로 위에—놓여 있다. 회장 자리에 한 질이 있고,

---

* 볼드체 콜론 양쪽 옆에, '특히'나 '구체적으로' 같은 의미 구분용 단어로 이어지는 세미콜론 뒤에, 일련의 하위 의미를 표시하는 콜론 (앞이 아니라) 뒤에, (전각 대시 뒤에 띄어쓰기 없이 쓰는) 의미나 용법 해설에 앞선 각 정의 뒤에, 표제어·발음·어원·연도 등 항목의 주요 요소들 사이에, 그리고 두말할 필요 없이 정의에 쓰인 단어들 사이에.

또 한 질은 사무실 곳곳 아무데서나 경고 없이 튀어나온다. 어느 날 오전, 자리에서 일어났다가 생명과학 편집자들이 오늘은 의학 백과 사전에서 또 어떤 기괴한 것을 찾아보고 있을지 궁금해서 백과사전을 올려놓는 탁자 앞에서 걸음을 멈췄을 때,* 나는 먼지투성이의 검은 책 두 권이 그 탁자 구석에 도사리고 있는 걸 보았다. 펼쳐보니 제일 위 책은 정의 기술 메모 모음이었다. 표지만 열어도 1952년 냄새가 한 줄기 피어났다. 타자기 리본과 등사기용 종이 냄새, 퀴퀴한 담배 내음이 느껴졌고 그 아래 고브의 영구적인 실망과 짜증이 깔려 있었다.**

우리 출판사에서 펴내는 개별적인 책(그리고 그에 이어지는 판본들)에도 각자의 스타일 지침서가 있는데, 1950년대 고브의 시대에 통했던 것들이 지금 우리에게도 늘 통하는 건 아니기 때문이다. 그렇긴

* 의학 백과사전은 언제나 부상이나 기형을 묘사하는 섬뜩한 사진이 담긴 페이지가 펼쳐져 있는데, 신원 보호를 위해 환자의 눈을 가려놓은 검은 밴드가 섬뜩함을 더한다. 그러나 이건 전적으로 생명과학의 잘못만은 아니다. 한 동료가 와인을 세 잔쯤 걸친 뒤 털어놓길, 탁자를 지나다가 그날의 의학 지식이 상대적으로 재미없다 싶으면 좀 더 소름끼치는 사진이 나올 때까지 페이지를 넘겼다고 한다.

** **irk** *n* **-s 1** : IRKSOMENESS, TEDIUM 〈the *irk* of a narrow existence〉 **2** : a cause or source of annoyance or disgust 〈the main *irk* is the wage level〉(1: 짜증, 권태 〈비좁은 존재의 *권태*〉 2: 짜증이나 혐오를 유발하는 원인이나 원천 〈*짜증을 일으키는* 주요 원인은 임금 수준이다〉) (*MWU*).
이것이야말로 사전 편찬업의 본질에 대한 아름답고도 적확한 요약이 아니겠는가.

하지만 이들 스타일 지침서 각각은 수백 페이지에 달할지언정 결국은 검은 책에 기반을 두고 있다. 정의의 기법에 관해 무엇이든 의문이 든다면, 이 책에서 답을 찾을 것이다. 땀 흘리는 신참이 형용사 정의를 어떻게 쓰는지 또 다시 물으러 찾아오길 바라는 사람은 없다. (입을 다물고 얼굴을 찌푸린 채) 검은 책을 건네주는 편이 훨씬 쉽다.

　출판사 스타일을 숙달하는 유일한 진짜 방법은 연습이다. 편집자 후보들의 광활한 바다에서 막 건져 올려져 발그레한 얼굴을 하고 있는 메리엄 웹스터의 모든 신참 편집자들은 귀 뒤가 마르기도 전에 책상에 내던져져서 꿈틀거리며 편집 과제를 하는 시기를 거친다. 선배 편집자들은 정의하는 법을 배우는 최고의 방법이 몇 시간 동안 조용히 사색에 잠겨 기존의 정의를 모방하는 것이라고 느꼈던 모양이다.
　제일 먼저 우리는 길과 스티브가 몇 년에 걸쳐 작성한 50장 남짓 되는 정의 이론을 훑어본다. 정의 이론은 곧 정의의 세부 사항과 실제 정의 과정에 대한 설명으로 이어지는데, 그것들은—알다시피—검은 책을 토대로 한 것이다. 그리고 나서 우리는 종이를 한 묶음 받는다. 거기엔 기존 메리엄 웹스터 사전에서 뽑은 정의들이 적혀 있다. 우리가 할 일은 그 정의들에서 수정 사항을 찾고, 대·소문자를 고치고, 단어의 굴절형을 고치는 것이다. 출판된 사전에서 뽑은, 우리보다 훨씬 많은 훈련과 연습을 거친 사람들이 작성한 정의를 고치는 것은 실존적으로 용기를 꺾어놓는다. 이것이 우리의 메멘토 모론 memento moron('죽음을 기억하라'라는 뜻의 라틴어 memento mori의 패러디로서 '우행을 기억하라'라는 뜻—옮긴이)이다. 아무리 잘나고 똑똑한 사람일지라도, 실수를 피하는 건 불가능하다.

곧 우리는 4포인트 볼드체 콜론과 4포인트 보통 콜론을 구별할 줄 알게 된다. 올바른 공식을 사용하지 않았거나 사견이 들어간 정의를 구분해낼 수 있게 된다. 언제 '보통 대문자로 쓰임'이라고 쓰고 언제 '가끔 대문자로 쓰임'라고 쓰는지 알게 된다. 심지어 교정지와 낡은 정의 쪽지를 읽고 볼드체와 이탤릭체를 구분할 줄 알게 된다. 그러다 보면, 점점 커지는 눈덩이를 굴리면서 절실하게 발 디딜 곳을 찾는 기분이 된다.

기존 정의를 고치는 훈련을 끝낸 신입 직원들에게는 정의 연습을 할 단어들이 주어진다. 내가 받은 건 **B**로 시작하는 단어 한 다발과 다른 자질구레한 단어 몇 개였다. 연습이지만, 결과물이 실제 사전에 올라간다고 생각해야 한다. 연갈색 종이에 정의를 쓰고, 틀린 부분이 없는지 잘 살피고, 이 과정을 몸으로 익히도록 날짜 도장 찍는 것으로 마무리한다. 그러고 나서 길이나 스티브에게 종이를 제출하고, 그들에게 한바탕 깨지기를 기다리면 된다.

나는 물건을 통 버리지 못하는 감상적인 사람이라서 정의 연습을 한 종이를 간직해두고 가끔 꺼내 보며 내가 얼마나 형편없는 정의를 했었는지 놀라곤 한다. 나는 중요한 스타일 규칙을 계속 잊는다. 내가 내린 정의의 절반은 볼드체 콜론으로 시작하지 않고, 의미가 하나밖에 없는 정의에 의미 번호를 붙이기도 한다. (절대 안 될 일이다. "의미 2는 뭐죠? 의미 2가 없는데 의미 1이 있어선 안 돼요." 길이 못마땅한 기색으로 헛기침을 하곤 했다.)

내게 더 큰 좌절을 안겨준 건, 그보다 교정하기 어려운 실수들이었다.

jugate n - S1 : a collectible (as a button or coin) showing the heads
of two political figures; esp : a collectible showing the heads of a
presidential candidate and his running mate
(두 정치인의 머리 모양을 한 (단추나 동전 같은) 수집품; 특히 : 대통령 후보와 그의
부통령 후보 머리 모양의 수집품)

여기서 나는 스타일 지침에 반하는 가벼운 죄 하나와(망할 의미 번
호 말이다) 증거에 반하는 두 개의 중죄를 지었다. 첫째, '특히' 뒤의 하
위 의미가 너무 넓었다. 'jugate'의 가장 흔한 용법은 숟가락이나 도기
소금·후추통 같은 아무 수집품이 아니라 정치 캠페인 버튼만을 지
칭하는 것이다. 나는 첫 번째 의미에서 보다 넓은 용법을 다루었지만
'특히'를 붙여 설명하는 요점은 그중에서도 가장 흔하고 구체적인 용
법에 초점을 맞춘 것이다. '특히' 뒤의 하위 의미는 '대통령 후보와 부
통령 후보 머리 모양의 캠페인 버튼'이라고 써야 옳았다.

그러나 더 심각한 죄는 따로 있다. 길이 지적했듯, 나는 정의 속 인
물에게 불필요하게 성별을 부여했다. 길은 'his running mate'에서
'his'를 빼버렸다. 그는 나와 함께 내가 내린 정의들을 훑어보면서 설
명했다. "어느 시점엔가 여성이 대통령에 출마할 가능성이 생길 테
고, 그때가 되면 이 정의는 수정되어야 할 겁니다. 그러니 후보자의
성별이 무관한 정의를 쓰는 게 어떻겠어요?" 나는 어안이 벙벙했다.
막 여대를 졸업한 내가 **나이 든 남자**에게 성별화된 언어에 대해 훈계

를 들다니. 혼나도 쌌다. 나는 과거에 대통령으로 입후보했던 사람들의 성별을 근거로 개인적인 추측을 정의에 넣은 것이다. 좋은 사전 편찬자라면 눈에 보이는 과거와 현재뿐 아니라 보이지 않는 미래도 따져보아야 한다. 여성이 대통령으로 출마하는 것이 상상도 못할 일인가? 지금껏 대통령이 모두 남자였기 때문에 여기서 중성의 'he'를 사용해도 된다는 내 추정은 정의에 사견을 넣는 대죄에 해당했다.

나는─처음 정의를 시작하는 사람들이 대부분 그러하듯─정의에 얼마나 많은 정보를 넣을지 결정하느라 곤혹을 겪었다. 일례로 'naja'에 대해 내가 처음 생각한 정의는 '나바호족이 만드는 초승달 모양 펜던트'였다. 그런데 나바호족은 이 펜던트를 만들기만 하는가, 착용하기도 하는가? 다른 사람들도 이 펜던트를 착용하는가? 만약 백인 관광객이 남서부 전역에서 찾을 수 있는 길거리 기념품 가게에서 나자를 사서 목에 건다면, 그건 더 이상 나바호족의 것이 아닌가? 그렇다면 그건 더 이상 나자도 아닌가? 나자가 나바호족 고유의 것이라고 말하는 편이 나을까? **그건** 또 무슨 뜻인가? 선임 생명과학 편집자인 존 나르몬타스는 정의에 대해 '복잡한 체계들을 단순화 한 것'이라고 말했다. 그러나 나의 정의는 그 반대였다. 단순한 체계를 불필요하게 복잡화한 것. 내가 떠올린 정의 초안에는 정보가 충분하지 않았다. 사전을 찾은 사람들은 이 항목을 보고 답보다는 질문을 더 많이 품게 될 것이다.

누구나 그렇듯, 나 역시 사전의 좋은 정의에 대해 나름대로의 추정과 편견들을 잔뜩 갖고 있었다. 나는 'outershell'의 정의를 'a protective covering(보호하는 덮개)'이라고 적었다. 길이 내 정의에 한

단어를 덧붙였다. 'an outer protective covering(보호하는 바깥쪽 덮개).'
다음 번 회의에서 나는 항변했다—정의하는 단어를 정의 내에서 쓰
면 안 되죠! 그것이 미국의 영어 교사들이 보편적으로 알고 있는 (그
리고 강요하는) 진실 아닌가요?

길이 웃으며 대답했다. "음, 여기서 정의되는 단어는 'outer'가 아니
잖아요." 나는 주장을 굽히지 않았다. 'outer'가 꼭 거기 있어야 하나
요? 그건 좀, 뭐랄까, 안이해 보이는데요. 길은 그 단어가 중요하다
고 말했다. 정의에 문제의 덮개가 어디 있는지에 대한 정보를, 즉 이
경우 'outershell'이 옷 위에 걸치는 것이나 어떤 물건 위에 덮는 것이
라는 정보를 담아야 한다는 것이었다.

나는 동요했다. 내게 'covering'이라는 단어는 이미 안이 아니라 밖
이라는 의미를 내포하는 것이었다. 'covering'은 무언가를 **덮고** 있는
것이고, 따라서 **그 안에** 무언가 있을 것이다. 'covering'은 그것이 덮
고 있는 것의 **바깥에** 있을 것이다. 이상, 젠장할, 증명 완료. 길은 내
불만을 무시했고, 우리는 다음 단어로 넘어갔지만 나는 속으로 길이
공연히 트집을 잡는다고 생각했다.

교만하는 자에게는 파멸이 따를지니. 그날 오후 교정을 보다가 나
는 심장을 둘러싼 덮개 가운데 '심막pericardium'이라는 것이 바깥에
있지 않다는 사실을 발견했다. 심장을 덮는 심막은 몸 안에 있다. 나
는 좌절해서 조용히 머리를 뒤로 젖히고 푸념을 늘어놓았다. 내가 사
전 편찬 전문가가 되는 날이 오긴 올까?

이틀 뒤, 길과 함께 **B**로 시작하는 단어들의 정의를 검토하고 있을
때였다. 나는 다른 편집자 두 사람과 함께 훈련을 받는데, 길은 우

리의 정의가 얼마나 멍청하게 들리는지 다 같이 느낄 수 있도록 자신이 써온 것을 소리 내어 읽게 시키곤 했다. 몇몇 항목을 지나 우리는 'birdstrike'에 도착했다. 다른 두 편집자가 먼저 자신이 써온 정의를 읽었고, 길이 정의의 범위와 용법, 단어를 두 개 의미로 분리시켜야 할지 하나로 족할지 등에 관해 건설적인 비평을 해주었다. 그리고 그는 나를 보았다.

birdstrike n : a collision in which a bird or flock of birds hits the engine of an aircraft(한 마리나 한 떼의 새가 비행기 엔진에 부딪치는 충돌)

길이 내 정의를 잠시 음미하더니 말했다. "잘했어요. 이건 썩 좋은 정의로군요."

그리고 그는 내게도 건설적인 비평을 몇 마디 건넸을 테지만, 나는 아무것도 듣지 못했다. 내 마음은 행복의 절정에 올라 있었다. 꾸역꾸역 훈련을 받은 몇 달 동안 거의 매번 내가 대부분의 것들에 문외한이며 특히 영어에 대해서는 완전히 일자무식이라고 느끼지 않았던가. 그런데 이제 한 줄기 희망의 빛이 보였다. **나는 썩 좋은 정의를 썼다.** 길은 내게 공연히 트집을 잡은 게 아니었다. **꼭 필요한** 트집을 잡은 것이었다. 수업을 마치고 내 자리로 돌아간 나는 업무용 플래너를 꺼내 1998년 9월 1일자 칸에 적었다. "길/birdstrike: 썩 좋은 정의."

나는 아직도 가끔 이 플래너를 꺼내, 내가 할 수 있다는 사실을 기억하곤 한다.

사전 편찬에는 괴벽이 많다. 첫째로, 가장 기이하면서도 모든 전통 사전 출판사들이 일관적으로 따르는 관습은, 사전을 결코 **A**에서부터 집필하지 않는다는 것이다. 절대로.

나는 어안이 벙벙해서 스티브에게 이에 대해 물었다. 첫 알파벳이 아니면 대체 어디서 시작하죠? 스티브는 두 가지 사실을 설명했다. 우선, 모든 사전에는 각자 스타일 지침서가 있고, 정의를 쓰는 사람들이 그 지침서에 적응하는 데에는 얼마간 시간이 걸린다. 심지어는 몇 개 문자의 정의를 끝낼 때까지 스타일 지침서가 **완성되지** 않는 경우도 있다. 사전의 3분의1지점, **H**나 **K**처럼 단어 수가 적은 문자에서 집필을 시작하면 편집자들은 단어 수가 많은 문자로 넘어가기 전에 스타일 지침에 적응하는 시간을 벌 수 있다. 많은 사전들의 경우 **H**(혹은 그 근처)부터 **Z**가 제일 먼저 수정되고, 그 다음에 **A**부터 **H**(혹은 그 근처)가 수정된 다음, **H**나 **I** 같은 중간 글자들이 한 번 더 수정된다.

이런 절차에는 역사가 있다. 16세기 사전 편찬자였던 토머스 엘리 엇은 그가 펴낸 사전의 (대단히 긴) 헌사와 서문에서 이에 대해 이야기한다. 그는 일단 **A**에서 시작해서, 정의가 능숙해질 때까지 조금 헤맸다. 그 다음엔 "그런 이유로 나는 즉시 인쇄를 멈추고, 글자 **M**에서 마지막 글자까지 보다 성실하게 연구를 진행했다. 그러고 나서 나중에 첫 번째 글자로 돌아가서 앞서와 비슷하게 성실하게 임무를 수행했다." 나중에 첫 글자로 돌아가는 방법이 토머스 엘리엇에게 통했다면, 우리 모두에게도 통한다.

우리가 **A**에서 사전 집필을 시작하지 않는 두 번째 이유는 조금 더 상업적이다. 사전이 실제로 누군가에게 검토를 받던 과거에, 검토하는 사람들은 불가피하게 책의 첫 부분 정의를 눈여겨보기 마련이었다. 사전을 쓰는 데에는 시간이 너무나 오래 걸리기 때문에 자연스럽게 스타일 지침도 바뀌곤 한다. 그런데 사전 편찬자들은 사람들이 A를 읽다가 스타일의 변화를 알아차리는 상황은 피하고 싶을 것이다. A에서 D는 마지막으로 작업되는 글자들로, 스타일상 거의 완벽에 가깝다. 반면 사전을 검토하는 사람들이 K를 그리 꼼꼼히 살펴볼 까닭은 없다.

각 알파벳으로 시작하는 단어 수는 동일하지 않다. 따라서 사전 편찬자들은 특정한 문자의 차례가 오기를 고대한다(기피하기도 한다). 아무 탁상용 사전이나 집어 들고, 전문과 후문을 제외하고 A에서 D까지 항목을 두 손가락으로 잡아보면 A, B, C, D가 전체 사전의 약 1/4을 차지함을 알 수 있을 거다. E, F, G는 보통이고 H는 길다. 이는 'hand-'와 'hyper-'로 시작하는 단어들이 놀랄 만큼 많기 때문이다. I, J, K는 상대적으로 얇다. 그리고 알파벳의 긴 중반부에 도착한다. L, M, N, O, P는 언제나 지나치게 길게 느껴지는데, 어쩌면 〈알파벳 송〉에서는 이 다섯 글자가 쏜살같이 지나가기 때문일지도 모르겠다. Q는 도로에 파인 홈 정도의 존재감밖엔 없고, R에 이르면 다시 속력을 내고 코너를 돌 수 있다. T는 적당하고 U는 놀랄 만큼 길다. ('un-'으로 시작하는 온갖 단어들 때문이다.) V는 상대적으로 손쉽고 W는 딱 그 이름만큼의 길이다—그러니까, U의 두 배다. X, Y, Z는 마라톤 완주 후의 긴 스트레칭과 같은, 그러니까 부담 없는 글자들이다.

이 목록에서 한 글자가 빠진 것을 눈치 챘을 텐데, 그건 그 글자가 특별히 언급될 자격이 있기 때문이다. **S**는, 현대 속어로 표현하자면, 최악이다. **S**는 사전에서 가장 긴 글자이자 우리의 마음을 아프게 하는 글자인데, 그 뒤로 이어지는 **T–Z**는 짧고 그중 절반은 어엿한 글자도 아니라서 슬슬 알파벳의 끝이 보이건만 **S**가 **끔찍하게도 영원히** 지속되기 때문이다. 사전의 정확히 11퍼센트가 알파벳 26자 중 한 글자로 시작한다. 집에 가서 권총 자살을 했다는 그 편집자 말인데, 아마 **S**를 편집하고 있었을 거라고 내기해도 좋다.

분량이 많은 글자도 힘들지만 내용 때문에 힘든 글자도 있다. 에밀리는 **S**가 **D**보다는 낫다고 말하는데, **D**는 길고 ('despair(절망)', 'dismal(음울한)', 'death(죽음)', 'dejected(낙담한)' 같은) 끔찍한 단어들로 가득하기 때문이다. "**D**는 우울해요depressing. 이 단어조차 **D**로 시작하는군요!" 나는 'get(갖다)', 'give(주다)', 'go(가다)' 같은 무시무시한 항목들이 포함된 **G**를 싫어하지만* **J**는 짧을뿐더러 'jackass(얼간이)'와 그 형제 항목들('jackassery(얼간이 같은 행동)', 'jackassness(얼간이 다움)', 'jackass bark(3개 이상 돛대가 달린 범선의 일종)', 'jackass bat(미국 남서부에 사는 대형 박쥐의 일종)', 'jackass brig(앞돛대가 횡범식이고 큰 돛대가 종범식인 2개의 돛대가 있는 범선)', 'jackass clover(미국 남서부와 멕시코 북부에서 자생하는 위스리지니아Wislizenia과의 야생화)', 'jackass deer(소목사슴과인 코브나 노새사슴의 또 다른 이름)', 'jackass fish(물롱돔의 또 다른 이름)', 'jackass hare(미국에서 산토끼를 부르는 이름)', 'jackass kingfisher(웃는물총새의 일종)', 'jackass penguin(아프리카에 사는 펭귄

• 짧은 단어를 정의하는 것의 괴로움에 대한 설명은 8장을 참고하라.

의 일종)', 'jackass rabbit(미국에서 산토끼를 부르는 또 다른 이름)', and 'jackass rig(보통보다 간소화된 범장)'—옮긴이)을 포함하고 있기 때문에 좋아한다.

이런 S조차도 때로는 비밀스러운 즐거움을 줄 수 있는 핑크 카드 한두 개를 숨기고 있곤 한다. 내가 'sex kitten'의 인용문 사이에서 발견한 것처럼.

> sex kitten
>
> sex pot
>
> 이 두 단어는 다르지만 정의에는 본질적 차이가 없다. 정의를 바꿔야 한다(둘 다 성적 매력이 있는 여성을 가리키는 말이다—옮긴이).

이 핑크 카드는 자기 소관이 아닌 것들에까지 최고로 퉁명스러운 논평을 달기로 악명 높았던 전 자연과학 편집자가 쓴 것이었다. 인용문 파일은 그가 붙인 핑크 카드로 아주 범벅이 되어 있는데, 대부분은 그가 기존 정의에서—단지 과학 관련이 아니라 모든 정의에서—인식한 결점을 불퉁스럽게 고친 것들이었다. (결과가 꼭 옳은 것도 아니었다.) 이건 그가 남긴 핑크 카드 중에서도 특히 사람을 심란하게 했다. 정의를 바꿔야 한다면 어떻게 바꿀 것인가도 생각해봤음 직한데, 그 내용은 속으로만 생각하기로 마음먹은 모양이다.

그 뒤에 단어를 검토하던 과학 편집자 한 사람이 이 핑크 카드를 보고, 불필요한 참견이라고 생각해서 대놓고 짜증을 냈다. 'sex kitten'의 정의를 바꿔야 한다는 핑크 카드에 그는 타자기로 이런 답변을 인쇄해 적었다. "이런 말 하는 걸 후회할 게 뻔하지만, 당신은 여기서 자연과학physical science의 'physical(육체적이라는 뜻도 있다—옮긴이)'의 의미를 오해한 것 같습니다."

하지만 핑크는 핑크다. 스티브는 『메리엄 웹스터 대학 사전』 10판에서 'sex kitten'의 정의에 '젊은young'을 추가함으로써 문제를 해결했다.

사전의 정의에서는 철학 용어 맛이 나는 단어들이 여럿 쓰인다—지시, 동의어, 분석, 생략, 완곡 등. 이는 영어 화자가 어떤 단어의 의미를 설명해달라는 요청을 받았을 때 하는(혹은 시도하는) 행동들을 기술하는 어려운 이름들이다. 지시적 정의는 단어의 의미를 누군가에게 물리적으로 보여주는 행동으로 누구나, 어디에서나 할 수 있다. 잠이 부족하지만 얼굴엔 화색이 도는 부모가 아기에게 "코 어디 있어?"하고 물으면 아기는 얼굴 한가운데에 주먹을 댄다. 이게 지시적 정의다.

대부분의 사전들은 지시적 정의를 피하는데, 이는 단어가 조금이라도 추상적일 경우 지시적 정의가 불가능하기 때문이다. 'sad'나 'concept'나 'for' 같은 단어를 설명하기 위해 무엇을 가리킬 것인가? 지시적 정의는 또한 의미를 여러 유형의 한 가지 예로 한정시킨다. 가령 컵은 다양한 모양과 크기, 색깔과 재질로 만들어질 수 있으나 누군가 "컵이 뭐야?"라고 물었을 때 근처에 빨간 플라스틱 일회용 컵밖에 없을 수도 있다. 어떤 것은 (컵 같이) 다양한 종류가 있고 어떤 것은 (아프리카 동물인 오카피 같이) 그렇지 않지만, 사전은 사용자의 정신적 그림 저장소에 알맞도록 만들어진 것이 아니다. 그렇긴 해도, 우리는 때때로 그림이나 삽화 형태로 사전에 지시적 정의를 추가하려 애쓴다. 우리는 사용자들이 'gable(박공. 건물의 처마나 처마 돌림띠에서 지붕 마룻대까지 이어지는 삼각형 끄트머리)'의 정의를 읽으면 그것이 건물의 어떤 부분을 가리키는지 알 거라고 믿지만, 지붕 삽화를 그리고 박공에 표시하는 것이 더 쉽다. 일반적으로 아직 글을 읽지 못하는 아이들이나 영어를 배우는 학습자들을 위해 만들어진 '그림 사전' 혹은 '시각 사전'은 지시적 정의를 비중 있게 사용한다.

동의어 정의도 지시적 정의처럼 거의 누구나 할 수 있다. 단순히 한 단어의 더 잘 알려진 동의어를 나열하면 된다. 로즈 대고모가 누군가를 'schlemiel'이라고 불러서 그게 무슨 뜻인지 물으면 대고모는 'idiot'이나 'fool'이나 'dupe'나 'chump' 등등 동의어들을 무한히 알려줄 것이다(전부 바보, 멍청이라는 뜻이다—옮긴이). 'beautiful'이 무슨 뜻인지 물으면 누군가 'pretty'라고 대답할 것이다. 이런 종류의 정의는 유년기의 어휘 퀴즈와 표준화된 시험을 통해 우리 모두에게 스며든다. 사전에서도 동의어 정의를 상당 부분 사용하는데, 이것이 서로 다른 단어들 사이의 의미적 관계를 명백히 드러내기 때문이다. 장황한 정의를 읽는 것보다 한 단어짜리 동의어를 읽는 것이 이해하기에도 훨씬 쉽다.

동의어 정의에서 분석적 정의로 나아가는 건 큰 도약이다. 분석적 정의는 사전에서 가장 흔히 볼 수 있는, 신경다양성 로봇들이 쓴 것처럼 보이는 정의—즉 쓰는 데 몇 년의 연습을 요하는 정의다.

정의는 우리가 '속genus'이라고 부르는 것에서 시작된다. 속이란 피

정의항definiendum, 즉 정의되는 단어의 본질이 무엇을 뜻하는지 기술하는 중요한 분류다. °° 속은 정의되는 단어의 다양한 쓰임을 전부 아우를 만큼 넓되, 방향을 충분히 제시하지 못할 정도로 지나치게 넓어서는 안 된다. 우리가 훈련받을 때 교재로 삼은 문서에서 말하길, 피정의항은 그것이 들어갈 수 있는 가장 작은 속에 속해야 하며, 그러지 않으면 속이 단어에 비해 너무 커서 성가신 일이 생긴다. 속을 정하는 건 쉬울 수도 있다. '스니커두들snickerdoodle'은 명확히 '쿠키'의 일종이지 (푸딩, 파이, 아이스크림을 품고 있는) '디저트'나 (애피타이저나 앙트레가 속하는) '식사'가 아니다. 그러나 이처럼 간단하지 않은 경우가 더 많다. 예를 들어, 'surfboard(서프보드)'에 가장 잘 맞는 속은 무엇인가? 'surfboard'를 'a piece of sporting equipment(운동 기구)'라고 정의하면 어떨까? 아니다. 이 경우에 속은 'piece'가 되는데 이 단어는 하도 넓어서 의견(speak your piece)부터 음식의 일부(a piece of pie)나 총기(a mobster's piece), 나아가 성적 상대(a mobster's piece)까지 온갖 걸 가리킨다. 자, 이제 머릿속 동의어 사전을 하염없이 넘겨볼 시간이다. 그러다가 다른 정의가 떠오른다. 'a plank used for surfing(서핑에 사용되는 판자).' 아까보다는 낫다. 그러나 속이 이 단어가 실릴 사전에 지금 사용하려는 바로 그 의미로 올라 있어야 한다는

- °   영어에는 'fool'이나 'idiot'의 동의어가 많다. 이것이 영어 화자들이 못됐다는 증거라고 생각한다면, 나는 필요가 발명의 어머니라고 간단히 답하겠다.
- °°   모든 용어는 라틴어로 되어 있는데 라틴어로 말하면 더 똑똑하게 들리기 때문이다.

것을 기억하고 사전을 찾아보니 'plank'는 일반적으로 평균 서프보드보다 훨씬 좁고 긴 나무 조각을 지칭한다. 자, 다시 원점으로 돌아가 보자. 'a panel used for surfing'도 좋지 않다. 'panel'은 일반적으로 나무 패널처럼 마무리된 표면이나 문의 작은 부분을 칭하기 때문이다. 'a platform used for surfing.' 이것도 틀렸다. 여기서 쓰인 'platform'의 의미는 'a usually raised horizontal flat surface(일반적으로 높이 올라와 있는 평평한 수평 표면)'로서, 그 아래에 무언가가 받쳐져 있다는 의미가 내포되어 있다. 만약 받쳐져 있는 것이 물이라면 어떨까? 말이 될지도 모른다. 그러나 수평이라는 조건은 어떠한가? 서프보드가 항상 수평으로 있던가? 서프보드를 모래에 수직으로 꽂으면, 더는 플랫폼이 아니게 되는가? 생각의 꼬리를 물다 보면 머리가 터질 것 같다. 다른 정의를 생각해 보자. 'a slab used for surfing'은 어떨까? 장발의 사람이 비석을 타고 있는 모습이 그려진다.

'surfboard'에 가장 잘 맞는 속은 'board'라는 사실을 깨닫지만, 'outershell' 사건이 기억나서 본능적으로 몸서리가 쳐진다. 그러나 'surfboard'의 정의에 'surfboard'를 쓰는 건 아니지 않은가, 하고 스스로를 안심시킨다. 'board'는 'surfboard'와는 다르다. 그럼에도 살짝 양심이 찔리고, 독자에게 게으르게 보일까 걱정이 든다. 하지만 'board'가 최고의 속인 건 사실이다. 어쨌든 'surf**board**'가 'surfplank'나 'surfslab'라고 불리지 않는 데에는 이유가 있는 것이다. 이제 남은 건 이 'board'가 다른 'board'와 어떻게 다른지 설명하는 일이다.

보통 분석적 정의에서 표제어를 아우르는 넓은 분류를 속이라고 부르고, 표제어를 그 분류 내의 다른 구성원과 구별시키는 기술어를 종차differentia라고 한다. (일반적으로 하나의 정의 안에는 두 개 이상의 종차가 있다.) 'administration(행정부)', 'couch(소파)', 'surfboard' 모두 'board'를 속으로 갖지만 그중 서핑에 사용되는 건 하나뿐이다. 그걸 알려주는 게 바로 종차다.

종차는 정의의 가장 큰 부분을 차지하지만, 검은 책이나 신입 편집자용 교재에서는 종차를 쓰는 구체적인 방법을 거의 다루지 않는다. 아주 일반론적인 제안 몇 가지와 그보다 적은 수의 엄격한 규칙 몇 가지가 지침으로 제시되긴 하나 사전에 담긴 종차들은 너무나 다양해서 일반화하기가 어렵다. 정의하는 사람은 지금껏 만족을 모르고 게걸스럽게 글을 읽으면서 습득한 영어의 작동 원리를 도구로 삼아, 알아서 해내야 한다.

첫 번째 문제는 종차에 어떤 정보를 담을지 결정하는 것이다. 이 단어가 어떤 것을 지칭하는지 알기 위해 꼭 필요한 정보는 무엇인가? 잘해봐야 독자들의 주의를 흩뜨리고 최악의 경우에는 독자들을 혼란에 빠뜨릴 수 있는 무관한 정보는 무엇인가? 서프보드 같은 단어의 경우에 종차는 썩 명백해 보인다. 이 보드는 다른 모든 보드와 어떻게 다른가? 차이는 서프보드가 서핑에 사용된다는 것이고, 정의에 이 사실을 포함시켜야 한다는 결정은 식은 죽 먹기다.

어떤 사람들은 서프보드가 '길고' '좁다'라고 말하지만, 길이와 너비의 기준은 대단히 주관적이다(그리고 사전 편찬자들은 이를 안다). 롱보드longboard(일반 서프보드보다 긴 서프보드)를 타는 사람들은 일반 서프보드를 짤막하다고 여길 것이고, 수상스키를 타는 사람은 서프보드가 터무니없이 넓다고 생각할 것이다. 그러나 사전의 정의는 롱보드나 수상스키를 타는 사람들이 아니라 가공의 '보통 사람'을 위한 것이며, '보통 사람'에게는 팔 하나 너비에 사람 키 길이의 물건이 비율적으로 '길고 좁다'라고 인식되리라고 추론할 수 있다.

이 보드에는 또 하나의 중요한 세부 특징이 있는데, 사람이 타자마자 곧장 바다 바닥으로 곤두박질치는 사태를 막아주는 부력이 있다는 것이다. 부끄럽게도 처음에 나는 이 사실을 못 보고, 지나칠 뻔 했지만, 인용문 더미에서 '서핑 물리학'이라는 제목의 기사를 보고 서프보드가 그 아래의 물보다 밀도가 낮아서 부력이 있다는 사실을 종차에 넣기로 한다.

이제 정의를 쓰고, 종차를 적기 시작한다. 'a board that is long, narrow, and buoyant and which is used for surfing(길고 좁고 부력이 있으며 서핑에 사용되는 보드).' 충분하되 우아하지 못한 정의다. '길다', '좁다', '부력이 있다'는 '보드'를 수식할 수 있으므로 속 바로 앞으로 옮기면 조금 더 깔끔한 정의가 만들어진다. 'a long, narrow, buoyant board used for surfing(서핑에 사용되는 길고 좁고 부력이 있는 보드).' 축하한다. 막 25자를 없애고, 두 줄을 한 줄로 줄였다. 고브의 유령이 시키는 대로 사전에서 'surf'의 정의를 확인해보니, 우리의 멋진 신세계에서 'surf'는 길고 좁고 부력이 있는 보드를 이용해 파도를 타는 행위만 칭하지 않는다. 'surf'는 물렁물렁한 엉덩이를 의자에 푸짐하게 퍼뜨리고 앉아 웹페이지를 클릭하는 행위를 뜻하기도 한다. '서핑에 사용되는'이라는 표현에 조금 수정을 가해야 할지도 모르겠다. 'the act of surfing(서핑 행위)'은 인터넷 서핑과 바다 서핑 둘 다에 적용되지만, 'the sport of surfing(서핑 운동)'은 웹서핑이 아니라 바다에서 하는 서핑만을 지칭한다. 'the sport of'를 정의에 넣고 슈프라흐게퓔이 어떻게 반응하는지, 이 표현이 튜턴족 도깨비의 망치질을 버티는지 확인해보자. 이제 천천히 고지에 다가가고 있다.

불행히도, 고지에 천천히 다가가선 안 된다. 빠르게 다가가야 한다. 미국에서 사전 편찬업은 출판의 다른 분야와 마찬가지로 가차없이 상업적인 사업이다. 학자의 마음가짐으로 정성을 쏟아봤자, 아무도 사전을 사거나 읽지 않는다면 말짱 꽝이다.

이는 제작 스케줄이 우리를 강철 주먹으로 다스린다는 뜻이다. 좋은 예로 『메리엄 웹스터 대학 사전』은 신판 수정에 2~3년이 걸리는데, 대부분의 사람들에게 이 프로젝트 기간은 터무니없이 길게 느껴진다. 사전에 단어 몇 개 추가하는 데 3년이 걸린다고? 사전 편찬자들이여, 엄살이 심한 것 같다.

그러나 새 단어를 몇 개 추가하는 것이 신판 작업의 전부는 아니다. 사실 사전 편찬자의 업무에서 큰 부분을 차지하는 것은 기존 항목을 검토하고 수정하는 것이다. 나는 'surfboard' 항목의 초안을 작성하지 않았지만, 실제 세상에서 서프보드를 본 횟수보다 더 여러 번이 항목을 수정했다. 항목을 수정할 때 하는 일은 항목을 집필할 때 하는 일과 똑같다. 그 단어에 대한 인용문을 전부 읽고, 증거를 판단하고, 필요한 만큼 정의를 매만진다. 이 글을 쓰는 현 시점 『메리엄 웹스터 대학 사전』에는 검토할 항목이 얼추 170,000개, 검토할 정의가 얼추 230,000개 있다. 검토를 하다 보면 지난 몇십 년 동안 편집자들이 여러 항목에서 문제를 발견하고 달아놓은 핑크를 발견하게 되는데, 수정할 때 이 핑크들을 처리해야 한다. 수정되거나 검토되는 항목은 전부 다수의 편집자를 거친다. 정의 담당자가 일을 시작하고, 교열 담당자가 일을 물려받아 뒷정리를 한 다음, 여러 전문 편집자에게 넘겨준다. 상호참조 편집자는 정의 담당자가 사전에 등재되지 않은 단어를 사용하지 않았는지 확인하고, 어원학자들은 단어의 역사를 검토하거나 집필하고, 연도 편집자들은 단어가 처음 글에서 사용된 날짜를 조사하고 사전에 추가한다. 발음 편집자들은 사전 속 모든 발음을 다룬다. 다음으로 (안전을 기하기 위해 처음과는 다른) 교열 담당자가 다시 항목을 받아서 상호참조 결과 수정해야 할 사항이 있으면 수정하고 최종 독자에게 넘긴다. 최종 독자는 그 이름이 말해주듯 편집부에서 마지막으로 항목을 수정할 수 있는 사람이다. 마지막으로 (정의 담당자와 앞선 두 교열 담당자와는 다른 사람인) 교정자가 4포인트 활자로 빼곡한 2천 페이지를 꾸역꾸역 검토하고 나면 제작 편집자가 이를 인쇄소나 자료준비 담당자에게 보낸다. 그러면, 우리에게는 교정을 보라고 페이지 조판 교정쇄라고 부르는 또 한 묶음의 종이들이 주어진다.

이 절차는 우리가 사전을 작업하는 동안 계속적으로 진행되므로, 정의는 C, 상호참조는 W, 어원은 T, 연도와 발음은 S 후반, 교열은 P(첫 번째)와 Q와 R(두 번째), 최종 독자는 N과 O, 교정은 M에서 작업 중이면서 제작부에서는 또 다른 교정자들에게 L로 시작하는 페이지 조판 교정쇄 두 번째 묶음을 보내고 있을 수 있다. 우리는 모두 G 언저리에서 마지막 단어들을 처리할 때까지 휘청거리며 길을 나아간다. 이렇게 하여 한 단어는 종이나 웹페이지에 찍혀 나올 때까지 일반적으로 편집자 최소 10명의 손을 거친다. 자, 『메리엄 웹스터 대학 사전』11판을 집필할 때 우리 회사에 편집자가 대략 20명쯤 됐다는 사실을 생각해보자. 편집자 20명이 신판을 위해 대략 220,000개의 기존 정의를 검토하고, 10,000개의 새로운 정의를 집필하고, 100,000건 이상의 편집적 수정(오탈자, 날짜 추가, 내용 변경)을 가했다. 이 110,000건 남짓의 변화가 각각 10번 이상, 편집자 최소 10명에 의해 검토되었음을 기억하자. 『메리엄 웹스터 대학 사전』 10판을 11판으로 개정하는 데 우리에게 주어진 시간이 얼마였느냐고? 달랑 18개월이었다.

그러니 사전에 바보 같은 실수들이 실리는 것도 이해할 만하다. 압박 하에 『메리엄 웹스터 신 국제 사전』 3판을 작업하면서 요절을 향해 나아가고 있던 한 편집자가 'fishstick(생선 토막 튀김)'을 'a stick of fishk(생선 토막)'이라고 정의한 것이 놀랄 일일까? 그 페이지에서는 편집자의 절박함이 거의 눈에 보일 정도로 생생하게 느껴진다. 됐어, 이 단어들을 끝냈어, 다 끝냈으니까 이제 나가게 해줘.

'fishstick'에 대한 짤막한 정의는 『메리엄 웹스터 신 국제 사전』 3판에 오른 다른 정의들 사이에서 유독 튀어 보인다. 대사전에는 항목도 더 많이 올라 있지만, 요약판 사전보다 정의도 더 길고 종차도 더 복잡하다. 대사전을 집필할 때는 운신의 폭이 약간 넓어지는데, 사용자들이 조금 더 자세한 설명을 기대하기 때문이다. 그러나 여기엔 또 문제가 있다. 공간의 제약이 덜할 때, 어디서 멈춰야 할지 어떻게 판단하는가?

흥미진진한 목질부와 체관부를 들여다보느라 숲을 보지 못하기가 일쑤다. 아래는 『웹스터 신 국제 사전』 3판에 실린 (이제 꽤 유명해진)

'hotel'의 정의다.

a building of many rooms chiefly for overnight accommodation of transients and several floors served by elevators, usually with a large open street—level lobby containing easy chairs, with a variety of compartments for eating, drinking, dancing, exhibitions, and group meetings (as of salesmen or convention attendants), with shops having both inside and street—side entrances and offering for sale items (as clothes, gifts, candy, theater tickets, travel tickets) of particular interest to a traveler, or providing personal services (as hairdressing, shoe shining), and with telephone booths, writing tables and washrooms freely available

(주로 단기 여행객들의 숙박을 위해 다수의 객실이 준비되어 있으며, 엘리베이터로 여러 층을 오갈 수 있고, 1층에는 보통 안락의자가 놓인 넓은 개방형 로비와 식사 · 음주 · 댄스 · 전시 및 (판매원이나 컨벤션 참가자들을 위한) 회의를 위한 다양한 시설, 호텔 내부와 길거리 양쪽에 문이 나 있으며 여행객에게 특히 필요한 (옷, 선물, 사탕, 극장표, 여행권 등) 물건을 판매하거나 (미용, 신발 닦기 등) 개인적 서비스를 제공하는 가게들, 그리고 무료로 사용할 수 있는 전화 부스와 탁자와 화장실이 있는 건물)

댄스 공간이라니! 여행권이라니! 사탕이라니! 요즘 세상에 이런 호텔이 어디 있는가?

정의 집필에 관한 한, 세상엔 두 종류의 사전 편찬자가 있다. 뭉뚱그리는 사람과 쪼개는 사람. 뭉뚱그리는 사람들은 몇 가지 소소한 변형까지 아우를 수 있는 넓은 정의를 쓴다. 쪼개는 사람들은 소소한 변형 각각에 대한 구체적인 정의를 쓴다. 이는 타고난 성향 같다. 뭉뚱그리는 사람들은 넓은 정의로 아우른 것들 사이에서 미세한 의미를 짚어내는 걸 아주 어려워하고, 쪼개는 사람들은 대단히 축약된 정의들을 하나로 합치는 걸 아주 어려워한다. 에밀리와 나는 쪼개는 사람들이고, 닐은 뭉뚱그리는 사람이고, 스티브는 둘 다 잘하지만 정의를 하면 할수록 뭉뚱그리는 경향이 있다. 'fishstick'의 정의는 뭉뚱그리는 사람이, 'hotel'의 정의는 쪼개는 사람이 쓴 게 분명하다.

'hotel'의 정의는 정의 집필에 수반되는 가장 큰 문제를 보여준다. 모든 것은 변하고, 정의를 쓰는 사람은 사전 편찬자이지 천리안이 아니라는 거다. 'hotel'의 정의가 쓰인 과거 1950년대에 호텔이라고 자칭하는 장소에는 위에서 말하는 시설들이 일부(혹은 전부) 있었다. 이 정의를 쓴 사람은 분명 호텔을 (모텔이나 여관 같은) 다른 숙박 시설과 구별해야 한다는 생각에—타당하게도—모텔에 비해 호텔에서만 제공되는 서비스를 나열하는 것이 독자에게 도움이 되리라 판단했을 것이다. 그러나 1950년대의 화려한 호텔 생활은 현대의 현실과 크게 다르다. 어떤 단어의 용법과 의미에 대해서 한때 당연하게 여겨졌던 것들도 결국은 변화를 피할 수 없다. 모든 세부 사항, 종차에 적는 모든 단어를 고심해야 한다. 이 정의가 충분히 구체적인 동시에, 변화의 여지가 허용될 만큼 일반적인가?

'surfboard'에 대한 인용문들을 읽다 보면 (1980년경부터) 우주 시대의 신소재를 언급하는 인용문이 썩 많다는 걸 알게 된다. 서프보드가 꼭 나무로만 만들어지는 게 아니라는 걸 언급할 가치가 있을까? 확인해보니 속인 'board'의 정의에서 나무가 아닌 재질까지 아우르고 있긴 하지만, 그래도 고민이 된다. 얼굴을 감싸고 인용문을 곱씹는다. 머리 뒤쪽에서 이제 익숙해진 쥐어 짜이는 느낌이 든다. 서프보드를 생각하면 나무 재질부터 떠오르고, 크고 납작한 것을 칭하는 단어 'board'를 볼 때 대부분의 사람들이 떠올리는 것도 나무 재질일 가능성이 높다. 인용문 더미에는 이 새로운 우주 시대 신소재들이 얼마나 멋진지에 대한 이야기가 잔뜩 들어 있고, 심지어는—진짜로—서프보드 발명가와 NPR(미국 국영 라디오)의 인터뷰 기록에서도 신소재가 언급된다. 서프보드가 나무 이외의 것으로 만들어질 수도 있다는 사실을 언급하는 것도 좋은 생각이리라는 판단이 선다.

다행히 메리엄 웹스터 편집자들에게는 세부 사항을 위한 대비책이 있다. 바로 괄호 부연 설명이다. 괄호를 사용해서 우리는 몇 가지 요소를 예로 들되, 어떤 범위를 그 요소들로 한정하는 건 피할 수 있다. 'a long, narrow, buoyant board made of wood, fiberglass, or foam and used in the sport of surfing(서핑 운동에 사용되는 길고 좁고 부력이 있는 나무, 유리 섬유, 발포 고무 소재의 보드)'는 지금 이 순간은 훌륭한 정의지만, 어떤 똑똑한 서핑 엔지니어가 특별한 종류의 플라스틱으로 서프보드를 만들기 시작한다면 어떻겠는가? 아니면 탄소 섬유로? 이도저도 아니면 단어에 얽매인 우리의 작은 뇌가 현재 상상조차 하지 못하는 완전히 새로운 중합체가 발명되고, 몇 년 안에 그것이 서프보드의 산업 표준이 된다면 어떻겠는가? 이때 괄호를 사용함으로써 해결책을 찾을 수 있다. "a long, narrow, buoyant board (as of wood, fiberglass, or foam) used in the sport of surfing." 여기서 'as'는 뒤따르는 목록이 전부가 아니라는 신호를 준다. 괄호는 이것이 부차적인 정보라는 시각적 단서다. 괄호 안 단어들은 해당 범주의 보편적인 예시다. 이 괄호 부연 설명은 서프보드가 일반적으로 나무, 유리 섬유, 발포 고무로 만들어진다는 사실을 알려주지만, 서퍼의 발에 맞게 형상을 바꾸고 생체 측정 기술을 이용해 서퍼의 서핑 스타일에 적응하며 최대한 고저차를 내어 서핑에 최적의 파도를 만들 수 있도록 저 아래 바닷물의 분자 하나하나와 소통하는 감지 플라스틱 서프보드를 배제시키지 않는다.

괄호 말고도, 모든 사전 출판사에서 널리 사용되는 다른 대책이 있다. 'especially(특히)'나 'specifically(구체적으로)' 같은 단어들은 하나의 정의 내에서 쓰일 때 서로 별개이지만 아주 긴밀히 연결된 두 개의 의미를 묶고, 'broadly(보다 넓게)'는 똑같은 행위를 반대로 한다. '언제 'broadly'를 쓰고 언제 'specifically'나 'especially'를 쓰는가? 이는 사전 편찬의 많은 부분이 그렇듯, 느낌의 문제다.

이렇게 도구가 많은데도, 사전 사용자와 사전 편찬자는 단어의 종차라는 복잡한 미로 속에서 쉽사리 길을 잃곤 한다. 종차는 제한절이어야 한다. 속을 특정한 유형으로 제한해야 하니까. 때로는 종속절이기도 하다―즉, 선행 단어를 수식한다. 그런데 아무리 조심해도 종속절이 두 개의 확실한 선행사 사이에 걸리는 일이 벌어질 수 있다.

dog \ˈdȯg *sometimes* ˈdäg*noun* ―s **1 a** : a small― to medium―sized carnivorous mammal (*Canis familiaris* synonym *Canis lupus familiaris*) of the family Canidae that has been domesticated since prehistoric times, is closely related to the gray wolf, occurs in a variety of sizes, colors, and coat types as a pure or mixed breed, is typically kept as a pet, and includes some used in hunting and herding or as guard animals

(선사시대부터 길들여진 갯과에 속하는 작거나 중간 크기의 육식성 포유류(카니스 파밀리아리스, 동의어는 카니스 루푸스 파밀리아리스)로서 회색늑대와 가깝고, 순종 혹은 혼혈로서 다양한 크기와 색깔, 털을 타고나며 일반적으로는 애완용이나 일부는 사냥이나 양치기, 경비용으로도 사용되는 동물)

여기서 "that has been domesticated since prehistoric times(선사시

- **sex·ism** *n* **1** : prejudice or discrimination based on sex; *especially* : discrimination against women(성을 근거로 한 편견이나 차별; 특히 : 여성에 대한 차별) (*MWC11*).

  man *n* ···**1c** : a bipedal primate mammal (*Homo sapiens*) that is anatomically related to the great apes but distinguished especially by notable development of the brain with a resultant capacity for articulate speech and abstract reasoning, is usually considered to form a variable number of freely interbreeding races, and is the sole living representative of the hominid family; *broadly* : any living or extinct hominid(해부학적으로 유인원과 연관되어 있지만 특히 눈에 띄게 발달한 뇌와 그에 따라 얻게 된 분절언어 및 추상적 논증 능력을 특징으로 하며, 보통 자유롭게 이종교배하는 가변적 수의 인종을 형성한다고 여겨지고, 사람과 동물의 대표로서 유일하게 현존하는 이족 보행 영장류(호모 사피엔스); *보다 넓게* : 생존하거나 멸종한 모든 사람과 동물) (*MWC11*).

대부터 길들여진)"의 수식을 받는 대상은 무엇인가? 'mammal(포유류)'
일 수도, 'Canidae(갯과)'일 수도 있다. 선행사 하나하나까지 걸고 넘
어지는 게 순 트집 잡기 아니냐고? 그럴지도 모르지만, 이 정의를 읽
고 갯과의 모든 동물이 선사시대부터 길들여졌으니 딩고를 집에 들
여도 전연 문제 없다고 생각하는 사람에겐 중요한 정보다.

　사전 편집자라면 누구에게나 종차를 정리하는 기술들이 있다. 나
는 종이를 꺼내 종차들이 각각 올바른 것을 가리키고 있는지 확인하
기 위해 표를 그려본다.

genus　*1ˢᵗ order*　*2ⁿᵈ order*

board

　　　long

　　　narrow

　　　buoyant

　　　(made of wood, fiberglass, foam)

　　　used in the sport of surfing

정의가 길어질수록 작업은 어려워진다.

genus　*1ˢᵗ order*　*2ⁿᵈ order*　*3ʳᵈ order*

a building

　　　of many rooms

　　　　　for overnight accommodation

of transients

and several floors

served by elevators,

usually with a large open street-level lobby

containing easy chairs,

with a variety of compartments

for eating,

drining,

dancing,

exhibition,

and group meetings

(as of salesmen or convention attendents)

with shops

having both inside and

street-side entrances

and offering for sale items

(as clothes,

gifts,

candy,

theater tickets,

travel tickets)

of particular interest to a raveler

or providing personal services

(as hairdressing,

shoe shining),

and with telephone booths, writing tables, and washrooms
freely available

미안한데, 우리가 무슨 단어를 정의하고 있었더라? 댄스 구역에서
또 길을 잃고 말았다.

스티브 페로는 말한다. "이상하게도, 나는 정의가 어느 각도에서
보아도 불완전하다는 느낌이 듭니다. 정의란 특정한 관습들을 이용
해 어떤 단어의 의미를 설명하고자 하는 시도이고, 이때 단어의 의미
와 정의는 구별됩니다. 의미는 단어 안에 사는 것이고 정의는 그것을
기술하는 것이죠. 정의는 인공적이에요."

사실이다. 에밀리는 우리 메인 웹사이트에서 가장 많이 검색된 열
단어의 정의를 작업했는데, 그 열 단어를 정의하는 데 12개월이 걸렸
다. 정의에서 의미를 포착하는 데에는 한계가 있다. 닐은 설명한다.
"이쯤해서 그만두고 다음 단어로 넘어가고 싶은 생각이야 간절하지
만, 궁극적으로는 정의로 해결해야 할 문제가 있습니다. 내가 그 문
제를 해결하는 데 조금이라도 가까워졌는지 자문해요. 데카르트 평
면의 점근선과 같습니다. 해결책에 점점 가까워질지는 몰라도, 결코
닿지는 못하거든요."

어느 날 내가 무슨 항목을 두고 불평을 하자, 그는 같은 이야기를
좀 더 알아듣기 쉽게 바꿔 말했다. "단어는 고집 센 말썽쟁이죠."

7장

오늘이 엿가락처럼 쭉쭉 늘어지는
하루가 되리라는 예감이 든다.
아주 좋은 인용문을 찾는 일은
정의를 쓰는 일보다 더 오래 걸리니까.
구글 뉴스의 미궁 속에 사는 기분이다.

Pragmatic

예문에 관하여

정의를 쓰는 일은 메리엄 웹스터에서 사전 항목 하나를 완성하기 위해 하는 일의 절반밖에 차지하지 않는다. 나머지 절반은 그 정의에 대한 예문을 쓰거나, 찾는 것이다.

사전 항목에 예문을 넣는 이유는 해당 단어의 가장 흔한 용법을 설명하기 위해서다. 이는 표제어가 어떤 종류의 단어들과 함께 사용되는지 은밀하게 조금 더 정보를 주는 수단이기도 하다. 예를 들어 'galore'는 '많은, 풍부한'으로 정의되어 있고, 끝에 'used postpositively(후치하여 쓰임)'라는 용법 해설이 붙어 있다. 사전 독자들이 심란하게 한숨을 쉬며 사전의 **P** 페이지를 뒤적이지 않아도 되도록, 우리는 실제 세상에서 'used postpostively'가 뜻하는 바를 설명할 수 있는 예문을 넣는다. 가령 'bargains **galore**(많은 염가품)'처럼. 'aesthetic' 항목의 예문을 훑어보면 이 형용사를 명사 앞에 쓴다는 것과 ('her **aesthetic** sensibility(그녀의 미적 감수성)') 동사 뒤에 쓰면 너무 노력하는 예술학도처럼 들린다는 것을 알 수 있다('Her sensibility was very **aesthetic**(그녀의 감수성은 매우 미적이었다)'). 'coffee'는 물질명사로 사용될 수 있고('I love **coffee**(나는 커피를 사랑한다)') 가산명사로 사용될 수도 있다('Give me two **coffees** and no one gets hurt(내게 커피 두 잔을 주면 아무도 다치지 않을 거다)'). 'liberal'에 대한 어구 예문은 어떤 의미가 정치적인지 ('He voted a straight **liberal** ticket(그는 진보 후보자에게만 투표했다)'), 어떤 의미가 관대함을 뜻하는지('She was a **liberal** donor to the charity(그녀는 자선단체에 후하게 기부했다)'), 어떤 의미가 인문 교육과 관련 있는지('A **liberal** education(인문 교육)') 보여준다. (단, 오늘날 이 'liberal'은 종종 정치적 의미로 읽히는 것 같지만.)

사전을 넘기다 보면 예문의 일부는 온전한 문장이 아니라 잘라낸 문장임을 알게 된다. 이는 출판 시대의 잔재로, 문장의 주어(와 구두점)를 넣으면 줄이 넘어가고, 그러면 쪽이 넘어가고, 그러면 새 2절판이 필요하고, 그건 파리를 잡기 위해 거미를 삼키는 셈이고, 거미를 잡기 위해선 또 뭔가를 삼켜야 하기 때문이다…('파리를 삼킨 할머니가 있었다네There Was an Old Lady Who Swallowed a Fly'라는 구전 동요가 사다—옮긴이). 출판사의 관점에서는 합리적 선택이지만, 사전 이용자 대부분의 관점에서 이건 영어와 영어를 읽고 쓰는 능력에 대한 모욕이다. 교사들은 화가 나서 **사전조차** 문법과 구두점을 지키지 않는다면 학생들에게 뭘 가르칠 수 있겠느냐고 편지를 보낸다.ˌ 그러나 이제는 상황이 달라졌다. 온라인에는 주어와 마지막 구두점을 넣을 충분한 자리가 있기 때문에, (바라건대) 영어를 배우는 학생들은 이제 바보 명청이가 되기로 정해진 기존의 숙명에서 벗어날 수 있을 것이다.

어떤 예문에는 출처가 있고, 어떤 예문에는 없다. 둘은 다른 종류의 예문이다. 우리 업계에서 출처가 없는 예문은 '어구 예문verbal illustrations'이라고 불리고, 출처가 있는 예문은 '저자 인용문authorial quotations'이라고 불린다. 저자 인용문은 우리가 수집한 인용문 파일에서 곧바로 뽑아온 예문들이다. 보기엔 참 쉽다—어쨌든 우리는 이미 이 단어에 대한 인용문을 전부 읽었고, 그중 하나를 고르는 일이 그렇게 어려울 리 없지 않은가. 하지만 사전 편찬의 다른 많은 일처럼, 보기만큼 쉽지는 않다.

일단 사전 항목에 올리기에 적합한 인용문을 찾는 것은 불가능에 가깝다. 사전의 예문은 세 가지 주요 조건을 충족시켜야 하기 때문이다. 단어의 가장 흔한 용법을 보여야 하고, 그 사전에 올라 있는 단어들만 사용해야 하고, 인간적으로 가능한 한 지루해야 한다. 작가들은 독자의 시선을 끌고 관심을 붙들어놓을 요량으로 흥미로운 서사와 영리한 구조, 수 톤에 달하는 고유명사로 가득한 글을 쓴다. 이런 글은 읽기 재미있고, 바로 그렇기 때문에 예문으로는 최악이다.

사전의 목표는 사람들에게 단어가 뜻하는 바와 단어가 사용되는 방식을 최대한 객관적이고, 냉정하고, 기계적인 방식으로 알려주는 것이다. 사람들은 스릴과 로맨스를 기대하며 사전을 펼치지 않는다. 그것들은 백과사전에 있다. 사람들은 그냥 항목을 흘끗 보고, 찾던 단어의 의미를 이해하고, 다시 과제나 러브레터나 키보드를 내리쳐

●   나는 이에 잘 대답할 수 없는데, 아마 그게 내가 영어 교사가 아니라 사전 편찬자인 이유일 테다.

가며 쓴 대문자투성이 장광설을 마무리하러 돌아갈 것이다.

사전 편찬자들은 눈에 거슬리게 튀는 단어가 없도록 신중하게 항목의 각 부분을 헤아리고, 모든 것이 균형을 이루게 하고, 특히 예문과 그 예문이 설명하는 정의에 각별한 주의를 기울인다. 둘 중 무엇이 더 시선을 *끄는가*? 정의라면, 잘됐다. 사람들이 원하는 건 정의다. 예문이라면, 다시 써라. 예문이 정의보다 흥미로워서는 안 된다.

물론 여기서 문제는, 정의가 일반적으로 상당히 지루하다는 것이다. 정의란 사전 편찬자의 조타실과 같기 때문이다. 'pragmatic'의 첫 번째 정의는 이렇다. "concerned with or relating to matters of fact or practical affairs : practical rather than idealistic or theoretical(사실 혹은 실용적 일에 관련된 : 이상적이거나 이론적이기보다 실용적인)." 3음절 이상의 단어에 열광하는 사람들에겐 섹시하게 들릴지 몰라도, 나머지 사람들에게 이는 '전형적인 사전' 그 자체다. 불꽃도 효과음도 없이 그냥 밋밋하고 단조롭고, 음, 실용적이다pragmatic. 다음절어가 난무하는 정의 두 개를 읽고 나면 독자들은 마땅한 대가* 로 훌륭한 인용문이 따르기를—멩켄, 앰브로즈 비어스, 심지어는 W.C. 필즈 같은 사람들이 쓴 신랄하고 통렬한 문장을 기대할 것이다(각각 미국의 문예 비평가, 저널리스트 겸 소설가, 코미디언—옮긴이).

'pragmatic'과 같은 단어들은 뜻을 잘 모르고 쓰는 작가도 많다.

---

* **de·sert** \di-ˈzərt \ *n, pl* **-s**···**2** : deserved reward or punishment—usually used in plural 〈got their just *deserts*〉(마땅히 받아야 할 상이나 벌—보통 복수로 사용된다. 〈응당한 *대가*를 받았다〉(MWC11).
예문이 상인지 벌인지 판단하는 건 독자의 몫으로 놔두겠다.

Aren't politicians supposed to pander? Aren't they supposed to be pragmatic to a fault—focusing on short-term relief and eschewing serious, long-term problems like reforming the health care system and attacking structural deficits?

(정치인들이란 원래 영합하지 않는가? 그들은 원래 지나치게 실용적이라서— 단기적 구제에 집중하고, 건강보험 체계를 개혁하거나 구조적 결함을 공격하는 등 심각한 장기적 문제들은 피하지 않는가?)

약간 혼란스럽다. 이 정치인들이 '사실 혹은 실용적 일에 관련된' 사람들인가? 근시안적 대응이 실제로 '지나치게 실용적'인가? 길은 〈문체와 기술〉 수업에서 미국 정치는 다루지 않았고, 위 문장은 'pragmatic'에 대한 인용문 463개 중 하나일 뿐이다. 오늘이 엿가락처럼 쭉쭉 늘어지는 하루가 되리라는 예감이 든다.

이 모든 걸 감안했을 때, 사전 항목에 넣을 아주 좋은 인용문을 찾는 일이 정의를 쓰는 일보다 오랜 시간이 걸리는 것도 놀랍지 않다. 에밀리에게 인용문에 대해 묻자 그녀는 인용문을 찾는 것이 항목을 쓸 때 '굉장히, 굉장히 시간을 잡아먹는 부분'이라고 확언한다. 닐에게 인용문에 대해 묻자 그는 마치 내가 불시의 타격이라도 가한 양 숨을 훅 내쉬고 얼굴을 약간 일그러뜨리며 답한다. "구글 뉴스의 미궁 속에 사는 기분입니다." 메리엄 웹스터에서 사용하는 자료 대부분이 사전 편찬을 위해 쓰인 것이 아니라서, 잘 검색이 되지 않는다는 뜻이다(우리 사전 편찬자들은 예를 들어 흔한 동사의 타동사 용법을 검색할 수 있다면 더 바랄 게 없을 테다). 검색 결과가 하도 많아서, 쉽고 빠르게 추려낼 방법이 없다. 출판물 이름과 날짜 같은 메타정보가 틀리기도 하고, 찾는 단어가 없는데도 있다고 잘못 검색되는 경우도 많다. 나중에 닐은 말했다. "까다로운 일이고, 지겨워질 수도 있어요. 수면 아래에서 일하는 기분이지만, 받아들일 수밖에요." 나도 그 기분을 안다.

메리엄 웹스터의 사전 편찬자들은 진짜 작가들의 글에서 적합한 예문을 뽑아내는 대신 직접 예문을 쓰기도 한다. 이건 보기보다 훨씬 어려운 일이다. 사전 편찬자들은 쥐꼬리만 한 임금을 받고 놀림을 당하면서도 영어와 깊이 사랑에 빠진 사람들이므로―영어로 노닥거리기를 좋아하며―다른 사람들도 영어와 사랑에 빠지기를 원하지 않기가 어렵다. 그래서 예문에 흥미로운 서사가 들어가선 안 된다는 금지령에도 불구하고 때로는 서사를 넣고 만다. '당당한'을 뜻하는 단어 'portly'의 예문 'Walked with the **portly** grace of the grande dame that she was(그녀는 귀부인답게 당당한 우아함을 담아 걸었다)'를 읽으면 머릿속에 완벽한 그림이 그려진다. 코르셋을 조이고 치마엔 크리놀린을 댄, 크게 부풀린 드레스를 입은 노부인이 깃털 달린 스카프를 매고 정교한 나무 지팡이를 들고 등을 곧추세운 채 예법에 따른 걸음걸이로 대로를 걷는 장면. 아름다운 이미지다. 고브가 이 예문을 봤더라면 너무 길고 불필요하다며 'grace' 뒤로는 싹 지워버렸을 것이다.

직접 예문을 쓰는 데 따르는 또 하나의 큰 문제는 자신의 경험이 반영된다는 것인데, 특히 사전 편찬자의 경험은 사전 이용자의 경험과 같지 않으므로 문제가 된다. 예컨대 어떤 사전 편찬자가 정의할 단어 목록에서 'obscure'를 보고 '잘 알려지지 않은'이라는 의미에 대한 어구 예문으로 'an **obscure** Roman poet(잘 알려지지 않은 로마의 시인)'을 넣기로 한다. 완벽하게 자연스럽고, 축복처럼 짧은 예문이다. 그러나 독자들을 생각해보자. 그들이 정기적으로 읽는 로마 시인이 몇 명이나 될까? 요즘은 얼추 **모든** 로마 시인이 잘 알려지지 않은 게 아닌가? 지금은 젊은이들이 카툴루스나 섹스투스 프로페르티우스를 시시때때로 인용하거나, 식당 옆자리에서 비바쿨루스가 얼마나 부당한 대우를 받았는지에 관한 토론을 엿들을 수 있는 시대가 아니다. 사전 편찬자들은 자신이 '평범'의 최적 표준이 아니라는 것을 잊기 쉽다.

언어적 피로에—슈프라흐게퓔이 가장 필요할 때 그에게 버림받는 상태에—빠질 수도 있다. 그렇게 되면 정의에 들어맞는 단어의 용법을 생각해낼 수 없을 뿐 아니라, 영어 자체를 완전히 까먹고 만다. 전치사나 부사 같은 작은 단어들이 정신적 체를 손쉽게 빠져나가기 때문에 'a **pragmatic** man absorbed by practical details(현실적 세부 사항에 몰두한 실용적인 사람)'이라는 예문을 써놓고선 'absorbed by'가 자연스러운 영어인지 확신하지 못한다. 'absorbed with'가 맞았던가? 마음속에서 둘을 견주고, 심지어 어느 쪽이 더 보편적인지 확인하려고 코퍼스를 검색해보지만, 그럼에도 답을 내릴 수 없다. 'pragmatic'이라는 단어는 더 이상 단어가 아니라 정교한 닭 발자국으로 보인다. 슈프라흐게퓔은 사라지고, 이제 그것이 손가락을 찔러 넣던 자리에는 공허한 아픔만이 남아 있다.

이때 나는 살금살금 의자에서 일어나, 발을 질질 끌면서 막연히 누군가의 책상으로 다가간다. 상대가 올려다보면 우는 소리를 한다. "도와줘요. 'absorbed with'인가요, 'absorbed by'인가요?" 나는 에밀리와 닐에게 '도와줘요. 영어 몰라요Help, I can't English'라는 제목의 이메일을 수없이 보냈다. 이것이 편집자 팀에 속한 덕분에 누릴 수 있는 은총이다. 모든 편집자가 정확히 같은 순간에 정신이 나가버릴 확률은 높지 않으니까.

어구 예문을 쓰는 데에는 제법 엄격한 규칙 몇 개가 있다. 무엇보다도, 농담이나 농담으로 해석될 여지가 있는 예문은 절대 안 된다. 'drudge'에 대해 'She's just a harmless **drudge**(그녀는 단지 무해한 노역자다)'라는 예문을 쓰면 안 되는데, 왜냐면 영어 문화권에서 이게 무슨 뜻인지 이해할 사람은 다 해봐야 50명뿐이고 그들은 모두 내게서 반경 8미터 이내에 앉아 자기 항목을 고심하고 있기 때문이다. 내가 쓰고 있는 건 사전이지, 「월간 말장난」이 아니다.

잠재적으로 이중 의미를 띨 수 있는 표현도 전부 삭제해야 한다. 최고의 편집자는 날카롭고 또 날카로운 눈과 더럽고 또 더러운 정신을 가졌다는 말이 있다. 사실이다. 편집자들은 마음만은 12살이다. 우리는 방귀나 섹스 얘기로 (혹은 방귀와 섹스 얘기로) 해석할 여지가 있는 건 전부 그렇게 해석할 것이다. 어구 예문을 쓸 때 이는 양날의 검으로 작용한다. 우리가 성인으로서 지닌 의무가 타고난 본능적 사고의 중력을 계속해서 위로 끌어올려야 하는데, 이때 의무가 이겨야 한다. 월급을 주는 건 표면상 의무니까. 그래서 나는 'I think we should **do** it(나는 우리가 그걸 해야 한다고 생각한다)'을 'I don't want to **do** that(난 그걸 하고 싶지 않다)'으로 바꾸고, 'That's a **big** one(그거 정말 크네요!)'을 'That's a **big** fish(그것 참 큰 물고기로군요!)'로 바꾸고, 'He **screwed** in the lightbulb(그가 전구를 꽂아 넣었다)'를 그냥 지워버린다. 사전 편찬자로 살다 보면 곧 온갖 곳에서 이중 의미가 보인다. 명백한 이유로 'member'와 'organ'(둘 다 성기의 완곡 표현—옮긴이)의 어구 예문을 깡그리 지우고, 'wind'의 어구 예문에는 숨겨진 방귀 농담이 없는지 확인하기 위해 여분의 노력을 기울이고, 'organism'은 'orgasm'과 단지 몇 글자 차이인 데다가 누군가 'complex organisms(복합 유기체)'에서 섹스와 관련된 의미를 읽어낼 것이 분명하기 때문에 어구 예문에 과학적 내용을 첨부하는 것이 좋을지 고민한다.

(그러나, 자백하건대 내가 알기로는 우리 사전에서 떡하니 자리를 차지하는 훌륭한 이중 의미 예문이 두 개 있다. 첫째는 페이퍼백 사전의 'tract' 항목에 오른 'Huge tracts of land(넓은 면적의 땅)'라는 예문으로, 사실 이는 〈몬티 파이튼의 성배〉에서 가슴을 지칭한 농담이다. 둘째는 중학생용 사전의 'cut' 항목에 오른 'Cheese cuts easily(치즈는 쉽게 잘린다)'라는 예문이다(영어에는 치즈 냄새가 방귀처럼 지독한 것에 착안하여 치즈를 자르는 것과 방귀를 연관짓는 농담이 많다—옮긴이). 나는 이 예문이 방귀에 집착하는 수많은 중학생들에게 큰 즐거움을 주었기를, 나아가서 적어도 마냥 지루하고 멍청한 것만은 아니라고 믿게 만들었기를 희망한다.)

어구 예문에서 조금이라도 재미있는 낌새를 전부 지우고 나면, 이제 이름을 지울 차례다. 예문에 이름을 넣는 것이 사람들에게 사전을 사라고 권유할 훌륭한 방법이라고 생각할지도 모르겠다—이봐, 래리, 사전의 'awesome(아주 멋진)' 항목에 네 이름이 들어 있어! 그러나 이름은 지뢰와 같다. 막 래리랑 헤어진 트리샤가 사전을 집어들었다가 'Larry is the paradigm of class(래리가 교실의 모범이다)'라는 예문을 보면 어찌 되겠는가? 트리샤는 소셜미디어 친구 900명을 동원해 우리에게 예문을 'Larry is the **paradigm** of a lying sack of shit, and Trisha is glad she dumped his ass(래리는 거짓말쟁이 똥 덩어리의 모범이고 트리샤는 그의 엉덩이를 차버려서 기쁘다)'로 바꿔야 한다는 내용의 편지를 보내고 싶다는 유혹에 빠질지도 모른다. 유명인의 이름을 쓰는 것도 안전하지 못하다. 'Bill Clinton was the **president** of the United States(빌 클린턴은 미국 대통령이었다)'라는 예문 한 문장은 정치적 스펙트럼 양쪽 끝에서 장황한 불평을 유발할 것이며, 지지나 반대의 뜻으로 가슴을 두드려대는 사람들 사이에서 사전 편찬자는 레니 리펜슈탈(히틀러의 선전 영화를 찍은 다큐멘터리 감독─옮긴이) 영화의 엑스트라가 된 기분이 들 것이다. 태양 아래에 욕을 먹지 않을 이름은 없다. 'Mother Teresa was a **holy** woman(마더 테레사는 성스러운 여인이었다)'이라고 예문을 쓰면 사람들은 사전이 가톨릭교를 목구멍에 처넣는다고 불평할 것이다.

이름도 이름이지만, 대명사와 그 사용에서도 몹시 신중해야 한다. 영어 대명사는 성별이 있어서, 평소에도 화자의 의도와 무관하게 남녀에 대한 관점을 드러내며 많은 사람들에게서 짜증을 유발한다. 이건 대명사가 놓인 캐치─22(진퇴양난이라는 뜻으로, 미국 소설가 조지프 헬러의 소설 제목에서 유래했다─옮긴이) 상황에 빠지기 쉽다. 예문으로 'He enjoys **working** on his car(그는 자기 차 정비를 즐긴다)'를 넣고 싶다고? 'She enjoys **working** on her car(그녀는 자기 차 정비를 즐긴다)'를 같이 넣을 게 아니라면 여성 혐오자로 몰리기 딱 좋으니 생각조차 말아라. 그러나 교열 담당자가 두 예문을 다 넣게 놔둘 리 없다. 공간

낭비고, 우스꽝스러우니까. 예문을 'He enjoys **working** on her car(그는 그녀의 차 정비를 즐긴다)'로 바꿔서 우행을 수습하고자 노력해도 소용없다. 여자는 자기 차 정비를 못해서 남자가 필요하다는 뜻 아닌가? 'She enjoys **working** on his car(그녀는 그의 차 정비를 즐긴다)'도 마찬가지다. 남자가 자기 차 정비 하나도 못 할 거라고 생각하다니, 남자를 못난이 취급하는 것도 정도가 있지! 게다가, 젠더 이분법 바깥의 사람들은 무시하는 건가? 그들도 자기 차 정비는 할 수 있지 않은가? 그러나 'They enjoy **working** on their car(그들은 자기 차 정비를 즐긴다)'라고 쓰면 문법 맹신론자들이 강림하여 여기선 표면상 드러나지도 않은 단수 'they'의 사용에 대해 애통해할 것이다.

물론 대명사에 국한된 얘기는 아니다. 어구 예문은 한 구석도 편견의 기미가 느껴져서는 안 된다. 'conservative'의 예문으로 'The **conservative** party blocked the measure(보수당이 정책을 막았다)'라고 쓰면 보수파 사람들이 방해꾼이라는 의미로 읽힐 수 있다. 예문을 'He votes a straight **conservative** ticket(항상 보수 후보에만 투표한다)'으로 바꾸면 사람들은 사전이 누구에게 투표해야 하는지에 대해 이래라저래라 한다고 말할 것이다. 최고로 무해하다고 여겼던 예문조차도—가령 'I love pizza a **lot**(나는 피자를 많이 사랑한다)' 같은 예문조차도—언젠가는 반드시 부당한 비판을 받고 만다. 누군가 이 문장이 'lot'의 예문이라는 건 개의치 않고, 의문을 제기하는 편지를 보낼 것이다. "어떻게 피자를 **사랑**할 수 있죠? 변태세요?"*

나아가 'Tomorrow is **supposed** to be sunny(내일은 맑을 테다)' 같은 어구 예문에도 문제의 소지가 있음을 알아둬야 한다. 사전에서

'suppose'를 찾고 위 예문을 읽으면서 실제로 내일이 맑으리라고 생각하고는, 다음 날 날씨가 맑지 않으면 불만에 찬 편지를 보내는 사람들이 있을 테니까. 『메리엄 웹스터 신 국제 사전』 3판을 작업했던 선임 편집자에 의하면, 고브는 독자가 사전과 (이건 내 표현인데) 마법의 8볼(질문에 대해 랜덤으로 답을 주는 장난감—옮긴이)을 분간하지 못하고 우리 말을 있는 그대로 믿으리라는 전제 하에 이런 종류의 어구 예문을 금지했다. 내일 날씨가 맑지 않으면 어쩌려고 그래?

사실을 말하자면 우리가 쓰는 어구 예문이 예외 없이 누군가를, 어디선가, 언젠가 불쾌하게 만들 거라고 추정하는 게 제일이다. 그래서 편집자는 홀로 조용히 정신이 나갈락 말락 하는 상태에 빠진다. 아래 어구 예문들은 우리 회사 어린이 사전 두 권에 실려 있던 것이다.

a man overboard(물에 빠진 사람)

discovered arsenic in the victim's coffee(피해자의 커피에서 비소를 발견했다)

the baby was abandoned on the steps of the church(아기는 교회 계단에 버려졌다)

it was as if you had lost your last friend(마치 마지막 친구를 잃은 것 같았다)

when you have no family, you are really on your own(가족이 없을 때는

· 우리는 'love' 항목에 대해 끔찍이 많은 얘기를 듣는다. 지난 몇 년 동안 내가 들은 이런 유형의 불만은 피자에 국한되지 않았다.

정말로 외톨이다)

blow up the bridge(다리를 폭파시키다)

carried a knife about him(그는 칼을 지니고 다녔다)

felt as I was dead(죽은 듯한 기분이었다)

조금 우울하긴 하지만, 이런 예문이 아니라면 'overboard(물에 빠진)'
와 'arsenic(비소)'과 'knife(칼)'를 어떻게 설명하겠느냐고? 합당한 반박
이다. 이 예문들이 설명하려는 단어가 그것들이었다면 좋았으련만.

a man overboard(물에 빠진 사람)

discovered arsenic in the victim's coffee(피해자의 커피에서 비소를 발견
했다)

the baby was **abandoned** on the steps of the church(아기는 교회 계단에
버려졌다)

it was **as if** you had lost your last friend(마치 마지막 친구를 잃은 것 같았다)

when you have no family, you are really on your own(가족이 없을 때는
정말로 외톨이다)

blow **up** the bridge(다리를 폭파시키다)

carried a knife **about** him(그는 칼을 지니고 다녔다)

felt **as** I was dead(죽은 듯한 기분이었다)

어구 예문은 소설가의 재능을 갈고닦을 장소가 아니듯이, 최근 겪
은 이별이나 다른 각종 존재론적 위기에 대한 감정을 해소할 장소

도 아니다. 어떤 단어 묶음을 교열 보다가 'I wonder **why** I do this job(내가 왜 이 일을 하는지 궁금하다)', '**thinking** dark thoughts(어두운 생각을 하다)', '**All** hope is lost(모든 희망이 사라졌다)' 같은 예문이 연속으로 나오면 나는 예문을 쓴 사람의 상태가 걱정스러운 나머지 자리에서 일어나 그를 찾아갈 텐데, 그건 우리 둘 다에게 무서운 일이다.

예문을 찾고 쓰기가 그렇게나 고통스러운 일이라면, 왜 예문을 빼버리지 않는가? 누가 예문을 그리워한다고? 놀랍게도, 예문을 그리워할 사람은 많다. 우리가 지난 몇 년 동안 받은 요청들 중에 제일 많은 게 사전에 예문을 더 많이 실어달라는 내용이었다. 언어학적 관점에서 생각하면 당연한 얘기다. 우리는 언어를 낱개의 단어부터 배우지 않고, 덩어리로 묶어서 배운다. 외국어를 배웠다면(혹은 배우려고 시도해봤다면) 기억을 더듬어보라. 제일 먼저 배우는 것이 뭔가? 보통은 'Hello, my name is [Kory]. How are you?'일 것이다. 우리는 '이름'을 뜻하는 단어를 배우고 'be'동사의 변형을 배우지 않는다(대부분의 언어에서 be동사의 변형은 심히 불규칙하니, 다행이다). 의문사 'how'와 2인칭 대명사의 다양한 어형변화를 배우지 않는다. 그건 나중에 그 정보를 적용할 만한 지식이 생겼을 때 알게 된다. 제일 먼저 배우는 건 기초적이긴 해도 완벽한 두 개의 문장이고, 그 두 문장이 앞으로 계속 공부해나갈 자신감을 준다—적어도 가정법에 도달할 때까지는.

사전에 예문을 싣는 요점은 단지 공간을 채우고 사전 편찬자들을 신경쇠약으로 몰아넣기 위해서가 아니라, 사전 사용자에게 단어가 사용되는 보다 넓은 맥락, 단어의 암시적 의미, 범위, 어조에 대한 방향을 제시하기 위해서다. 따라서 예문은 사람들이 일반적인 글에서 기대하는 서사와 빛깔과 대화를 싹 걷어내어 단조로워야 하지만, 그럼에도 어휘를 잘 설명하고, 어조의 형식과 언어 관계(긴밀한 결합을 이루는 두 단어 사이의 관계—옮긴이)를 보이고, 인생 최고로 열심히 구성해서 쓴 문장일지라도 전적으로 자연스럽게 들려야 한다. 균형을 잡기가 어려운 일이다.

메리엄 웹스터에서 일한 지 6년째, 나는 어구 예문이 잔뜩 들어간 참고서적을 작업 중이었다. 내 일을 감독하고 있던 선임 편집자는 편집자로서는 탁월했으나 칭찬이나 격려에 후한 사람은 아니었다. 나는 프로젝트 중 한 번 이상 그에게서 이러저러한 단어를 작업하고 있을 때 정확히 무슨 생각이었느냐고 묻는 이메일을 받았다. 그 시기, 사무실을 나서면서 나는 종종 그냥 짐을 싸들고 나가서 르네상스 페어에나 취직하는 게 나을지 고민하곤 했다.

여느 때처럼 힘겨웠던 어느 날 오후, 나는 선임 편집자에게 내가 교열을 보고 있던 단어들에 대해 이메일을 보내면서 다른 편집자가 쓴 어구 예문에 대한 의견을 물었다. 그는 심술궂고 고약한 답변을 길게 늘어놓고는, 뜻밖의 칭찬으로 볼멘소리를 끝맺었다. "다른 무엇보다도 'gobs'에 대한 당신의 예문이 칭찬할 만한 창의성의 사례인 것 같습니다. 어려운 단어인데, 그 단어가 안성맞춤으로 편안해 보이는 문장을 만들어냈어요."

내가 만들어낸 어구 예문은 'has **gobs** of money(돈을 많이 갖고 있다)'였다. 완벽하게 말이 되고, 짧고, 참으로 지루하다. 나는 마침내 고지에 도달한 기분이 들었다.

8장

나는 'take'를 손보는 데
한 달 가량이 걸렸다고 말했다.
그는 조용히 말하고, 미소 지었다.
"저는 'run'을 수정했지요.
아홉 달이 걸렸습니다."

Take

작은 단어에 관하여

『메리엄 웹스터 대학 사전』 11판을 위한 개정 작업이 한창이었다. 우리는 막 S를 끝낸 참이었다. 전반과 후반으로 나뉘어 있던 S의 후반 단어 묶음을 완료했을 때 우리 편집자들은 기뻐서 현기증이 날 지경이었다. 우리는 서명한 종이를 다시 보고, T로 넘어간 걸 확인하고, 작은 의식으로 그 순간을 축하했다. 주먹을 불끈 쥐고 안도의 한숨을 내쉬고, 하늘을 우러러보며 작게 "오예"를 외치고 슬며시 어깨춤을 췄다(어쨌든 아직 일하는 중이니까). 애석하게도 사전 편찬자들은 희열의 순간을 오래 즐길 운명을 타고나지 못했다. 기쁨으로 머리가 마비되었을 때는 경솔하고 멍청한 짓을 할 가능성이 높아지니까.

불행히도, 나는 내가 얼마나 경솔하고 멍청한 짓을 하고 있는지 몰랐다. 그냥 T로 시작하는 단어 묶음에 서명을 하고, 해당 묶음의 조판 교정쇄와 인용문 상자를—두 상자였다!—아무 생각 없이 집어 들었다.˚ 교정쇄 페이지를 넘기던 중, 나는 이 묶음에 단어가 하나뿐인 걸 깨달았다. 두 상자가 전부 'take'의 인용문이었다. 나는 생각했다. '흠, 그것 참 **흥미롭군**.' 다른 대부분의 직업처럼 사전 편찬업에도 그 종사자의 딱하고 하찮은 존재 의미를 헤아릴 수 있는 기준이 몇 가지 있는데, 그중 하나가 얼마나 '작은' 단어를 다룰 수 있는지다. 대부분의 사람들은 길거나 희귀한 단어가 철자를 쓰고 발음하고 기억하기 어렵기 때문에 정의하기도 어려울 거라고 생각한다. 그러나 알고 보면 그런 단어들은 쉽다. 'schadenfreude(남의 불행에 대해 느끼는 쾌감—옮긴이)'는 철자가 어렵다뿐이지 용법은 의미적으로나 통사적으로나 매우, 매우 명확하기 때문에 정의하기 식은 죽 먹기다. 이 단어는 언제나 명사이고, 이제 어엿한 영어 단어가 되긴 했지만 본래는 우리가 즐겨 영어에 흡수시키는 맛깔나는 독일어 합성어이므로 자주 부연 설명이 붙는다.

앞서 말했듯 단어는 일반적으로 짧고 흔할수록 정의하기 더 어렵다. 'but', 'as', 'for' 같은 단어에는 통사적으로 유사하지만 동일하지는 않은 여러 용법이 있다.˚˚ 'go', 'do', 'make' (그리고 물론 'take') 같은 동

˚ 『메리엄 웹스터 대학 사전』 11판은 제작 측면에서 별난 책이었다. 신판을 위해 검토해야 했던 인용문들이 종이와 데이터베이스 양쪽으로 나뉘어 있었던 것이다. 1990년대 말 『메리엄 웹스터 대학 사전』 11판을 작업할 때 이미 데이터베이스가 있었음에도 불구하고 우리는 종이 인용문을 검토했다. 어리석을 만큼 툭 까놓고 말해서, 나는 그 인용문 상자들이 그립다.

˚˚ 'But'이라는 적합한 제목이 붙은 2장에서 'but'의 용법이 어떻게 문법적 토끼굴이 될 수 있는지 확인해보라.

사들에는 의미가 경계 밖으로 새어나가거나 방울져 떨어지는 용법들이 있으므로 신중하게 정의해야 한다. 'Let's do dinner(우리 같이 저녁 먹자)'와 'Let's do laundry(빨래하자)'는 통사적으로 동일하지만, 의미론적으로 'do'의 의미는 크게 다르다. 그리고 이 문장(And how do you describe what the word 'how' is doing in this sentence?)에서 'how'의 역할은 무엇이라고 설명하겠는가?

의미를 다루는 것도 성가시지만, 사전 편찬자에게 고통을 주는 건 그뿐만이 아니다. 'the'나 'a' 같은 단어들은 너무 작아서 거의 단어 취급도 받지 못한다. 우리가 인용문을 땜질할 때 사용하는 공용 데이터베이스 대부분은 이런 단어 일부에 색인을 붙이기는커녕, 검색조차 하지 못하게 한다. 여기엔 현실적인 이유가 있다. 사내 인용문 데이터베이스에서 'the'를 검색하면 백만 건 이상의 결과가 나올 테고, 그걸 본 사전 편찬자는 소리 내어 욕을 한 다음 엉엉 울기 시작할 테니까.

사전 편찬자들이 울음소리로 주위 사람들을 방해하는 일을 방지하기 위해, 이런 작은 단어들은 일반 단어 묶음과 같이 다뤄지는 대신 보다 경력 있는 편집자들의 손에 따로 맡겨지곤 한다. 작은 단어의 정의에는 보다 경험이 많고 현명한 편집자들이 갖춘 절제와 문법적 기량, 속도, 배짱이 필요하기 때문이다.

보다 경험이 많고 현명한 편집자가 아니었던 나는 그때 그런 사실을 하나도 몰랐다. 나는 그저 불운하고 멍청한 편집자였으나 책임감은 있었다. 그래서 두 개의 상자 중 하나에서 색인 카드를 한 움큼 꺼내서 일단 품사를 기준으로 카드를 분류하기 시작했다. 종이 인용문은 분류되어 있지 않기 때문에, 제일 처음 해야 하는 일이 그것이다.

그런 면에서 'take'가 최악의 단어는 아니었다. 동사와 명사와만 씨름하면 되니까. 인용문 카드 더미가 6센티미터 넘게 쌓여 무너지기 시작하자, 나는 나머지 인용문들을 상자에서 꺼내 연필 넣는 서랍으로 옮기고 빈 상자에 인용문을 쌓아 넣기 시작했다.

인용문을 품사에 따라 분류하는 일은 보통은 간단하다. 사전에 오른 대부분의 단어는 품사가 하나뿐이고, 두 개 이상일 경우에도 구분하기가 어렵지 않다. 예를 들어 'blemish'의 명사형(흠집)과 동사형(흠집을 내다), 'courtesy'의 명사형(예의)과 형용사형(우대의)의 구분은 간단하다. 『메리엄 웹스터 대학 사전』 신판과 같은 대형 사전을 점검하다가 T에 다다랐을 때쯤이면 품사 분류는 자면서도 할 수 있다. 'blemish' 같은 보통 크기의 단어는 몇 분이면 된다.

내가 'take'에 대한 인용문 첫 상자 분류를 가까스로 마친 건 다섯 시간 뒤였다.

불운하게도 사전 편찬자의 시간을 가장 많이 잡아먹는 항목들은 아무도 찾아보지 않는 항목들이다. 'get'을 해치워나가는 동안 우리 편집자들 사이에서 통하던 농담이 있다. 언제 어디에선가 누군가는 사전에서 'get'을 찾고, 의미 11c(듣다)를 읽고, "아, 드디어, 이제야 'Did you get that(그거 알아들었어)?'이 무슨 의미인지 알겠어. 고마워요, 메리엄 웹스터!"라고 혼잣말을 할 거라는 농담이다. 프로젝트 막판, 하루 8시간씩 6포인트 크기의 발음기호를 교정보아야 하는 날들이면 마음 한 구석에서 우리가 'get'을 신중하게 수정한 덕분에 어찌저찌 복권에 당첨되고 세계평화를 이룩하고 마침내 방 안에서 제일 가는 댄서가 될 거라는 망상에 사로잡히기 쉽다.

그러나 오늘날 우리는 경이로운 인터넷 덕분에 사람들이 어떤 종류의 단어를 꾸준히 찾는지 정확히 알고 있다. 사람들은 길고 철자법이 어려운 'rhadamanthine'나 'vecturist' 같은 단어를 찾지 않는다.˙ 전국 철자법 대회가 TV에서 방송 중이라면 모를까. 사람들이 많이 찾는 단어는 어중간한 단어들이다. 메리엄 웹스터에서 역대 최고로 많이 검색된 단어들은 'paradigm(전형적인 예)', 'disposition(기질)', 'ubiquitous(어디에나 있는)', 'esoteric(심원한)'처럼 제법 흔하지만 그 의미를 독자가 짐작하기 어려운 맥락에서 많이 쓰이는 단어들이었다.

이는 'but'과 'as'와 'make'처럼 가장 작은 단어들도 찾아보는 사람이 없다는 뜻이다. 대부분의 영어 원어민들은 'make'가 들어가는 언어의 바다를 항해하는 법을 알고, 'You are as dull as a mud turtle(너는 진흙거북만큼이나 멍청해)'에서 'as'가 정확히 무슨 의미인지 굳이 알지 않아도 된다. 이 단어가 비교를 표시한다는 걸 알면 충분하다. 그러나 사전 편찬자에게는 그것으로 충분하지 않다.

사전 편찬자의 시간을 가장 많이 빼앗는 항목들이 거의 정해져 있다는 것 역시 변태적인 아이러니다. 스티브 클라이네들러는『아메리칸 헤리티지 사전』의 편집자 한 사람이 2000년대에 가장 기본적인 영어 동사 5~60개를 점검했다고 말한다. "그러니 그 단어들은 한동

˙   **rhad·a·man·thine** \ˌra-də-ˈman(t)-thən, -man-ˈthin\ *adj* : rigorously strict or just(엄정한, 공정한) (*MWU*).
    vec·tu·rist \ˈvekchərəst\ *n, pl* **-s** : a collector of transportation tokens(교통 토큰 수집가) (*MWU*).

안 점검하지 않아도 됩니다. 아마 그것도 40년 만에 처음이었을 거예요."『아메리칸 헤리티지 사전』이 직무에 태만하다는 얘기가 아니다. 그런 단어들은 의미가 빠르게 변하지 않는다. "이런 항목에 새 숙어를 넣는 건 아주 쉽습니다. 하지만 'take'나 'bring'이나 'go'를 전체적으로 점검하는 건, 50년에 한 번이면 충분해요." 스티브가 말한다.

작은 단어들에 의미 변화가 전혀 없다는 말은 아니다. 에밀리 브루스터는 『메리엄 웹스터 대학 사전』 11판을 수정하면서 부정관사 'a'를 정의하다가 이 단어의 새로운 의미를 '발견'했다. 이때 '발견'에 따옴표를 친 데에는 이유가 있다. 에밀리가 발견한 의미는 기존의 'a'에서 변화한 의미가 아니었다. 의미를 쪼개서 생각하는 경향이 있는 에밀리는 'a'에 대한 인용문을 꼼꼼히 읽다가, 기존에 기록된 'a'의 의미를 더 세밀하게 구분할 수 있다는 걸 깨달았다. 그 의미는 이러했다. '평소, 기존, 혹은 가상의 상태에 놓인 지시 대상과 다른 상태를 구별해내기 위해 고유명사 앞에 쓰이는 기능어.' 예문은 이러했다. "With the Angels dispatched in short order, a rested Schilling, a career 6-1 pitcher in the postseason, could start three times if seven games were necessary against the Yankees(에인절스를 재빨리 해치우고 휴식을 취한, 역대 포스트시즌 성적 6승 1패를 기록하고 있는 투수 실링은 만약 양키스에 대항해 7개 경기를 치러야 한다면 세 번 선발로 나설 수 있을 것이다)."

에밀리는 말한다. "그 날이 사전 편찬자로 일하면서 제일 짜릿했던 하루였어요. 머릿속에서 이 의미가 이미 사전에 올라 있는지 아닌지 고민할 필요가 없어서 평소보다 절차가 오히려 쉬웠습니다. 제게는 그 의미가 사전에 올라 있지 않다는 게 뻔히 보였거든요. 그래서 바로 정의 집필로 넘어갔어요. 작업을 끝내고, 스스로가 아주 자랑스러웠습니다."

남들이 보면 우습다 생각할 것이다. 그깟 'a'를 두고 웬 소동이람! 이렇게 작은 단어에는 아무도 관심을 기울이지 않는다. 모두가 그 의미를 알고, 아무리 야단을 부려도 이 단어는 우리가 살아가는 방식에 전혀 영향을 미치지 않는다. 그러나 다시 생각해보면, 영어에서 가장 단순한 단어 중 하나인 'is'의 의미를 둘러싼 논란이 현직 미국 대통령을 탄핵시키는 데 이바지하지 않았던가.

Q: [와이젠버그 검사] …베넷 씨가 당신과 르윈스키 씨의 관계를 알았는지 여부와 무관하게, "클린턴 대통령과 어떤 방식, 형태나 유형으로도 섹스하는 관계가 아니다"라는 진술은 전적으로 거짓입니다. 맞습니까?
클린턴 대통령: 그건 단어 'is'의 의미에 달렸습니다. 만약 'is'가 과거가 아닌 현재에 대해서만 말하는 것이라면, 거짓이 아닙니다. 현재에 아무 관계가 없다는 의미라면, 그건 완벽하게 진실한 진술이었습니다.

그러니, 어쩌면 영향이 전혀 **없지**는 않은 모양이다.

인용문 정리를 끝내고 나는 동사부터 해치우기로 결심했다. 동사 항목은 명사 항목보다 월등히 길었다. 107개의 의미, 하위 의미, 정의 문장이 있었다. 어쩌면 수많은 색인 카드 사이에 여기 더해야 할 몇 개의 의미나 숙어가 숨어 있을지도 몰랐다.

종이 인용문으로 작업할 때 업무량을 재는 단위가 종이 더미라는 사실을 기억할지 모르겠다. 모든 인용문은 단어의 현 정의에 해당하는 종이 더미와, 잠재적인 새 정의를 위한 새 종이 더미 둘 중 하나로 분류된다. 나는 교정쇄와 내 책상을 번갈아 보고, 내 책상에서 옮길 수 있는 건 전부—핑크 카드가 든 상자, 날짜 도장, 탁상 달력, 커피 등을—차근차근 내 자리 뒤의 책장으로 옮기기 시작했다.

첫 인용문은 이러했다. "She was taken aback(그녀는 깜짝 놀랐다)." 안도의 한숨이 나왔다. 이건 간단했다. 나는 교정쇄를 훑어보고, 적절한 정의를 찾고—'to catch or come upon in a particular situation or action(특정한 상황이나 행동에 맞닥뜨리다)' (의미 3b)—분류했다. 다음 인용문 몇 개도 비슷하게—각각 의미 2 더미, 의미 1a 더미, 의미 7d 더미로 분류해서—해치울 수 있었다. 그즈음 나는 안심하기 시작했다. 이 단어는 작업량이 많긴 해도 다른 단어들과 크게 다를 것이 없었다. 일을 후딱 마치고 2주 휴가를 내서, 동네 도서관에 놀러가고, **외출**이라는 것도 좀 해볼 작정이었다.

그때 호시탐탐 기회를 노리던 숙명이 무대에 등장했다. 다음 인용문은 이러했다. "Reason has taken a back seat to sentiment(이성이 감성에게 양보했다)." 나는 의기양양하게 이 인용문을 'taken aback' 숙어 더미에 던져 넣었다가, 다시 생각했다. 여기서 'take'가 정말로 'to catch or come upon in a particular situation or action'이라는 의미인가? 나는 단어를 정의로 대체해보았다. 'Reason did not catch or come upon a backseat.'' 아니었다. 이 표현의 의미는 이성이 감성보다 부차적인 것이 되었다는 것이었다. 교정쇄에는 여기에 들어맞는 정의가 없어서, 나는 인용문을 새 의미 더미에 던져 넣었다. 그러나 다음 인용문을 집어 들기 전, 불현듯 어떤 생각이 스쳤다. "다만…."

정의를 하고 있던 사전 편찬자의 입에서 "다만…"소리가 나오면, 그가 며칠을 날 수 있는 물과 보존 식품을 남겨두고 어서 불을 *끄고* 집에 가는 게 좋다. "다만…" 뒤로는 험난한 언어적 추적전이 이어질 게 뻔하니까.

작은 단어들을 다루다 보면, 언어가 실제로 사용되면서 어떻게 의미를 증폭시키는지 알 수 있다. 단어의 의미가 맥락에 의존하며 맥락이 바뀌면 단어의 의미조차 달라지기 때문이다. 'take a back seat'에서 'take'의 의미는 전체 맥락에 따라 달라진다. 'There's no room up front, so you have to take a back seat(앞에 자리가 없으니 뒷자리에 앉아야 한다)'과 'Reason takes a back seat to sentiment' 두 문장에서 'take'의 의미는 다르다. 두 번째 문장에서 'take'가 들어간 표현은 숙어로서, 'take' 항목 마지막에 따로 정의되어야 한다. 나는 문제의 인용문을 새 더미로 분류했다.

리듬이 깨졌지만, 다음 인용문을 읽고 다시 추진력을 낼 수 있으리라는 자신감이 생겼다. 이번 표현은 '…take a shit(똥을 누다)'으로 비

• 띄어쓰기 오류가 아니다. 어떤 이유에선지 몰라도 사람들은 'take a back seat'에서는 'back seat'이라고 띄어 쓰고 자동차 뒷좌석을 지칭할 때는 'backseat'이라고 붙여 쓰는 경향이 있다. 영어란!

속어였고, 항목 마지막에 따로 정의해야 하는 관용구가 명백했다─ 그래, 난 이 일을 해낼 수 있었다.

그러나 'take a shit'은 'take a back seat'과는 달리 관용구가 아니었다. 왜냐면 'take a crap'도 말이 되었고, 'take a walk', 'take a breather', 'take a nap', 'take a break' 전부 가능했으니까(각각 똥을 누다, 산책하다, 한숨 돌리다, 낮잠 자다, 휴식을 취하다─옮긴이). 나는 교정쇄를 훌훌 넘겨보았다. 의미 17a에 "to undertake and make, do, or perform(맡아서 만들거나, 하거나, 행하다)"라고 적혀 있었다. 나는 고민에 빠졌다. 단어를 대체해보았지만 결과는 우스꽝스럽기 그지없었다. 'to undertake and make a shit', 'to undertake a shit', 'to undertake and do a shit', 'to undertake and perform a shit'이라니. 생각이 많아지기 시작했다. 위험한 징조였다. 사람이 낮잠을 '행하거나' '할' 수 있는가? 한숨을 '맡아서 만들' 수 있는가? 그건 의미 17b, 'participate(참여하다)'에 해당할지도 몰랐다. 그러나 머릿속에서 슈프라흐게퓔이 새된 목소리로 'participate'는 화자가 참여하고자 하는 것이 화자 바깥에서 기원한다는 의미를 내포하고 있다고 말을 걸었다. 그래서 'take a meeting(회의에 참여하다)'이나 'take a class on French philosophy(프랑스 철학에 대한 수업을 듣다)'라고 말할 수 있는 게 아닌가. 나는 문제의 인용문을 잠정적으로 17a 더미에 던져 넣고, 5분 동안 포스트잇에 의미 번호와 정의를 하나씩 적어서 각 인용문 더미 제일 위에 붙였다. 17a의 정의를 적은 포스트잇에는 괄호를 넣었다. '(정의를 다듬거나/수정할까? 만들거나/하거나/행하다?).'

다시 자리에 앉은 나는 스스로를 조금 질책했다. 나는 과거에

'Monophysite(그리스도 단성론자)'와 'Nestorianism(네스토리우스의 교의)'도 정의했고, 12개 언어로 욕을 할 수 있으며, 바보가 아니다. 'take' 따위는 쉽게 해치워야 마땅하지 않겠는가. 다음 인용문은 이것이었다. "…arrived 20 minutes late, give or take(대략 20분 늦게 도착했다)."

뭐라고? 이건 동사적 사용이 아니잖아! 어쩌다가 이게 여기 들어온 거지? 나는 입술을 앙다물고 잘못한 사람을 색출해내고자 주위를 둘러보았다─누군가가 내 인용문으로 장난을 치고 있는 게 분명했으니까! 그리고 곧 범인이 나라는 걸 깨달았다. 이 인용문은 다시 분류해야 했다. 그러나 어디로? 인용문을 5분 동안 물끄러미 들여다본 뒤 나는 사람들이 가장 많이 지나간, 제일 만만한 길을 택했다. 부사라고 결정한 것이다. (뭐, 대충 그렇잖아.) 그래, 나는 이 인용문을… 'take'의 부사적 사용으로 분류할 작정이었는데, 그런 분류는 존재하지 않았다. 'take'는 부사로 사용되지 않기 때문이다. 갑자기 치통이 엄습했다.

결국 나는 이 인용문을 머릿속에서 '2~3일 뒤 처리할 문제들'이라고 분류 딱지를 붙여둔 책상 구석에 던져놓았다.

다음 인용문은 "…this will only take about a week"이었다. 내 뇌는 'take about'을 보자마자 '구동사'라는 답을 내놓았다. 구동사란 동사와 전치사 혹은 부사(혹은 둘 다)로 이루어진 2~3단어의 구로서 동사처럼 기능하며 그 구성 요소 각각의 의미를 조합해서는 뜻을 알 수 없는 표현을 말한다. 'He looked down on lexicography as a career(그는 사전 편찬자라는 직업을 깔보았다)'의 'look down on'이 구동사다. 구 전체가 동사로 기능하며, 여기서 'look down on'은 익명의 '그'가 물리적으로 높이 솟아올라서 사전 편찬자라는 직업을 내려다보고 있다는 뜻이 아니라, 사전 편찬자라는 직업이 중요하지 않거나 존경할 가치가 없다고 생각한다는 뜻이었다. 구동사는 영어 원어민의 눈에 잘 띄지 않는 경향이 있으므로, 나는 첫눈에 구동사를 알아본 것이 무척 자랑스러웠다. 구동사 'take about'을 새 인용문 더미로 분류하려던 순간, 슈프라흐게퓔이 급히 목소리를 냈다. "그건 구동사가 아니야."

나는 두 눈을 질끈 감고, 우리 사무실에 불덩이 하나만 날려달라고 우주를 향해 조용히 기도했다. 잠시 뒤 나는 깨달았다. 슈프라흐게퓔이 내 머릿속 바닥으로 떨어질 뻔한 정보 한 토막을 주운 것이었다. 'take about'의 'about'은 완전히 선택적이었다. 한번 보라. 'This will only take a week(이건 일주일밖에 걸리지 않을 것이다)'과 'This will only take about a week(이건 대략 일주일밖에 걸리지 않을 것이다)'은 의미에 거의 차이가 없다. 여기서 의미의 중심축은 'about'이 아니라 'take'이고, 이 'take'의 용법은 단순한 타동사였다. 나는 이 인용문을 의미 10e(2)가 모여 있는 더미로 분류했다. 'to use up (as space or time)((시간이나 공간을) 사용하다).'

인용문 대략 20개를 처리하는 데 한 시간이 걸렸다. 나는 끝낸 더미를 한데 모으고 자를 집어 들었다. 분류를 마친 인용문 더미의 높이는 0.6센티미터였다. 다음으로 인용문 상자의 높이도 재보았다. 가득 찬 인용문 상자 두 개는 높이가 각각 40센티미터였다.

이어지는 2주 동안 'take'는 내 신경줄이 어디까지 버틸 수 있는지

시험했다. 인용문을 쌓아둘 평평한 표면이 부족해지면서 'desk'의 실제적 정의가 확장되었다. 모니터 위, 연필 서랍, 키보드 사이, 사무실 칸막이 위, 책상 아래 CPU 위에 종이 더미들이 아슬아슬하게 쌓였다. 그럼에도 공간이 여전히 부족했다. 나는 신중에 신중을 또 기해 인용문을 바닥에 쌓기 시작했다. 내 자리에서 퍼레이드가 열려서 색종이 테이프들이 아주 정연하게 내 발치에 쌓인 것 같았다.

이만한 크기의 항목을 다룰 때에는 불가피하게 '벽'에 부딪치게 된다. 달리기를 해봤거나, 시도라도 해봤다면 '벽'이 뭔지 알 테다. 달리는 중 신체적 한계 이상으로 내몰리면 '벽'을 마주치게 된다. 타는 듯한 폐와 욱신거리는 종아리, 스트레칭을 하지 않았기 때문에 절룩거리는 거겠지만 어쩌면 하반신이 압력을 받아 문자 그대로 * 폭발할 전조일지도 모르는 오른쪽 골반 아래의 통증에 정신이 쏠린다. 땅이 위로 기울어진다. 두 발은 콘크리트로 만들어진 양 무겁고, 전보다 50배는 더 커진 것 같다. 멜론처럼 묵직한 머리를 떠받치는 것이 버거워서 목이 굽기 시작한다. 「러너스 월드」 잡지에서 달리기를 묘사하는 바와 달리, 지금 느끼는 감정은 쾌감도 아니고 선(禪)도 아니다. 이건 '벽'이고, '벽'에 부닥친 사람은 인간적 한계들을 느슨하게 꿰어 맞춘 존재에 불과하다.

동사 'take'를 작업하던 중 4분의 3 지점에서 나는 인간적 한계에 부닥쳤다. 인용문 "took first things first(급한 일을 먼저 처리하다)"를 보다가 나는 스스로 천천히 바보가 되는 걸 느꼈다. 내 직업이 단어를

---

* 의미 2.

다루는 일이니만큼 내 눈앞의 문자들이 단어라는 건 알았지만, 그리고 내 직업이 영어를 다루는 일이니만큼 내 눈앞의 단어들이 영어라는 건 알았지만, 안다고 해서 반드시 사실인 건 아니다. '이건 전부 쓰레기야.' 뇌가 옆으로 미끄러져 나가고 뱃속에서는 고통이 기우뚱하게 차오르는 걸 느끼면서 나는 사전 편찬자가 맞닥뜨리는 '벽'에 머리를 갖다 박았다. 마지막으로 머리를 스친 생각은 이러했다. '세상에 맙소사. 어느 도시 전설처럼, 나는 내 자리에서 죽고 말 거야. 내 시체는 'take'의 눈사태 아래에서 발견되겠지.'

그날 밤 저녁 식사 중 남편이 내게 괜찮으냐고 물었다. 나는 말문이 막혀서 그를 올려다보았다. "이제 내가 영어를 하는 것 같지 않아." 남편은 자못 걱정스러워 보였다. 그는 영어밖엔 할 줄 모른다. "그냥 스트레스를 받아서 그런 걸 거야." 남편이 말했다. "그게 무슨 뜻인지도 모르겠어. 무슨 뜻인지 생각하는 것만으로도 머리가 근질거려!" 내가 우는 소리를 했다. 남편은 다시 걱정스런 표정을 지었다.

사흘이 더 걸려 동사 'take'의 인용문 분류를 마치고 나는 황홀경에 빠졌다—내가 해내고 말았어! 그리고 곧장 침울해졌다. 아직도 동사 'take'의 정의 집필 작업과 명사 'take'가 남아 있었다. 다행히 나는 포스트잇에 각 의미의 수정 사항을 적어둔 터였다. 'make, do, or undertake(만들거나, 하거나, 떠맡다)'라는 정의는 결국 수정하지 않기로 했지만, 그 외에 확장시키거나 고쳐야 할 의미가 한 움큼이나 되었다. 'She took the sea air for her health(그녀는 건강을 위해 바다 공기를 마셨다)'에서 'take'의 의미에 대한 정의가 불운하게도 'to expose oneself to (as sun or air) for pleasure or physical benefit(즐거움이나 신체적 이득을 위해 (햇빛이나 공기에) 스스로를 노출시키는 것)'으로 되어 있어서, 치료 목적의 야외 노출을 권장하지 않기 위해 정의를 'to put oneself into (as sun, air, or water) for pleasure or physical benefit(즐거움이나 신체적 이득을 위하여 (햇빛이나 공기나 물에) 들어가는 것)'으로 바꿔야 했다.

바닥에는 정신적으로 좀 더 노려보아야 할 인용문 더미와 'take'의 새 의미에 들어갈 인용문 더미들이 놓여 있었다. 사무실 벽이 늦은 오후의 햇살에 금빛으로 물들었다. 나는 나머지 인용문을 처리하기 전에, 'take'에 귀까지 푹 담그고 있던 동안 마냥 쌓인 이메일에 먼저 답장하는 것으로 스스로에게 상을 내리기로 했다. 나머지 인용문은 다음 날 아침에 산뜻한 마음으로 처리하리라.

다음 날 아침, 출근하자 의자 위에 종이 폭포수가 만들어져 있었다. 야간 청소부가 내가 바닥에 둔 종이 더미를 전부 의자 위로 옮긴 것이다. 마치 영화 속 한 장면 같았다. 나는 가방을 떨어뜨리고 입을 떡 벌리고 인용문 더미가 20개 남짓 놓여 있던 빈 자리를 보았다. 부비강이 따끔거렸다. 내가 울음을 터뜨리기 일보 직전이고, 울음을 터뜨리면 소음을 낼 게 분명하다는 사실을 깨달은 건 거의 너무 늦었을 때였다. 나는 바닥 한가운데 가방을 던져두고 여자 화장실로 가서, 페이퍼타올 디스펜서 옆에 서서 고민했다. 빵집으로 돌아가서 머리에 케이크를 맞기엔 너무 늦었을까?

사전을 쓴다는 건 꾸준히 한 방향으로 터벅터벅 걸어가는 일이다. 오로지 앞으로만. 차가운 플라스틱에 머리를 기대고 서 있어봤자 문제가 해결되는 건 아니었다. 게다가, 동료 몇 명이 손을 말리려고 내가 비키기를 기다리고 있었다. 나는 청소부가 만들어둔 종이 더미를 다시 분류하고, 내 자리에서 반경 150센티미터 이내의 모든 평평한 표면에 '**종이 이동 금지!!! KLS!!!**'라고 써 붙였다. 울적한 마음으로 의자에 앉자 기분 전환을 할 시간이라는 판단이 들었다. 작업을 마친 인용문에 도장을 찍고 파일로 철할 시간이었다.

작업을 마친 종이 인용문의 행방은 세 군데로 정해져 있다. 항목의 기존 정의에 대한 증거로 사용된 인용문은 '사용된' 인용문 모음으로 간다. 새로 쓴 의미에 대한 인용문은 '새' 인용문 모음으로 간다. 기존 항목에도, 새로 제안된 정의에도 맞지 않는 의미의 인용문은 '거부된' 인용문 모음으로 간다. 사용된 인용문과 새 인용문에는 어떤 책에 쓰였다고 표시를 해야 하는데, 항목을 작업한 편집자의 도장이 그 표시다. 편집부 층 전체가 정의 프로젝트에 몰두하고 있는 시기에는 돌연 누군가 발가락을 작게 두드리는 것처럼 리드미컬한 '쿵쿵' 소리가 들리곤 한다. 편집자가 인용문에 도장을 찍는 소리다.

나는 내 이름이 새겨진 맞춤 날짜 도장을 꺼내서 분류를 마친 인용문을 한 더미씩 '사용된' 것으로 표시하기 시작했다. 속도가 붙어 신명나게 도장을 찍기 시작하자, 내 옆 자리 동료가 짜증스럽게 헛기침을 했다. 상관없었다. 내겐 주먹으로 때릴 펀치백이 없었다. 폭발시킬 핵무기도 없었다. 그러나 내겐 날짜 도장이 있었고, 새뮤얼 존슨과 노아 웹스터가 내게 심어준 힘에 의하여, 이 저주받을 동사를 고이 잠재울 것이다.

색인 카드에 잔혹하게 도장을 찍어댄 날이 'take'의 분기점이었다.

헝클어진 인용문을 다시 정리한 뒤로 동사 작업은 순조롭게 진행되었다. 나는 정의를 썼고, 다시 썼고, 또 몇 개를 다시 썼다. 자리에서 일어나 동료들에게 수정할 정의와 신규 항목을 제안했다. 동료들은 일단 은신처에서 기어 나온 뒤로는 무척 협조적이었다. 나는 'She took all the credit for it(그녀가 모든 공을 가져갔다)'에서 쓰인 의미 6f 'to assume as if rightfully one's own or as if granted(당연히 자신의 것처럼, 혹은 마땅한 것처럼 여기다)'의 의미를 쪼개서 의미 6g를 만들었다. 'She took all the blame for it(그녀가 모든 책임을 졌다)'에서 쓰인 의미 'to accept the burden or consequences of(부담이나 결과를 받아들이다)'였다. 사전 편찬업의 잣대로는 조금 과하게 쪼갠 감이 있지만, 스티브는 이 정도는 구분해도 좋다고 판단했다. 나는 이해하기 어려운 의미의 'take'를 설명하는 어구 예문을 지었다. 갑자기 'take the plunge'가 굳어진 관용구라는 것과 'give or take'는 'give'에서 다뤄져야 한다는 것을 깨달았다. 의미 12b(3)('to accept with the mind in a specified way(특정한 생각으로 받아들이다)')의 정의에서 두 단어만 바꾸면 어중간하게 맞았던 인용문 세 더미가 딱 맞게 된다는 걸 발견했고, 인용문 한 무더기가 딸려 있던 구동사가 사전에 별개의 항목으로 올라 있어서 다른 순진한 편집자의 손에 기쁘게 넘겨줄 수 있다는 걸 알게 되었다. 이틀 동안 글을 조금 휘갈기고 인용문 더미를 조금 정리하자 동사 'take'가 끝났다. 그러고 나서 나는 짬을 내어 이메일에 답장하는 대신 곧장 명사로 직행했다. 인용문 더미가 20개뿐이라니, 축복 같았다. 나는 너무나 흡족스러운 나머지 몸을 책상에서 떼고, 좌우를 둘러보아 시야에 아무도 없는 걸 확인하고, 힘차게 공중으로

주먹을 들어 올리며 입모양으로만 "그래!"라고 외쳤다. *

　나는 완성된 작업물을 다시 교정쇄 탁자에 올려놓고, 작업 진행 사항을 기록하는 서류를 몇 장 뒤로 넘겨보았다. 우리는 이미 U를 작업 중이었다. 나는 'take' 옆에 서명했다. 쉼 없이 한 달을 일한 뒤였다.

　나중에 나는 한 달이 그리 긴 시간이 아니라는 걸 알게 되었다. 2013년, 사전 편찬자와 언어학자와 언어 애호가들이 모이는 북미사전학회의 격년 모임이 조지아대학교에서 열렸다. 그중 옥스퍼드 영어 사전에서 일하는 사전 편찬자 피터 길리버가 우리 회사 사람들과 저녁 식사를 함께했다.

　레스토랑엔 우리 말고 손님이 거의 없었고, 우리는 업계 얘기를 시작했다. 60만 개 이상 의미가 실린 유서 깊은 『옥스퍼드 영어 사전』에 들어갈 정의를 집필하는 것과 23만 개 의미가 실린 상대적으로 가벼운 『메리엄 웹스터 대학 사전』에 들어갈 정의를 집필하는 것의 차이를 논하던 중, 내가 『메리엄 웹스터 대학 사전』 11판을 위해 'take'를 손보는 데 한 달 가량이 걸렸다고 말했다. 테이블에 앉아 있던 학자 한 사람이 고개를 절레절레 저었다. "와."

　피터 길리버가 입을 열었다. "저는 'run'을 수정했지요." 그는 조용히 말하고, 미소 지었다. "아홉 달이 걸렸습니다."

　테이블 곳곳에서 "세상에!" 하는 탄식이 터져 나왔다. 아홉 달이라니! 허나 생각해보면 당연한 얘기였다. 『옥스퍼드 영어 사전』에서

---

* 　소리 지르며 환호하는 건 밖에 나가서 하려고 미뤄두었다.

'run'은 600개 이상의 개별 의미로 쪼개져 있어서 그에 비하면『메리엄 웹스터 대학 사전』의 'take'는 어린애 장난처럼 보인다.

나는 테이블 반대편 끝에서 와인 잔을 들고 말했다. "'run'을 위해 건배합시다. 살면서 다시 이 단어를 수정해야 할 날이 오지 않기를."

9장

만약 남자들이 여자를 칭찬으로
'bitch'라고 부른다면?
우리는 손으로 단어를 쓰고,
입으로 단어를 말하고,
단어들이 우리의 몸에
남긴 상처를 지니고 산다.

Bitch
나쁜 단어에 관하여

하루 종일 단어를 유심히 들여다보고 있으면, 단어와 매우 초연하고 부자연스러운 관계를 맺게 된다. 의사로 일하는 것과 비슷하리라 상상한다. 아름다운 사람이 사무실에 들어와 옷을 홀딱 벗는데 혈압계만 넋을 놓고 보고 있는 꼴이니까.

일단 사무실에 들어와서 옷을 홀딱 벗으면, 사전 편찬자의 눈에는 모든 단어가 똑같다. 투박하고 저속하고 부끄럽고 음란하고 어떤 식으로든 불쾌한 단어들이 과학 용어나 보통 어휘처럼 임상적으로 다뤄진다. 적응하는 데 시간이 조금 걸리긴 한다.

최근에 신입 편집자에게 듣길, 그가 조용히 자기 자리에 앉아 일에 집중하고 있는데 다른 편집자 두 사람이 지나가면서 대화하는 소리가 들렸다고 한다. "이번에 'cock(남성 성기를 뜻하는 은어—옮긴이)'을 넣는 게 좋을까요?" 통로를 지나가며 한 편집자가 물었다. "'shithead'도 있고, 'turd'도 있는데요…(둘 다 싫은 사람을 칭하는 은어—옮긴이)."

신입 편집자가 자리에서 들을 수 있는 대화는 거기까지였다.

어떤 사전에 어떤 단어를 넣을지 고민하고 있을 때 이런 대화는 완벽히 정상적이다. 나는 지난 몇 년 동안 사전에 비속어가 올라 있다고 경악하는 사람들의 편지에 사전이란 단지 단어가 사용되는 대로 기록한 것뿐이며 어쨌든 마음 여린 어린아이가 사전에서 비속어를 배울 일은 없다고 답장을 해왔다.

초창기부터 영어 사전에는 온갖 금기어가 기록되어왔다. 1598년 존 플로리오가 펴낸 사전에서는 한 이탈리아어 단어의 번역어로 동사 'fuck'이 나와 있다. 존슨과 웹스터는 그런 저속한 언어를 사전에 올리기를 거부했지만—존슨은 미적인 이유로, 웹스터는 도덕적으로 부적절하다는 이유로—당시에도 저속한 단어가 아주 많이 사용되고 있었다는 건 부정할 수 없다. 따라서 내가 모든 종류의 금기어에 대해 담담한 태도를 보이는 건 내가 냉정해서도 아니고, 금기어를 쓰면 실제의 나보다 더 '힙하게' 보이리라는 교활한 생각에서도 아니다. 이건 그저 내 직업의 일부일 뿐이다. 나를 당황시키는 단어는 거의 없다. 적어도 『메리엄 웹스터 대학 사전』에서 'bitch'를 찾아보기 전까진 그랬다.

bitch *noun* \ˈbich\

1 : the female of the dog or some other carnivorous mammals(개나 다른 육식 포유류 암컷)

2 a : a lewd or immoral woman(음란하거나 부도덕한 여자)

  b : a malicious, spiteful, or overbearing woman–sometimes used as a generalized term of abuse(심술궂거나, 못됐거나, 고압적인 여자—때로 일반

적인 욕설로 사용됨)

3 : something that is extremely difficult, objectionable, or unpleasant(극히

어렵거나, 못마땅하거나, 불쾌한 것)

4 : COMPLAINT(불평) *

전에 사전에서 찾아 본 적이 없는 단어였다. 나는 이제 기존 의미
를 점검하고 새 의미가 필요한지 판단해야 했다. 정의를 다시 읽으
면서 나는 고개를 갸웃했다. 들리지 않는 소리를 들으려는 것처럼.
순간, 나는 그 소리의 정체를 깨달았다. 이 단어는 우리 사전에 금
기어로 표시되어 있지 않았다. 사전에서는 다양한 방식으로 금기어
를 표시한다. 정의 제일 처음에 'offensive(모욕적인)', 'vulgar(저속한)',
'obscene(외설적인)', 'disparaging(폄하하는)' 같은 라벨을 다는 것이 가
장 흔한 방법이다. 불행히도 이런 라벨들은 이해하기가 영 쉽지 않
다. 예를 들어 'vulgar'와 'obscene', 'offensive'와 'disparaging'의 차이
가 뭘까? 모욕적인 단어는 폄하하지 않던가? 외설적인 단어는 저속
하며 그 역도 성립하지 않던가?

단어를 언제 'vulgar'로, 언제 'obscene'으로 라벨 붙일지에 관련된

---

* 작은 대문자로 된 이런 정의를 우리는 동의어 상호참조라고 부른다. 해당 의
미에 대한 동의어로서, 상호참조 항목을 찾아보면 보다 완전한 분석적 정의
를 알 수 있다. 이는 우리가 하나의 단어로 정의를 끝낼 수 있게(검은 책에서
는 금지하는 것이다) 허가하면서 공간을 절약시켜준다.

사내 문서는 놀랄 만큼 얇다. 검은 책에는 한 자도 적혀 있지 않고, 상대적으로 근래의 스타일 지침에도 언급이 없으며, 길과 스티브가 어떤 단어에 어떤 라벨을 붙일지 결정하는 데 쓰이는 리트머스 검사지를 이메일로 보내주지도 않았다. 기존의 스타일 지침에 언급되지 않았다는 것은 우리를 앞서간 거인들이 이 문제가 언급할 필요 없을 만큼 상식적이라고 생각했다는 뜻이다. 그러니, 이 질문에 답하기 위해서는 사전에 의지할 도리밖에 없다.

단어에 붙이는 'vulgar'라는 라벨은 무슨 뜻인가? 『메리엄 웹스터 신 국제 사전』에서 뽑아낸 적절한 정의는 "lewd, obscene, or profane in expression or behavior : INDECENT, INDELICATE(외설적이거나, 음란하거나, 비속한 표현이나 행동 : 상스러운, 무례한)"이며 공교롭게도 H. A. 치펜데일Chippendale이라는 이름의 편집자가 'names too **vulgar** to put into print(출판하기에는 너무 저속한 이름들)'이라는 예문을 달아놓았다(Chippendales라는 이름의 남성 스트립쇼 극단이 있다—옮긴이). 별로 도움이 되지 않는 정의다. 정의 자체에 'obscene'이 있지 않은가.

『메리엄 웹스터 신 국제 사전』에서 'obscene'은 "marked by violation of accepted language inhibitions and by the use of words regarded as taboo in polite usage(승인된 언어 규정의 위반과 공손한 용법에서 금기로 여겨지는 단어의 사용으로 특징지어지는)"이라고 정의되어 있다. 이런, 'taboo'를 찾아보아도 방향을 잡기는 어렵다. "banned on grounds of morality or taste or as constituting a risk : outlawed by common consent : DISAPPROVED, PROSCRIBED(도덕성이나 취향이

나 위험을 수반하고 있을 가능성을 근거로 금지되는 : 일반적 합의에 의해 금지된 : 불허되는, 금지된)." 하지만 실제로 '일반적 합의에 의해 금지된' 단어는 그 수가 매우 적다.

게다가 그 '일반적 합의'라는 게 어떻게 구성되는가? 우리 할머니가 금기어라고 생각하는 것은 내가 금기어라고 생각하는 것과 완전히 다를 수 있다. 한 사람에게 상스러운 말이 다른 사람에겐 전혀 문제가 되지 않는다. 더 절망스러운 건, 한 사람에게 **하나의 맥락**에서 상스러운 것이 같은 사람에게 **다른 맥락**에서 보면 전혀 문제가 되지 않는다는 것이다. 거리를 걷다가 낯선 남자에게 "남성 혐오자 '빗치'"라는 말을 들었을 때와, 친구에게서 내가 성깔이 있다는 뜻으로 "만만찮은 '빗치'"라는 말을 들었을 때 나는 다르게 반응할 것이다. 이 세 개의 정의는 주관적인 모호함이 꼬리에 꼬리를 무는 우로보로스(자신의 꼬리를 물어서 원형으로 만드는 법—옮긴이)이다.

물론 어떤 단어에 '누군가에겐 저속하고, 누군가에겐 음란하며, 또 다른 누군가에겐 가끔만 저속하고, 때로 공격적이며, 보통 폄하하는' 표현이라는 라벨을 붙일 수는 없다. 스타일 지침에 위배되니까. 스타일 규칙에서는 이렇게 우스꽝스러운 말을 허용치 않는다. 나는 『메리엄 웹스터 대학 사전』에서 'bitch'에 라벨을 달지 않은 것에 마음이 영 불편했다. 그러나 어떤 비속어나 비방하는 표현이 사람마다 다르게 느껴지고 인식된다면, 사전 편찬자들이 하나의 라벨로 그 사용 범위 전체를 간명하게 전달하는 것이 가능할까?

'bitch'의 역사는 1000년 무렵까지 거슬러 올라가며, 원래는 암캐를 칭하는 단어였다. 수렵과 농사에 관한 당대 문헌에서 암캐를 기르고, 번식시키고, 일을 시키고, 새끼를 낳게 하는 것을 논했다. '개'를 일컫는 의미에서 'bitch'는 특별할 것 없는, 단지 작고 편리한 하나의 단어였다. 발정이 난 개가 전념하는 행동에서 '음란한 여자'라는 확장된 의미가 탄생했을 것이다.

1400년경, 이 의미는 글에도 등장하기 시작했다. 한 오래된 인용문은 헤비메탈 앨범 내지에서 바로 뽑아낸 것 같다. "þou bycche blak as kole(석탄처럼 검은 너 '빗치'여)." 셰익스피어는 『윈저의 즐거운 아낙네들』에서 'bitch'를 개를 일컫는 의미로 사용했지만, 그의 시대에 '음란한 여자' 의미는 이미 영어에 스며들어 있었다. 'bitch'의 이른 사용을 살펴보면 출처 대부분이 초기 영어의 펄프 픽션(싸구려 통속 소설)이라 할 수 있는 희극, 풍자, 다른 저속한 이야기였다. 1600년에 '음란한 여자'를 뜻하는 'bitch'는 따라서 아무리 좋게 봐줘도 격식 없는 표현이었다.

16세기의 사전 제작자들은 사냥에 대한 글을 읽는 교양 있는 남성이었으므로 물론 개를 일컫는 'bitch'에 대해 알았다. 그들은 'bitch'가 희극, 풍자, 도덕극에서 '음란한 여자'라는 의미로 쓰이고, 아주 가끔은 경멸조로 남성을 일컫는 의미로도 쓰인다는 것도 알았을 가능성이 높다. 문헌 기록에 따르면 대다수 초기 사전이 제작되고 있던 16세기 중반에 '음란한 여자' 의미의 'bitch'는 갈수록 많이 쓰이고 있었으나, 초기 사전에는 '개' 의미의 'bitch'만 실려 있었다. (남성을 모욕하는 표현으로 'bitch'는 사용이 늘고 있지 않았다.)

사전 편찬자들은 이 의미가 사전에 넣기에 너무 저속하다고 생각했을지도 모른다. 초기 사전이 본질적으로 이력서와 연애편지를 한데 합쳐놓은 것이었다는 점 역시 감안해야 한다. 사전 편찬자는 잠재적 후원자의 지위와 취향을 염두에 두어야만 했다. 혹여 저속한 단어를 넣었다가 왕실의 권력자와 연줄이 끊길 판이라면, 비속어를 누락시키는 게 정답이었다. *

이 틀을 깬 건 새뮤얼 존슨이었다. 그는 1755년 『영어 사전』에서 여성을 뜻하는 'bitch'의 정의를 처음으로 실었다. 이 항목은 여러모로 충격적이었는데, 특히 존슨이 『영어 사전』에 속어와 비표준 단어들을 싣겠다고 분명히 밝힌 바 없기 때문에 더욱 그러했다. 존슨이 이런 결정을 내린 까닭은 존경받는 복고 희극 작가들(그리고 몇몇 귀족들)** 이 시와 희극에서 이러한 의미의 'bitch'를 충분히 사용했기 때문이었다. 그가 보기에 이 단어는 영어로 인정될 수 있었다.

그렇다고 해서 존슨이 이 단어를 자유자재로 사용해도 된다고 생

---

* 플로리오는 이탈리아어 fóttere와 그 파생어를 사용역에 적합한 은어로 번역한다. 'to jape, to sard, to fucke, to swive, to occupy(고대 영어 은어로 각각 놀리다, 유혹하다, 성교하다, 성교하다, 성관계를 갖다—옮긴이).' 플로리오의 후원자들은 『말들의 세계A Worlde of Wordes』의 서문에 실린, 플로리오에 대해 극찬하는 찬사 다섯 개에 정신이 팔려 사전을 'F'까지 읽지 못했을지도 모른다. 아니면 이탈리아어에는 마땅히 그런 저속한 말이 있을 거라고 예상했는지도 모르겠다.

** 찰스 2세의 왕실은 그 직전 청교도의 통치에 대한 반발로 인해 상스럽기로 악명 높았다. 로체스터 백작이자 파렴치한 난봉꾼이었던—시대를 감안하면 대단한 칭호다—존 윌모트는 당대 유수의 시인이었다. 그의 시에는 자위, 딜도, 동성애, 근친상간이 언급되고 'fuck'이라는 단어도 아낌없이 쓰인다.

각한 것은 아니다. 그는 당시 'bitch'를 가장 흔한 쓰임대로 '음란한 여자'라고 정의하는 대신, "여성을 비난하는 욕설"이라고 정의했다. 이는 'bitch'에 대한 정직한 분석적 정의가 아니라 용법 경고와 정의를 한데 묶은 것이었다.

초기 사전 편찬자들 일부가 귀족적 예법의 섬세한 감수성에 영합했다면, 반대로 선정주의로 넘어가서 앞서 말했던 은어 사전canting dictionary을 만든 이들도 있었다. 이때 'cant'란 도적, 집시, 범죄자, 불량배, 매춘부, 시끄러운 술고래 등 지저분한 사회 변두리의 집단들이 사용하는 은어를 일컫는다. 아무리 비열하고 저속하고 위험하더라도, 은어 사전에서는 그 단어들을 수집하고자 했다.

추잡한 단어집이 단지 돈만을 위해 만들어진 것은 아니었다. 실제로 '저급한' 언어에 대해 학문적 관심을 보이는 사람들이 있었다. 18세기에 이르자 진지한 사전 편찬자들도 은어에 관심을 가졌다. 예를 들어 존 애쉬는 1775년 펴낸 사전에 비속어와 은어를 여럿 실었다. 그는 영국 침례교회 목사였지만, 종교적 소명에도 불구하고 존슨이 기술한 'bitch' 항목 대부분을 받아들인 데다가 영영 사전에 'cunt'와 'fuck'을 둘 다 올리고 베일리와 달리 영어로 정의까지 한 최초의 사전 편찬자가 되었다.

이야기꾼으로 재능이 있었던 교양 있는 신사 프랜시스 그로즈는 1785년 『비속어 고전 사전A Classical Dictionary of the Vulgar Tongue』을 펴내면서 은어와 그가 "끊임없이 장기간 쓰여 관용에 따라 고전이 된 희극적 표현, 진기한 암시, 사람과 물건과 장소의 별명들"이라고 칭한 단어들을 함께 실었다. 이는 단지 사회 변두리 집단의 은어만 다루는 게 아니라, 아예 밑바닥 언어를 다루는 최초의 일반 사전이었다. 그로즈와 탐 코킹이라는 어울리는 이름을 가진 그의 조수는 우아한 저녁 식사를 하면서 사전 속 어휘들을 만들어내지 않았다. 그들은 한밤중 런던을 산책하면서 부두와 길거리와 평판 나쁜 여관과 빈민가에서 은어를 수집했고, 그 결과물을 사전에 담았다. 따라서 그로즈와 코킹은 당대 보통 사람들이 저속어를 실제로 어떻게 사용했는지 아주 잘 이해하고 있었다고 말해도 좋을 것이다.

그로즈는 'bitch'에 대해 이렇게 설명한다.

BITCH, a she dog, or dogess; the most offensive apellation [*sic*] that can be given to an English woman, even more provoking than that of whore, as may be gathered from the regular Billin[g]sgate or St. Giles's answers, "I may be a whore, but can't be a bitch"

(암캐, 개 암컷. 영국 여자에게 붙일 수 있는 가장 모욕적인 명칭으로서, 빌링스게이트나 세인트자일스에서 "내가 매춘부일지는 몰라도 '빗치'는 아니다"라는 말을 자주 들을 수 있는 데서 짐작할 수 있듯 매춘부보다 더 사람을 약올리는 표현이다)

『비속어 고전 사전』에 무례하고 거친 단어가 여럿 실린 것을 염두에 두면, 그로즈가 'bitch'를 여자에게 붙일 수 있는 '가장 모욕적인' 명칭이라고 칭한 것은 주목할 가치가 있다. 보다 이름난 사전 편찬자들은 존슨처럼 이 단어를 간략하게 다루었다. 웹스터는 1828년 『미국 영어 사전』에서 존슨의 접근법을 베꼈고, 경고 라벨은 붙이지 않았다. 정의 자체가 경고였기 때문이다. 또 다른 미국의 사전 편찬자인 조지프 워스터˙도 1828년에 존슨의 『영어 사전』 요약판을 출간하면서 마찬가지로 존슨의 접근법을 베꼈지만, 1830년에 출간한 『종합 영어 발음·해설 사전Comprehensive Pronouncing and Explanatory Dictionary of the English Language』에서는 이 단어를 빼기로 결정했다. 그는 서문에서 "언어를 부패시키지 않을 것"이라고 말했고, 실제로 1830년 사전을 비롯해 그가 이후에 낸 모든 사전에는 비속어가 들어 있지 않다.˙˙

그러나 존슨의 유혹은 너무 강렬했다. 1860년에 이르자 워스터는 'bitch'에 굴복하고 존슨의 두 번째 정의를 사전에 올렸다. 19세기 말까지 그렇게 현상이 유지되었다. '모욕적인 명칭'이라는 정의는 1755년부터 100년 이상 사전에서 그대로 쓰였다.

실제로 'bitch'는 다양하게 사용되었다. 1674년에서 1913년까지 런던의 중앙 형사법원 '올드 베일리'에 남아 있는 재판 기록을 읽어보면 'bitch'의 용법이 얼마나 풍요로운 숲을 이루었는지 감상할 수 있다. 영국 경찰 수사물을 연상시키는 증언들 속에서는 'bitch'가 남발되고, 그중 개를 칭하는 용법은 극소수다. 여기서 발견되는 'bitch'는 대부

˙　조지프 워스터와 노아 웹스터 사이의 드라마 같은 관계가 궁금하다면, 14장으로 건너뛰어라.

˙˙　워스터는 'damn', 'hell', (당나귀를 칭하는) 'ass'는 비속어로 간주하지 않았다. 성경에서 쓰였으니 흠잡을 데 없이 성스러운 단어들이라는 것이었다. '멍청한 사람'이라는 뜻의 'ass'는 성경에는 없지만 셰익스피어 작품에 쓰였다.

분 여성을 향한 욕설이지만, 1726년이라는 이른 시점에도 'bitch'를 게이 남성을 칭할 때 사용한 증거가 남아 있다.

넓은 방 안에 여덟 명인가 아홉 명인가 되는 사람이 있었다. 한 사람은 바이올린을 연주하고 있었고 다른 사람들은 음란한 자세로 하나되어 춤을 추고 있었고, 또 누군가는 외설스러운 노래를 부르고 음탕한 말을 하고 있었으며, 아주 많은 부적절한 행위가 벌어지고 있었다. 그러나 그들은 마크 패트리지를 비스듬히 보더니 그를 반역자라고, 신경질쟁이 '빗치'라고 부르고는 자신들을 배신하는 누구라도 죽이겠다고 협박했다.

남성에 대한 경멸 표현으로 'bitch'는 올드 베일리가 생기기 이전부터 쓰였다. 그 역사는 1475년으로 거슬러 올라간다('Be God, he ys a schrewd byche(행동 잘해라, 그자는 약삭빠른 '빗치'니까)'). 이는 여성을 지칭하는 'bitch'의 용법과는 달랐지만 특히 18세기와 19세기에 꽤 꾸준하게 사용되었다. 헨리 필딩은 『탐 존스Tom Jones』에서, 로버트 번즈는 18세기 말 스코틀랜드 방언으로 쓴 시에서 이 단어를 사용했다. 'bitch'의 이런 폄하 용법은 19세기 초 대학 은어에까지 스며들어서 케임브리지 학생들은 티타임에 (하녀나 어머니 대신) 차를 내오는 학생을 'bitch'라고 불렀다. 이런 쓰임의 요지는 명백했다. 'bitch'라고 불리는 남자들은 여성화되었거나, 남성보다 못하게 취급받았다.

18세기에 'bitch'는 크게 두 개의 의미 줄기로 갈라졌다. 하나의 줄기는 여성과 여성적인 것 모두를 일컬었고, 다른 줄기는 발정이 난 암캐를 통제하는 어려움에 초점을 맞추었다. 두 번째 줄기로부터 'bitch'는 어렵거나 통제 불가능한 것에 관한 의미를 갖게 되었다. 18세기 중반 이후 'bitch'는 부, 빈곤, 필요, 아무리 고쳐도 고집스럽게 고장이 나는 배, 바이런 경의 연애생활을 다스린 별 등을 지칭하는 데 쓰였다.

명사 'bitch'*의 이 모든 용법은 수많은 출처에서 입증되었음에도 불구하고 수백 년 동안 사전에 오르지 않았다.

"라벨이 붙어 있지 않다고요?" 에밀리가 얼굴을 굳히며 말했다. "정말로, 한 개도 없어요?"

우리는 에밀리의 주방에서 신발을 벗고 와인을 마시면서 지난 일과를 이야기하고 있었다. 사전 편찬자는 집에서까지 일을 내려놓을 수 없는 직업병을 앓는다. 언어 속에 팔꿈치까지 빠져 하루를 보내고 나면, 회사 건물을 나서면서 몸에 묻은 것들을 말끔히 씻어낼 수 없다.

우리는 머리를 모아 몇 가지 가능한 시나리오를 생각해봤다. 어쩌다가 사고로 라벨이 빠진 건 아닐까? 실제로 그런 일이 벌어지기도 한다. 수정 사항을 적은 종이가 엉뚱한 교정쇄에 붙거나 아예 바닥에 떨어져 분실되곤 한다. 어쩌면 내가 본 자료가 최신판이 아니었을지도 모른다. 에밀리가 부엌 카운터에 몸을 기댄 채 말했다. 어쩌면, 이

---

* 　동사 'bitch' 얘기는 시작도 안 했다. 동사 bitch는 16세기에 탄생했고, 1900년에 이르자 '오입질을 하러 간다'에서 '무언가를 망치다', '불평하다', '차를 마시다'까지 온갖 것을 뜻했다.

단어가 일반적인 욕설로 사용된다는 용법 해설은 '창녀'라는 뜻을 비롯해 여성 비하 표현으로 쓰이는 의미와 남성 비하 표현으로 쓰이는 '약하고 무능력한'의 의미 둘 다를 아우르려는 의도였을지도 모른다고 말했다.

에밀리는 와인 잔을 한 손에서 다른 손으로 옮기며 말했다.

"용법 해설이 둘 다를 포함할 수 있으니까요."

"단어 전체의 뜻에 붙어 있으면 그럴 수도 있겠지만, 이 용법 해설은 '심술궂거나, 못됐거나, 고압적인 여자'라는 의미에 붙어 있는걸요."

"그러니까 남성을 칭하는 의미에 대한 해설일 수는 없겠네요."

"맞아요."

"그 말은… 여자 전체에 해당하는 해설도 아니란 의미군요. 가령 거리에서 캣콜링하는 개자식들에게 대답하지 않는 여자 말이에요."

"과하게 여성스러운 고정관념에 스스로를 맞추려 들지 않는 여자들에게도 해당하지 않죠."

"맞아요."

내가 말했다.

"그런데, 'Bitches get shit done(빗치가 일을 해낸다)' 같은 용법도 있잖아요. 그건 비방하는 언어를 되찾은 거라고 보는데요. 다시 말해…."

"아아."

에밀리가 신음을 흘리고 와인을 한 모금 꿀꺽꿀꺽 마셨다.

조 프리먼의 팸플릿 『빗치 선언문The BITCH Manifesto』은 1968년
에 쓰이고 페미니즘의 두 번째 물결이 한창이던 1970년에 출판되었
다. 이 선언문이 쓰인 해에 'sexism(성차별)'이라는 단어가 처음 인쇄
된 글에서 쓰였고 뉴욕시에서는 제한적인 낙태법에 반발하는 최초의
공공 시위가 벌어졌다. 이 선언문이 출판된 해에 페미니즘 운동가 벨
라 앱저그가 하원의원으로 선출되었고 미국 루터교회의 두 종파에서
여성이 목사 안수를 받았다. 미국인들의 여성에 대한 생각은—그리
고 여성에 대해 말하는 방식은—급변하고 있었다. 조 프리먼은 그때
껏 여성을 지칭해온 한 단어의 서사를 통제할 때가 되었다고 판단하
고, 이렇게 적었다. "여성은 스스로 '빗치'라고 당당하게 선언해야 한
다. '빗치'는 아름답기 때문이다. '빗치'라고 부르는 것은 스스로를 긍
정하는 행위이지, 남에 의해 부정되는 행위여선 안 된다."

많은 정체성 운동에서 언어를 되찾고자 한다. 언어 되찾기란 비방
받는 집단이—여성, 게이 남성, 유색인종, 장애인—자신들에게 쏟아
지는 노여운 비방 표현을 스스로 당당한 정체성 표지로 사용하는 것
이다. 이는 억압자의 권력을 없애는 수단이자, 자신에게 날아오는 언
어적 화살을 붙잡는 것과 같다.

그러나 언어를 되찾는 것이 언제나 그리 간단하지만은 않다. 우선,
언어 되찾기에서는 비방 당하는 공동체를 특정 민족성, 성별, 젠더,
성적 지향, 인생의 상태를 우연히 공유하는 다양한 집단이 아니라 단
일 공동체로 상정한다. 언어 되찾기의 성공 사례로 가장 자주 언급되
는 사례를 보자. 'queer(퀴어)'는 1990년대 에이즈 활동가 집단인 퀴어
네이션에 의해 되찾아졌다. 1990년대와 2000년대에 'queer'는 농담

조로 'gay'의 유의어로 쓰였고 심지어 〈퀴어 애즈 포크〉와 〈퀴어 아이 포 더 스트레이트 가이〉 같은 TV 프로그램 이름에도 등장했다. '퀴어'는 처음에 게이 공동체 내에서 모든 종류의 게이다움을 기술하는 라벨로 받아들여졌다가, 이윽고 게이/스트레이트, 남자/여자, 남성/여성 같은 전통적인 이분법 내에서 정체화하고 싶지 않은 이들을 기술하는 라벨로 쓰이기 시작했다. '퀴어'는 LGBTQIA 운동에서 고향을 찾은 이들이 사용할 수 있는 하나의 정체성이었다. *

그럼에도, '퀴어'의 되찾기는 일반적으로 알려진 만큼 보편적 성공을 거두지 못했다. 2013년 60대 게이 남성인 존 키치는 입사 지원서의 젠더에 '퀴어'가 올라 있는 것을 보고 깜짝 놀랐다. 그는 지역 방송국에 이렇게 말했다. "'퀴어'는 동성애가 병이라고 생각하던 시절을 떠올리게 합니다. 제 게이 친구들은 이걸 보고 전부 질겁했어요."

'bitch'도 이처럼 고르지 못한 되찾기 양상을 보이고 있다. (대부분 백인인) 페미니스트들이 1960년대와 1970년대에 'bitch'를 되찾기 시작했지만, 다른 많은 여성들은 그 시도를 거부했고 지금도 거부하고 있다. 그들은 이 단어가 문화적으로 아무리 흔해졌어도 여태 부정적으로 쓰인다고 주장한다. 2009년 「사회학적 분석Sociological Analysis」에 실린 논문의 저자들은 'bitch' 되찾기에 반대하는 측의 주장을 이렇게 요약한다. "페미니즘이 우리에게 오래전에 가르쳤듯, 개인적인

---

* 레즈비언lesbian, 게이gay, 양성애자bisexual, 트랜스trans(트랜스섹슈얼이나 트렌스젠더 양쪽을 다 지칭한다), 퀴어queer, 간성intersex, 무성애자asexual. 이 두문자 약어는 유동적이며 아직도 확장 중이다.

것이 정치적인 것이다. 'bitch'를 정상화하는 여자들은 성차별도 정상
화하는 것이다."

언어 되찾기의 요점은 비방하는 표현의 힘을 죽이는 것이다. 내가
'bitch'를 거꾸로 생각해서 이 단어를 의지가 굳세고 강인한 여성을
일컫는 단어로 쓴다면, 그 용법도 원래의 비방 표현만큼—혹은 그 이
상—유효하지 않을까? 아니면 "'bitch'를 자꾸 들먹거리는 것은 남자
들에게 이 용어를 써도 된다는 메시지를 전달한다"라는 「사회학적 분
석」논문의 저자들의 주장이 옳은 걸까?

이 단어를 되찾고자 하는 여성들이 만일 남성 래퍼와 싸우는 흑인
여성들이라면 어떻겠는가? 그렇다면 언어 되찾기가 더 적법해지는
가? 혹은 덜 적법해지는가? 그런데 누가 흑인이 'bitch'를 사용하는
것이 적법한지 아닌지 판단할 수 있는가? 모든 흑인 여성이 한 공동
체에 속한 양 '흑인 여성'이 'bitch'를 되찾는다고 말하는 건 너무 인종
에 얽매인 사고가 아닌가? 다른 유색인종 여성들은 또 어떻게 하고?

만일 남자들이 여자를 칭찬으로 'bitch'라고 부른다면 어떻게 되겠
는가? 이성애자 남성이 그렇게 부른다면? 게이 남성이나 스스로 페
미니스트로 정체화하는 남성이 그렇게 부른다면? 남성들이 언어 되
찾기 절차에 참여하는 것이 허락되긴 하는가? 말이 나와서 그런데,
지난 30년 동안 암캐를 일컫는 'bitch'의 용법은 줄어들었고 인쇄물에
서는 암캐를 'she-dog'나 'female dog'나 심지어 'girl dog'라고 부른다.
그러면 암캐를 계속 'bitch'라고 불러도 될까?

이 모든 질문의 핵심에는 개인적인 난제가 있다. 특정한 문화적
시대를 살고 있으며 나름대로의 생각, 감정, 경험, (알거나 모르는) 편

견, 추측을 지닌 사전 편찬자가─단어의 주된 명시적·함축적 의미를 능력껏 기술할 의무가 있는 사전 편찬자가─이 뜨겁고 지저분한 단어를 어떻게 잘 포착하고 전달하겠는가?

사전 편찬은 언어에 가하는 수술이다. 준비 의식을 하고 기구(연필, 메모장, 컴퓨터 마우스, 데이터베이스)를 꺼낸다. 수술실에 가끔 음악을 틀기도 하지만, 때로는 기계 돌아가는 소리와 얇은 얼음 같은 정적만이 가운처럼 몸을 감싼다. 환자에 처음 칼을 대는 순간은 예기치 못한 합병증이 자꾸 튀어나오는 아주 긴 아침의 시작일 수도 있고, 숙련된 의사는 자면서도 집도할 수 있는 지루한 수술의 시작일 수도 있다.

외과의사와 사전 편찬자들은 기묘한 이중성 사이에서 산다. 익명의 환자는─사람이든 단어든─라벨을 붙이고 작업하고 파악할 수 있는 부분들의 총합이다. 그러나 그 총합을 이루는 부분들은 동시에 이 부분들은 다른 부분과 협동하여 이름과 가족과 공동체와 키우는 개와 청구서와 역사와 어떤 전문가도 설명하지 못하는 턱의 수수께끼 상처를 지닌 전체를 형성한다. 부분의 전문가는 전체를 기술하지 못한다.

결국은 이 단어가 지금 어디에 위치해 있는지, 어쩌다가 거기까지 갔는지 추적해봐야 한다. 여성에게 적용되는 'bitch'의 경우, 현재 우리가 씨름해야 할 의미는 두 개다.

2 a : a lewd or immoral woman(음란하거나 부도덕한 여자)

b : a malicious, spiteful, or overbearing woman-sometimes used as a generalized term of abuse(심술궂거나, 못됐거나, 고압적인 여자―때로 일반적인 욕설로 사용됨)

나는 두 용법 각각의 역사를 알았지만, 이 정의 자체의 역사가 궁금해졌다. 두 의미에 대해 생각하면 할수록 머릿속이 근질거렸다. 그래, 'bitch'는 음란하거나 부도덕하다고 **믿어지는** 여자에게 쓰인다. 심술궂거나, 못됐거나, 고압적이라고 **믿어지는** 여자에게 쓰인다. 그러나 이 말이 **실제로** 음란하거나 부도덕한 여자, 혹은 **실제로** 심술궂거나, 못됐거나, 고압적인 여자에게 쓰이는 'bitch'와 같은가? 나는 가능한 한 조용히 책상에서 일어나―1960년대 중반에 금속과 코르크로 제작된 내 책상 의자는 그 노후한 베어링에 아무리 첨단기술 오일을 뿌려도 엉덩이에 깔린 거위처럼 꽥 소리를 내고 만다―'bitch'의 역사적 증거가 전부 보관된 서랍을 향해 살금살금 걸어갔다. 서랍은 빼곡차 있었다. 'bitch'에 대한 증거 문서는 높이가 22센티미터에 달했다.

'bitch'의 정의는 크게 두 종류의 사전에서 발전해왔다. 하나는 1860년대에 처음 만들어진 대사전으로, 몇 번 이름이 바뀌었다. 다른 하나는 대사전의 요약판으로 시작한 『메리엄 웹스터 대학 사전』이다. 문서로 남은 'bitch'의 정의는 1909년판 『웹스터 신 국제 사전』에 실릴 항목 카드에서 시작된다. 당시 'bitch' 2번 의미 초안이 편집 표시까지 고스란히 남아 있다.

2. ~~An~~ opprobriously, ~~name for~~ a woman, esp. a lewd woman; also : ~~in~~ less offensively, ~~applied to~~ a man. 'Landlord is a vast comical <u>bitch</u>.'

Fielding

(무례한 표현. 여자. 특히 음란한 여자에 대한 욕설 ; 또한 : 덜 공격적으로는. 남자에 게 적용됨. '집주인은 대단히 익살스러운 '빗치'이다.' 필딩)

그러나 실제로『웹스터 신 국제 사전』에 실린 정의는 이와 다르다. 1909년 사전에 오른 정의는 편집되지 않은 전반부뿐이다. "여자, 특 히 음란한 여자에 대한 무례한 욕설." 정의 초안에서 'also' 이하가 삭 제된 이유에 대해선 설명이 없다.

1934년에 출판된(따라서 사내에서는 W34라는 이름으로 불리는)『웹스 터 신 국제 사전』 2판을 위해 'bitch'의 정의가 다시 점검되었다. 바뀐 내용은 이러했다. "Opprobriously, a woman, esp. a lewd woman; also, formerly, less offensively, a man. **Vulgar**(여자. 특히 음란한 여자 에 대한 무례한 욕설. 또한, 기존에는 남자에 대한 덜 무례한 표현. 비속어)." 수십 년 전 제안된 수정 사항에 주목할 만한 추가 사항 하나가 덧붙 여진 정의였다. 이 정의를 집필한 보조 편집자 퍼시 롱은 여기에 메 모 하나를 첨부했다. "『새터데이 리뷰』의 인용문을 보면 이 단어는 도 덕성뿐 아니라 기질에도 낙인을 찍는다. 구어에서 이 단어는 음란함 만큼이나 악함이나 비열함을 가리킬 때 자주 쓰인다." 이 메모에 날 짜는 적혀 있지 않지만, 보조 편집자인 존 베설이 1931년 여기에 반 격하는 메모를 붙인 걸 보면 그 이전에 쓰였을 테다. "'또한, 기존에는 남자에 대한… 표현.' 여기서 '기존에는'은 그릇된 설명이다. 1931년 에 이 표현은 대단히 흔히 쓰이고 있다." 베설의 메모는 반려되었다.

편집부 파일에는『웹스터 신 국제 사전』 2판의 정의에서 무엇을 수정해야 할지에 관한 논의가 많이 남아 있다. 존 베설은 1947년 5월에 긴 메모를 남겨서 2판의 정의가 얼마나 잘못되었는지 조목조목 따졌다. 그는 하나의 넓은 의미를 여자, 남자, 사물에 적용되는 각각의 하위 의미로 나눌 것을 요구한다. 그는 W34에 적힌 정의와 달리 남성을 폄하하는 의미의 'bitch'가 여태 사용되고 있으며, 1940년대 중반에 사용되고 있는 'bitch'는 '중립'이 아니라—즉, 단순히 '여자'를 지칭하는 말이 아니라—'bitch'라고 불리는 여자에게 무언가 문제가 있다는 의미를 내포하고 있다고 지적한다. 그의 메모는 이렇게 끝난다. "물론 이 용어는 때때로 구체적인 용법에서 '단정하지 못한 품행'을 일컫지만, 다른 맥락에서 (? 거의 같은 정도로 자주) 심술궂음이나 큰 성격적 결함을 함의한다."

베설은 1952년 은퇴해서 바하마로 이사했지만 계속 자문 역할을 했다. 1954년 그는 다시 한 번 의미를 쪼갤 것을 강조했고, 다른 보조 편집자 대니얼 쿡이 1년 뒤 'bitch'의 수정을 맡았다.

정의가 유의미하게 수정된 건 1961년 『웹스터 신 국제 대사전』 3판에 이르러서였다. 여기서 'bitch'의 수정을 맡은 사람은 부편집장 메리 위어 케이였다. 그녀는 진지하고 만만찮은 여자로서 탁월한 성과를 요구했고, 만일 작업물이 신통치 않으면 불퉁스럽고 험악해지곤 했다. 3판이 나오고 나서 대부분의 시기에 그녀는 (직함은 달랐지만) 기능적으로 편집장 역할을 했고, 회사에 재직한 거의 40년 동안 그저 '미스 케이'라고 불렸다. 그녀는 다시 말해 '(되찾은 의미의) bitch의 현신'이라 할 만했다.

1920년대로 거슬러 올라가는 여러 인용문과 메모에 그녀의 날짜 도장이 또렷이 찍혀 있다. 『웹스터 신 국제 사전』 3판 작업이 한창이었던 1956년, 그녀가 'bitch'에 대해 작성한 정의 초안 두 개가 남아 있다. 두 개를 합친 그녀의 초안은 다음과 같다.

2a : a lewd or immoral woman : trollop, slut — a generalized term of abuse b : woman; esp : a malicious, spiteful, and domineering woman : virago—usu. used disparagingly

(2a : 음란하거나 부도덕한 여자 : 매춘부, 잡년—일반적인 욕설 b : 여자; 특히 : 심술궂고, 못되고, 군림하려 드는 여자 : 사나운 여자—보통 폄하의 의미로 사용됨)

3 archaic : man—sometimes used disparagingly

(3 고어 : 남자—가끔 폄하의 의미로 사용됨)

사실상 동의어의 반복인 상호참조 단어들은 오늘날 우리를 움찔하게 만든다. '매춘부', '잡년', '사나운 여자'라고? 이 단어가 여성의 실제 성격이 아니라 단지 남성이 여성을 보는 관점을 일컬을 때가 있다는 베설의 지적은 어디로 갔는가? 미스 케이는 "일반적인 욕설"과 "보통 폄하의 의미로 사용됨"이라는 두 개의 용법 해설을 덧붙이면서 전면 수정을 회피했다. 이것이 사전 편찬자가 빠져나갈 구멍이다. 이 단어가 폄하 의도로 쓰일 때 사람들이 뜻하는 바가 이렇다는 거니까.

쿡은 충분한 사례가 있는데도 세 번째 의미를 기각했다. 의미 2a는 더 이상 편집되지 않고 사전에 그대로 올랐다. 쿡은 의미 2b에서는 앞부분을 빼고 'a malicious, spiteful, and domineering woman' 부분만 올렸다. 일반적으로 '여자'를 칭한다는 의미는—즉 남자들이 차창 밖으로 몸을 내밀고 초면이라 성격을 알 리 없는 여자에게 "어이, '빗치'!" 하고 말을 걸 때 쓰이는 용법, 그리고 17세기 올드 베일리 기록의 "네가 교수형당하는 걸 보고야 말겠다, '빗치'야!" 같은 증언에서 쓰인 용법은—빠졌다. 그 대신 사용 경고도 주의 라벨도 붙지 않은 정의만 남았다. 즉, 사전 차원에서 'bitch'의 사용은 'baseball'이나 'milk'나 'sweetheart' 같은 명사들의 사용과 전혀 다를 바 없는 것이다.

또 하나 주목할 것은 의미 2b의 'and'다. 이 정의에 따르면, 'bitch'는 문제의 여자가 심술궂고, 못되고, 군림하려 드는 세 가지 항목에 다 해당될 때에만 쓸 수 있다. 만약 인자하게 군림하거나 유순하되 심술궂다면 'bitch'를 쓸 수 없다. 그러나 이 항목에 대해 '사용됨'으로 표시된 인용문들을 훑어보면 여기서 'and'를 쓴 건 실수임이 명백하다. 'and'가 아니라 'or'여야 옳다. 작은 단어 하나가 큰 파장을 낳는다.

『메리엄 웹스터 대학 사전』에서 'bitch'의 진화 과정은 보다 다채로웠다. (1898년 출판된) 『메리엄 웹스터 대학 사전』 초판에서는 'bitch'에 대해 1864년 『미국 영어 사전』 대사전에서 사용한 것과 같은 정의를 실었다. "an opprobrious name for a woman(여자에 대한 무례한 표현)." 이는 1828년 웹스터가 쓴 정의를 보다 매끄럽게 다듬은 것이었다. 1963년 『대학 사전』 7판에서는 정의가 『웹스터 신 국제 사전』 3판의 정의와 비슷하게 수정되었다. "음란하거나 부도덕한 여자", "심술궂고, 못되고, 군림하려 드는 여자". 이제 『대학 사전』에는 명백히 폄하 의미를 담은 'bitch'의 의미 두 개가 올라 있었지만, 둘 다 주의 라벨은 붙어 있지 않았다.

『대학 사전』 10판에 이르러서야 '심술궂고, 못되고, 군림하려 드는 여자' 의미에 용법 해설이 다시 포함되기 시작했다. 부편집장 수전 브랜디가 교열 담당자에게 이 항목에 라벨을 붙여 마땅하다는 핑크를 보낸 덕분이었다. 당시 교열 담당자였던 스티브가 제안 메모를 붙였다. "─때로 일반적인 욕설로 사용됨." 최종 독자인 길이 이 메모의 내용을 사전에 반영하기로 하고 도장을 찍어 절차를 완료했다. 그러나 이 메모에는 또다시 메모가 붙었다. 편집장 프레드 미시가 길의 결정을 반박하지는 않았지만 자기 생각을 확실히 드러내는 핑크를 붙인 것이다. "그러나 이 단어는 일반적 욕설이 아니라, 그냥 정의 그대로를 의미하는 경우가 잦다." 이 대화가 벌어진 건 『대학 사전』10판을 위한 정의 작업이 막바지였던 1992년이었다.

"으으으으으." 동료 사전 편찬자인 제인 솔로몬이 신음했다. 우리는 편집을 하면서 자신의 사견이나 편견을 넣지 않는 것이 얼마나 어려운지 토로하고 있었다. 나는 'bitch'를 화제로 꺼냈다. 제인이 그 단어에 무슨 문제가 있느냐고 묻기에 나는 검지를 들고 말했다. **들어봐요**. 거기엔 '폄하 표현'이라는 라벨조차 없다니까요. 내 설명에 제인은 대답했다. **"아아아, 신이시여."**

이 대화의 문을 연 건 'microaggression'이라는 단어였다. 이는 특히 소수집단의 일원을 겨냥한, 하찮게 여겨지지만 실제로는 일종의 공격인 작은 모욕이나 논평을 일컫는 신조어. 맨스플레인도 종종 'microaggresssion'에 속할 때가 있다. 여자에겐 결코, 자신의 전문 분야에서조차 최종 발언권이 주어지지 않으니까.

제인은 당시 작업 중인 온라인 사전에 올라갈 'microaggression'의 정의를 고민하고 있었고, 우리는 이처럼 민감한 이슈를 건드리는 정의에 무의식적으로 사견이 들어가지 않게 하는 것이 얼마나 어려운지 이야기했다. 제인은 편집자와 함께 해당 항목을 숙고했고, 자신이 단어의 명시적·함축적 의미를 잘 이해했는지 확인하고자 인권운동가인 친구와 함께 정의를 검토했다. 그러나 그녀가 내린 정의를 마지막으로 편집한 사람은 그녀가 보기에 '안타깝게도 부유한 백인의 관점'을 지니고 있었다. 편집자는 'microaggression'이 단순히 청자에게 공격적으로 **인식되는** 논평을 일컫는다고 정의를 수정했다. 이에 대해 제인은 말했다. "하지만, **그게 아니에요.** 그 말들은 진짜로 공격적이에요—그 공격의 방식이 공격을 가하는 사람에게 항상 명확하지는 않을 뿐이죠."

사전 편찬자들이 'bitch'처럼 되찾은 언어를 다룰 때 마주하는 문제는 제인이 'microaggression'의 정의를 붙들고 씨름할 때 마주하는 문제와 같다. 단어의 참뜻이 사전 편찬자들이 가늠할 수 없는 것—즉 의도와 수신 사이의 상호작용에 담겨 있기 때문이다. 화자의 의도와 청자의 수신, 둘 중 무엇이 더 중요한가? 길을 걷다가 모르는 남자가 내게 차창 너머로 "끝내주는 '빗치'구먼!"이라고 소리친다면, 나는 그가 "끝내주는 하루구먼!"이라고 소리쳤을 때와는 다르게 반응할 것이다. 모욕당한 기분이 들 것이고, 따라서 그가 만약 칭찬할 의도였다 하더라도 그가 나를 모욕할 작정이었다고 추정할 것이다.

만약 그렇게 소리친 게 여자였더라면, 내가 다르게 느꼈을까? 아마 그럴 것이다—그건 여자들이 서로를 '빗치'라고 부르는 상황에 대한 기존의 내 경험들, '끝내주는'의 용법, 소리친 사람의 어조, 내가 그 순간 느낀 기분, 내 나이(나이가 들수록 나는 길거리에서 낯선 사람이 내게 멍청한 헛소리를 지껄이는 것에 점점 무뎌지고 모욕에 반응하는 데에는 능숙해져서 나를 '빗치'라고 부른 그들의 최초 주장에 걸맞은 사람이 되었기 때문이다), 그 고함이 나를 향하는지 혹은 예를 들어 나와 함께 걷고 있는 내 십대 딸을 향하는지 등 여러 요소에 달려 있으니까. 이게 '빗치'를 사용하는 남자들에 대한 나의 편견인가? 확실히 그렇다. 평생 남자들에게 별별 이유로, 모든 이유로, 혹은 아무 이유 없이 '빗치'라고 조롱당하고 나서 생긴 편견이다. 차가 지나가는 딱 2초의 막간에 내가 화자의 의도를 짐작하는 시늉이라도 할 수 있겠는가? 게다가, 사람이란 거듭 쓴 양피지처럼 다층적인 감정을 지닌 동물이라서, 문제의 남성이나 여성이 내게 "끝내주는 '빗치'구먼!"이라고 외치면서 **자기도** 정확히 뭘 의미하는지 모를 가능성도 염두에 두어야 한다.

이 방정식에는 언제나 화자와 청자뿐 아니라 제3자도 있으며 결국은 사전 편찬자도 제3자——즉 언어적 구경꾼이다. 우리는 애초에 대화에 참여하지 않았고, 그 대화를 나중에야, 그것도 밋밋한 산문으로 접한다. 우리가 아래 인용문을 어떻게 이해해야 할까?

- 최근 영화계를 지배하는 '빗치'라고 묘사된 여배우
- 여기에는 그가 만들어낸 가장 인상적인 인물 둘이 나온다. 세련된 사회 내에서 자신의 위치를 지키면서 일련의 연인들에게 자금 자원을 받는, 거부할 수 없는 사이렌이자 천하무적으로 성공가도를 달리는 '빗치' 레일라 버크넬.

- …는 거친 '빗치'였다.
- BWP의 타니샤가 말한다. "누군가 당신을 '빗치'라고 부른다고요? 그건 강인하고 일 잘하는 여자를 부르는 말입니다. 저희는 그 직함을 명예 훈장으로 여기고, 계속 성취하라고 말합니다."

이런 '빗치'의 용법이 일반적인 욕설인가? 폄하 표현인가? 알기 어렵다. 어떤 인용문은 너무 짧아서 지칭되는 사람이 여성인지 남성인지조차 알 수 없다. 마지막 인용문은 되찾은 의미의 '빗치'에 대한 발언이 분명하지만, 그렇다 해도 정보가 충분하지 않아서 BWP의 타니샤가 되찾지 못한 의미의 '빗치'에 대해선 정확히 어떻게 생각하는지 알 수 없다.

어떤 사전들은 되찾은 의미를 표준적인 정의에 넣지 않고, 대신 그에 관한 짧은 에세이를 싣는다. Dictionary.com에는 'bitch'의 참뜻이 누가 말하는지, 배후의 의도가 무엇인지에 따라 달라진다는 내용의 짧은 에세이가 올라와 있다. 여기엔 여성들이 'bitch'를 되찾아온 이야기도 아주 간략하게 소개되어 있다. 물론 내용이 불완전하지만—'bitch' 한 단어만 가지고도 책 한 권을 쓸 수 있으니까—이건 하나의 시작이고, 사전이 온라인으로 옮겨가면서 더 많은 출판사들이 같은 접근법을 택할 수 있다.

그러나 이로써도 되찾은 언어를 정의하면서 맞닥뜨리는 두 가지의 큰 어려움을 지우지는 못한다.

첫째는 사전 편찬자들이 단어의 가장 흔한 용법에 대해 전반적으로 개괄하려고 시도해야 한다는 것인데, 이는 사전 편찬자들이 스스로를 가장 고통스러운 언어적 상호작용 한복판에 내던지고, 현상을 조목조목 해부하여 기술해야 한다는 것이다.

사전 편찬자들이 그 진창으로 걸어 들어가길 꺼리는 이유는 두 번째 어려움과 직결된다. 사전 편찬업은 역사적으로 (그리고 솔직히 말하자면 지금까지도) 유복하고, 교양 있고, 나이 든 백인 남자들의 영역이기 때문이다. 오늘날은 여성 사전 편찬자가 남성보다 더 많지만, 사전 편찬업의 지형은 여전히 압도적으로 고루하다. 우리 자신의 편견을 직시하는 건 어렵고, 사전 편찬자들도 고작 인간인 데다가 끝없이 마감의 압박을 받고 있기 때문에 편견을 제쳐두는 데 언제나 성공하진 못한다.

1956년 대니얼 쿡은 'bitch'의 두 번째 의미가 사실은 폄하 의미라는 걸 보지 못했다. 1992년 프레드 미시도 마찬가지였다. 'bitch'가 여성에게 쓰일 때 폄하 표현이라는 사실을 지적한 두 사람은 직접 'bitch'라고 불려본 경험이 있는 여자들이었다.

현대 사전 편찬자들은 객관적이 되도록, 개인적으로 지닌 언어적 짐은 문간에 내려놓도록 훈련받는다. 현대 사전 편찬업은 정의 집필자를 익명이자 무형으로 만들고자 한다. 그러나 언어는 깊숙이 개인적이며 사전 편찬자의 경우도 예외는 아니다. 언어는 우리가 스스로 누구인지, 우리를 둘러싼 세계는 무엇인지 기술하고 우리가 좋다고 생각하는 것과 나쁘다고 생각하는 것을 가르는 수단이다. 다섯 살배기조차 놀림을 당할 때 "몽둥이와 돌은 내 뼈를 부러뜨릴지 몰라도 욕설은 내게 상처를 주지 못한다Sticks and stones may break my bones, but names will never hurt me"라는 동요 가사가 거짓부렁인 걸 안다.

말은 유일하게 사회적으로 승인된 공격 수단이므로 타인에게 상처를 줄 수 있고, 은퇴를 앞둔 사전 편찬자는 갑자기 아수라장의 중심에 놓이게 된다. 백인 사전 편찬자가 'nigger' 항목을 편집해야 할 때, 그들은 이 단어가 지난 수 세기에 걸친 공격을 대표한다는 것을 알고 있다. 그들은 흑인들이 이 단어를 되찾고, 한 사람을 파괴할 수 있는 권력을 억압자로부터 빼앗고, 상상할 수 있는 최악의 비방을 긍지 있게 사용하려 노력해왔다는 것을 잘 알고 있다. 또한 그들은 자신이 이 언어 되찾기 운동의 외부인인 걸 알고 있다. 그들은 백인이고, 교육받고, 사회적 지위가 높은 덕분에 자신이 'nigger'가 대표하는 문제에 연루되어 있다는 걸 알고 있다. 그렇다면 백인 사전 편찬자가 'nigger'라는 단어와 이에 관련된 모든 다양한 의견을 공정하게 다룰 수 있겠는가?

　단어는 개인적일뿐더러, 형체가 있다. 사전 편찬자들은 비방하는 단어를 정의하다가 비방에 무뎌질지언정—'bitch'를 몇 번 읽으면 아예 영어 같아 보이지도 않는다—세상을 살아온 경험 덕택에 단어에 실체가 있다는 걸 안다.

　우리는 손으로 단어를 쓰고, 입으로 단어를 말하고, 단어들이 우리의 몸에 남긴 상처를 지니고 산다: 우리 어머니가 제조업에서 여성 관리자로 사는 것이 어땠는지 얘기하며 'bitch'라는 단어를 혓바늘 빼듯이 내뱉을 때, 입가에 패인 깊은 주름. 석양을 배경으로 옆모습을 보이고 선 아버지의 친구가 전 아내를 'bitch'라고 불렀을 때, 그의 입에서 파찰음과 함께 튀어나온 침 세 방울. 도시의 불협화음이 커튼처럼 벌어지고 바람이 멎고 누군가 내뱉은 'bitch'가 스포트라이트를 받는 순간, 뜨거운 분노와 수치심(뭐가 수치스러운 걸까?)으로 타는 듯 붉어진 내 두 뺨. 남자의 웃음소리와 휘발유 냄새를 남기고 차가 모퉁이를 돌 때 내가 가슴속에서 꼭 쥐는 주먹.

10장

사람들이 어원을 사랑하는
이유 중 하나는
단어가 만들어지던 시기의
문화나 시대에 대해
무언가를 알려주기 때문이다.
어원은 문자 그대로
단어를 이해할 수 있게 해준다.

Posh

어원과
언어적 근원주의에 관하여

한 사람의 사무실 책상은 어떤 면에서 상가 건물 1층에 입주한 교회와 비슷하다. 목적은 분명하다—9시에서 5시까지 근무하는 전능한 신전에 예배를 드리러 오는 것. 그러나 외부로 드러나 있어서 누구나 걸어 지나가며 안을 들여다볼 수 있기 때문에, 우리는 지나가는 사람들에게 종교성을 엿보일 수 있는 작은 문화적 지표들로 그 안을 꾸민다. 예배를 보는 주된 장소인 책상은 대체로 우리의 찬양 도구들로 채워져 있다. 컴퓨터, 책, 파일. 그 주변에는 우리 자신과 동료 사제들에게 우리에게 일 말고도 다른 인생이 있다는 사실을 기억하게 하는 물건들이 있다. 우리 내면의 본질을 광고하기 위해 (일부러, 의식에 따라) 펼쳐놓은 토템과 페티시들. 스티브와 매들린은 자리에 화분을 잔뜩 가져다놓았다. 상호참조 편집자 한 사람은 사전 여러 권을 동시에 펼칠 수 있도록 고안된 긴 경사 독서대를 따라 자신의 (그리고 다른 사람의) 고양이 사진을 붙여놓았다. 댄은 탁상용 장난감 몇 개와『파 사이드Far Side』만화 몇 점을 올려놓았다. 에밀리 자리에는 사내 오찬에서 상으로 받은, 팔다리가 달린 거대한『메리엄 웹스터 대학 사전』공기주입식 인형이 책꽂이 위에서 이스라엘의 아이들을 지켜보는 파라오처럼 에밀리의 업무를 감시하고 있다. 그녀는 풍수적 균형을 맞추기 위해 예술 사진과 엽서를 벽에 붙여놓았다.

짐 레이더 자리로 가보자. 짐의 자리는 언어에 바쳐진 제단이 아니라 언어의 테라리움(유리그릇 속에 작은 식물을 심어 가꾸는 것—옮긴이), 언어가 천천히, 아주 천천히 자라고 숨 쉬고 형태를 갖추는 장소다. 그의 자리는 시공간의 경이이기도 하다. 그토록 많은 서류가 쌓인 사방 180센티미터의 업무 공간에서 인간이 편안하게 일을 할 수 있다니 말도 안 되지만, 짐은 수북이 쌓인 사전들 너머에서 일하고 있다. 심지어 의자에 몸을 기댄 채로. 그의 작업공간 벽 하나는 높은 책꽂이이며 거기엔『고대 중부 독일어 어원 사전Alt–mittledeutsch Etymologisches Wörterbuch』과『고대 프리지아어 어원 사전Old Frisian Etymological Dictionary』같은 제목의 책이 빼곡하게 꽂혀 있다. 사무실 표준 책상은 인도·유럽조어의 어원을 휘갈겨 쓴 종잇장들이 만들어낸 정적인 파도 아래에 문자 그대로(의미 1) 파묻혀 있다. 책상 위, 옆, 아래에 책 더미가 쌓여 있다. 짐의 자리는 공학의 작은 개가라 할 만하다. 그 옆을 지나가는 사람은 자칫 책더미가 무너질까봐 숨을 참지만, 짐은 대수롭지 않게 의자를 빙글 돌리곤 한다. 몸을 뒤로 젖히고 의자가 회전하기 시작했을 땐 분명히 없었던 빈자리에 발을 올리거나, 종이 다발 아래에 깔려 있던 책을 쉽게 빼내 손에 쥐곤 한다. 우리는 짐이 연금술사나 10등급 단어 마술을 구사하는 마법사라도 되는 양 경악한다. 이는 어떤 의미에서 사실이다. 짐은 어원학자이므로.

언어 애호가들의 장래 희망이 사전 편찬자라면, 사전 편찬자의 장래 희망은 어원학자다. 어원학은 단어의 역사와 근원, 언어적 유전학에 대한 연구이고 어원학자는 어원학을 연구하는 사람이다. 사전 편찬자들이 언어의 학문적 복잡성을 사랑하고 언어에 관한 난해한 사실들을 야구 카드처럼 서로 교환한다면, 어원학자들은 그 복잡성에 통달한 사람들이다. 형태론, 음운론, 언어의 역사 전체까지 그들이 아는 정보의 양은 거의 초인적이다. 오래전 나는 핀란드 여행을 다녀오면서 동료들과 나눠 먹으려고 사탕을 사온 적이 있다. 짐이 내 자리에 들렀다. "핀란드에 다녀오셨군요. 푸후트코 수오메아Puhutko suomea(핀란드어 하세요)?"

나는 눈을 깜박였다. 핀란드 밖에서, 그것도 사무실에서 핀란드어 구사자를 만나는 건 흔치 않은 일이다. "엔 푸후 팔리온 수오메아. 푸훈 배핸En puhu paljon suomea. Puhun vähän(핀란드어 잘 못해요. 조금밖에 못해요). 엔태 시눌라Entä sinulla(당신은요)?"

짐이 고개를 저으며 말했다. "에이Ei. 엔 푸후 수오메아En puhu suomea(핀란드어 못해요)."

짐이 유별난 게 아니다. 스티브 클라이네들러가 말하길, 그는 이름난 현대 어원학자(시대를 불문하고 이름난 어원학자가 있다면 말이지만)인 에릭 햄프가 움라우트를 비롯한 모든 요소를 감안하여 하겐다즈Häagen-Dazs의 스칸디나비아 조어 발음이 어땠을지 설명하는 걸 들은 적이 있다고 한다. 물론 이 아이스크림 브랜드 이름은 스칸디나비아어가 아니고, 따라서 어떤 스칸디나비아어로도 실제로는 발음될 수 없다. 그러고 나서 에릭은 30분 동안 '우유'를 뜻하는 알바니아어에 대해 이야기했다고 한다. 아메리칸 헤리티지 사전에서 일하는 어원학자 패트릭 테일러는 지금 중앙아시아 어느 먼 지역에서 쿠르드어의 북부 방언인 쿠르만지를 배우고 있다. 그냥 잘 알려지지 않은 언어를 배우고 싶다는 이유다. 스티브가 말한다. "그가 연구하는 어원의 일부는 중세 중국어나 아카드어까지 거슬러 올라갑니다. 미쳤죠. 전 그게 너무 좋아요."

사람들이 어원을 사랑하는 이유는 어원이 한 단어가 언어 내에서 차지하는 위치에 대한 이야기를 들려주고, 그 이야기가 때로는 단어가 만들어지던 시기의 문화나 시대에 대해 무언가를 알려주기 때문이다. 어원은 문자 그대로 단어를 이해할 수 있게 해준다. 'virulent'는 그냥 '악성의', '견딜 수 없이 매섭고 강한'이라는 뜻의 멍청한 SAT용 단어지만 그 어원이 라틴어로 '독'을 뜻하는 'virus'이며 같은 어원에서 영어의 'virus(바이러스)'가 탄생했고(놀랄 일은 아니다) 'bison(들소)', 'weasel(족제비)', 'ooze(스며나오다)'도 이와 연결되어 있다는 걸 알면 얘기가 달라진다. ˙ 그 시점부터 'virulent'는 더 이상 당신을 명문대에 보내려 애쓰는 영어 선생님 혹은 전문가들의 영역이 아니다. 'virulent'는 이제 'virus' 가문의 기묘한 회합에서 사향 냄새가 나는

˙   라틴어 'virus'는 놀랍도록 생생한 이미지를 불러일으키나 깔끔한 단어다. '독', '악취', '독액', '점액질 액체'를 뜻한다. 'ooze'와는 '점액질 액체' 의미로 멀게나마 연결되고, 'weasel'과 'bison'과는 '악취' 의미로 연결된다.

친척들로부터 거리를 두고자 하는, 거드름 피우는 동부 해안 사촌이 된다.

우리는 영어 속에 가득한 이런 즐거운 사실들을 1센트짜리 사탕처럼 게걸스럽게 맛본다. 재미있을 뿐 아니라 교육적이기도 하다. 구레나룻을 왜 'sideburn'이라고 부르는가? 구레나룻을 유행시킨 남북전쟁 당시 장군 번사이드Burnside의 이름을 변형시킨 말장난이다. 우리는 왜 냉담하고 쉽게 동요하지 않는 사람을 'phlegmatic' 하다고 하는가? 과거에 그런 사람들은 점액phlegm이 많아서 흥분하지 않는다고 여겼기 때문이다. 월급 값을 한다는 뜻으로 'worth one's salt'라는 표현을 쓰는 건 어째서인가? 고대에 소금은 대단한 귀중품이라 월급을 소금으로 줬기 때문이다(월급을 뜻하는 'salary'도 여기서 왔다). 우리는 아! 하고 무릎을 탁 치고선, 친구들에게 이 사실을 이메일로 공유한다. 봐, 여기 **이유**가 있어!

여기서 어원학의 위험이 비롯된다. 영어는 오늘날 무척이나 난해하고 터무니없지만, 처음엔 똑바르고 논리적이었을 거라고 믿기 쉽다. 매력적인 믿음이다. 영어에 논리의 황금 배관이 있어서, 그것을 발굴하기만 하면 영어의 수수께끼를 전부 밝힐 수 있다는 믿음. 노아 웹스터도 이 믿음에 굴복했다. 1828년에 펴낸 『미국 영어 사전』에 실린 어원은 전부 그가 직접 고안한, 모든 단어가 소위 '칼데아어'라는 하나의 언어에서 기인한다고 상정하는 복잡한 어원 체계를 기반으로 한다.

모든 단어를 연결시키려는 웹스터의 노력은 언어 차원을 넘어 존재론적 차원이었다. 『미국 영어 사전』 서문 중 '언어의 기원'이라는 제목을 단 부분에서 그는 단도직입적으로 말한다. "성경에 적혀 있길, 신은 인간을 창조할 때 '그들에게 복을 주시고 말씀하시기를 다산하고 번성하며 땅을 다시 채우고 정복하라. 그리고 바다의 고기와 공중의 새와 땅 위에서 움직이는 모든 생물을 다스리라' 하셨다." 웹스터는 이어서 성경에 적힌 대로, 인간이 처음 창조되었을 때부터 (내가 이해한 대로 바꿔 적자면) 지랄 맞게도 바벨탑 사태를 일으켜서 그 오만함에 대한 벌로 모두 다른 언어를—시간이 흐르며 변화를 겪긴 했지만 모두 똑같이 오래된 언어들을—사용하게 되기 전까지는 하나의 언어를 썼음이 분명하다고 설명한다. 웹스터의 관점에서 모든 단어는 고대 셈어족 언어인 칼데아어로 추적이 가능했다. 그래서, 그는 실제로 추적에 나섰다.

BECK, 명사. 작은 냇물. 색슨어 becc, 독일어 bach, 네덜란드어 beek, 덴마크어 bæk, 스웨덴어 back, 페르시아어 ﺑﮏ(bak으로 발음된다). 이 단어는 아일랜드어, 아랍어, 시리아어, 사마리아어, 히브리어, 에티오피아어에서 눈물처럼 **흐르는** 것의 의미로 쓰임. 창세기 32:22. 영어에서는 고어이나 'Walbeck'처럼 냇물 근처에 위치한 마을 이름으로 쓰인다. 'Griesbach' 등 인명에서 더 흔히 쓰인다.

현대 사전의 기준에서 이 어원 설명은 거의 한 부분도 빼놓지 않고 틀렸다. 'Beck'은 위의 항목에서는 언급되지 않은 고대 노르드어에서 유래했으며, 'beck'은 아일랜드어, 아랍어, 시리아어, 사마리아어, 히브리어, 에티오피아어에서 '눈물처럼 흐르는 것'의 의미로 쓰이지 **않**

는다. 독일어, 네덜란드어, 덴마크어, 스웨덴어에 'beck'과 형태가 유사하고 작은 냇물을 의미하는 단어들이 **있는** 것은 사실이지만, 그건 이 단어들도 고대 노르드어에서 유래했기 때문이다. 이 단어가 영어에서 고어라는 주장마저도 사실이 아니다. 영국에서는 여전히 'beck'이 쓰인다.

웹스터의 오류투성이 어원 연구에서 어원학의 중요한 쟁점 하나가 드러난다.『옥스퍼드 영어 사전』소속 어원학자 아나톨리 리버만이 말했듯 "어원에선 모든 게 추측과 재구성이다." 웹스터의 어원은 믿거나 말거나 식이었지만, 대체로 일관성 있는 체계에 기반을 두었기 때문에 그가 택한 렌즈를 통해 보면 완전히 논리적이다.『옥스퍼드 영어 사전』의 최초 편집자였던 제임스 머레이는 말했다. "그는 어원이 한 사람의 의식 속에서 밝혀질 수 있다고 믿었다." 그것이 오늘날 많은 언어 애호가들과 안락의자 어원학자들이 취하는 방침이다. 형태가 유사하고 논리도 있다면, 어떻게 반박할 것인가? 메리엄 웹스터에 편지를 보낸 한 독자는 'sushi(스시)'가 일본어라는 우리 주장이 틀렸다고 주장했다. 독자는 폴란드 출신이었는데, 할머니가 스시가 유행하기 한창 전에 날생선을 'szukajcie'라고 불렀다는 것이 그의 근거였다. '스시'는 폴란드어 'szukajcie'와 발음이 비슷하니, '스시'의 기원은 폴란드어일 것이다.

짐에게 이 이론을 들려주자 그는 소리내어 웃는다. 우습군요, 라고 그는 말한다. 그게 결정적 순간이죠. 아마추어와 프로의 차이가 적나라하게 드러나는 순간이요. 짐은 영어 단어 'sushi'의 가장 이른 쓰임이 19세기 말 일본에 여행한 서양인들의 여행 기록에서 발견된다고 설명한다. 일본은 수백 년 동안 문호가 닫혀 있었으나 1853년 매튜 페리의 일본 방문을 기점으로 메이지 시대에 나라를 개방했고, 당시 서양에서 일본에 대한 관심이 고조되고 있었으므로 말이 되는 얘기였다. 영어 화자들은 16세기부터 교역을 통해 폴란드어 화자들과 꾸준히 접촉해왔으며 19세기 중반 영국으로 망명한 폴란드인들의 유입이 있긴 했지만, 폴란드어에서 영어로 차용된 단어는 일본어보다 많지 않다. 짐은 이렇게 설명을 마무리한다. 게다가, 'szukajcie'는 'szukać'의 2인칭 복수 명령형으로 '날생선'이 아니라 '찾는다'라는 뜻입니다. 짐은 아연한 표정으로 말한다. "이렇게 확실한데, 왜 굳이 다르게 생각하죠?"

나는 고개를 젓는다. 그의 질문에 답하는 것이 아니라, 그가 내놓은 답에 놀란 것이다.

단어의 어원을 찾는 일은 난해한 사전 편찬에 있어서도 가장 난해하다. 어원학자들은 시간을 거꾸로 거슬러 올라가며 어원 찾기를 시작한다. 문제의 단어가 현대 영어에서 사용된 가장 이른 사례를 찾을 때까지 문자 기록을 뒤진다. 다음으로는 그들이 받은 교육과 조사 내용, (그리고 솔직히 말하자면) 직감을 이용해 그보다 더 이전까지 거슬러 올라간다. 1500 또는 1600년경 초기 현대 영어에 다다르면, 맥락과 철자를 살피고 이 단어가 어디서 누구에게 어떻게 사용되었는지 알아본다. 예를 들어 'specter(유령)'가 영어에서 처음 쓰인 건 1605년이다. 훈련된 어원학자는 'specter'라는 철자가 영어 고유의 것이 아니라는 사실도 안다. 어두의 'sp'와 뒤따르는 'ct'는 (영어가 속한) 게르만어파가 아니라 이탈리아어파의 형태론적 표지다. 그리고 널리 알려진 바에 따르면 역사적으로 영어 화자들이 가장 많이 접촉한 이탈리아어파 언어는 프랑스어다. 어원학자는 큰 어려움 없이 16세기 프랑스어에서 'spectre'가 쓰였음을 알아내고, 이것이 '외형' 혹은 '유령'을 뜻하는 라틴어 'spectrum'에서 기인한 것도 확인할 수 있다.

언어 자체와 마찬가지로 어원도 고정된 것이 아니다. 학문적 발견, 새로운 출처, 새로운 아이디어가 속속 생겨나곤 한다. 사람들은 어원이 너무 자명해서 굳이 연구하지 않아도 드러나거나, 너무 불분명해서 어원학자가 문자 그대로 무(無)에서부터 역사를 지어내거나 둘 중 하나라고 믿곤 한다. 주문을 몇 줄 외고 손을 흔들고 부사 몇 개를 지껄이면, 짠! 갑자기 어딘가에서 '유령'의 어원이 튀어나오는 줄 안다. 하지만 짐의 자리에 놓인 책들은 전시용이 아니다. 그는 실제로『고대 프리지아어 어원 사전』을 참고하여 어원을 공유하는 단어들을 찾아내고, 늘 인터넷과 다른 출처를 뒤져 새로운 정보들을 모으고 있다. 앞은 짧고 옆과 뒤는 기른 남자 머리모양을 일컫는 단어 'mullet'이 비스티 보이즈의 1994년 노래 〈Mullet Head〉를 앞선다는 사실을 입증할 수 있는가? 이런 종류의 정보에도 어원적 의미가 있다.

어원학자들은 모든 단어에 경의를 표한다. 어떤 분야든, 때로는 단어가 받아 마땅한 것 이상의 경의를 표한다. 짐은『메리엄 웹스터 신국제 사전』초반부를 작업하다가 'blephar-'(과학적으로 '눈꺼풀'을 뜻하는 접두사)로 시작하는 단어들에 대해 광범위한 어원 해설을 적었다.

에릭 햄프는 $^*g^wlep\text{-}H\text{-}ro\text{-}$가 $^*g^wlep\text{-}$에서 기원했다고(즉 원래 blépein이

었다고) 주장한다(Glotta, vol. 72 [1994], p. 15). 도리스어에서 발견되는 이형 gl-(blépharon 대신 glépharon)은 어두 *gʷl-에서 -l-이 음절화한 결과 *gul-이 되고 유추를 통해 *gl-로 줄어든 것으로 설명한다(기존 연구 「Notes on Early Greek Phonology」, *Glotta*, vol. 38 [1960], p. 202 참고).

그는 'twerking(엉덩이를 흔드는 춤—옮긴이)' 같은 항목에 대해서도 이처럼 학문적인 해설을 달았다. ("'twerk'가 'work'의 변형이라는 가설은 신빙성이 없다. 중립적 단어의 표현적 변형은 일반적 영어 조어법이 아니고, 따라서 이 경우 그럴듯하게 갖다 붙인 설명일 가능성이 높다.") 'molly'가 환각제 MDMA(엑스터시)의 별명으로 쓰이는 것에 대해서도 설명했다. ("영국에서 MDMA의 분말 혹은 캡슐 형태는 'mandy'라고 불리는데, 이는 MDMA와 상당히 유사하다. 'molly'를 'molecular(분자)'의 단축어로 볼 설득력 있는 근거는 없다.") 욕설 'asshat'에 대해서는 영화 〈아리조나 유괴사건〉과 〈굿바이 뉴욕 굿모닝 내 사랑〉을 건조하게 언급한 다음 어원학적 분석에 착수한다. "현재 'asshat'의 의미는 한편으로는 'have one's head up one's ass(무딘, 주변을 충분히 의식하지 않는)'라는 표현에 기반을 둔 것이자, 'asshole'과의 단순한 음성학적 유사성에서 기인한 재해석으로 보인다. 보다 정확한 역사는 향후 이 표현이 어떤 맥락에서 사용되는지를 감안하여 연구되어야 할 것이다."

어원학자들이 'molly'와 'asshat' 같은 단어만 연구하는 건 아니다. 어떤 단어들의 어원은 사전 편찬자의 관점에서나 일반인의 관점에서나 마냥 지루하다. ('father'는 고대 영어 'fæder'에서 유래했는데, 이 단어는 '아버지'라는 뜻이다. 대단한 발견이다.) 그러나 어원학자들을 흥분시키는 단어들은 일반인에겐 보통 흥분할 거리가 아니다. 짐은 『메리엄 웹스터 신 국제 사전』을 작업하면서 구세계(유럽, 아프리카, 아시아)에서 고양이를 뜻하는 단어로 아주, 아주 드물게 쓰인 'chaus'의 어원을 검토했다. 짐은 파일을 파헤치기 시작했고, 조금 더 파헤쳤고, 거기서 한 번 더 파고들었다. 그 결과, 'chaus'가 플리니우스의 『박물지 Historia naturalis』의 필사본에 적힌 한 단어를 'chaum'으로 잘못 읽은 결과임을 알게 되었다. "원래는 'chama'인데, 'chaum'으로 읽은 거지요. 어원을 찾다가 플리니우스의 필사본 몇 종을 발견했거든요." 짐이 잠시 말을 멈춘다. "네, 이 작업에 정말 푹 빠져 있었습니다."

『메리엄 웹스터 신 국제 사전』 이전에 'chaus'의 어원은 '미상'으로 올라 있었다. '어원 미상'이란 안락의자 어원학자들이 신나게 뛰노는 넓은 놀이터와 같다. '어원 미상'의 의미를 사람들은 제멋대로 생각한다. 어원학자에게 '어원 미상'이란 한 단어의 어원에 대해 몇 가지 이론이 있으나 사실로 입증할 직접적 증거가 없다는 의미다. 그러나 많은 사람들에게 '어원 미상'이란 '이 단어의 어원에 대해 추측하는 바가 있다면 알려주시기 바랍니다. 왜냐면 저희는 바보니까요'를 의미하는 듯하다.

이 사실을 가장 극명하게 보여주는 것이 우리가 단어 'posh'에 대해 받는 독자 편지다. 형용사 'posh'는 20세기 초 영어에서 '우아한' 혹은 '최신 유행의'를 뜻하는 단어로 처음 쓰였으며, 최초로 등장한 책은 『내부에서 본 영국군 The British Army from Within』이다. "기병은 가능할 때마다 'posh'한 의복을 착용하는 것에 보병보다 훨씬 더 신경 쓴다. 'posh'란 고급스러운 옷차림이나 상부에서 지시한 규제에 엄격히 따르지 않는 의복을 지칭하는 단어다." 여기서 'posh'가 군대 은어라는 추측도 가능하지만, 학자들은 'posh'가 이보다 이르게 쓰인 사례를 찾지 못했다. 'posh'는 하늘에서 뚝 떨어진 것처럼 갑자기 등장했다.

사람들은 개의치 않고 우리에게 'posh'의 기원 이야기를 늘어놓는다. 영국과 인도 사이를 증기선으로 오가던 시대, 페닌슐러 앤드 오리엔탈 컴퍼니의 배를 타고 여행하던 부유한 승객들은 배에서 가장 고급 선실을 배정받았다. 아침에는 해가 들지만 오후에는 그늘이 지는 선실이었다. 19세기에는 에어컨이 없었다는 사실을 기억하자. 그런 고급 선실은 가는 길에는 배의 왼편, 돌아오는 길에는 배의 오른편에 위치한 것이었고, 'port side out, starboard side home(갈 때는 좌현, 올 때는 우현)'의 약자인 'P.O.S.H.'가 찍힌 표를 소지한 승객에게만 주어졌다. 따라서 'posh' 표는 돈 많고 우아한 사람들을 위한 것이었고, 부와의 연결고리에서 오늘날 우리가 아는 'posh'의 '우아한', '최신 유행의' 의미가 탄생했다.

근사한 이야기다. 부풀린 드레스를 입고 데크에 선 여자들, 카나페, 흰 리넨 유니폼을 입은 하인들이 주인을 위해 데크 체어를 정리하는 이미지가 떠오른다. 이 이야기는 언어에 스며들어 오늘날의 독자에게 정교한 세부 사항을 내보이는, 위대한 역사의 한 토막이기도 하다. 이 이야기는 아름답다. 그리고 말짱 헛소리다.

어원에는 증거가 필요하다. 우리는 지난 몇 년 동안(무려 1930년부터) 수많은 이메일과 편지를 받았지만 'posh'의 어원 이야기에 대한 제대로 된 증거는, 젠장, 하나도 없다. 영국과 인도를 오가는 여행에 대한 기록이 아예 없는 건 아니다. 영국과 인도 사이 교역과 여행에 대한 19세기 글은 많이 남아 있다. 시간이 흐르며 그런 글들이 속속 대중에게 공개되고 있고, 우리는 그때마다 'posh'가 'port out, starboard home'의 준말이라는 당대의 단서를 하나라도 찾을까 싶어 눈에 불을 켜고 들여다보았다.

이 이론을 지지하는 첫 번째 증거는 1935년 런던 「타임스 문예 부록The Times Literary Supplement」에 실린 편지다.

안녕하십니까. 『옥스퍼드 신 영어 사전』 부록에 'posh'의 어원은 '어원 미상'으로 적혀 있습니다. 그러나 이 단어가 미국 선박 업계에서 최고의 선실을 칭하는 표현 'Port Out, Starboard Home'에서 유래했다고 믿을 이유가 있습니다.

곧바로 빨간불이 켜진다. 현재 'posh'의 화려한 탄생 설화에서는 이 단어가 영국 태생이라고 주장하는데, 여기선 영국인이 이 단어가 미국 선박 업계 용어라고 주장한다. 게다가 'posh'의 어원 이야기에는 언제나 선실과 태양에 대한 언급이 있는데—이야기의 핵심이라 할 수 있다—여기엔 빠지고 없다. 이 편지가 'posh'의 'port out, starboard home' 어원설의 가장 이른 증거인데 벌써 말이 엇갈리고 있다.

적신호가 하나 더 있다. 두문자어 어원 말이다. 'OMG'나 'LOL' 같은 두문자어에 대해 많은 이들이 격한 분노를 표하지만*, 사실 우리는 두문자어를 사랑한다. 특히 단어를 두문자로 풀어 해석하는 걸 참으로 즐긴다. 'cop(경찰관)'은 'constable on patrol(순찰 중인 보안관),' 'tip(팁)'은 'to insure promptness(신속함을 보장하기 위해),' 'golf(골프)'는 'gentlemen only, ladies forbidden(신사 전용, 숙녀 금지),' 'wop(미국 내 남유럽인에 대한 비하 표현)'는 'without passport(여권 없음),' 'fuck(성교하다)'는 'fornication under consent of the king(왕의 허가 하에 간통하다)' 혹은 'for unlawful carnal knowledge(불법적인 육욕의 지식을 위해)' 혹은 'forbidden under charter of the king(왕의 헌장에 의해 금지된)' 혹은 'file under carnal knowledge(육체적 지식으로 분류하다)''로 해석된다. 이 모든 두문자 해설은 각 단어의 어원에 대한 훌륭한 촌철살인이고, 전부 완전한 'ship high in transit(수송 시 높이 선적할 것): shit(개똥)'이다. 약어는 영어에서 생산력이 낮은 단어군이다. 약어로 만들어진 신조어가 오래 살아남는 경우는 별로 없다. 그중 꾸준히 쓰이는 단어는 대개 기술 용어다. 'radio detecting and ranging(무선탐지와 거리 측정)'의 약어인 'radar', 'light amplification by stimulated emission of radiation(유도 방출에 의한 빛의 증폭)'의 약어인 'laser', 'self-contained underwater breathing apparatus(자급식 수중 호흡 기구)'의 약어인 'scuba', 'computerized axial tomography(전산화 축성 단층촬영)'의 약어인 'CAT scan'. 그러나 이런 단어들은 투명하고, 따라서 흥미롭지 않다. 우리가 선호하는 가짜 약어 어원은 보다 섹시한 것들, 예를 들어 'good old raisins and peanuts(맛좋은 건포도와 땅콩): gorp(등산 중 먹는 간식)'나 'north, east, west, south(동, 서, 남, 북): news(뉴스)'다. 'gorp'와 'news' 같은 단어들이 섹시하게 여겨진다면, 이 분야도 알만하지 않겠는가.

약어는 제2차 세계대전 이전에는 그리 흔하지 않았지만, 전쟁을 계기로 일상에서 쓰이기 시작했다. 오늘날 영어에서 사용되는 일반적 약어 대부분이 군대 용어에 기원을 두고 있는 것은 놀랄 일이 아니다. 앞서 말한 'radar', 'GI(믿기 어렵겠지만 이는 본디 'galvanized iron(아연 철판)'의 약어로서, 대중에게 'government issue(관급품)'의 약어로 오해받았다)', 'snafu(situation normal: all fucked up(평시 상황: 대혼란))', 'fubar(fucked up beyond all recognition(대책 없이 엉망진창))'은 전부 정부에서 쓰이던 단어다. 20세기 초 이전에 영어 어휘로 자리매김한 약어도 없진 않지만 극소수다. 그중 일반적인 어휘로 간주될 수 있는 건 'RSVP(répondez s'il vous plaît(대답 바람))'와 'AWOL(absent without leave(무단이탈))' 두 개가 전부인데, 따지고 보면 이것들은 약어가 아니라 각 단어의 머리글자를 이어 읽는 두문자어다. •••

단어의 기원에 대한 이야기가 정교하고 세밀할수록 어원학자에게는 미심쩍어 보인다. 영어에 정착한 경위에 대해 재미있는 일화가 딸

- 독자가 잠시 책을 내려놓고 두 발을 공중에서 흔들게 만들 'OMG'의 역사에 대해서는 다음 11장을 참고하라.
- •• 이렇게 흥미진진한 단어에 경이로운 뒷이야기가 없다는 걸 받아들이기 어려울 수 있다. 하지만, *c'est la langue*(언어가 원래 그렇다).
- ••• 원래 약어acronym는 (나토NATO나 스나푸SNAFU처럼) 합성어의 머리글자나 주요 부분을 따서 하나의 단어로 발음하는 것이고, 두문자어initialism은 (에프비아이FBI처럼) 합성어의 머리글자를 따되 문자를 그대로 발음하는 것이다. '약어'가 두 의미 모두로 통용되곤 하는데, 물론 여기에 대해서도 신경질을 내는 사람들이 있다.

려 있는 일반 어휘들을 보자. 예를 들어 'sandwich(샌드위치)'는 제4대 샌드위치 백작이자 노름꾼이었던 존 몬태규의 작위에서 비롯된 이름 이다. 그는 도박을 어찌나 즐겼던지, 어느 날은 하루 종일 도박 테이 블을 떠나지 않으려고 정식 식사를 하는 대신 토스트에 차게 식힌 소 고기를 끼워 먹었다. 빵에 속재료를 끼운 이 음식은 대유행했고, 샌 드위치라고 불리게 되었다.

어원 연구에서 입증 가능한 이야기는 이 수준에서 멈춘다. 버릇없 는 귀족과 도박과 간식 이야기. 여기엔 증거도 있다—이 이야기는 샌 드위치 백작의 생전에 출판한 책에서 수집된 것이므로, 백작이 반박 하고자 하면 얼마든지 할 수 있었다. 이 이야기에는 빵에 속재료를 넣은 간식이 1760년대 후반 런던에서 유행했다는 설명도 들어 있는 데, 이는 샌드위치 백작의 활동 시기와 동시대다. 여기서 빠져 있는 건 존 몬태규 본인이 서명한 진술서와 문제의 샌드위치 그림 정도다.

그러나 잘 보면, 이 일화는 세부 사항이 상세히 묘사된 게 아니라 요점만 있다. 몬태규 경이 쇠고기를 빵에 끼워달라고 외치는 상징적 순간이 없다. 몬태규 경이 도박에 이겨서 샌드위치가 도박꾼들의 행 운의 부적이 되었다는 신화도 없다. 도박 테이블을 떠나려 하지 않는 몬태규 경을 보고 구경꾼들이 충격을 받았다는 내용도 없다. 이 일화 는 좋은 이야기지만, 흥미진진한 서사적 굴곡은 없다. 인간은 고질적 인 이야기꾼이다. 사실이 부족한 부분을 기꺼이 윤색하곤 한다. 그러 니, 한 단어가 탄생한 뒷이야기에 흥미로운 세부 사항이 **너무** 많다면, 어원학자들은 의심을 품게 된다.

'posh'의 경우 세부 사항이 대단히 자주 달라진다. 'posh' 표는 잉글랜드와 유럽 사이를 오가는 배의 그늘진 선실 표가 되었다가, 잉글랜드 포츠머스를 떠나는 아무 배의 볕이 잘 드는 선실 표가 되었다가, 잉글랜드 사우샘프턴을 떠나는 아무 배의 경치 좋은 선실 표가 되었다가, 잉글랜드와 미국을 오가는 배의 오후에 볕이 드는 선실 표가 되기도 한다(아침에 볕이 드는 선실이라는 설도 있다. 사람들이 항해 중 태양의 위치를 헷갈린 모양이다). 미국과 인도 사이를 오가는 배의 표라는 설도 있다. 이때 항해 방향은 명시되어 있지 않은데, 이는 심각한 오류다. 이 설명대로라면 'posh' 선실은 샌프란시스코에서 서쪽으로 항해할 때 남태평양의 뜨거운 직사광선을 받게 되기 때문이다. 이 이야기는 버전이 하도 많아서 그 하나하나를 탐험하는 데 지도와 육분의(두 점 사이의 각도를 정밀하게 재는 광학 기계―옮긴이)가 필요할 지경이다.

어원학자들이 'posh'의 선실 기원설을 적극적으로 반박하고자 한 건 아니다. 우리도 증거를 찾아내고자 안달복달했다―도장 찍힌 표, 'posh'가 항해와 관련되어 쓰인 사례, 일기, 팸플릿 등등. 당대에 쓰인 어떤 기록이라도 'posh'의 어원을 입증하는 결정타가 될 수 있었다. 하지만 우리의 외침에 돌아온 답은 침묵뿐이었다. 우리 회사 어원학자 한 사람은 'posh'가 선실 표에서 기원했다는 설을 제안하는 인용문 뒤에 이렇게 적었다. "매력적이지만 기록 없음. 그렇게 표시된 표를 보지 못함."

'posh'의 어원에 대해서는 'port out, starboard home'의 약어라는 것 외에도 여러 가설이 있다. 우르두어로 '흰 옷을 입은'을 뜻하며 따라서 '부유한', '옷을 잘 차려입은'이라는 의미를 갖게 된 'safed-pōś'

의 변형이라고 주장하는 설도 있다. 영국령 인도제국의 법정에서 상류층과 씻지 않은 대중을 가르는 장막이 'posh'라고 불렸다는 설도 있다. 오스만투르크 제국에서 고위 관료를 지칭한 터키어 'pasha'에서 기원했다는 설도 있다. 모두 훌륭한 이론이고, 모두 증거가 하나도 없다. 영국령 인도제국에 대해선 출판된 글이 썩 많기 때문에, 'posh'가 정말로 우르두어로 '부유한'을 뜻하는 단어에서 기원했다면 19세기 초에서 중반에 쓰인 글 중 어딘가에는 우르두어 'pōs'가 등장할 법도 하다. 그러나 'pōs'는 어느 기록에서도 언급되지 않는다. 장막과 페닌슐러 앤드 오리엔탈 컴퍼니의 연관에 대한 기록도 없다. 'pasha'는 'posh'보다 영어에 300년이나 먼저 들어온 단어이니만큼 만약 'posh'가 정말로 'pasha'의 변형이라면 두 단어를 연결시키는 증거가 남아 있어야 한다.

언어학자들에게는 독자들이 편지로 제기하는 것보다 조금 더 가능성 높은 가설이 두 가지 있다. 'posh'가 '멋쟁이'를 뜻하는 옛 단어나 '돈'을 뜻하는 옛 은어로부터 기원했다는 설, 그리고 P. G. 워드하우스의 소설에서 '유행하는'의 뜻으로 쓰인 'push'와 어떻게든 관련이 있다는 설이다. 그러나 어원학자들이 머리를 쥐어짜낸 추리조차도 단지 추리일 따름이다. 우리는 엄정한 사실만 취급한다.

사람들은 우리에게 화를 낸다. 그들이 생각하는 어원이란 영어를 논리적으로 설명하는 동화와 같아서, 우리에게 인정받지 못하기 때문이다. 그러나 어원학은 물증 없는 이론을 그럴듯하다는 이유만으로 철저히 연구된 어원과 동급으로 승격시킬 만큼 엉성한 학문이 아니다. 게다가, 영어가 성장하는 방식은 원래 논리적이지 않다. 영어는 과거 영어를 사용했고 현재 사용하는 사람들에 의해 만들어진 진정한 민주주의 산물이며, 사람들은 보통 엉망이고 비논리적이기 때문에, 영어의 역사도 엉망이고 비논리적이다. 어떤 천재가 너덜너덜해진 스웨터 끝단의 올이 제멋대로 풀리는 것을 보고 생각했을 것이다. '이건 너무 심각해서 그냥 'raveling(풀린다)'이라고 표현할 수 없어. 이건 'super-raveling'이야. 아니, 'über-raveling'이야. 아니, 이건 완전히 'unraveling'이야! 비현실적일 만큼 'raveling' 하고 있으니까. 그래, 지금부터 이걸 'unraveling'이라고 부르겠어.' 갈색 호밀빵을 'pumpernickel'이라고 부를 생각을 한 사람은 또 누굴까? 독일어 어원을 추적해보면 이 단어는 '방귀 도깨비'라는 뜻이고, 이제 당신은 호밀빵을 볼 때마다 웃음을 참는 운명을 면치 못할 것이다. *

어떤 사람들은 천천히 길을 찾아나가는 과정을 견디지 못한다. 그러나 영어가 그들의 논리에 굴복하지 않는다면, 그들의 논리가 영어에 굴복해야 할지어다.

언어학자들이 '어원적 오류'라고 부르는 것의 신봉자들은 단어의 가장 좋은 용법이—그들이 보기에 가장 순수하고 올바른 용법이—단어의 조부모라 할 수 있는 어근의 의미라고 굳건히 믿는다. 오류주의자들에게 가장 자주 소환되는 병정은 'decimate'다. 오류주의자들은 'decimate'를 어찌 감히 '크게 손상시키다'라는 뜻으로 사용하느냐고 길길이 날뛴다. 'decimate'의 진짜 뜻은, 어원에서 명확히 드러나

---

* 이 사실을 기억해뒀다가, 다음 파티에서 주인공이 되어보길.

듯(라틴어 'decimare'는 '제비뽑기로 뽑은 사람들을 10명마다 1명씩 죽이다'
라는 뜻이다) '무언가의 10분의 1을 파괴하다'이다. 그러니 언어를 신
중하게 사용하는 사람이라면 'decimate'를 과장되고 확장된 의미로
써선 안 된다. 이 단어는 오로지 무언가의 10분의 1을 파괴할 때에만
사용되어야 옳다.

'decimate'가 영어에서 처음 쓰였을 때에는 '무언가의 10분의 1을
파괴하다'라는 뜻으로 쓰인 게 맞다. 그것은 당시 'decimate'가 로마인
들의 가혹한 군대 규율을 묘사하는 맥락에서 주로 사용되었기 때문
이다. 16세기 말의 이야기다. 17세기 중반에 이르자 이 단어는 크게
손상시킨다는 의미로 확장되었다. 거의 200년 동안 이 두 의미는 공
존했고, 어떤 사람도 그 사실에 신경질을 내지 않았다.

그러던 중 19세기 말의 어느 날, 리처드 그랜트 화이트가 갑자기
'decimate'의 확장된 의미가 어원적으로 따지면 옳지 않다는 생각에
골몰하기 시작했다. "'decimation'을 대량 살상을 칭하는 단어로 사
용하는 건 순전히 터무니없다." 오랜 시간이 걸려 화이트가 이 단어
에 제기한 반대 의견이 받아들여지자, 그 뒤로 이 단어에 딴죽을 거
는 전통이 시작되었다. 20세기 용법 논평가들 일부는 화이트의 주장
을 받아들였다. 'decimate'를 '크게 손상시키다'라는 뜻으로 사용하는
건 무식한 난센스였다. 이 시기부터 사람들이 '문자 그대로 decimate'
한다는 표현을 쓴 기록이 남아 있다. 불운한 목표물의 정확히 10분의
1을 죽이거나 파괴했다는 뜻이다.

그러나 용법 평론가들조차도 영어에서 'decimate'가 '무언가의 10분
의 1을 파괴하다'라는 뜻으로 쓰이는 것은 매우 드물다는 사실을 무시

할 수 없다. 17세기 말부터 이 단어는 '크게 손상시키다'라는 확장된 뜻으로 가장 흔히 사용되었다. 그 이유는 무척 논리적이다. 애먼 시어가 저서 『나쁜 영어Bad English』에 적었듯이, "무언가의 정확히 10분의 1을 파괴했다는 것을 꼭 한 단어로 표현해야 하는 상황이 얼마나 자주 있겠는가?" 확실히 자주는 아니다. 그래서 오류주의자들은 방향을 바꿨다. 'decimate'의 실제 의미는 '무언가의 10분의 1을 파괴하다'이고, 확장에 의해 '크게 손상시키다'도 의미할 수는 있지만, 완전 절멸을 뜻하는 사용은 도리를 벗어난 것이라고. 이 견해는 1960년대 중반 이후 죽 이어지고 있고, 오늘날 용법에 관한 책에서도 이런 맥락에서 'decimate'의 사용을 권하고 있다.

어원적 오류는 융통성 없는 탁상공론 중에서도 최악이다. 무의미한 개인적 의견을 역사적 원칙을 보존하겠다는 대의로 포장하는 것과 같다. 오류주의자들은 언어가 변한다는 원칙을 무시한다. 변화하지 않는 언어는 죽은 언어이고, 가만 보면 라틴어가 순수하다고 그토록 칭송하는 오류주의자들 가운데 실제로 매춘부 같은 영어를 버리고 라틴어를 택한 이는 없다. *

오류주의자들은 논리와 직선을 사랑한다 주장하면서, 어원적 근거가 있는 용법과 되는 대로 의미를 붙인 난센스 사이의 절취선을 삐뚤빼뚤하게 그린다. 예를 들어 9월부터 12월의 이름이 어원적으로 숫자와 맞지 않는다는 이유로 달 이름을 재배치해야 한다고 주장

---

* 　라틴어 자체가 사용되는 천 년 동안 큰 변화를 겪은, 불순한 언어다. 오류주의자 분들, 미안합니다.

하는 오류주의자는 없다. 7을 뜻하는 'September'는 9월이고 8을 뜻하는 'October'는 10월이며 9를 뜻하는 'November'는 11월, 10을 뜻하는 'December'는 12월이다. 라틴어 어원에선 '글로 쓰다'를 뜻하는 'redact'가 이제는 원고를 편집한다는 뜻으로 쓰인다고 불평하는 사람은 아무도 없다. (15세기에 'a napron'을 'an apron'으로 오해한 결과인) 'apron'이나 (고대 프랑스어 'cherise'를 중세 영어 화자들이 복수로 착각한 결과인) 'cherry'처럼 실수나 오독으로 태어난 단어들에 반대하는 오류주의자들도 없다. 이 실수들이 오래되었고, 단어들이 잘 정착했다는 이유다. 그러나 만약 영어에서 어떤 단어를 없애고 싶다 해도, 어떻게 그렇게 할 것인가? '올바른' 용법의 분수령이 되는 날짜를 짚어낼 것인가? 그 날짜는 또 무엇을 기준으로 삼을 텐가? 셰익스피어의 사망일? 드라이든이나 포프의 사망일? 어원적 오류주의에 충실하려면 노르망디 정복이나 데인법 이후에 만들어진 단어들은 전부 거부해야 마땅하다. 그러나 실제로 그렇게 극단적인 요구를 하는 오류주의자들은 없다. 그들도 마음속 깊은 곳에서는 언어가 계속 변화한다는 것을, 아무리 성질을 부리고 협박을 해도 언어가 변하는 걸 멈출 수 없음을 알고 있으니까.

나는 지금 어원적 오류주의가 최근에야 생겨난 것처럼 말하고 있지만, 사실은 그렇지 않다. 18세기 초에도 영어의 형태를 정하고, 공식적으로 무엇을 허가하고 무엇을 거부할지 판가름해줄 영어 아카데미를 만들자고 선동한 사람들이 있었다. 그 핵심은 대니얼 디포와 조너선 스위프트였다. 두 사람 다 영어에서 불순물을 씻어내고, 영어를 다듬고 감시해야 마땅하다고 느꼈다. 신조어는 아카데미의 승인 절차를 통과하지 않고서는 영어에 제멋대로 들어올 수 없었다. 디포는 1697년 제안서에 "그러면 화폐를 찍어내듯이 단어를 찍어내는 것은 범죄가 될 것이다"라고 적었다. 스위프트는 후에 영어가 무척 끔찍한 상태에 처해 있다며 "아직 완벽의 경지에 도달하지 못해서 그것이 부패할까 미처 염려할 수도 없다"라고 비난조로 적었다.

프랑스와 스페인에서는 각각 17세기와 18세기에 아카데미를 설립했다. 아카데미에서는 실제로 어떤 어법과 어휘가 '허가되는지'에 대해 칙령을 내렸고, 지금도 '올바른' 단어 사전을 발간하는 사전 편찬부가 있다. 그러나 아무리 아카데미라도 프랑스와 스페인 사람들이 마음대로 단어를 쓰는 걸 막지는 못한다.

영어 아카데미에 대한 요구는 흐지부지되었지만 아직도 아카데미를 만들자고 외치거나, 본인이 그 아카데미를 자처하는 패잔병들이 있다. 확고한 지침을 염원하는 사람들은 아카데미를 대신할 유사한 것을 만들어냈다. 『아메리칸 헤리티지 사전』의 용법 자문단 얘기다.

1961년 출간된 『웹스터 신 국제 사전』 3판은 여러모로 기존 메리엄 웹스터 사전과 차별화되었는데, 그중에서도 가장 나쁘게 화제에 오른 것은 논란의 여지가 있는 용법(가령 'decimate'의 확장된 의미)을 포함하여 가능한 한 언어를 사용되는 그대로 기술하고자 하는 새로운 방침이었다. 당대 많은 지식인들이 즉각 들고 일어나서 메리엄 웹스터가 언어를 보호할 의무에 있어 해이해졌다고 통탄했다. 각계각층에서 영어가 죽었다며 비통해했다. 「뉴욕 타임스」의 한 사설에 따르면 영어의 죽음은 'G. & C. 메리엄 출판사 지식인 집단'에 의해 가속이 붙은 것이었다. 사람들은 그냥 기분이 상한 정도에서 그치지 않고, 『웹스터 신 국제 사전』 3판을 전권 파기하고 'illterate(글을 모르는)'나 'uneducated(무식한)' 같은 딱지를 거리낌 없이 사용했던 『웹스터 신 국제 사전』 2판의 호시절로 돌아가라는 요구를 일삼았다. 그러나 메리엄 웹스터는 개혁 요구를 무시하고 전진했다(100명 이상의 편집자가 27년 넘게 매달려서 완성한 3판을 버린다는 생각만 해도 당시 회장은 졸도할 지경이었을 테니). 『웹스터 신 국제 사전』 3판은 회사의 주력 상품이었고, G. & C. 메리엄 출판사는 결단코 사전을 버릴 생각이 없었다. 지옥이 얼어붙는다면 모를까.

잡지 「아메리칸 헤리티지」의 출판인 제임스 파튼이 지옥에 눈을 내리게 할 결심을 했다. 『웹스터 신 국제 사전』 3판이 발간되고 몇 달 뒤인 1962년 그는 메리엄 웹스터를 인수할 작정으로 주식을 사들이기 시작했다. 메리엄 웹스터에 '새로운 지도부가 심각하게 필요하며' 『웹스터 신 국제 사전』 3판이 '모욕'이라는 이유였다. 그의 계획은 이러했다. '3판을 절판시킨다! 다시 2판으로 돌아가서 4판 작업에 가속을 붙인다.' 적대적 인수에 실패하자 그는 차선의 선택을 내렸다. 웹스터의 잘못을 바로잡고 미국이 요구하는 권위를 자처하기 위해 직접 사전을 만든 것이다.

그렇게 태어난 『아메리칸 헤리티지 사전』이 권위를 의탁한 것은 영어의 전문가 도당을 구성하고자 선별한 작가, 편집자, 교수 105명의 용법 자문단이었다. 그들은 특정 단어나 어구가 허락되는지 여부를 결정했다. 『아메리칸 헤리티지 사전』의 편찬자들은 연 1회 자문들에게 투표용지를 보내 특정 표현들이 말이나 글에서 허용되는지를 물었다. 처음 꾸려진 자문단은 구성 자체가 반동적이었다—『웹스터 신 국제 사전』3판을 소리 높여 비판한 자들이 여럿 포함되어 있었던 것이다. 그러나 그들은 놀랍게도 일부 표현에 대해선 매우 온건한 의견을 표했다. 1964년 12월, 『웹스터 신 국제 사전』3판의 비판점으로 지목받았던 단어 'ain't'에 대한 투표 결과는 『웹스터 신 국제 사전』3판에 앙심을 품은 사람들치고 미묘했다. 'I'm right about that, ain't I(내 말이 맞죠, 그렇지 않아요)?'가 허용되느냐는 질문에 자문단의 16퍼센트가 구어에서 허용된다고 답했고, 23퍼센트는 (오로지 1퍼센트만 말이나 글에서 허용된다고 판단했으며 호되게 비판받은) 'it ain't likely(그럴 것 같지 않아요)'에 비해 허용할 수 있다고 답했다. 작가이자 문예비평가인 맬컴 카울리는 1966년 『아메리칸 헤리티지 사전』초판에 반영될 투표를 마치고 신중한 평가를 내렸다. "소위 권위자인 우리는 언제나 끔찍이도 현학적이 될 위험이 있다." 아이작 아시모프는 간청했다. "내 의견은 강하지만, 꼭 권위가 있는 건 아닙니다. 그 사실을 알아주시기 바랍니다." •

그럼에도 불구하고 자문단은 언어적 보수주의를 따르는 경향이 있었다. 특히 단어에 새 의미가 더해지는 것과 기능 변화(즉 명사의 동사화처럼 품사가 변화하는 것)를 피했다는 점에서 그러했다. 자문단은 어원적 오류주의자들에게 안식처가 되었다. 자문단은 일부 어원적 오류주의를 고수했지만—21세기 초에 자문단의 58퍼센트는 자신이 글

• 모두가 그렇게 신중했던 건 아니다. 또 다른 자문이었던 역사학자 바버라 터크맨은 'author(저자)'를 동사로 쓰는 것에 강력하게 반대하며 말했다. "신이시여, 안 됩니다! 절대 안 됩니다!"

을 쓸 때 '딜레마'를 '문제'의 일반적 동의어로 사용하기보다는, 어근의 'di-'가 '두 개'를 뜻하기 때문에 두 가지 선택지 중에서 갈등하는 상황만을 일컫는 것으로 사용한다고 보고했다—'awfully'를 긍정적 의미로 쓰는 용법과 'fantastic'을 훌륭하다는 뜻으로 쓰는 용법에 대해서는 자문단 다수가 아무 문제를 느끼지 못해서, 『아메리칸 헤리티지 사전』 최신판에도 이 두 단어는 논의 대상에 오르지 않았다.

올바른 영어에 신경 쓴다고 말하는 사람들은 용법 자문단에 열광하지만, 그들이 드는 이유는 왜곡과 은폐로 점철되어 있다. 자문단은 과거에나 지금이나 『아메리칸 헤리티지 사전』에 실제로 어떤 단어가 오를지 결정할 권한이 없다. 스티브 클라이네들러는 말한다. "저는 자문단 전원이 사전의 역할을 잘 알고 있다고 생각합니다. 'ain't'는 올리면 안 된다거나 'irregardless'는 빼자고 말한 사람은 없었거든요." 다행한 일이다. 'irregardless'와 'ain't'는 비표준 영어임에도 가장 보수적이었던 『아메리칸 헤리티지 사전』 초판에도 실려 있고, 지금도 영어라는 선체에 아무리 해도 긁어낼 수 없는 고집스러운 따개비처럼 붙어 있으니까. (흥미롭게도 자문단에서 'irregardless'를 허용하지 않는 사람은 90퍼센트뿐이다. 자문단에 대체 어떤 반동분자가 침투한 것인지?) 오늘날 자문단에는 205명이 속해 있다. 그들은 대체로 선배들보다 언어적으로 훨씬 덜 보수적이다. 2005년 투표에서 자문단의 81퍼센트가 'decimate'를 무언가의 10분의 1 이상에 대해 사용하는 확장된 의미에 아무 문제를 느끼지 못했고, 36퍼센트는 ('The crops were decimated by drought(작물이 가뭄으로 모조리 죽었다)'에서처럼) 광범위한 손상에 대해 쓰는 것도 괜찮다고 답했다.

짐 레이더는 말한다. "언어에는 복잡한 역사가 있어요." 그러나 그 복잡함을 안고 살고자 하는 사람은 별로 없다. 우리는 영어의 생애를 담은 사진첩을 펼쳐보면서 이해되지 않는 사진들은 버릴 권리가 있다고 생각한다—흔들린 사진, 영어가 불퉁스럽고 비협조적이던 시절의 사진을. 그러나 배관에서 이탈한 언어야말로 영어뿐 아니라 우리가 살아가는 세상에 대해 놀라움과 기쁨을 안겨준다. 세상에서 가장 널리 이해되는 영어로 꼽힐 'OK'는 19세기 초 고의로 철자를 틀리고 그것을 줄여 쓰던 짧은 유행에서 기인한, 'all correct'의 경박한 철자 'oll korrect'의 두문자어다. 이제 당신도 19세기 초에 고의로 철자를 틀리는 유행이 잠시 있었음을 알게 되었다.

영어는 정복을 견디고 모습을 바꿔가며 살아남았고, 그 변화의 많은 부분이 무딘 실수와 오독에서 기인했다. 실수하는 사람들에 의해 만들어진 살아 있는 언어는 완벽하지 않지만, 우리가 이따금 훌륭한 글을 읽을 수 있는 건 그 언어 덕택이다.

11장

사람들은 단어와 깊은
관계를 맺고 싶어 한다.
단어를 쓰는 책임을 지기 위해,
단어의 비밀을 알기 위해.
우리는 특정 단어를 누가 만들었는지,
언제 처음 썼는지 결코 알 수 없다.
언어는 사적 영역에서 시작해
공적 영역으로 옮겨가므로.

American Dream
연도에 관하여

사전 편찬자들은 사전 이용자들이—참고자료와 건강한 관계, 즉 가벼운 관계를 맺는 보통 사람들이—사전 항목의 모든 부분을 꼼꼼히 뜯어볼 거라고 기대하지 않는다. 그러나 의외로 사전 이용자들의 이목을 끄는 네 개의 숫자가 있다. 괄호에 감싸인 이 숫자는 단어의 연도다.

처음부터 사전에 연도가 실려 있었던 건 아니다. 연도는 『옥스퍼드 영어 사전』 같은 유서 깊은 사전이 도입한 혁신이자 그들만의 특징이었다. 대부분의 사전 출판사에서는 항목에 연도를 싣는 것이 실용적이지 않고, 보통 사람들의 흥미를 자아내지 못할 것으로 여겼다. 그러나 그건 오산이었다. 연도는 인기가 많다.

사내에서 '데이팅 프로젝트dating project'라고 부르는 연도 작업은 이상한 계기로 시작되었다. 1980년대 당시 메리엄 웹스터 회장이었던 빌 르웰린이 항목에 연도를 실을 것을 제안했다. 편집부에선 극도로 부정적인 반응을 보였다. 단어가 처음 기록된 연도를 추적하는데 수반되는 업무량이 어마어마해서 차마 엄두를 낼 수 없었다. 편집자 한 무리가 미국 각지의 도서관을 돌아다니며 기존 항목과 신규 항목이 처음 글에서 쓰인 연도를 수집해야 할 터였다. 르웰린은 메리엄웹스터 사전을 타사 사전과 차별화할 방법을 찾고 있었기에, 편집부에 연도를 추가하기 싫다면 그건 괜찮지만, 다른 방법을 찾으라고 일렀다. 고참 편집자가 연도 대신 몇 개 항목에 보다 긴 용법 해설을 신자고 제안했다. 스티브 페로는 말한다. "그래서 용법 해설을 써서 빌르웰린에게 보이자 그는 물론 이렇게 말했습니다. '오케이, 좋아요. 이거랑 연도를 싣기로 합시다.'"

선임 연도 편집자 조앤 디프리스가 말한다. "초대형 프로젝트였어요. 백지 상태에서 모든 단어에 연도를 달아야 했거든요." 연도 편집자들은 사전의 할아버지 격인 유서 깊은 『옥스퍼드 영어 사전』을 우선 확인하고, 다음으로 『중세 영어 사전』이나 『미국 은어 사전』 같은 특화 사전으로 옮겨간다. 거기서 답을 얻지 못하면 편집부 서재와 인용문 파일을 파헤친다. 대단한 작업이었지만, 1983년 『메리엄 웹스터 대학 사전』 9판이 나오기 전에 마칠 수 있었다.

르웰린이 옳았다. 『메리엄 웹스터 대학 사전』에 실린 연도는 사랑을 듬뿍 받았다. 어찌나 인기가 좋았는지, 우리는 대사전에도 연도를 싣기 시작했다.

메리엄 웹스터 사전에서 연도는 해당 영어 단어가 (영어에서) 사전에 실린 의미로 처음 인쇄물에 쓰인 연도를 가리킨다. 앞 문장의 기이할 만큼 신중한 표현에서 연도의 속성에 대해 많은 오해가 있다는

걸 짐작할 수 있을 테다. *

가장 큰 오해는 단어가 최초로 글로 쓰인 연도가 단어가 만들어진 연도라는 것이다. 이전에 내가 참석한 컨퍼런스에서 한 발표자가 『옥스퍼드 영어 사전』에 따르면 제인 오스틴이 'shoe-rose(신발끈이나 리본을 신발 앞에 장미 모양으로 묶은 것)'와 'shaving glass(면도용 거울)'를 소설에서 처음 사용한 저자라고 말했다. 두 단어는 제인 오스틴이 살았고 묘사했던 세계에 대해 흥미로운 사실들을 보여준다.

그러나 발표자는 이어서 제인 오스틴이 그 단어들을 최초로 글에 썼기 때문에 그 단어를 발명한 사람이라고 주장했다. 나는 발표를 들으며 겉으로는 무심하고 학문적인 태도를 유지했지만, 속으로는 호머 심슨처럼 이마를 탁 쳤다. 조금만 생각해봐도 완전히 헛소리인 걸 알 수 있을 테다. 제인 오스틴이 화장실에서 쓰이던 아주 흔한 물건을—이미 널리 사용되고, 이름이 있던 물건을—일컫는 새 단어를 만들어내고 그 단어들을 주석이나 설명 없이 자기 책에서 쓰겠는가? 그럴 리가 없다.

만약 독자들이 새 단어를 낯설게 여길 거라 생각했다면, 오스틴은 본문에서 'shoe-rose'나 'shaving glass'가 무엇인지 설명했을 것이다. 그러지 않은 이유는 제인 오스틴이 책을 썼을 무렵 이 단어들이 이미 사회에서 통용되고 있었기 때문이다. ** 제인 오스틴은 이 단어들을

---

* 우리는 사전 전문(前文)에 연도가 뜻하는 바를 설명해놓았지만, 보아하니 전문이란 오로지 우리 자신의 즐거움을 위해 쓰고 교정하는 것이니까.

발명한 사람이 아니다.

　대부분의 단어들은 우선 입말에서 쓰이고, 다음으로는 사적인 글에서 쓰이고, 마지막으로 공적으로 출판되는 글에서 쓰인다. 이는 즉 사전 항목에 적힌 연도가 정말로 단어가 탄생한 연도라면 메리엄 웹스터 사옥 지하 창고에 각 단어가 처음 발음된 순간을 모은, 『해리 포터』에 나올 법한 비밀 기록 보관소가 있어야 한다는 뜻이다. 마법은 없고, 사실은 이렇다. 단어가 만들어지는 원리로 인해 우리는 특정 단어를 누가 만들었는지, 언제 처음 썼는지 결코 알 수 없다. 언어는 사적 영역에서 시작해 공적 영역으로 옮겨가기 때문이다.

　제인 오스틴이 'shoe-rose'와 'shaving glass'를 처음 글에서 썼다는 주장도 언젠가는 철회될 것이다. 단어가 최초로 글에서 쓰인 연도는 자주 바뀐다. 과거의 기록이 처음으로 출판되거나, 전산화되고 검색 가능해지면서 우리 눈에 포착되기 때문이다. "전문을 공개하는 데이터베이스가 크게 늘어났고, 이제 저희는 그런 데이터베이스를 거의 독점적으로 사용하고 있어요." 조앤이 설명한다.

　연도는 사전에 따라서도 달라진다. 항목에 적힌 연도는 그 사전에 오른 의미로 처음 쓰인 연도이기 때문에, 가령 『대사전』에 『대학 사

・・　　'shoe-rose'는 1813년작 『오만과 편견』에서 처음 쓰였지만, 조금만 더 찾아 보면 1801년에도 인쇄 매체에서 쓰인 바 있다. 'shaving glass'는 1817년경 출판된 『설득』에 등장하지만 1751년에도 쓰인 적이 있다. 『옥스퍼드 영어 사전』에서 'shoe-rose'와 'shaving glass' 항목은 1914년 이래 갱신되지 않았다. 그쪽 편집자들이 언젠가 S에 다다르면 내가 찾아낸 연도를 금방 발견할 수 있으리라 확신한다.

전』에는 빠진 고어 의미가 올라 있다면 두 사전의 같은 항목에 다른 연도가 표기되어 있을 수 있다. 'actress'의 연도는 『대사전』에 1586년, 『대학 사전』에 1680년으로 올라 있는데 이는 『대사전』에 '어떤 일에 참여하는 여자'라는 과거에만 쓰이던 의미도 올라 있는 반면 『대학 사전』에는 보편적인 '여성 연기자'라는 의미만 올라 있기 때문이다.

연도는 아무리 정확한 정의도 따라갈 수 없을 만큼 정확하기 때문에—숫자니까!—많은 독자들이 연도의 흠을 잡는다. 그들은 연도가 단어가 아니라 그 단어가 가리키는 대상이 탄생한 해를 뜻한다고 생각한다. (『웹스터 신 국제 사전』에 '두 여자 사이의 장기적 애정 관계'로 정의된) 'boston marriage'가 좋은 예다. 우리가 알아본 바로 이 단어가 이러한 관계를 지칭하는 데 쓰인 건 1980년이 최초인데, 이 연도가 너무 늦다고 주장하는 사람들이 있다. 그들은 우리에게 숨겨진 레즈비언 관계의 긴 역사를 주제로 장문의 이메일을 보내온다. 교육적이지만, 'boston marriage'라는 용어에 대해 무엇도 해명해주지 않는 이메일이다. 누군가는 헨리 제임스가 1886년 소설 『보스턴 사람들The Bostonians』에서 이러한 관계를 묘사했다고 주장한다. 설령 그렇다 해도 그 관계를 묘사하는 데 'boston marriage'라는 단어가 사용되지 않았기에 이 책을 해당 단어의 기원으로 인용할 수는 없다.

가끔은 우리가 어떤 언어의 연도를 조사하고 있는지 잊어버리는 사람들도 나타난다. 최근 우리는 이런 편지를 받았다. "당신네 사전에서 단어의 기원 연도 몇 개가 완전히 틀린 걸 발견했습니다. 예를 들어 'brothel(매음굴)'이 1566년경 처음 쓰였다고 적혀 있는데, 실은 타키투스가 불타는 로마를 설명할 때 이 단어를 이미 썼습니다.

기원후 64년의 일이죠." 타키투스가 『타키투스의 연대기』에서 매음굴을 언급한 것은 사실이지만 그는 라틴어 'lupanaria'를 사용했고, 'lupanaria'를 영어로 번역한 것이 'brothel'이다. 그럴 법도 한 것이 타키투스는 로마인으로 (따라서 라틴어를 썼고) 영어가 탄생하기 몇 세기전이었던 기원후 1세기 말에 활동했다. 외국어에서 곧장 빌려온 언어라 하더라도, 우리는 그 단어가 온전한 영어로 쓰인 사례만 취급한다. 가령 스와힐리어에서 영어로 빌려온 단어 'safari(사냥대)'의 경우, 우리는 이 단어가 의심의 여지 없이 영어로 쓰인 최초의 글을 찾아냈다. "These Safari are neither starved like the trading parties of Wanyamwezi nor pampered like those directed by the Arabs(이들 사냥대는 와니암웨지의 교역상들처럼 굶주리지도, 아랍인의 지배를 받는 이들처럼 극진한 대접을 받지도 않았다)."

눈에 불을 켜고 우리 사전에 실린 연도를 수정하고자 하는 학자들과 언어 애호가들이 있다. 우리가 적은 연도보다 더 이른 쓰임을 찾아내려는 것이다. 이는 자연적인 충동이다. 전문가를 이기는 건 누구나 좋아하고, 연도는 상대적으로 이기기 쉬운 분야로 생각되니까.

오래 지나지 않은 과거에 나는 트위터에서 'dope slap'이라는 단어를 가장 먼저 글에서 쓴 사람이 NPR 프로그램 〈카 토크〉의 진행자 톰 마글리오찌라는 이야기를 하고 있었다(당시 내가 찾을 수 있는 자료에 의하면 그러했다). 톰의 동생 레이 마글리오찌는 'dope slap'이 '예상하지 못한 뒤통수 때리기'를 뜻한다고 설명했다. 톰 마글리오찌가 〈카 토크〉 블로그에서 처음 이 표현을 썼을 때, 이 표현은 뒤통수를 맞는 목표물의 'dope(멍청이)' 같음에 착안한 것이 분명해 보였다. "음, 나라면 우선 주유등이 켜졌는데 집까지 운전해 온 대가로 그 녀석에게 'dope slap'을 한 대 먹이겠습니다. 주유등이 켜지면 곧장 엔진을 꺼야 합니다." 나는 트위터에 다음과 같이 적었다. "손에 넣을 수 있는 자료를 전부 뒤져보았는데 이보다 이른 쓰임은 없었습니다. 제가 이렇게 말하자마자 이걸 앞서는 날짜를 들고 오는 분이 계시겠죠."

딱 14분 뒤 트위터 알림이 떴다. 1990년에 'Dope Slap Records'라는 음반 제작사가 있었다는 제보였다. "그건 사실이지만, 이때 'dope slap'은 줄글에서 쓰인 게 아니라 이름의 일부이므로 정확한 의미를 알 수 없습니다." 나는 덧붙였다. "검색은 잘하셨지만, 더 앞선 쓰임이라고 보기는 어렵습니다."

6분 뒤 그 사람이 1990년에 줄글에서 'dope slap'이 쓰인 걸 찾았다며 증거를 내밀었다. 'the first annual Dope Slap Awards(최초의 연간 Dope Slap 상).' 수상작은 영화 〈잔인한 게임 하키Hockey: A Brutal Game〉였다. 그 사람은 포기할 생각이 없었다. 젠장, 내가 더 앞선 쓰임을 찾고야 말겠어! 그러나 그가 보내준 「오타와 시티즌」 기사를 읽어보아도 여기서 'dope slap'의 의미가 내가 찾고 있던 뒤통수를 후려치는 행위를 가리킨다는 증거는 없었다.

이 경우엔 내 트위터 친구가 틀렸지만, 그처럼 열심히 조사하다 보면 우리가 놓친 사례가 발견되는 경우도 왕왕 있다. 이 얘기가 나오자 조앤이 한숨을 쉰다. 우리가 찾은 것보다 더 이른 쓰임이 발견된 곳을 정리한 연도 스프레드시트에는 65개의 출처가 올라 있다. 제작 연도가 제각기 다른 20종 남짓의 사전, 신문 데이터베이스와 보관소,

(JSTOR나 PubMed) 같은 논문 저장소, 사옥 곳곳에 흩어져 있으며 전혀 전산화되지 않은 우리 편집부 서재까지. 이 데이터베이스를 한 번에 효율적으로 검색할 수 있는 궁극의 스크립트는 없다. (스캔 오류, 데이터베이스 오류, 검색 오류, 단지 우리를 엿먹이기 위해 기계 속 그렘린처럼 고개를 드는 오류들 등등) 잘못된 검색 결과를 단번에 처리해주는 프로그램도 없다. 연도 편집자는 결과를 일일이 살펴보고 평가해야 한다—수만 건의 항목을 마감에 맞춰 검토해야 한다는 뜻이다. "검토할 항목이 하도 많아서 웬만한 항목에 평균 15분 이상 할애하기 어려워요. 그런데 이 사람들은 며칠을 들여서 잘 알려지지 않은 신문 기록까지 샅샅이 뒤지죠." 조앤이 어깨를 으쓱하며 말한다. "그렇게 파고드는 사람들은 저희에게 도움이 돼요."

연도는 의미에 따라 크게 달라지기 때문에, 연도를 찾는 건 정의만큼이나 복잡한 작업이 될 수 있다. 조앤은 설명한다. "저희도 정의할 때처럼 의미 분석을 해야 해요. 거기서 뭔가를 만들어내야 하는 건 아니지만요. 그러니까, 정의를 직접 쓸 필요까지는 없지만 이게 무슨 의미인지는 이해해야 한다는 거예요." 그러나 연도를 찾으려면 정의를 쓸 때와 달리 출처를 찾아 사냥을 나서야 하는데, 그 과정에서 편집자는 토끼굴에 빠지기 일쑤다. 일례로『메리엄 웹스터 신 국제 사전』에 '하루에 끝낼 수 있을 만큼 짧은 하이킹'으로 정의되어 있는 'day hike'의 쓰임 대부분은 의미를 '낮 하이킹'과 구별하기 어렵다. 두 번째 의미는『메리엄 웹스터 신 국제 사전』에 올라 있지 않으므로, 연도 편집자가 찾는 의미가 아니다. 조앤은 데이터베이스에서 'day hike'를 검색해보니 '낮 하이킹'을 의미하는 결과가 하도 많이 나와서, 결국 검색을 포기하고 1950년부터 한 해씩 거슬러 올라가며 ('낮 하이킹'이 아닌) '짧은 하이킹' 의미가 몇 년 연속으로 발견되지 않는 구간을 조사했다고 한다. 『메리엄 웹스터 신 국제 사전』의 'day hike'는 연도가 1918년으로 올라 있다. 그보다 더 전에도 이 단어가 쓰이긴 했지만, 사전에 올라 있지 않은 의미이기 때문에 무효다.

바로 이 지점에서 더 앞선 연도를 찾아나선 사람들은 좌절하고 만다. 의미가 명백하고도 완벽하게 들어맞지 않으면 그보다 더 이른 쓰임이 있다 해도 기각되고 만다. 조앤이 연도를 조사했던 단어 중 특히 자랑스럽게 여기는 것은 'American dream(아메리칸 드림)'이다. 지금 우리에게 이 단어의 의미는 'an American social ideal that stresses egalitarianism and especially material prosperity; **also** : the prosperity or life that is the realization of this ideal(평등주의와 특히 물질적 번영을 강조하는 미국의 사회적 이상; **또한** : 이 이상을 실현한 번영이나 삶)'로 알려져 있으나, 늘 이와 똑같은 의미로 쓰인 것은 아니었기에, 조앤은 이 단어의 연도를 찾다가 의미가 잘 맞지 않는 인용문을 다수 발견했다.

> 다른 모든 것처럼 쇼핑에 맞춰진 환경도 신성하다. 24시간 내내 대중 밴드가 천상의 음악을 연주하며, 전화로 좋아하는 곡을 틀 수도 있다. 공공건물들은 궁궐이고 그 안의 장치들은 호화로움의 모범이다. 우리는 도시의 형언 불가능한 특권들이 어떻게 시골까지 확장될 것인지, 그리고 그러지 못한다면 누가 시골에 머무르는 데 만족할지 궁금할 뿐이다. 아메리칸 드림은 도시의 것이다.

1893년에 쓰인 이 인용문은 훌륭하지만, 조앤은 여기서 "아메리칸 드림이 평등주의라는 핵심 요소 없이 물질적 번영만을 이야기한다"라고 설명한다. 단어가 현재 사용되는 의미를 거의 담고 있는 것으로는 부족하다. 현재의 의미를 완전히 담아야 한다. 이 인용문에서 평등주의를 읽을 수 있는가? 만약 그렇다 해도, 그것은 원문에 충실한 해석이 아닐 테다.

조앤의 추적 결과, 'American dream'이 현재 의미로 쓰인 첫 인용문은 아이러니하게도 아메리칸 드림에 대해 경종을 울리는 글이다.

어느 공화국에서나 가장 큰 위험은 불만족한 군인이 아니라 불만족한 백만장자로부터 온다. 그들은 결코 평등한 지위에 만족하지 못하고, 그들과 평등하다고 여겨지는 인구가 많을수록 더욱 불만을 품는다. 그들은 천성적으로 분리된 계급이 되기를 원하고, 고국에서 작위를 받지 못하더라도 외국의 귀족들과 동등하게 대우받길 바란다. 현재 우리의 상태가 딱 이러하다. 이것이 아메리칸 드림의 끝일 것이다. 과거의 공화국들은 모두 부자나 귀족의 손에 전복되었다. 미국에도 같은 일을 할 태세가 된 수많은 혁명의 아들들이 있고, 정부나 여론에 의해 저지받지 않고 헌법을 조롱하는 유능한 군인들도 많다.

작년에 쓰인 글처럼 들린다. 이 글은 1900년에 쓰였다.

이것이 연도 찾기의 즐거움이다. 모든 것이 생각보다 오래되었다. 언어학자 아놀드 츠비키는 '신근성 착각recency illusion'이라는 용어로 새롭게 여겨지는 언어를 최근 만들어진 것으로 착각하는 현상을 설명했다. 현대에 언어적으로 지탄받는 많은 표현들이 연도를 보면 사실은 꽤 오래전부터 쓰여왔다. 'whatever'를 축약한 'wev', 'obviously'를 축약한 'obvi'는 보통 젊은이들이 말하고 쓰기 때문에 나태하다고 비난받는다. 핸드폰을 쥔 젊은 사람들이 영어를 죽이고 있다는 글은 하도 많아서 일일이 인용하지 못할 정도지만, 기술 발전에 대해 한탄하는 저자들 가운데 단축어가 핸드폰이 발명되기 수 세기 전부터 쓰였음을 아는 사람은 거의 없다. 영국 시인 존 가워가 『사랑의 고백Confessio Amantis』에서 'happening(사건)'의 단축어로 'hap'을 사용한 것은('a wonder hap which me befell(내게 닥친 놀라운 사건)') 14세기 말의 일이었다. 반대론자들은 'LOL(Laugh Out Loud(크게 웃다))'이나 'OMG' 같은 끔찍한 두문자어들이 현대인들의 게으름의 증표이자, 바른 영어의 종말이 확실하다고 울부짖는다. 그러나 이런 반대론자들조차 두문자어를 심심찮게 사용하고 있다. 'Please RSVP ASAP and BYOB(가능한 한 빨리 답장해 주시고, 술은 각자 가져오기 바랍니다).' 'OMG'의 역사는 윈스턴 처칠을 수신인으로 하는 1917년의 편지로 거슬러 올라간다. 자, 이제 어쩔 텐가? 영어가 몰락한 탓을 타자기에 돌릴 텐가?

사람들은 보통 영어를 세월에 걸쳐 쌓이는 것으로 생각하지 않는다. 고까운 신조어가 눈에 띄면, 그 단어가 과거, 현재, 미래에 영원할 '영어'라는 고정된 영토를 근래에 급습한 것이라고 추정한다. 허나 사전에 오른 연도를 보면, 그 추정은 틀렸다. "사람들은 연도를 보지 않는 한 [한 단어가] 언어에 들어온 시점을 생각지 않아요. 연도를 보면 단어의 역사에 대해 조금이나마 생각하게 되지요." 조앤이 말한다. 그녀의 말이 옳다. 연도를 보면, 우리는 어휘의 많은 부분이 우리 쪽 강의 표면에서는 보이지 않는 영어의 물살에 속해 있다는 것을 알 수 있다. 지난 30년 동안 인도 음식이 유행한 결과 요리 이름 'korma(코르마)'가 미국인들에게 한결 익숙해졌지만, 이 단어가 영어에 처음 등장한 것은 1832년의 일이다. 'child support(아동 부양)'는 20세기 말 이혼이 증가하면서 만들어진 단어처럼 들리지만, 실은 1901년에 처음 쓰였다.

사람들은 또한 단어와 보다 깊은 관계를 맺고 싶어 한다. 단어를 쓰는 책임을 지기 위해, 혹은 단어의 비밀을 알기 위해. 단어의 철자나 의미를 아는 것만으로는 충분하지 않다. 단어를 정말 **알고** 싶다.

어떤 사람들은 우리 사전에 실린 항목이 거기 적힌 연도보다 확실히 더 이른 시기부터 쓰였다고 편지를 보내오는데, 그 누구보다도 진심 어린 어조다. 근거는 바로 자신이 그 단어를 만들어냈다는 것이다. 주장이 진실인 경우는 거의 없지만, 이 현상은 가없이 흥미롭다. 그런 사람들은 자신이 어떻게 그 단어를 만들었는지 놀라울 만큼 명료하고 세세한 이야기를 들려준다. 당신네 사전에 올라 있는 것보다 한참 전인 1969년, 프린스턴 대학교 기숙사 방에서 제가 'wuss(겁쟁이를 칭하는 속어)'를 만들었습니다. 당신네는 'noogie(주먹으로 가볍게 치는 짓)'가 1968년에 만들어졌다고 하지만 저는 초등학교 때부터 친구들과 'noogie'를 주고받았고, 당신네가 말하는 이 단어의 탄생 연도에 저는 대학원생이었습니다. 저는 1926년 스태튼 아일랜드에서 태어났는데 1932년에 이미 아이스크림 콘과 선디에 'jimmies(아이스크림 위에 뿌리는 색색깔의 스프링클)'를 뿌려 달라고 말했습니다. 이게 바로 'jimmies'가 1947년에 만들어졌다는 당신네 주장이 틀렸다는 증거입니다. 그들은 문제의 단어가 자신이 그 말을 만들었다고 주장하는 연도보다 더 이르게 쓰인 증거를 들이밀어도 꿈쩍도 하지 않는다. "내가 그들에게 더 이른 증거를 보여줘도, 계속 같은 주장을 늘어놓아요. 그게 아니라니요." 그들은 영어에서 자신의 지분을 주장하고 있다. 반대 증거가 있든 말든, 'cyberstalk(온라인에서 스토킹하는 행위)'나 'vlog(영상 블로그)'나 'ginormous(어마어마하게 크거나 많은)'가 바로 **자신에게** 속한다고 주장하는 것이다.

단어의 연도를 찾는 사냥은 때로 언어적 경쟁처럼 느껴질 수도 있다―우리가 『옥스퍼드 영어 사전』을 이길 수 있을까? 그러나 단어를 과거의 특정 시기까지 추적하는 작업은 영감을 주고, 또 새로운 지식을 알려준다. 일순의 변덕으로 태어난 단어들이 영어에 붙박이곤 한다. 17세기 축약어 유행, 19세기 라틴어 과잉 의식 어법. 19세기 중반에서 후반 사이 영어에 이디시어와 중국어와 폴란드어로 된 음식 이름이 잔뜩 들어온 것은 우연이 아니다. 이민자들이 영어권 국가로 쏟아져 들어오게 만든 사건의 직접적인 결과다. 연도를 추적하는 것은 곧 역사를 여행하는 것이다. 때로는 목적지에 금방 도착하고, 때로는 윈스턴 처칠의 개인적 서신을 지나 경치 좋은 길을 오래 달려야 한다.

12장

사무실에 자신이 다루는

모든 자료를 둘 공간이 없을까봐

걱정하지 않아도 되는 건

발음 편집자뿐이다.

그들은 말에서 발음을 수집한다.

간단히 말해, TV를 하루 종일 보며

지낸다는 뜻이다.

요즘은 유튜브를 더 오래 보지만.

Nuclear

발음에 관하여

에밀리 베지나는 입사 첫 주, 아직 편집부의 분위기에 적응 중이었다. 사무실 규칙 하나는 바로 익혔다. 대화 금지. 그러니 과제로 『메리엄 웹스터 신 국제 사전』 3판 전문을 읽던 중 사무실 안에서 평소 크기로, 차분하고 침착하게 말하는 목소리가 들렸을 때 그녀가 얼마나 놀랐을지 상상해보라. "pedophile(아동성애자)."

그녀는 "아, 그래" 하고 그 소리를 털어버렸다. 다시 전문에 집중하려 할 때 아까와 똑같이 냉정한 목소리가 들렸다. "pedophile."

이제 좀 오싹해지기 시작했다. 사무실 사람들 전부가 무슨 끔찍한 주문 외우기에 동참하는 것 같았다. 앉은 순서대로 한 사람씩 말했다. "pedophile." "pedophile." "pedophile."

갑자기 인기척이 들어 고개를 드니 옆에 발음 편집자 조쉬 귄터가 서 있었다. 그가 'pedophile'이라고 적힌 파란 색인 카드를 내밀었다. "이 단어를 어떻게 발음하세요?" 에밀리는 순순히 발음했다.

"pedophile." 조쉬는 메모지에 뭔가를 끼적이고 고개를 끄덕이고는 다음 자리로 넘어갔다. 다음 편집자가 고개를 들고 눈을 깜박이고 말했다. "pedophile."

괴상망측한 신고식이 아니다. 조쉬는 『메리엄 웹스터 대학 사전』에 실을 발음들의 순서를 정하기 위해 사무실 내에서 설문조사를 벌이고 있었다.

우리 회사를 방문한 사람은 사무실이 분주한 고요함에 둘러싸인 것을 느낄 수 있다. 따사로운 오후에 응석을 부리는 컴퓨터의 소음과 사람들의 숨소리를 듣고 있노라면 졸음을 쫓기가 어렵다. 그러니 내가 입사하고 일 년쯤 지난 어느 날, 복도 구석에서 독일어 사전을 찾다가 근처에서 분명히 대화처럼 들리는 소리를 들은 건 무척 기묘한 일이었다. 관객의 웃음소리도 들렸다. 그리고 잠시 정적이 흐르더니, 똑같은 소리가 반복되었다. 소리 낮춘 대화와 관객의 웃음소리. 아, 머릿속에 전구가 켜졌다. 바로 옆에 발음 편집자의 사무실이 있었다. 그가 인용문을 듣고 있었다.

사전 편찬자라면 누구나 정보를 수집하고 대조해야 하지만, 읽고 표시하기 목록을 신경 쓰거나 사무실에 자신이 다루는 모든 자료를 둘 공간이 없을까봐 걱정하지 않아도 되는 건 발음 편집자뿐이다. 그들은 말에서 발음을 수집한다. 이는 간단히 말해, 발음 편집자가 하루 종일 TV를 보며 지낸다는 뜻이다. (조쉬가 이 대목에서 망설인다. "사실 유튜브를 더 오래 봐요.") 그의 사무실에는 소형 텔레비전과 라디오, 테이프 녹음기, 그리고 물론 책꽂이에서 넘쳐 흘러나오고 있는 책들이 있다.

사전에 실린 발음들이 발음 편집자가 그냥 적은 게 아니라는 걸 알면 놀랄지도 모르겠다. 조쉬는 말한다. "제가 어휘 10만 개를 안다고 생각해주신다면 으쓱해지긴 하지만, 제가 그런 사람은 아니라서요." 사전에 실린 발음들은 정의 절차와 비슷하게 수집과 정리, 분석을 통해 사전에 오른다.

그러나 발음을 위해 인용문을 수집하는 것은 또 생판 다른 일이다. 발음에서 문맥은 전혀 무관하다. 중요한 건 문제가 되는 단어의 명료한 조음이다. 발음 인용문의 출처는 크게 세 가지로 방송 매체(라디오, TV, 영화, 케이블 방송 등), 인터넷의 음성 혹은 영상(유튜브와 팟캐스트가 많은 자료를 준다), 대인 접촉(전화, 앞서 언급한 사내 설문조사, 면대면 대화)이다. 『아메리칸 헤리티지 사전』에서 발음을 담당하는 스티브 클라이네들러는 종종 내게 제약회사에서 갖가지 제품을 홍보하기 위해 찍은 영상 링크를 보내준다. 조쉬와 스티브는 회사, 시청, 유명인(대부분은 노벨상 수상자나 회장)에게 자주 전화를 걸어 제품명, 도시 이름, 자기 이름을 어떻게 발음하는지 묻는다. 발음법이 두 가지 이상이고 무엇을 1번으로 올릴지 확실하지 않을 때 조쉬는 클립보드와 색인 카드를 들고 사무실을 돌아다니며 우리 편집자들에게 자주 사용되지 않는 탁한 목소리로 단어를 읽어달라고 부탁하고 어떤 발음이 더 흔한지 조사한다. 조쉬는 음성 자료를 들으면서 흰색 색인 카드에 발음과 출처를 적고 파일에 철한다.

조쉬가 발음을 적는 방법이야말로 진짜 묘기다. 영어는 음성학적 언어가 아니다—즉, 문자와 그것이 표현하는 소리 사이에 일대일 대응 관계가 없다. 따라서 영어의 **g**는 어두에서 'girl'의 첫소리나 'giraffe'의 첫소리 둘 중 하나로 발음된다. c는 단어 내의 위치와 주위 문자에 따라 대략 세 가지로 발음된다. 'cat'의 첫소리, 'citrus'의 첫소리, 'politician'의 가운데 소리 등. 그렇기 때문에 발음을 적을 때 실제 소리를 정확히 기록하려면 26개 알파벳으로는 부족하다. 'sprachgefühl'의 발음이 "SPRAHCH-geh-FYOOL"이라고? 이때 \CH\는 'chat'의 첫소리와 같은가, 'chanukah'의 탁한 첫소리와 같은가? \AH\는 'ax'의 모음인가, 'again'의 첫 모음인가? 모든 것이 불확실하기 때문에 당신은 'sprachgefühl'을 "SPRATCH-gay-FULL"이나 "SPRUTCH-geh-FOOL"처럼 영 틀리게 발음할 소지가 있다. *

그것이 사전에서 ā와 ə와 ŋ처럼 이상한 문자로 가득한 전용 알파벳을 사용하는 이유다. ** 이런 전용 알파벳은 'sprachgefühl'의 발음이 \shpräk-gə-fuel\이라는 것을 명확하게 가르쳐준다. *** 다만, 전용 알파벳의 단점은 해독하려면 골치가 아프다는 거다. 이 알파벳은 음성이 아니라 음운을 표시한다. 음성 체계에서는 알파벳이 각각 하나의 소리를 표시하는 반면 음운 체계에서는 알파벳이 각각 한 집단의 소리를 표시한다. 각각의 음운(발화에서 소리의 가장 작은 단위이자, 우리의 발음 알파벳이 표시하는 대상)이 억양과 방언에 따라 달라질 수 있기 때문이다. 우리가 'pin'의 i를 표시하는 데 쓰는 알파벳 \i\를 보자. 음운 체계에서 우리는 이 \i\가 'pin'의 i와 같이 발음된다고 설명하는데, 이는 실제로 이 음운이 입 밖으로 나왔을 때 어떻게 **들리는지**와는 무관하다. 모방언에서 'pin'을 'pin', 'pen', 'payin', 'pehhn', 어떻게 발음하든 \i\는 'pin'의 i가 표시하는 모든 모음을 대표한다. 이는 우리가 특정 방언에 특권을 주지 않고 다양한 억양과 방언을 포함시킬 수 있다는 뜻이다. 만약 어떤 사람은 'pin'과 'pen'을 똑같이 \PIN\이라고 발음하고(미국 일각에서 pin-pen 병합이라고 불리는 음운적 특색이다) 다른 사람은 'pin'을 \PIN\으로, 'pen'을 \PEN\으로 발음한다 해도, 사전의 발음 기호는 그중 하나가 옳고 하나가 그르다고 말하지 않는다. 사전에서 사용하는 이상한 알파벳은 다양한 음운적 별종들에게 자리를 준다. ••••

　발음 편집자들은 음운과 음성 알파벳을 익혀야 할 뿐 아니라, 듣는 훈련도 해야 한다. 전 세계에서 사용되는 영어의 음운적 특징을 속속들이 파악하고 있다면 더할 나위 없을 것이고, 그게 아니라면 적어도 미국에서 쓰이는 여러 방언들의 음운적 특징은 알아야 한다. 조쉬가 언젠가 내게 어디 출신이냐고 물어보았다. 내 대답을 듣고 그는 말했다. "아, 일반 서부 방언이로군요. 그렇다면 'cot-caught' 융합과 'Mary-merry-marry' 융합이 있겠어요." 조쉬가 설명하기 전까지 나는 다른 방언에서는 'cot'과 'caught', 'Mary'와 'merry'와 'marry'가 모

- •　'큰따옴표'에 묶인 발음과 \역슬래시\에 묶인 발음의 차이는 무엇인가? 이는 사전 편찬업의 심원한 관습이다. 발음을 음운적으로 표기한 것은 큰따옴표에 넣고, 발음기호를 사용한 음성 표기는 역슬래시에 넣는다.

- ••　설상가상으로 회사마다 다른 전용 알파벳이 있다.

- •••　설명: \ā\는 ace; \a\는 ash; \ä\는 mop; \ē\는 easy; \e\는 bed; \ə\는 abut; \ī\는 ice; \i\는 hit; \ō\는 go; \ü\는 loot; \ᴀ̈\는 독일어 füllen; \ˈ\는 제1강세; \ˌ\는 제2강세.

- ••••　어떤 사람들은 이상한 전용 알파벳 대신 국제음성기호IPA를 사용하면 훨씬 간단하지 않겠느냐고 묻지만, 그 이름에 대답이 있다. '국제음성기호'는 이름 그대로 음성을 표현하는 것으로 억양에 구속되지 않는 표기가 어렵다.

음으로 구별된다는 걸 몰랐다. 내게 이 단어들은 발음으로 구별되지 않는다. 남들에게 음운학 이야기를 할 때 나는 'cot-cot' 병합과 'Mary-Mary-Mary' 융합을 이야기한다.

발음 편집자들은 발음을 세밀하게 구별할 수 있고, 세밀하게 구별하여 발음할 수도 있기 때문에, 회사에서는 그들에게 전자사전의 발음 음성 녹음을 맡기기도 한다. 조쉬는 우리 회사에 들어오기 전 대학원생 시절 『아메리칸 헤리티지 사전』에 고용되어 몇몇 단어의 발음을 녹음했다. 지금 그는 우리 회사 온라인 사전에 오를 신어 발음을 녹음한다. 이제 새로 조사하고 발음할 단어가 많아야 수천 개니까 상대적으로 할 만한 일이지만, 1990년대 중반에는 웹사이트에 올라갈 『메리엄 웹스터 대학 사전』 전체 항목의 발음을 녹음해야 했다. 발음의 수는 거의 15만 개에 이르렀기에 한 사람이 녹음하기엔 너무 많았다. 남녀 두 사람씩 네 명의 연기자가 고용되어 그 많은 발음을 녹음했다. 그중 우리 회사에 소속된 발음 편집자에게 맡겨진 단어들은 두 부류였는데, 하나는 ('sprachgefühl'처럼) 영어 원어민이 발음하기 어려운 소리가 있는 단어들이었고 다른 하나는 비속어였다. 피터 소콜로프스키는 어느 날 발음 편집자의 사무실 옆 복도를 지나다가 누군가 아주 침착한 목소리로 최대한 무미건조하게 한 단어를 반복해 발음하는 것을 들었다. "motherfucker. motherfucker. motherfucker(제 어머니와 성교할 놈이라는 뜻의 비속어—옮긴이)." 발음 편집자가 단어를 올바른 억양으로 녹음하려 애쓰고 있었다. 몇 년 뒤 그는 퇴사하여 성직자의 길에 들어섰다.

발음 음성은 온라인 사전의 큰 장점으로 꼽힌다. 온라인 사전 이용자들은 더는 우습게 생긴 문자들을 해독하지 않아도 된다. 작은 스피커 아이콘을 클릭하면 발음이 튀어나오니까. 사전의 발음에 이렇게 쉽게 접근할 수 있는 시대는 처음이다.

많은 초기 사전들은 영어를 외국어로 배우는 사람들을 대상 독자로 삼았으므로 기초적인 발음 지침을 제시했다. 그러나 그 지침이 실린 위치는 우리 현대인들의 예상 밖이다. 발음에 대한 도움말은 때로 사전 서문의 긴 줄글 중간에 끼어 있어서, 이용자들은 이게 문법 얘긴지 철자 얘긴지 운율 얘긴지 한눈에 알아볼 수 없었다. 초기 사전의 좋은 예로 멀캐스터가 1582년에 펴낸『(우리 영어의 올바른 작문을 주로 다루는) 초급Elementarie (Which Entreateth Chefelie of the Right Writing of Our English Tung)』이 있다. 이 책은 본문으로 넘어가기 전에 알파벳 문자의 대부분을 쓰고 발음하는 법에 대해 길게 설명하지만, 철저한 해설이라고는 할 수 없다. 멀캐스터는 e의 발음에 관해 수 페이지에 걸쳐 설명하는 반면 a의 발음에는 단 두 문장을 할애한다. ("a는 장단과 억양에 대한 일반적 설명 외에 문자로서 관찰할 가치가 있는 특기 사항이 없으나 후에 음절로 조망될 것이다. 다른 모든 모음에 대해선 여러 가지를 설명할 것이다.")

존슨은 1755년『영어 사전』의 문법 부록에서 발음을 다루면서 1553년 윌슨 박사가 쓴 글을 짧게 발췌했다. 그 글은 이렇게 시작한다. "발음이란 발화되는 말과 안건의 중요성에 따라 음성과 표정, 그리고 모든 몸짓에 적절한 질서를 부여하는 것이다. 좋은 발음은 열린 공간에서 이야기꾼 소질과 좋은 말씨, 매력적인 표정을 칭찬받고 싶은 사람을 위한 것으로, 발음을 배우면 훨씬 나은 교육을 받은 사람들과 비슷한 말을 하면서도 그들보다 낫다고 평가받을 수 있다." 이는 다시 말해 좋은 말은 잘 발음해야 하고, 발음을 잘하면 방 안에서 제일 똑똑해 보일 거라는 얘기다. 존슨은 영어에 두 가지 발음 관습이 있다고 주장한다. 하나는 조잡한 입말의 발음이고, 다른 하나는 규칙적이고 엄숙한 발음이다. 존슨의 성질머리와 사전 서문에서 내내 'vitiate'라는 단어를 사용한 것으로 미루어볼 때 ' 그가 어떤 관습이 이겼다고 생각했는지는 쉽게 추측할 수 있다. 영어 문법책 저자들은 '가장 천한 사람들이 쓰는 말을 발화의 모범으로 삼았다'.

에밀리 브루스터가 말하듯 사전은 출세 지향적인 글이다. 사회적 사다리를 오르고자 하는 사람들에게 말투는 항상 문제였다. 좁은 해협을 통과하며 끊임없이 방향을 새로 잡아야 하기 때문이다. 해협의 한쪽에는 저속하고, 천하고, 품위 없는 말투가 있다. 다른 쪽에는 지나치게 점잔을 빼고 도를 넘게 꾸민 말투가 있다. 'cadre'를 \ˈka-ˌdrā\(KA-dray)로 발음하면 하층민 같은가? \ˈkä-dər\ (KAH-dur)로 발음하면 너무 멋을 내고 허세를 부리는 것 같은가? 둘 중 어떤 발음을 택해야 내가 둔한 어릿광대에서 나긋나긋하고 우아한 자작 부인으로 승격될

• **vi·ti·ate** \ˈvi-shē-ˌāt\ *vb* **-ed/-s/-ing** *vt* **1**: to make faulty or defective : IMPAIR ⟨the comic impact is **vitiated** by obvious haste—William Styron⟩ **2** : to debase in moral or aesthetic status ⟨a mind **vitiated** by prejudice⟩ **3** : to make ineffective ⟨fraud **vitiates** a contract⟩⟨1 : 불완전하거나 흠결이 있게 만들다 : 손상시키다 ⟨우스운 효과가 명백한 서두름에 의해 손상되었다—윌리엄 스타이런⟩ 2 : 도덕적 혹은 미적 상태가 저하되다 ⟨편견에 의해 *저하*된 정신⟩ 3 : 무효로 만들다 ⟨사기는 계약을 무효로 만든다⟩⟩ (*MWC11*).

수 있을까? 오, 사전이여, 도와주세요!

그러나 존슨이 스스로를 돕고자 하는 이들에게 준 도움은 현대적 기준에서 아무짝에도 쓸모없었다. 존슨은 발음을 하나의 어엿한 학문이 아니라, 철자법에 대한 논의의 한 부분으로 다루었다. 그는 문법을 설명할 때 특정 단어의 현재와 과거 발음을 언급하긴 하지만, 이렇게 덧붙인다. "영어로 이 글을 적으면서 나는 독자가 이미 영어를 알 거라고, 따라서 내가 발음을 가르치는 문자들을 발음하는 법도 알 거라고 추측한다. 그리고 영어의 일반적인 소리들이 단어로 기술될 수 없다는 것도 알리라 생각한다." 그는『영어 사전』의 각 항목에 강세를 받는 음절을 표시했지만, 자신이 생각하는 단어의 발음이 어떤지를 기록하려는 시도는 하지 않았다.

그러니 문제는 그대로 남아 있었다. 영어를 배우는 학생들에게 어떻게 단어의 올바른 발음을 가르칠 것인가? 이 문제를 해결하기 위해 발음 사전이 만들어졌다. 발음을 주로 다룬 최초의 사전은 제임스 뷰캐넌의 1757년작『영국 언어의 참된 발음Linguae Britannicae Vera Pronunciatio』으로, 그 목적은 특히 젊은이들을 교육시키는 것이었다. 뷰캐넌은 처음으로 장모음과 단모음을 구분하는 발음 구별 부호와 강세를 받는 음절을 알려주는 강세 부호를 사용했다.

18세기 후반에 발음 사전은 6종이 더 출간되었다. 대부분은 규범주의에 충실한 사전으로, 출세 지향적이었다. 일부 사전에서는 사회 상류층에까지 스며든 그릇된 말투를 고치고자 했다. 그렇다면 이 사전들이 우아함과 예의범절의 모범으로 삼은 것은 무엇이었을까? 발음 사전들은 하나같이 런던 신사들의 말씨를 실었다고 주장했으나 같은 단어에 대해 상이한 발음을 제시했다. 'fear'의 경우 한 책에서는 이중 모음 'ea'를 영어 'day'에서처럼 장모음 a \ā\라고 설명했다. 다른 책에서는 'meet'이나 'deceit'에서처럼 장모음 e \ē\라고 설명했다. 또 다른 사전 편찬자는 이 단어가 'beer'와 'field'와 같은 모음을 사용한 다고 설명했지만, 사실 이 둘은 (각각 단모음 ih \i\와 장모음 e \ē\로) 다른 모음을 쓴다. 그렇다면, 누구의 기준이 진짜 기준인가?

이런 규범주의적 발음 사전에는 기술적 문제가 있다. 사전의 발음 기술 체계는 독자가 참고로 삼는 단어의 모음이 실제로 독자의 방언에서 **어떻게 소리나는지**가 아니라 독자의 직관에서 **어떻게 소리나야 하는지**에 의존한다. 런던 사람에게 'fear'의 모음을 \ā\로 발음하는 건 꽤나 스코틀랜드 방언처럼 들린다. 스코틀랜드 사람에게 \i\나 \ē\는 꽤나 남부 방언처럼 들린다. 그리 놀랄 일은 아니다. 조쉬는 말한다. "문어와 구어가 따로 존재하는 게 아닙니다. 언어가 있고, 글이 뒤따르죠. 언어는 우선 음성으로 시작하고, 언어의 음성과 음운을 기반으로 문자 체계가 설계됩니다. 영어는 그냥 소리와 문자 사이의 짝이 잘 맞지 않는 거지요. 이건 이례적인 경우예요."

이 불일치를 고치려는 시도들이 있어왔다. 뷰캐넌, 벤자민 프랭클린, 노아 웹스터는 모두 영어 철자를 보다 발음에 부합하게 만들 대안 철자와 대안 철자 체계를 제안했고 각기 다른 정도로 실패했다. 개중 성공한 웹스터조차 미미한 성공만을 거두었다. 현재 미국인들은 웹스터가 제안한 대로 'plough' 대신 'plow', 'honour' 대신 'honor'를 쓰고 있지만, 보다 극단적인 제안(1828년 사전에는 'women' 대신 'wimen', 'tongue' 대신 'tung'을 쓰자는 제안이 실렸다)은 끝까지 받아들여지지 않았다. ˙ 조쉬는 철자법 개혁이 실패할 수밖에 없다고 생각한다. "철자를 음성에 맞춰 규칙화하는 것은—**이론적**으로는 가능합니다. 어디까지나 이론적으로는요. 하지만 그건 엄청난 일이라서 현실적으로는 불가능합니다. 모든 사람이 새로운 체계에 동의하도록 해야 하니까요." 조쉬가 좋은 비유를 찾아낸다. "고양이 한 마리를 몰고 가는 일이 아닙니다. 고양이 5억 마리를 몰고 가는 일이죠."

영어 원어민과 학습자 모두가 입을 모아 영어의 발음과 철자법이 어긋나는 것에 대해 불만을 토로한다. 우리는 모두 낡였다. 어릴 적, 단어가 같은 문자열로 끝나면 각운을 이룬다고 배우지 않았는가. 'hop'과 'pop', 'cat'과 'hat'. 그러다가 우리는 'through', 'though', 'rough', 'cough', 'bough'에 맞닥뜨린다. 이 다섯 단어는 똑같이 '-ough'로 끝나지만 운을 이루기는커녕 발음이 영 딴판이다. 그렇지만 'won'과 'done'과 'shun'은 운이 맞는다. 지금 닥터 수스(미국의 어린이책 작가로 특히 영어 발음과 철자 교수법으로 유명하다—옮긴이)가 내게 영어에 대해 **거짓말**을 했다는 말인가?

우리 메리엄 웹스터에서 영어 발음에 대해 듣는 가장 큰 불평 두 가지가 규칙적인 철자법에 대한 염원에서 나온다. 첫째는 철자법에 맞게 발음을 바꾸자는 불평인데, 신선하진 않다. 새로운 생각은 아니다. 존슨도 『영어 사전』 서문에서 '발음에 있어 가장 좋은 일반적 규칙

˙ 웹스터가 'honor', 'center', 'plow'에서 성공을 거둘 수 있었던 까닭은 아마 이 철자들이 'honour', 'centre', 'plough'만큼 흔하지 않았을지언정 이미 쓰이고 있었기 때문일 것이다.

은 철자에서 최소한으로 벗어나는 발음을 가장 우아한 발음으로 여기는 것'이라고 상정했다. 그러나 영어는 음성 언어가 아니기 때문에, 이는 터무니없는 주장이다. 조쉬가 예를 든다. "오케이, 예를 들어 우리가 지금부터 숫자를 '원 투 쓰리 포 파이브 식스 세븐'이 아니라 '오운 트위 쓰리 푸워 파이브 식스 시븐'이라고 부르자고 하면 어떻겠어요? 가장 흔히 쓰이는 숫자들조차 철자와 발음 사이에 큰 불일치가 있습니다. 어느 날 갑자기 '원' 대신 '오운'이라고 발음하기로 결정한다고 해서 해결될 일이 아니에요."

두 번째 불평은 외래어의 발음이 너무 영어스럽다는 것이다. 유력 용의자는 거의 항상 프랑스어다. 'croissant(크로와상)', 'chaise longue(긴 의자)' 등등. 이런 트집을 잡는 사람은 단순히 자신이 진짜 배기 교육을 받았다는 사실을 과시하는 것뿐이다―어떤 단어가 프랑스어에서 차용한 것임을 알고, 그 단어의 프랑스어 발음이 어떤지도 안다고 잘난 척을 하는 거다. 미안하지만, 외국어는 영어에 들어오면 원어가 아닌 영어에 의거하여 발음된다.

조쉬는 프랑스어를 걸고넘어지는 사람이 유독 많은 이유를 세 가지로 정리한다. 영어에는 프랑스어 차용어가 많다. 프랑스어에는 영어에 없는 소리가 있기 때문에 영어화가 일어날 수밖에 없다. 그리고 영어 화자들은 프랑스어를 특권과 연결 짓고, 프랑스어 단어들을 고급 단어로 보는 경향이 있다. 그러나 조쉬의 설명에 따르면, 사실 대부분의 프랑스어 차용어들은 완전히 영어화되어 더는 프랑스어로 여겨지지 않는다고 한다. 'clairvoyant', 'bonbon', 'champagne' 등이 그런 단어들이다. 외래어를 받아들일 때 발음 규범은 영어식으로 읽는 것이다. 20세기 초 파울러의 『현대 영어 용법 사전Dictionary of Modern English Usage』 같은 용법 지침서에서도 영어화를 규범으로 제시하고 있다.

그러나 때로 우리는 똑똑해 보이고 싶다는 욕심에 사로잡힌다. 'lingerie(란제리)'를 보자. 처음 영어에 들어왔을 때 이 단어는 영어식으로 \lan-zhə-(,)rē\ 또는 \lan-zhrē\로 발음되었다. 최대한 프랑스어 발음에 가깝게 영어로 발음한 것이다. 그러나 세 가지 요소가 얽혀 \lan-zhrē\를 몰아냈다. 첫째, 이 발음이 프랑스어답지 않다는 사람들의 생각. 둘째, 영어의 작동 원리. 셋째, 고급스러움을 향한 우리의 열망.

프랑스어에는 비모음(n이 뒤따를 때 자질이 바뀌는 모음)이 다섯 개 있지만 영어 화자들은 어쩐 일인지 이 다섯 개 가운데 딱 하나만 진정한 프랑스어 발음으로 생각하고, 그것에 집착한다. 그 모음은 바로 우리 사전에서 \än\으로 적는 모음 'an'이다. 우리는 이 소리를 아무 프랑스어 단어에나, 심지어는 원래 이 소리가 없는 단어에까지 집어넣는데, 그러면 프랑스어를 구사하는 것처럼 들리고 따라서 똑똑해 보이기 때문이다. 그 교과서적인 예가 'envelope'을 \än-və‚lōp\으로 발음하는 것이고, \län-zhrē\도 그러하다. 우리는 또한 프랑스어 단어라면 'café'나 'résumé'처럼 \ā\로 끝나는 게 어울린다고 생각한 나머지, 끝소리 \ē\를 장모음 \ā\로 바꿨다. 그래서 'langerie'의 발음은 \län-zhrā\가 되었다.

다음으로는 'lingerie'에 강세를 부여할 차례다. 프랑스어는 강세 없는 언어, 즉 강세를 받는 음절이 없는 언어다. 반대로 영어는 강세를 많이 사용한다. 'PRO- duce'와 'pro- DUCE'에서처럼 동음이의어를 구별할 때도 강세를 사용한다. (첫 음절에 강세를 주는 'produce'는 명사로 '생산품'을, 끝 음절에 강세를 주는 'produce'는 동사로 '생산하다'를 뜻한다—옮긴이) 강세 없는 단어의 어느 음절에 강세를 주어야 할까? 모든 음절 아닐까? 그래서 영어 화자들은 'lingerie'의 첫 음절과 마지막 음절에 강세를 주었다.

마지막으로 고급스러워지고 싶은 우리의 열망이 있다. 'lingerie'를 영어식으로 가장 프랑스어와 근접하게 읽은 발음 \lan- zhr\는 듣기에… 평범하다. 조쉬는 말한다. "이 발음은 이국적이고 환상적이기보다는 일상 단어처럼 들리죠." 사람들은 너무나 **프랑스스럽고** 매혹과 수수께끼로 가득한 무언가의 발음이 'can tree'와 운이 맞는다는 사실을 받아들일 수 없다. 이국적인 것은 발음도 이국적이어야 한다.

'lingerie'를 둘러싼 이런 혼란의 결과, 이 단어에는 하도 많은 발음법이 생겨서 『메리엄 웹스터 신 국제 사전』 3판에는 36개, 『메리엄 웹스터 대학 사전』에는 16개나 올라 있다. *

단어의 두 발음 중 하나는 철자에 부합하고 하나는 철자에 부합하지 않을 때, 특히 그중 하나가 비표준으로 여겨질 때 우리는 오만해진다. 비표준 발음은 아무리 자연스럽게 사용되더라도 '무식하다' 등의 낙인이 찍히고 만다. 비표준 단어와 마찬가지로 비표준 발음도 대개는 방언에서 나왔다. 미국 영어의 일부 방언에서 'library'를 'LIE-

* 　조쉬는 'lingerie'의 발음이 \län-jə-rā\와 \läⁿ-zhə-rā\ 둘로 좁혀지고 있다고 말한다. 아름다운 것은 오래가지 못하는 법이다.

berry'라고 발음하는 것이 가장 잘 알려진 (그리고 맹렬히 비난받는) 사례다. 비표준 단어와 마찬가지로 비표준 발음도 충분히 널리 쓰일 경우 사전에 오르지만, 무엇이 비표준 발음이고 무엇이 표준 발음을 허용되는 범위 내에서 변형한 발음인지 판가름하는 것은 쉽지 않다. 조쉬는 말한다. "무엇이 비표준인지는 녹음된 자료를 근거로 객관적으로 판단할 수 없어요. 그냥 느껴야 합니다."

뭣하러 비표준 발음을 사전에 싣는가? 사전에서는 사람들에게 올바른 발음을 권장해야 하지 않는가? 이런 질문은 비표준 발음이 수만 가지나 있다는 가정에서 나오는데, 사실은 그렇지 않다. "사전에서 10만 단어를 살펴보아도 그중 비표준 발음이 있는 단어는 몇 개안 됩니다." 조쉬가 설명한다. 변형 발음은 많지만, 변형 발음과 비표준 발음은 다르다. 'dilemma'에는 \də-'le-mə\와 \di-'le-mə\ 두 가지 발음이 있는데, 둘 다 표준이고 올바르다. 조쉬는 말한다. "대부분의 단어들은 발음에 관한 한 특별한 규범이 없습니다. 결정하고 말고 할게 없는 거예요."

규범을 만들려 시도하는 사람들이 없다는 뜻은 아니다. 특히 'nuclear'의 변형 발음─때로 소리나는 대로 'nucular'라고 쓰이기도 하는─을 바로잡고자 사람들은 대단한 노력을 기울였다. 현대에 이 발음은 널리 매도당했다. 용법 평론가들은 이를 '장엄한 실수', '일탈', '불쾌한 것'이라고 불렀으며 그 존재 자체에 분노를 표하는 사람이 셀 수 없이 많다. 사실 우리는 \nü-kyə-lər\에 대한 이메일을 어찌나 많이 받았던지, 일과 대부분의 시간을 그에 답장하는 데 보내야 할 판이었다. 우리는 결국 온라인 FAQ의 한 페이지를 할애해 이 발음에 대해 해명했다.

\nü-kyə-lər\를 둘러싼 질풍노도의 많은 부분이 모순적이다. \nü-kyə-lər\는 게으르고 무식하다고 매도당하는 발음이자, 가장 저명한 (그리고 가방끈이 긴) 유명 인사들이 사용하는 발음이다. 전 대통령 조지 W. 부시는 이러저러한 방법으로 'nuclear'의 잘못된 발음을 전파했다고 비난을 받고, 우리는 이 발음을 사전에 실었다는 이유로 정치적 영합에 대해 게거품을 물고 비난하는 독자 편지를 받는다.

궁극적으로는 그게 사람들이 우리에게 편지를 쓰는 이유다. 우리가 『메리엄 웹스터 대학 사전』에 그 발음을 실었기 때문에. 우리는 'nuclear'의 발음으로 네 가지가 가능하다고 적었다. \nü-klē-ər\ (NEW-klee-ur), \nyü-klē-ər\ (NYOO-klee-ur), \nü-kyə-lər\ (NOO-cue-lur), \nyü-klə-lər\ (NYOO-cue-lur). 사람들을 진저리치게 만드는 \-kyə-ər\로 끝나는 마지막 두 발음 앞에는 우리 사전에서 비표준이지만 널리 쓰이는 발음을 표시하는 기호인 의구표(÷)를 붙였다. 의구표가 뭔지 모르는 사람들을 위해˙ 우리는 \-kyə-lər\로 끝나는 발음이 많은 이들에게 인정받지 못한다고 설명하는 짧은 용법 해설도 달아놓았다. 불행히도 우리는 거기서 입을 다물지 않았는데, 그게 바로 'nuclear'에 관한 혐오를 표하는 이메일이 잔뜩 날아온 이유다.

많은 이들에게 인정받지 못하긴 해도, \kyə-lər\로 끝나는 발음은 과학자, 법조인, 교수, 상원의원, 미합중국 각료, 적어도 두 명의 미합중국 대통령과 한 명의 부통령을 비롯한 교양 있는 화자들 사이에서 널리 사용된다. 미국에서 가장 흔하지만 영국과 캐나다 사람들도 이런 발음을 사용한다.

이 책을 쓰는 현 시점에서 위의 글에 담긴 정보는 약간 낡았다. \nü-kyə-lər\를 사용한 미국 대통령은 드와이트 아이젠하워, 제럴드 포드, 지미 카터(그는 \nü-kyir\라고도 발음했다),·· 조지 W. 부시 이렇게 네 사람이고 빌 클린턴과 조지 H. W. 부시도 때로 이렇게 발음했다. 다수의 국제 지도자들과 미국 상원의원과 주지사, 무기 전문가, 군 인사, 노벨상을 수상한 이론물리학자까지 'nuclear'를 거의 일상적으로 입에 올리는 사람들이 이 단어를 \nü-kyə-lər\로 발음한다. 아이젠하워까지 거슬러 올라가는 것을 보면 알 수 있듯, 이는 최근의 현상도 아니다. 우리가 수집한 증거에 따르면 이 발음은 늦어도 1940년대에 이미 사용되고 있었다.

'nuclear'를 \nü-kyə-lər\로 발음하게 만드는 언어학적 과정은 한 단어 내의 두 개 음운이 자리를 맞바꾸는 '음운 도치metathesis'다.··· 똑같은 과정을 통해 'iron'은 'EYE-run' 대신 'EYE-urn'으로, 'comfortable'은 'KUM-fert-uh-bul' 대신 'KUMF-ter-bul'로 발음되

· 당신만 그런 게 아니다. 여기서 다시 한 번 상냥하게 간청하건대, 망할 전문을 좀 읽으세요.

·· 지미 카터는 미 해군 복무 당시 핵잠수함 추진 체계에서 원자력발전소 공병 장교로 일했고 노심을 해체하기 위해 융해된 노심으로 내려간 적도 있었다. 내 생각에 그는 'nuclear'를 뭐든 원하는 대로 발음할 자격이 있다.

··· 아이러니하게도 나는 여러 해 동안 'metathesis'를 'MEH-tuh-THEE-sus'로 잘못 발음하고 있었다. 올바른 발음은 'muh-TATH-uh-sus'다. 부끄럽다.

고, 'pretty'를 'PURR-tee'라고 발음하는 또 다른 비표준 발음도 같은 원리에서 비롯된다. 일부 사전 편찬자들과 언어학자들은 'nuclear'가 음운 도치를 겪은 이유가 \-klē-ər\로 끝나는 다른 흔한 영어 단어가 ('cochlear'를 제외하면) 하나도 없는 반면 'molecular'나 'vascular'처럼 \-kyə-lər\로 끝나는 단어는 꽤 있기 때문이라고 주장한다. 'nuclear'가 이 단어들의 중력에 이끌려 보다 흔한 발음 패턴을 따르게 되었다는 것이다. 그러나 사람들에게 더 흥미로운 건 '어떻게'가 아니라 '어째서'이고, 우리에겐 '어째서'에 대한 설득력 있는 답이 없다. 세계에서 알아주는 대학원을 나온 사람들이 틀린 발음을 사용하는 건 어째서인가?

믿을지 모르겠지만, 언어학자들은 아직 이에 대해 연구하지 않았다. 이 발음이 지역 방언이 아닌 건 확실하다. 카터, 부시, 클린턴은 모두 남부 출신이지만 아이젠하워와 포드는 아니고, 부통령 월터 몬데일도 아니다. 로즈 케네디는 상원의원인 아들에게 보낸 편지에서 그의 발음을 교정해준 적이 있다—"단어 'nuclear'의 발음을 확인해보길 바란다." 그리고 테드 케네디는 누구보다도 확실히 남부 출신이 아니다. \'nü-kyə-lər\ 발음은 영어권 거의 전역에서 나타난다. 호주, 캐나다, 영국, 캘리포니아, 아이오와, 유타, 인디애나, 펜실베이니아, 텍사스. 각지 사람들이 'nuclear'를 이렇게 발음한 녹음본이 있고, 그뿐 아니라 비꼴 의도 없이 'nucular'라고 철자를 틀린 출판물도 많다. 몇 가지만 들자면 부고, 레스토랑 리뷰, 생명과학 회사 보도 자료까지 모두 편집을 거쳐 출판된 글이다. 이건 곧 'nuclear'를 \'nü-kyə-lər\로 발음하는 언어적 틱이 하도 자연스러워서 철자도 자동으로

'nucular'로 쓰는 사람들이 있다는 뜻이다.

언어학자 제프 넌버그와 앨런 멧카프는 이 발음이 군대 용어일 가능성을 제시한다. 넌버그가 군인들과 대화해보니 그들은 '핵가족 nulcear family'이나 '핵의학nuclear medicine'의 'nuclear'는 전부 \nu-klē-ər\로 발음했지만 무기와 관련된 건 죄다 \nü-kyə-lər\로 발음했다. "한 번은 정부기관 소속 무기 전문가에게 이에 대해 물어봤더니 이렇게 답하더군요. '핵nuke을 뜻할 때만 nucular라고 발음합니다.'" 멧카프도 비슷한 패턴에 주목하지만, 그에겐 이 주장을 뒷받침하는 일화 증거anecdata •• 가 없다.

발음 \nü-kyə-lər\를 두고 넌버그와 가벼운 논쟁을 벌였던 언어학자 스티븐 핑커는 2008년 로드아일랜드 뉴포트의 해군대학 전략 연구 그룹에 강연을 하러 갔다가 선임 분석가 두 사람이 \nü-kyə-lər\라고 발음하는 걸 확실히 들었다고 한다. 재미있게도 우리가 보유한 'nucular'의—모두가 혐오해 마지않는 발음을 철자로 옮긴 단어의—

• 언어학자 제프 넌버그는 'nuclear'가 음운적으로 'likelier'와 상당히 비슷한데, 우리가 'likelier'는 아무 문제 없이 발음한다고 말한다. 그러나 발음에 대해 잘 모르는 내가 생각하기에, 'likelier'의 첫 모음은 'nuclear'의 첫 모음보다 입 앞쪽에서 발음되고, 따라서 전설모음인 \-klē-ər\의 장모음 e와 훨씬 잘 어울린다. 'nuclear'의 첫 모음은 'food'의 모음처럼 목구멍에 조금 더 가까운 쪽에서 발음되는 후설모음이다. 이는 이중 모음 \-kyə\의 후설모음과 더 잘 어울려서 \nü-kyə-lər\의 발음이 쉬워진다. 때로 대칭에 대한 우리의 애호가 우물거리는 발음을 낳는다.

•• 'anecdote(일화)'와 'data(자료)'의 신규 합성어인 'anecdata'는 객관적으로 수집되고 분석된 자료처럼 취급되는 개인적 경험 혹은 일화를 일컫는다.

가장 이른 출판 기록은 군대·정부·원자력 과학 분야에서 일하는 사람들에 대한 기사이거나, 그들이 쓴 글이었다.

조쉬를 비롯해 일부 언어학자들은 이 변형이 'nuclear weapons(핵무기)'나 'nuclear power(원자력)' 같은 단어의 맥락에서 주로 사용되기 때문에 "'nucular'는 'nuclear'의 변형이 아니라 어근 'nuke'에 접미사 '-ular'를 붙여서 형성된 단어일지도 모른다"라고 주장한다. 'nuke'가 군대 용어로 시작되었다면, 군대나 연방정부에서 많은 시간을 보낸 사람들이 주로 이 발음을 사용하는 현상을 설명할 수 있다. 그러나 이 가설은 출판물에서 'nuke'나 'nuc'이 'nucular'보다 훨씬 늦게 등장하는 것을 설명하지 못한다. 우리가 증명한 'nuke'의 최초 기록은 1955년 'thermonukes(열핵무기)'에서 쓰인 것인데, 'nucular'의 최초 기록은 1943년까지 거슬러 올라간다.

그러나 조쉬는 "이건 전부 추측일 뿐"이라고 말한다. 우리는 처음 \nü-kyə-lər\를 쓴 사람들에 대해 정보가 별로 없고, 현재 \nü-kyə-lər\를 쓰는 사람들에 대해서도 정보가 많지 않다. 그들이 어떤 모방언을 쓰는지, 어떤 언어를 쓰는지, 연령은 어떠한지, 하나도 모른다. 물론 그렇기 때문에 'nuclear'를 \nü-kyə-lər\로 발음하는 사람들에 대해 속단을 내리는 이들도 있다.

그러나 이중 어떤 이야기가 [조지 W.] 부시가 'nucular'라고 발음하는 까닭을 설명해주는가? 많은 사람들이 그가 멍청한 촌뜨기라서 그렇다고 생각하는 듯하다. 그러나 그건 입증하기 어려운 주장이다. 어쨌든 부시는 아이젠하워와 달리 'nuclear'를 중년이 되어서야 접하지 않았다. 아마자라면서 이 단어를 올바로 발음하는 걸 수천 번은 들었을 테다. 앤도버와 예일과 하버드에서도 들었겠지만, 이 단어의 발음에 아무 문제가 없어 보였던 아버지에게서도 들었을 것이다. [편집자 주: 사실이 아니다. 우리는 아버지 부시도 \nü-kyə-lər\로 발음했다는 증거를 확보했다.] 그러나 부시가 'nucular'라고 발음하는 것이 의도적인 선택이라면, 그건 펜타곤의 현자들에게서 배운 것일까? 혹은 예일 재학 시절 성실한 동부 샌님들에게 텍사스 사람의 야성미를 보이려 했던 것과 같은 맥락의, 가짜 촌뜨기 발음일까?

부시에 대한 호불호를 떠나 위의 주장은 그에게 별로 공정하지 못하다. 실제로 사람들은 어떤 집단에 매력적으로 보이기 위해, 혹은 사회적 낙인이 찍힌 집단에서 스스로를 멀리하기 위해 특정 억양을 사용하곤 한다. 그러나 사람들이 말하는 방식을 바꾸는 건 다른 화자들과 꾸준한 접촉에 의한 무의식적 변화인 경우가 더 많다.

내게도 같은 일이 벌어졌었다. 필라델피아에서 몇 년을 살고 나서 나는 'hoagie'나 'Sophie' 같은 단어를 말할 때 영어의 모든 모음을 알파벳 순으로 합쳐놓은 것처럼 들리는 교활한 필라델피아식 o가 내 입에서 나오는 걸 들었다. 나는 'fountain'과 'Philadephia'를 표준 발음대로 'FOUN-tin'과 'fill-uh-DELL-fee-uh'로 발음했지만, 요즘은 빨리 말할 때면 이곳 토박이들처럼 'FAN(t)-in'과 'fill-LELL-fee-uh'로 발음한다. 나는 이제 내 고향 콜로라도를 'cah-loh-RA-doh'라고 발음해야 할지 'cah-loh-RAH-do'라고 발음해야 할지 모르겠다. 'Rad'의 첫 부분 같은 'RA'인가, 'ma'와 'pa'와 운이 맞는 'RAH'인가? 나는 엄마와 아빠가 'Colorado'를 발음하는 걸 유심히 들으며 언어적 근육 기억을 되살려보고자 하지만, 유심히 들어보니 엄마 아빠도 이 단어를 항상 같게 발음하지 않는다.

조쉬가 이야기한다. "내게도 그런 일이 있었어요. 예를 들어 스프링필드 공립도서관에 전화를 하면, 그들은 이렇게 응답을 해요. '스프렁펠드 공립도서관입니다.' 그러면 저는 말하죠. '발음을 확인하려 하는데요. 그쪽 마을 이름을 어떻게 발음합니까?' 그러면 그쪽에선 대답해요. '스프링필드요.' '스프렁펠드라곤 발음하지 않습니까?' '네, 스프렁펠드라곤 절대 안 해요.' '네, 감사합니다.' 그리고 시간이 지난 후에 혹시 내가 이전에 날짜를 잘못 골라 전화했나 싶어서 다시 한 번 전화해보죠. 그리고 또 듣게 됩니다. '스프렁펠드 공립도서관입니다.'"*

충고 삼아 이야기할 것이 있다. 나는 'nuclear'를 \nü-kyə-lər\로 발음하지 않는다. 그렇게 발음하는 가족이나 동료도 없다. 내가 아는 누구도 'nuclear'를 \nü-kyə-lər\로 발음하지 않는다. 그러나 발음을 조사하고, 이 장을 쓰는 내내 'nuclear'의 두 가지 발음을 적을 때마다 힘주어 'new-kyoo-lur'와 'new-kleer-ur'라고 소리 내어 말한 이후로, 나는 사람들에게 내가 무슨 내용을 쓰고 있는지 설명하다가 두 번이

---

* 이것이 만화 〈심슨〉을 소재로 한 농담이고 실제로 매사추세츠 스프링필드 사람들이 '스프링필드'를 발음하는 방법이 아니라는 사실을 짚고 넘어가야겠다. 또한 조쉬가 일러주기 전까지 내가 이것이 농담인 줄 몰랐다는 사실도 짚고 넘어가야겠다.

나 나도 모르게 \\'nü-kyə-lər\\라고 발음했다. 무슨 언어적 연좌제처럼. 표준 발음을 잘 알면서도, 그동안의 상황이 내 혀를 비틀어버린 것이다.

13장

맨홀 뚜껑은 왜 둥급니까?

무지개는 왜 일곱 색깔이고,

왜 빨간색으로 시작합니까?

눈을 뜨고 재채기를 하면 눈알이 빠질까요?

우리가 받는 '영어에 대한 질문'이라는 것들은

때로 영어에 대한 것이 아니다.

심지어 가끔은, 영어로 적혀 있지도 않다.

Nude

독자 편지에 관하여

금요일 점심을 함께하는 동료들이 (핑크 색인 카드로 의견을 모아) 시내의 인도 음식점에 가기로 했다. 나는 동료들과 친해질 생각으로 식사에 동행했다. 일과 중에는 서로 대화를 나누지 않으므로, 이것이 우리가 친해질 수 있는 유일한 기회였다. 우리는 요란하게 대화를 나누다가 갑작스럽게 찾아온 침묵을 견뎠고, 각자 접시에 놓인 인도식 빵 파파덤을 내려다보며 오랜 시간을 보냈다. 겉보기엔 그렇지 않을지언정 우리는 함께 일하는 사람들과 소소한 대화를 나눌 기회를 즐기고 있었다.

누군가 내게 최근 무슨 일을 하고 있느냐고 묻기에, 독자 편지를 보고 있다고 답했다. 편집부 총무가 매달 독자들이 보낸 질문에 우리 편집자들이 답한 내용을 복사해서 나눠준다. 유서 깊고 유용한 전통이다. 사람들이 어떤 질문을 던지는지, 다른 편집자들이 어떻게 답하는지 알 수 있으니까. 스티브가 지난 1~2년 동안 우리 회사로 도착한 독자 편지 다발을 모아서 내게 주었다. 읽고 분위기를 파악하라는 뜻이었다. 내가 말했다. "재미있더라고요. 하지만 어떤 건, 휴."

댄이 눈썹 하나를 올렸다. "'휴'라니 무슨 의미죠?"

나는 설명했다. 어떤 답변은 아주 퉁명스럽고, 또 어떤 답변은 요점으로 들어가기 전에 너무 장광설을 늘어놓더라. 직전에 일했던 회사에서는 조율과 편집을 통해 모든 답장이 짜임새 없고 무미건조한 곤죽의 형태로 발송되었는데, 여기서는 편지를 보낸 독자와 답장한 편집자의 성격이 하나하나 빛을 발하더라. 그게 좋든 나쁘든 간에.

댄이 포크를 내려놓고 입 안에 있던 것을 급히 삼켰다. "있잖아요, 우리가 지금껏 받은 최고의 편지를 보셔야 해요. 파일에 있어요."

편집자 캐런 윌킨슨이 말했다. "아, 그래요. 댄이 말하는 편지가 뭔지 알아요. 시간 내서 찾아볼 가치가 있어요."

사무실에 돌아가자 캐런이 내게 인명이 적힌 핑크 카드를 보내주었다. 그 아래에는 이렇게 적혀 있었다. "편지 파일을 확인해 보세요. 시간이 아깝지 않을 거예요." 그리하여 나는 탐정 놀이를 시작했다. 독자 편지 보관함에 가서, 알파벳 순 색인을 뒤져 이름을 찾아냈다. 폴더에는 편지가 딱 한 통 들어 있었다. 사무실 표준 타자기 용지에 타자로 친 짧은 글이었다. 서명은 없었다. 이 편지가 유별나다는 표시는 아무것도 없었다. 나는 편지를 읽었다. 아주 간단하고 직설적인 편지였다. 발신인은 사랑이 얼마나 오래 지속되는지 알고 싶어 했다.

앞서 말했듯, 독자 편지에 답하는 것은 메리엄 웹스터 소속 사전 편찬자의 업무에 속한다. 이는 독자들에 대한 서비스다. 영어에 대해 궁금한 게 있으면 누구나 우리 회사에 편지를 보내 전문가의 답변을 받을 수 있다.

위 문장에 단서를 잔뜩 다는 걸 허락해주시길. 독자 편지가 과연 메리엄 웹스터 소속 사전 편찬자의 여러 업무 가운데 하나인 것은 사실이다. 그건 다시 말하면, 마감이 저 멀리 어렴풋이 보이는 게 아니라 건물까지 기어 올라와 그 안의 인질들을 향해 앞발을 마구 휘젓고 있을 때는 옆으로 제쳐둘 수 있는 덜 중요한 임무라는 뜻이다. 우리는 답신에서 그런 상황을 '편집자 업무의 압박press'이라고 표현한다. 한동안 길의 사무실에는 물리적인 '편집자 업무용 인쇄기press'가 있었다. 지하 창고 깊숙한 곳에서 건져 올린 낡은 활판 인쇄기였다. 진부한 농담으로 여겨질지 모르겠지만, 우리 사전 편찬자들의 강점이 진부한 농담 아니겠는가. 편집자 업무의 압박은 실존한다.

고객을 응대하느니 교정지 들여다보는 편을 택할 사람들에게 답신을 작성할 권한을 주는 것이 위험하게 여겨질지도 모르겠다. 그러나 독자 편지는 사전 편찬자에게 부담을 주는 것보다 한결 실질적인 차원에서 위험하다. 우리가 받는 '영어에 대한 질문'이라는 것들은 때로 영어에 대한 것이 아니다. 심지어 가끔은, 영어로 적혀 있지도 않다.

메리엄 웹스터의 독자 편지 시스템은 원래 게릴라 마케팅 전술이었다. 19세기 중반 G. & C. 메리엄 컴퍼니는 노아 웹스터의 제자이자 주적이었던 조지프 워스터와 라이벌 관계에 놓였다. 워스터의 사전은 웹스터의 사전보다 훨씬 큰 인기를 끌었고, 기민한 사업가였던 메리엄 형제는 구매자들을 유인할 미끼가 필요하다는 걸 깨달았다. 그들은 웹스터 사전에 올라 있지 않은 단어를 발견해서 편지로 보내는 사람에게 사전을 무료로 주겠다는 광고를 시작했다. 전략이 통했다. 그들은 사전 수백 권을 무료로 배부했고, 그러는 도중 펜팔 몇 사람을 사귀게 되었다.

1980년대에 우리는 독자 편지 체계를 다듬어 언어 조사 서비스 Language Research Service를 정식 출범시켰다. 이 이름은 와이셔츠에 넥타이 차림의 인텔리 한 무리가 "예전에는 수식을 붙이지 않아도 되었던 물건을 지칭하기 위해 수식을 붙여야 하는 걸 뭐라고 부르지요? 지금 '필름 카메라'라고 하는 것처럼요?"의 답을 찾아 헤매는 장면을 연상시킨다. ˙ 준말로 LRS라고 부르는 언어 조사 서비스는 메리엄 웹스터 편집자들이 제공하는 서비스로 『메리엄 웹스터 대학 사전』의 마지막 페이지에 설명되어 있듯 이 사전을 소유한 사람 누구에게나 열려 있다. 언어 조사 서비스는 성공했다. 우리는 수십만 통의 편지에 답했고, 수백 명의 펜팔을 얻게 되었다.

오늘날 회사에 편지를 쓰고 살아 있는 사람에게서 답신을 받는 것은 드물고 매력적인 일이다. 단지 '와! 사람에게서 답장을 받을 줄 몰랐어요!'라고 말하려고 다시 답장을 쓰는 사람의 수가 놀랍도록 많다. 단어를 사랑하고, 단어를 당신만큼 사랑할 뿐 아니라 그에 대해 해박한 지식을 지닌 사람들을 발견해서 그들의 독특한 공동체와 연을 맺고자 계속 편지를 주고받고 싶은 충동을 느끼는 건 더욱 흔치 않은 일이다. 우리 편집자들은 몇 년째 꾸준히 때로는 대답할 가치가 있고 때로는 없는 편지를 보내는 사람들을 사귀었다. ˙˙

에밀리에게는 터무니없이 단순한 질문을 보내는 일본인 교수가 있다. 우리는 왜 '그가 할머니에게 키스했다'라고 말할 때 'He gave a kiss to his grandma'가 아니라 'He gave his grandma a kiss'라고 말하죠? 언제 'how come'을 쓰고 언제 'why'를 씁니까? 편집자는 답을 파헤치기 시작하자마자 엉망으로 뒤엉킨 뿌리 다발을 건져 올리지만, 영어를 사랑하고 존중하기 때문에 다시 한 번 최선을 다해 그것을 해체한다. 이런 종류의 전문성은 호감을 사기 마련이고, 그래서 어떤 사람들은 오래도록 우리와 편지를 주고받는다. 어떤 독자는 예를 들어 'continual'과 'continuous' 같은 두 단어의 용법 차이를 설명해달라는 질문을 고등학생 때부터 20년 가까이 보냈다. 세월이 흐르자 그는 우리에게 졸업파티 사진과 대학 신문에 실린 자기 기사도 보내왔다. 마치 우리가 멀지만 친절한 친척인 양.

독자 편지의 겉모습만 흘끗 보아도 사전 회사에 편지를 쓰는 것이 누군가에게는 화려한 의식이었다는 것을 알 수 있다. 편지는 타자기로 작성하거나 아주 신중하게 손으로 썼다. 질문의 표현도 무척 세심히 골랐고, 편지를 시작하고 끝맺는 인사 규범도 지켰다. 사전에 보내는 질문이니만큼, 진지해야 하지 않겠는가.

독자 편지는 본디 메리엄 웹스터 사전에서 빠진 단어들을 찾아내기 위한 것이었지만, 독자 편지의 역사가 길어지면서 질문들도 성장했다. 우리 독자들이 사전을 어찌나 꼼꼼히 살펴보는지 현기증이 일

- **ret·ro·nym** \ˈre-trō-ˌnim\ *n* : a term consisting of a noun and a modifier which specifies the original meaning of the noun 〈"film camera" is a *retronym*〉(명사의 원래 뜻을 특정하는 수식어와 명사로 구성된 용어) 〈'필름 카메라'는 *레트로님*이다〉 (*MWC11*).
- ·· 지시 대상이 모호한 것은 고의다.

지경이다. 한 번은 사전의 줄 바꿈이 잘못된 걸 발견했다는 이메일을 받았다. 'silence'가 표제어에 찍힌 점의 위치와 달리 'si-'와 '-lence'로 나뉘는 대신, 'sil-'과 '-ence'로 나뉜 걸 발견했다는 내용이었다.* 편지 발신인은 당신네가 펴낸 사전을 보면 'silence'가 'si/lence'로 나뉘는 걸 알 텐데, 사전을 참고하지 않는 거냐고 의문을 제기했다. 이메일을 다 읽었을 때쯤 나는 입을 쩍 벌리고, 두 손바닥을 펼쳐 관자놀이를 누르고 있었다. 에드바르트 뭉크의 그림 〈절규〉 속 인물처럼. 문자 그대로 수만 번의 줄 바꿈이 있는 책에서 딱 하나의 잘못된 줄 바꿈을 **찾아내다니**. 사전에 이렇게까지 집중할 수 있다니.

때로 우리는 답하기 어려운 질문을 받는다. 캐런이 이야기했다. "처음 이메일로 독자 편지를 받기 시작한 때의 일이에요. 누가 이메일로 콩을 어디서 사는지 물어보더군요." 내가 본 질문들 가운데 눈길을 끄는 것들은 이러했다. 맨홀 뚜껑은 왜 둥급니까? 우드척 woodchuck(북미에 사는 다람쥣과 동물—옮긴이)이 정말로 나무를 던집니까chuck wood? 무지개는 왜 일곱 색깔이고, 왜 빨간색으로 시작합니까? 알래스칸 맬러뮤트를 구입할 때 알아봐야 할 사항은 무엇입니까? 눈을 뜨고 재채기를 하면 눈알이 빠질까요? 개가 90미터 다이빙을 할 수 있습니까? 아기는 자연적입니까?**

편집자들의 답신에서 자주 보이는 문구가 두 개 있다. 하나는 이미 말했다('편집자 업무의 압박'). 다른 하나는 '저희가 아는 범위 밖'이다. 그게 우리가 약속한 일을—질문에 답장하는 일을—하는 동시에 어떤 식으로도 실질적인 대답을 하지 않고 빠져나가게 해주는 개구멍이다. 아니, 어떻게 대답을 하겠는가? **아기가 자연적이냐고?** 단어의 의미를 찾아내는 것으로 밥벌이를 하는 나지만, 대체 그 질문이 무슨 뜻인지조차 모르겠다.

독자 편지의 유형은 다양하지만, 대부분은 악의 없이 자기 뜻대로 어떤 단어를 사전에 넣거나, 사전에서 빼거나, 정의를 바꾸라고 청원하는 내용이다. 때로는 편지의 발신인에게 사전 편찬업이 리얼리티 TV 프로그램처럼 돌아가는 게 아니라고, 우리에게 편지를 보내는 게 단어를 넣거나 빼라는 투표가 아니라고 상기시켜야 할 때도 있다. 하지만 어떤 편지는 우리 사전에 영 틀렸거나 낡아서 고쳐야 하는 정의가 있다는 사실을 알려준다.

2015년 「버즈피드」에서 제조사 측이 'nude' 색이라고 이름 붙인 의류를 유색인종 여성이 입어보는 영상을 제작했다. 영리한 기획이었

- 우리 발음 편집자가 모두에게 알려주길 원하는 사실이 하나 있다. 'co·per·nic·i·um'처럼 표제어에 찍은 점은 음절 구분을 표시하는 것이 아니다. 발음 기호의 하이픈 위치와 비교해보면 명확히 알 수 있을 것이다. 이 점은 '줄 바꿈 점'이라고 불리며, 그 유일한 존재 목적은 궁지에 몰린 교정자들에게 단어 중간에 줄을 바꿔야 할 경우 어디에 하이픈을 넣어야 할지 알려주는 것이다.
- •• 모퉁이를 맞출 필요가 없어서 위급 시 더 쉽게 교체할 수 있습니다 / 우드척은 나무를 씹을 뿐 던지지는 않습니다 / 아마 7이 신성하다고 여겨지는 숫자이고, 빨간색이 무지개의 가장 바깥쪽 색깔이기 때문일 것입니다 / 좋은 혈통이되 여러 피가 섞인 종 / 아니요 / 아마 아닐 겁니다 / 전혀 그렇지 않습니다.

다. 여성들이 입어본 의류는 전부 베이지색 계열이었다. 영상 속 여성들은 어두운 피부색과 속옷의 'nude' 색이 일치하지 않는 것에 대해 별 불만을 토로하지 않는다. 한 여자가 누드스타킹을 신고 싶으면 차라리 주방용 랩으로 다리를 감싸는 편이 낫겠다고 자조할 뿐이다.

영상이 갑자기 열기를 띠는 건 여성들에게 형용사 'nude'의 사전적 정의에 대해 한마디를 부탁했을 때다. 「버즈피드」에서 사용한 온라인 사전 Merriam-Webster.com에는 여러 정의가 올라 있고, 그중에는 영어를 배우는 외국인을 위해 쉽게 풀어 설명한 정의도 있다. 영상 속 여성들이 읽은 정의는 아래와 같았다.

: 옷을 입지 않은

: 옷을 입지 않은 사람들의, 혹은 그들과 관련된

: 백인의 피부색을 지닌

여성들은 정당한 분노를 표출했다. 한 참가자는 말했다. "이 정의는 말이 안 돼요. '옷을 입지 않은'이라고 했죠—그런데 내가 벌거벗으면 백인의 피부색이 되나요?" 영상 막판에 이 여성은 사전의 정의를 인쇄한 종이에 대고 고개를 젓는다. "정말로 사전에 이렇게 나와 있다니 믿기지가 않아요. 진짜인가요?" 그녀는 종이를 떨어뜨리고 하늘을 쳐다본다. "제정신이 아니군요."

내가 이 영상을 본 건 영상이 올라온 당일이 아닌 그 다음날이었다. 막 편집부 이메일 계정에 접속해서 커피를 홀짝이며 수신함을 훑어보던 중, 'nude'의 정의에 대한 불만이 4건 접수되었다는 메일을 발견했다. 내가 참조인으로 올라 있었다.

　사람들은 사전 회사에 온갖 내용의 편지를 보내지만, 두 사람 이상이 같은 날 같은 건에 대해 편지를 보내는 일은 매우 드물다. 수신함의 스크롤을 내리자 제목에 'nude'가 들어간 이메일이 줄줄이 나왔다. 직감에 따라 스팸 메일함에 들어가니 더 많은 이메일이 도착해 있었다. 제목에 'nude'가 들어가고 내용에 'fucking'이 자주 들어가기 때문에 포르노사이트에서 보낸 스팸으로 오인받은 것이 분명했다. 나는 웹브라우저를 열고, 갑작스러운 소화불량에 시달리며 이 모든 불평의 근원지를 찾기 시작했다.

　배가 살살 아파온 건 몸속 깊은 곳에서부터 끓어오른 고뇌 때문이었다. 편집자로서 나는 사람들이 정의에 대해 불만을 제기하는 건 개의치 않았다. 내가 써놓고도 내가 불만인 정의가 얼마나 많은데. 그러나 대부분의 경우 사람들의 불만은 (대개는) 쉽게 해결할 수 있는 오해에서 비롯되었다. 예를 들어 우리가 정의를 시간 순으로 정렬한다는 걸 모르고 'stew'의 의미 중 '진한 수프'의 의미보다 '매운굴' 의미가 더 먼저 올라 있다고 화를 내는 사람이 있을 수 있다. 혹은 'impactful'이 은어이고(사실이다) 무의미하며(사실이 아니다) 흉한데도 (아멘) 사전에 올라 있다고 화를 내는 사람이 있을 수 있다. 이런 사람들은 대개는 짧은 답장으로 진정시킬 수 있다.

　그러나 이번 불만은 아무리 벗겨도 새 문제가 나오는 양파와 같았다. 온라인 사전에 오른 'nude'의 정의는 형편없었다. 의미 번호가 빠졌고, 정의 각각이 나뉘지 않은 하나의 긴 정의처럼 읽혔으며, 현실과 달랐다. 독자에게 방향을 제시해줄 예문도 없었다. 정의 중 무엇이 일반적 용법이고 무엇이 특별한 용법인지, 어떤 분야에서 일상적으로 쓰이는지 알려주는 단서가 하나도 없었다. 게다가, 문제의 단어는 색상 단어였다.

색상 단어의 정의는 집필하기가 어렵기로 악명이 높다. 사전 편찬자는 별달리 도움이 되지 않는 카탈로그의 설명만 사용해서 'nude'가 어떤 색깔인지 정확히 기술해야 한다. '여성용 S, M, L, 크랜베리, 자주, 진홍, 남색, 누드, 흑단, 산호색.' 광고의 색깔 이름을 일곱 난쟁이 이름으로 대체한대도 사전 편찬자에겐 다를 바 없다. 위의 문장에는 'nude' 색상이 실제로 무엇인지 알려주는 단서가 전혀 없으니까. 편집부 파일에는 이런 문장들이 잔뜩 들어 있다. 색상 팔레트나 유용한 이미지는 없고, 카탈로그 문구뿐이다.

불만의 매서운 핵—즉 종차가 '백인의 피부색'을 언급함으로써 단 아홉 글자로 백인의 세상을 향해하는 유색인종이 짊어져야 하는 무게를 끌고 들어온다는 것—의 둘레를 앞서 언급한 문제들로 감싸면, 어떤 단면으로 저며도 분노와 눈물을 유발하는 정의가 완성된다.

나는 책상에 머리를 박고, 마우스패드에 대고 한참 동안 "제기랄"을 읊었다.

민감한 주제에 대한 이메일을 받았을 때, 특히 앞으로도 여러 사람이 같은 주제로 메일을 보낼 가능성이 있을 때는 자기보다 경험과 지식이 많은 사람들과 답변을 상의하는 것이 일반적이다. 내가 받은 이메일의 연쇄는 디지털 팀 직원이 시작한 것이었다. 어떻게 대답하는 게 좋을까요? 이 정의에 문제가 있습니까? 나로서는, 이 정의가 어떻게 문제가 **없는지** 이해할 수 없었다. 사용 사례를 즉각 검토해야 했다.

나는 인용문 데이터베이스에서 'nude'를 검색하고, 어떤 단어가 해당 의미와 짝지어질 수 있을지 고민하기 시작했다. 눈을 감고 손가락으로 키보드를 두드리며 나는 머릿속 슈프라흐게퓔을 깨우고, 마음속 인용문 파일을 샅샅이 뒤지기 시작했다. 어떤 걸 'nude'라고 하던가? 팬티스타킹, 브라, 속옷은 확실했다. 나는 이 세 가지를 검색어로 넣었다. 더 생각해보자. 또 뭐가 있을까? 옷은 종류를 막론하고 'nude' 색일 수 있었지만, 카키 팬츠를 'nude' 바지라고 부를 사람은 없을 터였다. 하지만 'nude' 드레스는 어떨까—아, 이런 표현을 본 적이 있었다. 나는 검색어를 하나 추가하고 다시 눈을 감았다. 머릿속에서 카탈로그가 휙휙 넘어갔다. 그러던 중 발 사진이 떠올랐다. 'nude' 펌프스. 검색엔진이 결과를 뱉어내기 시작했다. '됐어. 이제 일이 좀 돌아가는군.'

우려했던 바와 같이, 'nude'의 색상 의미에 대한 사례는 사진 없이는 전혀 쓸모없었다. "술이 달린 누드 실크 크레이프 드레스." "브라는 거의 전부 누드여야 합니다." "누드스타킹에 감싸인 맵시 있는 다리." 전부 완벽하게 'nude'의 관용적인 표현이지만 'nude' 색상이 실제로 무엇인지에 대한 정보는 주지 않는다.

한편 이메일 대화는 점점 철학적이 되어가고 있었다. 한 편집자가 기존 정의를 옹호했다. 색상을 현실 세계의 무언가에 유추하여 정의하는 것은 관습으로 자리매김했으며 효율적이다. 'nude'가 노란빛 도는 연갈색이나 노란빛 도는 분홍색부터 진한 황갈색까지의 색상 범위를 일컫는다고 적을 수도 있겠지만, 이런 식의 추상적인 정의는 유용한 정보가 아니라 사전의 총천연색 단어들로 말장난을 하는 것처럼 들린다. 그가 기존 정의에 내린 판결은 이러했다. "이건 좋은 정의입니다."

나는 소리 내서 신음했다. 이론적인 세계에서, 이 정의는 완전히 문제없었다. 그러나 우리는 이론적인 세계에 살지 않는다. 우리는 패션부터 사진 필름이 색을 포착하는 방식까지 모든 것이 백인에게 맞춰진, 아주 현실적인 세계에 산다. 오늘날 이 시대에 색상 정의에서 인종을 기준으로 삼는 것은 잘해봤자 혼란스럽고 최악의 경우에는 멍청한 짓이었다.

나는 마지못해 대화에 끼어들게 되었다. 기존 정의가 불필요하게 인종을 언급한다고 주장할 수 있어요. 다른 사람이 맞장구를 쳤다. 아, 하지만 이 단어에 대해 진짜 진실을 말하는 건 어떤 정의일까요? 'nude'를 색상 이름으로 쓰게 만든, 백인을 기준으로 하는 패션 업계를 깡그리 무시하는 정의? 아니면 결과야 어쨌든 미국의 인종주의 역사에 대해 무언가를 전달하고자 노력하는 정의?

'nude'의 사회언어학적 함의와 무관하게 우리에겐 당장 할 일이 있었다. 독자 이메일을 담당하고 있던 편집자가 소식을 전하길, 답을 내놓으라는 화난 사람들의 편지가 쇄도하고 있었다. 그들은 변화를 원했다. 우리가 그 변화를 일으킬 텐가?

사전을 편찬한다는 것은 디지털 시대에조차 대부분의 사람들이 원하는 것보다 느린 과정이다. 우선 정의에 수정이 필요한지 확인하기 위해 인용문 파일을 면밀히 조사해야 한다. 나는 데이터베이스에서 'nude'를 간단히 검색해보았다. 결과가 천 건이 넘었다. 하나하나 훑어보려면 시간이 걸릴 것이다. 다음으로 인터넷에서 이미지를 찾고 그것을 데이터베이스에 수동으로 추가해야 한다. 인용문 프로그램은 웹에서 텍스트만 입력받기 때문이다. 검토 결과 정의에 수정이 필요한 것으로 판단되면, 누군가 새 정의를 쓰고, 다른 사람이 그것을 심사하고, 또 다른 사람이 교열과 상호참조 작업을 해야 한다. 그러고 나서 웹사이트 데이터 업로드 날짜를 기다려야 마침내 정의가 수정된다. 이 모든 일이 10분 만에 벌어질 가능성은 없었다.

이메일 타래가 계속 이어졌다. 나는 인용문 탐험을 훗날로 미루기로 했다. 'nude'의 기존 정의는 내게 고리타분해 보였고, 최소한 표현을 바꿔야 한다는 생각이 들었지만, 우리 모두 그렇듯 나도 마감에 쫓기는 처지였다. 시간이 있을 때 더 깊이 파헤쳐볼 작정이었다.

그러나 이런 종류의 문제는 머릿속 깊은 곳에서 계속 꿈틀거리기 일쑤다. 몇 주 뒤, 나는 15살 난 딸과 대형 백화점 통로를 거닐고 있었다. 오후 내내 백화점을 헤매고 다니느니 펜치로 내 손톱을 뽑는 편이 낫다는 게 내 지론이지만, 그날 나는 딸과 쇼핑하는 좋은 엄마 노릇을 해볼 셈이었다. 딸은 방과 후 활동에 필요하다고 주장하는 물건 몇 개를 사고서는, 짜잔, 파운데이션과 마스카라가 떨어진 걸 완전히 잊고 있었다고 말했다. "잊었다고." 그날 오후가 형광등 아래 얄팍한 팝 음악을 들으며 리놀륨 깔린 통로를 걷는 무한한 지옥으로 변하는 것을 느끼며 내가 말했다. 딸이 환하게 웃었다. "여기까지 온 김에 사야겠어요!"

'진한 검정'과 '검정 중의 검정' 마스카라 사이에서 고민하는 딸을 기다리며 화장품 진열대를 둘러보던 중, 무언가 눈길을 끌었다. 진열대에서 화장품 상자를 집어 든 나는 반대 쪽 손을 핸드백에 넣고 마구 휘저어 핸드폰을 찾았다. 딸이 눈을 가늘게 떴다. "엄마, 지금 뭐 해요?"

내 손에 들린 건 흰색에서 진갈색까지 여러 색의 아이섀도가 들어 있는 팔레트였다. 나는 팔레트를 든 손을 앞으로 쭉 뻗고 핸드폰 카메라를 작동시켰다. "찰칵." 색조 순서대로 배열된 아이섀도가 'NUDE 팔레트'라고 적힌 포장 상자에 담겨 있었다. 아이섀도 인용문 파일에 넣기에 딱 좋은 사진이었다. 화장품을 진열대에 다시 내려놓자 딸이 나를 물끄러미 보고 있었다. 은퇴를 앞두고 마지막에서 두 번째 공연, 얼굴에 파이가 날아오길 기다리고 있는 서커스 광대처럼 세상에 환멸이 나 보였다. "또 일 때문에 사진 찍고 있어요?"

"딱 한 장 찍었어."

딸이 신음했다. "세상에 맙소사. 제발, 하루라도 보통 사람처럼 살면 안 돼요?"

"애, 내가 사전의 삶을 택한 게 아니라―"

"그만 해요―"

"―사전의 삶이"

"엄마―"

"―날 택한 거야." 내가 말을 마치자 딸은 고개를 젖히고 깊은 한숨을 쉬었다.

다음날 출근해서 나는 'nude 립스틱', 'nude 아이섀도', 'nude 메이크업'을 검색했다. IT 관리자에게서 회사 컴퓨터를 이용한 모든 인터넷 검색은 기록되고 검토된다고 알리는 이메일이 날아와서, '직장용 안전 필터'를 켰다. 나는 'nude'라고 라벨이 붙은 갈색, 진분홍색, 자주색 립스틱 사진을 긁어모았다. 검은색에서 흰색 사이 온갖 채도의 갈색과 회색을 담은 'nude' 아이섀도 사진을 저장했다. 어떤 'nude' 메이크업 팔레트에는 화장에 문외한인 내 눈에 '초록색'이나 '파란색'으로 보이는, 분명 백인의 피부색과는 다른 총천연색 저채도 색조가 모여 있었다.

나는 한 립스틱 사진을 저장하려고 클릭했다가, 그 사진을 사용한 기사 제목을 보고 깜짝 놀랐다. "어두운 피부색에서 실제로 'nude'인 'nude' 립스틱 12개." 'nude'가 베이지색이나 황갈색만 뜻하지 않는다는 사실을 증명하는 사진은 여럿 모았지만, 바로 여기 내가 익숙한 재료가 있었다. 평범한 단어들. 용법 또한 완벽했다. 어두운 피부색에 적용되는 'nude'가 부연 설명 없이 완전히 관용적으로 사용되었으니까. 나는 당장 노래를 부르며 자리에서 일어나 승리의 문워크를 하고 싶었지만 해고당할까봐 참았다.

그 대신 스티브에게 이메일을 한 통 보냈다. 언제든 기회를 잡아 'nude'의 정의를 수정해야겠습니다. 그가 답장으로 수정안을 보냈다. "기존 정의는 너무 좁아요." 그가 제안한 정의는 이러했다. "having a color that matches a person's skin tones-used especially of a woman's undergarments(사람의 피부색과 일치하는 색깔을 지닌—특히 여성 속옷에 쓰임)." 확실히 전보다는 나았지만, '특히 여성 속옷에 쓰임'은 내가 최근 발견한 'nude lip'이나 'nude makeup' 같은 용법을 아우르지 못했다. 내 지적에 그는 해설을 빼고 독자에게 길잡이가 되어줄 가령 '누드스타킹' 같은 예문을 넣자고 제안했다.

스티브의 정의 수정안은 괜찮아 보였지만, 우리는 며칠을 두고 조금 더 고민하기로 했다. 정의는 스튜(의미 4a)'와 비슷한 데가 있어서, 오래 둘수록 결과물이 나아진다. 스티브가 또 다른 수정안을 보냈다. "having a color (typically a pale beige) that matches a person's skin tones <**nude** stockings>(사람의 피부색과 일치하는 (일반적으로 연한 베이지빛) 색깔을 지닌 <누드스타킹>)"

수정안을 보고 우리 둘은 동시에 몸을 꼬기 시작했다. 우리 둘 다 '일반적으로'가 영 별로라고 느꼈다. 스티브가 적었다. "한편으로는 정확해 보입니다. 다른 한편으로는…." 'nude'가 일반적으로 연한 베이지빛을 가리키는가? 최근의 탐험 결과는, 그렇지 않았다. '일반적으로'라는 단어가 'nude'를 연한 베이지빛을 가리킬 때 쓰는 것이 '정상'이라고 함의하는가? 만약 그렇다면, 이는 말만 바뀌었다 뿐이지 또 다시 백인의 피부가 정상이라는 메시지를 전달하는 셈이었다. 나는 '일반적으로' 대신 '종종'을 사용할 것을 제안했다. 스티브는 확실히 검증된 'such as'를 사용하는 것이 최선일지도 모르겠다고 말했

---

[1] **stew** n \\'stü, 'styü\\ ···**1** obsolete : a utensil used for boiling **2** : a hot bath **3 a** : WHOREHOUSE **b** : a district of bordellos—usually used in plural **4 a** : fish or meat usually with vegetables prepared by stewing **b** (1) : a heterogeneous mixture (2) : a state of heat and congestion **5** : a state of excitement, worry, or confusion(**1** 고어 : 끓이는 데 쓰는 도구 **2** : 뜨거운 목욕탕 **3 a** : 매음굴 **b** : 집창촌—일반적으로 복수형 **4 a** : 보통 채소와 함께 생선이나 고기를 뭉근히 끓인 음식 **b** (1) : 이질적인 혼합물 (2) : 뜨겁고 혼잡한 상태 **5** : 흥분, 걱정, 혹은 혼란한 상태) (MWC11).

다. 'having a color (such as a pale beige) that matches a person's skin tones(사람의 피부색과 일치하는 (연한 베이지빛 등) 색깔을 지닌).'

좋은 정의에 접근해가고 있을 때면 으레 그렇듯, 머릿속에서 두개 골을 긁는 듯한 마찰이 느껴졌다. 괄호 안에 'such as'를 사용하면 하나 이상의 예를 들 수 있다는 장점이 있다. 나는 제안했다. 괄호 안에 'or tan(혹은 황갈색)'을 더해서 'nude'가 다양한 색깔을 일컫는다는 것을 분명히 드러내면 어떨까요? 스티브는 내 제안을 마음에 들어 했다. "이제 'a person's(사람의)'를 'the wearer's(착용자의)'로 바꿀까 생각 중이에요." 스티브가 말했다. 나는 확신할 수 없었다. 어쨌든 'nude'라고 이름 붙인 모든 색깔이 착용자의 피부색과 일치하는 건 아니지 않나요? 그렇긴 해도, 나는 기꺼이 이 점을 고민하겠노라고 확언했다.

스티브는 표현을 'the wearer's'로 바꾸는 이점을 설명했다. 이 의미의 사용이 일반적으로 자전거나 빵 같은 것보다는 몸에 착용하는 것으로 제한된다는 사실을 미묘하게 전달할 수 있다는 것이었다. 그는 말했다. "뭐, 정말 원한다면 빵을 입을 수도 있겠지만요." 그 점에 대해선 판단하지 않을게요, 라고 나는 답했다.

최종 수정안 "having a color (such as pale beige or tan) that matches the wearer's skin tones. 〈nude pantyhose〉〈nude lipstick〉(착용자의 피부색과 일치하는 (연한 베이지빛이나 황갈색 같은) 색깔을 지닌. 〈누드 팬티스타킹〉〈누드 립스틱〉)"은 떠들썩한 팡파르나 특별한 공지 없이 데이터 파일에 입력되었다. 독자들이 'nude'의 정의에 대해 얼마나 울분을 토했든, 우리에게는 수많은 항목의 수많은 정의 하나일 뿐이었다. 우리는 정의를 갱신하고, 다음 일로 넘어갔다.

독자 편지에 답장을 하다 보면 사람들이 언어를 개인적인 차원에서 사용한다는 사실이 놀랄 만큼 명백해진다. 'misogyny(여성 혐오)'나 'misandry(남성 혐오)' 같은 단어에서 정의나 합리화를 찾는 분노한 사람들. 'misdemeanor(경범죄)'와 'felony(중죄)'의 차이를 설명해달라는 수감자들. 아이를 잃고 고통받는 자신의 상태를 설명해줄 '과부'나 '고아'처럼 간단한 한 단어, 낯선 사람에게 자신의 상실을 고단하게 설명하는 일을 피하게 해줄 하나의 단어가 없는지 물어보는 부모들. 우리는 단지 단어에 의미가 있기를 바라지 않는다. 우리는 단어가 무언가를 의미하기를 바란다. 그 차이는 뚜렷하다.

독자 편지에 답하는 것이 사전 편찬자의 주 업무는 아니지만, 독자 편지는 결국 영어를—〈우리 생애 나날들Days of Our Lives〉의 전체 플롯보다도 더 많이 얽히고 꼬인 어려운 언어를—보다 인간적으로 만든다. 참 아이러니하게도, 고독과 침묵을 즐기고 그에 대해 보상받는 직장에서 일하기를 선택한 사람들이, 다른 수천 명의 사람들에게 영어 뒤에 숨은 일말의 인간다움이 되어준다.

우리는 사랑이 얼마나 지속되는지에 대한 질문에 답했다. 물론 대답해야 했다. 사전 말미에 적힌 광고문에서 약속했지 않은가.

[편집됨] 귀하:
편지 감사합니다. 그러나 사랑이 얼마나 오래 지속되는지에 관한 귀하의 질문은 저희가 답할 수 있는 것이 아닙니다. 저희 사전 편찬자들이 할 줄 아는 일은 단어를 정의하는 것입니다. 깊은 인간적 감정의 속성과

영구성에 관한 질문은 저희가 다루는 범위를 약간 벗어납니다.

더 큰 도움 드리지 못해 죄송합니다.

스티븐 J. 페로 올림

14장

일이 지옥이 된 지 2주째.

나는 주변 소리들에 귀 기울이며 심호흡을 했다.

잠시 뒤, 이메일 알림 음이 연속 두 번 울렸다.

메일 제목에 느낌표가 15개쯤 찍혀 있었다.

문화의 창조자로 여겨지느니

책상 밑에 기어들어가고 싶었다.

Marriage

권위와
사전에 관하여

금요일 오전 휴식 시간이었다. 나는 지쳐 있었다. 아니, 그냥 지친 정도가 아니었다. 기진맥진했고, 넋이 나갔고, 온 몸이 두드려 맞은 듯 욱신거려 **죽을 맛**이었다. 나는 보통 오전 휴식 시간에 자리에서 일어나 스트레칭을 하고, 조금 걷고, 커피를 보충했다. 당시 나는 재택근무 중이었기 때문에 가끔 마당을 돌아다니며 기분 전환을 하기도 했다. 그러나 그날, 날씨가 무척 화창했는데도 나는 호마이카 책상에 이마를 대고 엎드려 두 팔로 머리를 감싸고 있었다. 이전에 요가 애호가인 동료들과 우리가 책상에 앉아서 할 수 있는 요가 자세에 대해 농담을 나눈 적 있었다. 교정지 위에 엎드려 손으로 머리를 감싸는 자세는 '구부정한 노역자' 자세였다. 자리에 앉아 두 팔을 천장으로 높이 뻗는 자세는 '형광등 숭배'였다. 방화문이 쾅 닫혀서 모두에게 눈총받지 않도록 한 손으로 문을 잡는 것은 '걱정하는 사람' 자세였다. 그리고 지금 내 자세는 '방사능 낙진' 자세였다.

일이 지옥이 된 지 2주째였다. 나는 자택 사무실에서 들리는 소리들에 귀를 기울이며 요가식 심호흡을 시도했다(책상에 얼굴을 댄 건 이상적인 자세는 아니었지만). 집 모퉁이가 바람에 삐걱거리는 소리, 거리에 선 배달 트럭의 뱃속에서 나는 꾸르륵 소리,* 내 사무실 바로 바깥 처마에 둥지를 짓고 '북미의 새소리 40선'을 반복 재생하고 있는 지랄 맞은 흉내지빠귀 소리. 잠시 뒤, 이메일 프로그램에서 알림음이 연속으로 두 번 울렸다. 나는 고개를 틀어 팔 밑으로 컴퓨터를 흘끗 보았다. 피터가 동영상 링크를 보냈다. 메일 제목에 느낌표가 15개쯤 찍혀 있었다.

나는 다시 머리를 두 팔 사이에 파묻고 가능한 한 선(禪)의 상태를 유지하고자 노력했지만, 결국 호기심에 굴복했다. 피터가 보낸 링크를 클릭하자 〈콜베어 르포〉의 영상이 나왔다. 스티븐 콜베어Stephen Colbert가 입을 열었다. "여러분, 제 오래된 주적이 돌아왔습니다." 그가 『메리엄 웹스터 대학 사전』을 책상 위에 올리는 걸 보고 나는 마우스 커서를 일시정지 버튼에 갖다 대고, 난폭하게 버튼을 눌렀다. **"안돼애애애애애."** 영상을 볼 수 없었다. 지난 2주 동안 별의별 꼴을 다 본 뒤로는, 볼 수 없었다. 그러나 영상은 기묘한 순간에 멈춰 있었고 나는 정지 화면 속 우거지상을 지은 스티븐 콜베어를 보는 게 약간 불편했다. 나는 결국 마음을 누그러뜨렸다. 안경을 머리에 올리고

---

* **bor·bo·ryg·mus** \ˌbȯr-bə-ˈrig-məs\ *n, pl* **bor·bo·ryg·mi** \-ˌmī\ : intestinal rumbling caused by moving gas(장내 가스 이동으로 나는 꾸르륵 소리) (*MWC11*).

얼굴을 세차게 문질렀다. 책상에 눌려 있던 이마가 지끈거렸다.

다시 영상에 집중했을 때 콜베어는 자이모산zymosan에 대한 농담을 마무리하고 있었다. 이윽고 그는 우리가 'marriage'의 정의를 바꾸고, 새로운 의미를 더했다고 말했다. "the state of being united to a person of the same sex in a relationship like that of a traditional marriage(전통 결혼과 유사한 관계로 동성인 사람과 맺어진 상태)." 사실이었다. 콜베어가 설명했다. "이건, 게이 결혼을 뜻하는 거죠. 메리엄과 웹스터가 불규칙동사만 가지고 논 게 아니라는 의심이 가는데요."

피식 웃음이 났다. 솔직한 웃음이 나온 건 오랜만이었다.

영상은 3분으로 짧았지만 나는 남은 휴식 시간 내내 이 영상을 되풀이하여 보고, 심기일전하여 사무실을 나섰다. 남편이 식탁에 앉아 헤드폰을 끼고 호른 파트를 편곡 중이었다. 나는 그의 옆에 가서 섰다. 남편이 고개를 들었다. 나는 눈부시게 환히 웃었다. 얼굴은 눈물에 젖어 축축했다. 온 세상에서 축복의 장미 향기가 났다. 내가 말했다. "나, 성공했나봐. 스티븐 콜베어가 나를 패러디했어."

사전 편찬자들은 자신들의 존재를 정당화하기 위해 단어가 사람들에게 중요하고, 단어의 의미가 사람들에게 중요하며, 따라서 **사전도 중요하다**고 말하곤 한다. 이건 일부만 진실이고, 일부는 거짓말이다. 단어가 사람들에게 중요하다면, 그건 단어 자체가 아니라 단어가 지칭하는 대상이 중요하기 때문일 테다. 누구에게나 소리나 느낌 때문에, 바보 같거나 보드라워서 좋아하는 단어가 하나쯤 (혹은 여럿) 있을 것이다. 'hootamaganzy'를 소리내어 발음해보면, 그 의미야 어쨌든 누구나 즉시 사랑에 빠지게 될 거라고 장담한다. 그러나 사전 웹사이트에서 최고 인기 검색어를 살펴보면 명확해지는 사실이 있다. 우리가 사전에서 단어를 찾는 건 그 단어가 어디에 적용되는지 모호하기 때문에, 혹은 그 단어가 사용된 상황, 사람, 사건, 물건, 생각을 단어의 정의로 검증해보기 위해서다.

우리 사전 편찬자들이 사람들의 행동 양식에 대해 사소한 정보 몇 가지를 알게 된 것은 사람들이 사전과 상호작용하는 방식을 선천적으로 알고 태어났기 때문이 아니라, 우리가 사람들이 웹사이트에 남긴 댓글을 읽기 때문이다. 사전이 온라인으로 옮겨가면서 사전 편찬자들은 기존에 불가능했던 방식으로 사용자들과 직접 소통하게 되었다. 사전에 달린 댓글들은—좋고, 나쁘고, 흉하고, 더 흉한 댓글들은—놀랍게도 많은 사람들이 어원적 의미에서 언어와 실제로 교류하며, 사전적 정의와 서로 담론을 나누길 기대한다는 사실을 보여준다.

사전 편찬자들은 방 안의 괴짜들이다. 어떤 단어에 대해 열변을 토하고, 어원이나 용법의 역사에 대해 끝도 없는 이야기를 늘어놓고, 셰익스피어나 데이비드 포스터 월리스가 그 단어를 어떻게 사용했는지에 관해 별의별 사실들을 알려준다. 그러나 그 단어가 지칭하는 바에 대해 의견을 물으면, 그들은 안절부절 못한다. 특히 어떤 중요한 단어, 가령 용법이나 의미 면에서 서구 문화를 빚은 체계와 믿음, 태

· 　관머리비오리hooded merganser를 부르는 다른 말. 관머리비오리(기러기목 오리과의 조류)가 뭔지 몰라도 'hootmaganzy'의 경이로움을 느끼는 데에는 아무 지장 없으니 걱정 말라. 창문을 열고 이 단어를 소리쳐보라. 프로작prozac(우울증 치료제)만큼 비싸지 않으면서 효과는 똑같다.

도를 기술하는 단어에 대해 의견을 묻기라도 하면 그들은 가능한 한 신속하고 조용하게 방을 떠날 것이다.

　문제는 사전 편찬자들이 이렇듯 단어에 관한 한 객관적으로 혼란스러운 태도를 취한다는 것이 아니다(그렇다는 사실을 부인할 수는 없지만). 더 큰 문제는 일반 대중들이—특히 미국인들이—사전에 권위가 있다고, 그래서 '사전'에서 하는 말이 중요하다고 믿도록 교육받았다는 것이다. '사전'이 대중을 이렇게 교육한 것은 문화적 영향력과 시장 점유율을 얻기 위해서였지만, 우리가 이 판에 뛰어든 뒤로 사전이 권위를 주장하는 분야에는 큰 변화가 있었다.

　그 결과 우리가 스스로 발등을 찍은 적이 몇 차례 있었다.

　1990년대 말 우리는 『메리엄 웹스터 대학 사전』을 개정하면서 신규 항목 1만 개를 추가했다. 2003년 11판이 출시되었다. 신간 사전은 화제가 되었지만, 그것이 실제 구매로 이어지게 만들려면 홍보가 필요했다. 우리는 새 사전에 실린 신규 항목 몇 가지를 부각시키기 위해 퍼레이드에서 사탕을 나눠주듯 '맛보기용 새 단어'들을 나눠주는 광고 전략을 택했다. 이윽고 우리는 몇 주에 걸쳐 새로 등재된 단어들에 대해 질문하는 편지를 받았다. 우리는 독자들과 'phat(보편적 믿음과 반대로 이는 pretty hips and thighs(예쁜 엉덩이와 허벅지)나 pretty hot and tempting(꽤 섹시하고 유혹적인)'의 준말이 아니다) ** 과 'dead-cat bounce(겉보기엔 구 같지만 사전에는 한 단어로 올라 있다)'에 대해 이메일로 활발한 토론을 벌였다. *** 그러나 이때, 새로 실린 단어 1만 개가 전부가 부각된 건 아니었다. 사전에 추가된 정보들 가운데 많은 수가 한참 시간이 흘러서야 주목을 받았다.

그중 하나가 단어 'marriage'에 추가된 2차 하위 의미—즉 하위 - 하위 의미—였다. 우리가 이 의미를 추가한 까닭은 동성 결혼을 일컫는 'marriage'의 용법을 아우르기 위해서였다. 그 사이 우리 회사에는 동성 결혼에 대한 인용문이 수백 건이나 쌓였고, 미국의 여러 주에서 동성 결혼의 합법성을 논하고 있었기에 이 용법은 점점 일상화되었다. 우리가 결정한 정의는 이것이었다. "the state of being united to a person of the same sex in a relationship like that of a traditional marriage(전통 결혼과 유사한 관계로 동성인 사람과 맺어진 상태)."

단어의 속성을 감안하여 우리는 'marriage'의 정의 집필에 대단히 신중을 기했다. 21세기에 접어들던 당시 인용문을 읽으면서 우리는 'marriage'의 기존 정의("the state of being united to a person of the opposite sex as husband or wife in a consensual and contractual

··   **phat** \'fat\ *adj* **phat·ter; phat·test** [probably alteration of ¹*fat*] (1963) *slang* : highly attractive or gratifying : EXCELLENT ⟨a *phat* beat moving through my body – Tara Roberts⟩([아마도 ¹*fat*의 변형] (1963) *은어* : 몹시 매력적이거나 흐뭇한 : 훌륭한 ⟨내 몸을 통과하여 움직이는 *매력적인* 비트–타라 로버츠⟩) (*MWC11*).

···   **dead–cat bounce** *n* [from the facetious notion that even a dead cat would bounce slightly if dropped from a sufficient height] (1985) : a brief and insignificant recovery (as of stock prices) after a steep decline([죽은 고양이도 충분히 높은 곳에서 떨어뜨리면 약간 튀어 오른다는 우스갯소리에서] (1985) : (주가 등이) 급락한 직후 잠깐 동안 미미하게 반등하는 현상) (*MWC11*).

relationship recognized by law(남편이나 아내로서 이성인 사람과 법적으로 인정받는 합의 계약 관계를 맺은 상태)")를 확장시키는 것보다 동성 결혼을 별개의 하위 의미로 다루는 게 낫겠다고 판단했다. 실제 결혼과 'marriage'라는 단어 사이에 그려진 삐뚤삐뚤한 선을 따라가느라 우리 사전 편찬자들은 '구부정한 노역자' 자세를 취해야 했다. 『메리엄 웹스터 대학 사전』 11판을 집필 중이던 2000년에 동성 결혼('marriage'가 가리키는 것)의 합법성은 뜨거운 감자였다. 동성 결혼을 허용하는 법을 통과시킨 주는 아직 없었지만, 몇몇 주에서는 동성 결혼을 금지하는 헌법에 문제를 제기했고, 한 주(버몬트)에서는 동성 동반자법을 허용하는 법을 통과시켰다. 물론 이성 결혼은 미국 전국에서 합법이었다. 그러니 당시 'marriage'를 '낭만적인 파트너 관계' 의미로 사용한 인용문 대다수가 'marriage'라는 것의 합법성을 논하고 있었다는 것도 놀랄 일은 아니다. 'marriage'라고 불리는 것 하나는 합법이었고, 'marriage'라고 불리는 다른 것 하나는 합법 여부가 유보된 상태였지만, 단어 'marriage'가 이 두 가지를 다 일컫고 있었다.

우리가 이 두 가지를 두 개의 하위 의미로 구분지은 데에는 이유가 있었다. 사람들은 날이 갈수록 'marriage'에 이것이 어떤 종류의 결혼인지 명시하는 수식어를 붙이고 있었다. 1990년대 이전에 'marriage'가 'gay', 'straight', 'heterosexual', 'homosexual', 'same-sex' 같은 단어들의 수식을 받는 경우는 거의 없다시피 했다. 그러나 2000년에 이르자 이 단어들은 'marriage'의 흔한 수식어가 되어 있었다. 『메리엄 웹스터 대학 사전』 11판이 출간된 2003년에는 'marriage'의 가장 흔한 수식어가 'gay'와 'same-sex'였다. 이는 단어 'marriage'에 대해

두 개의 흥미로운 (그리고 겉보기엔 모순적인) 사실을 알려준다. 'gay', 'same-sex', 'homosexual' 같은 수식어를 보면 단어 'marriage'가 동성 사이의 결합을 가리킬 때 쓰인다는 점을 알 수 있다. 이와 동시에 'heterosexual'과 'straight' 같은 수식어를 보면 사람들이 동성 결혼과 이성 결혼을 구분하고자 한다는 걸 알 수 있다. 서로에게 헌신하는 커플을 젠더와 무관하게 수식어 없이 그저 'marriage'라고 칭하는 사례가 더 많았더라면, 동성 결혼과 이성 결혼을 가리키는 두 의미가 하나로 결합되고 있다는 신호로 해석할 수 있었을 테다. 그러나 현실은 그렇지 않았다. 수식어는 철학적인—그리고 이 경우에는 언어적인—구분을 드러낸다.

사전에 동성 결혼의 의미를 실은 건 메리엄 웹스터가 대형 사전 제작사 가운데 꼴찌였다. 사전 출시에는 주기라는 게 있어서, 『아메리칸 헤리티지 사전』과 『옥스퍼드 영어 사전』은 2000년에 낸 개정판에 동성 결혼 의미를 아우르는 정의나 해설을 올렸다. 『옥스퍼드 영어 사전』은 기존 정의("the condition of being a husband or wife; the relation between persons married to each other; matrimony(남편이나 아내인 상태; 서로 결혼한 사람들 사이의 관계; 혼인)")에 해설을 덧붙이는 쪽을 택했다. "이 용어는 현재 동성 파트너 사이의 장기적 관계를 일컬을 때에도 쓰인다." 여기에 'gay'가 상호참조로 올랐다. 『아메리칸 헤리티지 사전』은 2000년에 'marriage'의 첫 번째 의미를 "a union between two persons having the customary but usually not the legal force of marriage(관습적 결혼과 비슷하지만 일반적으로 법적 구속력 없는 두 사람 사이의 결합)"로 수정했고, 2009년에는 "the legal union of a man and woman as husband and wife, and in some jurisdictions, between two persons of the same sex, usually entailing legal obligations of each person to the other(남편과 아내로서 남녀의 법적 결합, 그리고 일부 사법 체계에서는 서로 법적 의무를 수반하는 동성인 두 사람의 결합)"로 수정했다. Dictionary.com에서도 이미 동성 결혼 의미를 아우르는 정의를 올렸다. "a relationship in which two people have pledged themselves to each other in the manner of a husband and wife, without legal sanction: trial marriage; homosexual marriage(두 사람이 법적인 제재 없이 서로에게 남편과 아내로서 서약한 관계: 계약 결혼; 동성 결혼)."

우리의 결정은 유일한 것도 아니고, 사전 업계 내에선 논란의 여지도 없었다. 그저 사전답게 따분한 결정이었을 뿐이었다. 우리는 정의를 적당히 고민하고, 사전에 올리고, 다음 단어로 넘어갔다. 언어는 넓어서 한 지점에 너무 오래 멈춰 있을 수 없다. 그러나 우리가 알파벳 후반부를 작업하는 동안 세상은 법정에서 제자리를 돌고 있었다.

단어 'marriage'의 진화를 살펴보려면 필연적으로 결혼 자체의 진화를 살펴보아야 한다. 단어에도 저 나름의 삶이 있지만 그것은 현실 세계의 사건들에 매여 있기 때문이다. 1990년대 후반에 미국 각 주는 결혼을 한 남자와 한 여자의 결합으로 한정하는 주 헌법의 수정안을 통과시키기 시작했다. 1993년 하와이 대법원에서는 동성 커플에게 결혼 증서 발급을 거부하는 것이 하와이주 헌법의 평등 보호 조항을 위반한다고 판결했고, 이것이 '결혼보호법'으로 알려진 법안 H.R. 3396의 계기가 되었다. 『메리엄 웹스터 대학 사전』 11판이 출간된

2003년 7월에 이미 2개 주가 동거 및 동반자법을 통과시킨 상태였고 메리엄 웹스터가 위치한 매사추세츠도 곧 같은 법을 통과시킬 예정이었다. 반면 4개 주에서는 사법 판결 혹은 법률을 통해 결혼이 한 남자와 한 여자의 결합으로 한정된다고 선언했다. 그로써 43개 주가 남았다. 결혼을 둘러싼 전쟁이 무르익고 있었다.

사전 출판사의 사무실에서 그 전쟁은 잘 보이지 않았다. 스티브 클라이네들러는 말한다. "찍소리 하나 못 들었습니다. 아무것도요. 기다리고 있었지만, 그럼에도⋯." 그는 말끝을 흐리고, 손바닥을 펼치고 어깨를 으쓱한다. 우리 메리엄 웹스터 편집부에 'marriage'의 새 하위 의미에 대한 이메일이 몇 통 들어오긴 했지만 그건 문자 그대로 한 줌밖에 되지 않았고, 대부분은 우리가 이 항목을 언제 갱신했는지 묻는 내용이었다. 불평하는 독자도 소수 있었다—그러나 솔직히 말하자면, 『메리엄 웹스터 대학 사전』 11판에 대해 들어온 불만은 'marriage'의 하위 의미에 대한 것보다 'phat'에 대한 것이 더 많았다. 문화계의 전쟁은 우리를 빗겨간 듯했다.

자, 위 문장에서 핵심 단어는 '듯했다'이다.

2009년 3월 18일 아침, 나는 커다란 커피 잔을 들고 자택 사무실에 들어가서 업무용 이메일을 열었다. 수신함이 열리는 동안 커피를 식히려고 입김을 불었다. 그리고 입김을 또 불었다. 시간이 지나도 수신함은 열리지 않았다. 급기야 프로그램이 다운되는 걸 보고 나는 신음을 흘리며, 입천장이 데일 듯이 뜨거운 커피를 한 모금 들이켰다. 이메일 프로그램이 다운되는 경우는 둘 중 하나였다. (1) 서버와 사옥

이 불에 탔거나 침수되었다. (2) 이메일 공세가 진행 중이었다. 나는 컴퓨터를 재부팅하면서 부디 첫 번째 경우이기를 열렬히 기도했다. 그러나 컴퓨터가 다시 켜지고 이메일이 로딩되기 시작했다. 회사에 불이 난 건 아니라는 뜻이었다. 나는 얼굴을 감싸고 절망에 빠져 소가 울부짖는 듯한 소리를 냈다. 처마에 사는 흉내지빠귀가 그걸 듣더니 장황한 노랫소리로 답했다.

이메일 공세는 무언가 잘못되었다는 강한 확신과 풀뿌리 정의에 대한 통탄스럽도록 잘못된 이해와 무제한 인터넷의 결합이 낳은 불가피한 산물이다. 누군가 사전에서 마음에 들지 않는 항목을 발견하고, 친구 900명에게 그 항목을 삭제하거나 수정하라고 요구하는 이메일을 보내라고 한다. 그 900명은 SNS에 같은 내용을 공유하고, 이윽고 **그들의** 친구 900명도 이메일을 우리에게 보낸다. 변태적인 언어적 피라미드 구조다. 모두가 약간씩 힘을 보태지만 가장 위의 사람(나)을 제외하곤 아무도 아무것도 돌려받지 못한다. 반면 나는 혼자서 답장할 이메일 수 톤을 짊어져야 한다.

그날 아침 이메일이 전부 로딩되자 나는 컴퓨터가 버티지 못한 이유를 알 수 있었다. 내 메일 수신함에는 '결혼의 정의'나 '분노 폭발!' 따위 제목을 단 이메일 수백 통이 쌓여 있었다. 숫자를 헤아리고 있는데 프로그램에서 다시 알림음이 울렸다. 지난 2분 동안 이메일이 15통 더 도착했다는 알림이었다. 나는 '구부정한 노역자' 자세를 취한 채 빌었다. 지금 당장 고통 없이 빠르게 죽게 해주세요.

이메일 공세를 받은 편집자가 제일 먼저 해야 할 일은 그 이메일의 출처를 파악하는 일이다. 운 좋게도, 내게 최초로 이메일을 보낸 사람은 길길이 날뛰는 와중에도 자기가 뭘 보고 그렇게 화가 났는지 링크를 첨부했다. 보수 뉴스 사이트인 「월드넷데일리」에 "웹스터 사전이 '결혼'을 다시 정의하다"라는 제목의 기사가 올라 있었다. 기사는 이렇게 시작했다. "미국에서 가장 저명한 사전 제작사의 하나인 메리엄 웹스터에서 'marriage'라는 용어가 동성인 두 사람에게도 적용되어야 하는지, 아니면 수천 년 동안 가족을 지탱해온 제도에만 쓰여야 하는지에 관한 논쟁을 해결했다. 단순히 새로운 정의를 씀으로써."

나는 조심스럽게 키보드와 커피 잔을 옆으로 밀치고, 그 자리에 머리를 박고 신음했다. "안 돼. 안 돼. 안 돼." 이 문화적 논쟁에서 우리는 빼주세요. 사전은 그냥 사전이게 해주세요.

기사에는 동영상이 첨부되어 있었다. 그 영상은 단순히 사람들에게 어떤 단어에 대한 의견을 묻는 내용이 아니었고, 시작부터 그 사실을 대놓고 드러냈다. 음산한 음악을 배경으로 질문이 떠올랐다. '당신이 생각하는 단어의 정의를 사전이 뒷받침하지 않을 때 어떻게 합니까?' 나는 이 동영상의 행선지를 알았다─'패닉타운' 직행. 'marriage'의 다양한 정의가 스크린에 등장했다. 전부 결혼이 남자와 여자 사이의, '영원한' 것이라고 기술하는 정의였다. 그다음 화면에는 우리 메리엄 웹스터에서 2003년에 추가한 하위 의미가 떴다. 영상에서는 우리가 남자와 여자의 영원한 결속인 결혼 **제도**에 동의하지 않았기 때문에 'marriage'의 정의를 바꾸었다고 주장했다. 화면이 점차 어두워지고 정의가 사라지더니, 그 자리에 '깨어나라!'라고 적힌 큰 글씨가 등장했다. 글씨는 점점 커져서 화면을 가득 채웠다.

나는 내키지 않지만 다시 본문을 읽었다. 기사에서는 1913년에 출간된 사전에 동성 결혼에 대한 언급이 없을뿐더러, 성경을 인용하며 결혼 제도를 옹호하고 있다고 밝혔다. 이 대목에서 나는 어이가 없어서 웃음을 터뜨렸다. 1913년에 출간된 사전*에선 동성 결혼을 언급하지 않는 게 **당연하다**. 당시에 'marriage'가 그런 용법으로 쓰이는 건 흔하지 않았으니까! 성경을 예시로 든 것도 **당연하다**. 당시 미국의 가장 가난한 집이라도 책꽂이에는 성경이 꽂혀 있었으므로 글을 아는 사람이라면 성경에 친숙할 가능성이 높았고, 따라서 성경은 많은 교육 환경에서 교훈적으로 쓰였다.

기사에서는 우리가 답변을 거부했다고 주장했다—나는 컴퓨터에 대고 소리쳤다. "거짓말하고 있네. 우리는 독자 편지에 전부 답장을 **해야 하거든?**" 그렇지만 기사에는 한 편집자가 「월드넷데일리」의 한 독자에게 정치적 어젠다의 개입을 부인했다고 적혀 있었다.

그 문장을 읽으면서 나는 심장이 발치까지 떨어졌다. 나는 그 편집자가 누군지 확실히 알고 있었다.

"우리가 사전에 어떤 단어를 올릴지, 그 단어들을 어떻게 정의할지 선택하면서 특정한 사회적 혹은 정치적 어젠다를 홍보한다고—혹은 홍보하는 데 실패한다고—믿는 사람들이 종종 있습니다." 메리엄 웹스터 편

* 『웹스터 개정 대사전Webster's Revised Unabridged』은 사실 1890년 『웹스터 국제 사전』의 재탕이었다. 『웹스터 개정 대사전』은 'automobile(자동차)'이나 'airplane(비행기)' 같은 현대 단어를 많이 다루지 않고, 'republican(공화당)'의 정의에서는 노예제와 링컨을 언급한다.

집자 코리 스탬퍼가 답장에 적었다.

"정치적 스펙트럼의 모든 영역에서 그런 비판이 날아듭니다. 우리 사전의 어떤 항목이―혹은 어떤 항목의 부재가―불쾌하거나 속상하다면 진심으로 죄송합니다만, 그것을 감안하여 사전 편찬자로서 저희의 주된 임무에서 벗어날 수는 없습니다."

스탬퍼는 'marriage'를 새로 정의한 것도 합리화했다. "최근 몇 년 동안 새로운 의미의 'marriage'가 신중한 편집을 거친 출판물의 다양한 스펙트럼 상에서 꾸준히 잦은 빈도로 등장했고 'same-sex marriage'나 'gay marriage'에 찬성하는 쪽과 반대하는 쪽 양측에서 사용되었습니다. 'marriage'에 새로운 의미를 추가한 것은 단순히 해당 단어가 현재 어떻게 사용되는지에 관해 독자에게 정확한 정보를 주기 위한 결정이었습니다." 스탬퍼가 적었다.

나는 심호흡을 하고, 뇌의 절반이 머릿속에서 공포에 찬 비명을 지르는 동안 뇌의 나머지 절반을 이용하여 내가 보낸 이메일 답변을 검색하기 시작했다. 몇 달 전 한 독자에게 보낸 아주 긴 답변이 있었다. 이메일과 비교해보니 기사에 실린 글은 분명히 내가 쓴 것이었다. 기사에서는 내 답변의 중간 부분을 토씨 하나 바꾸지 않고 옮겼다. 나는 숨을 내쉬었고, 그때서야 내가 숨을 참고 있었던 걸 깨달았다.

기사가 나가고 제일 처음 도착한 이메일을 열어보았다. 메일은 이런 문장으로 시작했다. "'marriage'에 비뚤어진 동성애가 포함되도록 정의를 바꾼 당신 회사의 결정은 치욕 그 자체입니다."

기사를 읽고 동영상을 보는 동안 이메일이 50통 더 도착했다. 뱃속이 사르르 아파오는 걸 느끼면서, 나는 또 어떤 사람들이 우리 사전에 신의 심판을 요구하고 있는지 확인하기 위해 구글을 뒤졌다.

첫 검색 결과로 웹 포럼이 나왔다. 그 포럼에는 내게 'marriage' 건으로 처음 메일을 보낸 독자, 핼 터너의 말이 인용되어 있었다. 그는 블로그에 메리엄 웹스터 측 답변에 대한 의견을 밝히고, 블로그 방문자들에게 같이 우리에게 화를 내달라고 촉구하고 있었다. 그때 머릿속 깊은 곳이 근질거렸다. **아는** 이름이었다. 어디서 들었더라? 나는 인터넷 브라우저에서 새 창을 열고 핼 터너를 검색했다. 익숙함의 정체가 곧 밝혀졌다. 나는 「더 네이션」에 실린 그에 관한 기사를 읽고 표시한 적이 있었다.

2003년 터너는 미국지방법원 판사 존 험프리 레프코가 백인우월주의자 단체 지도자 매튜 헤일을 상징적인 재판에서 유죄로 판결한 것에 대해 "죽어도 싸다"라고 말했다. 레프코의 남편과 어머니가 살해당한 시신으로 발견된 2월 28일, 터너는 극우 성향의 리버티 포럼에 백인우월주의자들이 연방정부 요원들의 조사를 피할 팁을 공유하는 글을 적었다. "그러니 우리 백인우월주의자들이 [살인의] 결과로 무얼 기대할 수 있겠습니까? 솔직히 말하자면, 난장판이죠!" 그는 적었다.

내 머릿속, 합리화하길 좋아하는 샌님이 입을 열었다. 하지만 적어도 저 사람이 사전 편집자들에 대한 폭력을 옹호한 건 아니잖아?

나는 원래 브라우저 창으로 돌아가서 터너의 블로그를 올린 포럼으로 향하는 링크를 클릭했다. 거기엔 글이 퍼온 것임을 밝히는 짧은 머리글이 있었는데 말투가 이랬다. "엿 같은 게이 호모 변태 아동성 애자 항문 성교를 하는 동성애자 똥이나 처먹는 놈들." 나는 키보드 를 옆으로 밀치고 '핵폭발 낙진' 자세를 취했다.

심호흡을 몇 번 하고, 어떤 어려움이 닥치더라도 오늘밤엔 반드시 맥주 두 캔을 마시겠다는 결심으로 기운을 북돋으며 나는 혐오로 점 철된 포럼 창을 닫고 「월드넷데일리」 기사로 돌아가서 댓글을 살펴보았다. 글을 쓴 저자의 성이 눈에 들어왔다. 그때 내 이성의 얇 은 끈이 마침내 툭 끊어졌다. 그의 성은 'Unruh', 고대 영어에서 '부드 럽다'는 뜻이었다. **부드러움 씨**.

내가 어찌나 오랫동안 낄낄거렸던지, 남편이 일감을 내려놓고 1층 으로 내려와 사무실 안에 빼꼼 머리를 내밀었다. "괜찮아?"

나는 웃었다. "아니. 안 괜찮아. 그리고 한동안은 안 괜찮을 거야—" 이 대목에서 나는 이메일 수신함을 보고 'marriage'에 대해 불평하는 메일 500통, 아니 이제 513통에 전부 답장하는 데 시간이 얼마나 걸 릴지 암산했다. "적어도 사흘은 이 상태일 거야. 다른 일이 일어나 지 않는다면." 딱 두 마디를 하는 사이 이메일이 맞장구치듯 알림음 을 울렸다. 새 메일이 도착한 것이었다. 이렇게나 완벽하게 희극적인 타이밍이라니! 우주의 뜻이 개입되었다고 볼 수밖에 없었다. 나는 더 크게 웃음을 터뜨렸다.

남편이 눈썹을 찌푸렸다. "여보…"

나는 돌연 심각한 목소리로 말했다. "있지, 냉장고에 남아 있던 맥 주 두 캔. 아직 안 마셨지?"

'marriage'의 새로운 하위 의미에 대한 불만은 결국 하나로 요약될수 있었다. 단어가 지칭하는 것, 즉 동성 결혼이 법과 도덕에 어긋나므로, 'marriage'라는 단어의 정의를 갱신한 것도 법과 도덕에 어긋난다. 사람들이 어찌나 열렬하게 불만을 표했던지, 2009년 3월 18일 직전에 내가 붙들고 있던 정의 작업은 원래 계획보다 3주나 늦게 마무리되었다.

언어에 대해 열정을 표하는 것에 문제가 있다는 말은 절대 아니다. 우리 사전 편찬자들이 무언가에 대해 열정을 느낀다면, 그 대상도 틀림없이 언어일 테다. 그러나 사전 회사에 이메일 공세를 벌이는 사람들은 보통 사전 정의의 변화가 실제로 이뤄내는 바에 대하여 크게 착각하고 있다. 그들은 사전의 정의를 바꾸는 것이 언어를 바꾸는 것이고, 언어를 바꾸는 것이 언어를 둘러싼 문화도 바꾸는 것이라고 생각한다. 이 믿음이 가장 통렬하게 느껴지는 건 사전에서 다양한 종류의 비속어를 없애달라는 요청이다. 사람들은 우리가 사전에서 'retarded(지진아)'를 삭제하면 아무도 그 단어를 쓰지 못할 거라고 말한다. 사전에 없는 단어는 단어가 아니니까. 그리고 우리가 사전에서 한 단어를 지운다고 해서 몇 세기 동안 쓰여온 단어가 기적처럼 사라지지는 않는다는 사실을 그들에게 알려야 하는 불운한 노역자는 바로 나다.

이 말을 조금 더 넓은 필치로 옮기자면 이러하다. 사전에서 한 단어를 없앤다고 해서 단어가 구체적으로 지칭하는 것이 사라지지는 않는다. 심지어 그 단어와 조금이라도 관계있는 것조차 사라지지 않는다. 사전에서 인종차별석 비속어를 없앤다 해서 인종차별이 사라지는 건 아니다. 사전에서 'injustice(불의)'를 없앤다고 해서 정의가 구현되는 건 아니다. 매사가 그렇게 쉬웠더라면, 우리가 이미 사전에서 'murder(살인)'나 'genocide(대량학살)'를 지우지 않았겠는가? 멍청함과 죽음과 마찬가지로 못됨 역시 우리 우주에서 존재론적 상수다.

사람들의 착각을 비웃기란 쉽다. 하지만 그러기 전에, 한 가지 짚고 넘어갈 점이 있다. 사전을 괴물로 만든 건 사전 제작자들 본인이라는 사실.

기억하겠지만 19세기에는 올바른 사고가 올바른 용법으로 이어지며, 올바른 용법이 올바른 사고의 보증서라는 것이 단어를 보는 지배적인 관점이었다. 미국의 사전 편찬자들은 누구나 얼마간 이 관점을 취했다. 우리의 노아 아저씨조차 여기에 한몫을 보탠다. 그는 1828년 사전의 서문에서 자신의 저작이 미국 예외주의의 자연적인 확장이라는 점을 명확히 밝힌다. 미국 예외주의란 미국이 '문명과 학습, 과학, 자유 정부의 헌법, 신이 인간에 하사한 최고의 선물인 기독교를 등에 업고 출범했다'라는 믿음과 맥을 같이하는 교리다. ˙ 그러나 사실 사전이 언어와 인생에 대해 권위를 가진다는 믿음을 결정적으로 퍼뜨린 건 미국 예외주의가 아니라, 마케팅이었다.

노아 웹스터와 미국 사전의 권위 이야기를 하려면 우선 조지프 워스터에 대해 이야기해야 한다. 조지프 워스터는 미국의 사전 편찬자이자, 노아 웹스터가 자신의 주적으로 여긴 사람이다. 그는 웹스터가 1828년 사전을 펴내던 당시 웹스터 아래에서 이름 없는 조수로 일했고, 존슨의 영어 사전 요약판에 당대 인기를 끈 발음 사전을 부록으로 덧붙인 출판물을 냈다. 웹스터가 자신의 명작 『미국 영어 사전』을 이용해 돈을 벌어볼 생각으로 요약판을 만들 때 워스터가 작업에 참여했다. 그리고 워스터는 그로부터 얼마 지나지 않은 1830년에 직접 『종합 영어 발음·해설 사전A Comprehensive Pronouncing and Explanatory Dictionary of the English Language』을 출판했다. 웹스터는 노발대발했다—은혜도 모르는 자식 같으니! 더 중요한 건, 워스터의 사전이 갑자기 미국 학생들과 가족들의 마음과 정신과 (더욱 중요하게는) 돈을 놓고 웹스터의 사전과 대놓고 경쟁 구도에 놓이게 되었다는 것이다. 워스터는 영어에 보다 보수적으로 접근하여 영국식 철자와 발음을 고수했고, 상당수의 지지자들을 얻었다.

그리하여 19세기 사전 전쟁이 발발했다. 웹스터는 19세기 마케터의 화약고에서 최고의 도구를 꺼내 들고 공세에 나섰다. 편집자에게 신랄한 익명 편지를 보낸 것이다. 웹스터가 (혹은 그의 이해 관계를 대신하는 누군가가) 1834년 11월 매사추세츠 워스터에서 발행되는 「팔레이디엄Palladium」에 익명의 편지를 실음으로써 편지 전쟁을 시작했다. 편지의 내용은 워스터가 표절꾼이며, 그의 사전을 사는 사람들은 독창적이지 않은 사전을 삼으로써 좀도둑을 두둔하고, 미국인 애국자에게 물질적으로 손해를 끼치는 셈이라는 것이었다.

• 'Christian'이라는 단어는 1828년 사전 전체를 통틀어 단 한 번도 첫 글자가 대문자로 적히지 않았다. 이는 (웹스터가 마음껏, 에헴, '빌린') 존슨의 사전이 남긴 유물이다. 반면 워스터는 1830년 『종합 영어 발음·해설 사전』에서 'Christian'의 첫 글자를 대문자로 썼다.

[워스터는] 이후 웹스터의 사전을 매우 흡사하게 모방한 사전을 출간했고, 유감스럽게도 이 사전은 미국의 여러 초등학교에 도입되었다. 이것이 유감스러운 이유는 대중들이 우리 미국에 귀한 공헌을 하고, 그 노력에 대해 완전히 보상받아야 할 남자를 모르는 사이에 아주 부당하게 대우하고 있기 때문이다.

워스터는 스스로를 변호했고, 교전이 시작되었다.

조지 메리엄과 찰스 메리엄이 1844년 웹스터 사전의 판권을 구입했을 때, 그들은 사전에 웹스터 본인이 판 것과 같은 가격을—당대에는 굉장히 고가였던 20달러를˙—매겨선 안 된다는 걸 알았다. 그들의 첫 번째 업무는 노아 웹스터의 『미국 영어 사전』 1841년판을 6달러에 살 수 있는 한 권짜리 사전으로 개정하는 것이었다—여전히 고가이긴 했지만 20달러에 비하면 19세기 중반의 보통 소비자가 감당할 수 있는 가격이었다. 이 계획의 요지는 워스터를 따라잡는 것이었다. 1830년 워스터가 사전을 펴낸 이래 웹스터 사전의 판매량은 꾸준히 하락세였고, 1846년 워스터가 『보편 비평 영어 사전A Universal and Critical Dictionary of the English Language』을 펴내자 마지막 희망

˙ 당시 뉴잉글랜드에서 20달러가 얼마나 큰돈이었느냐고? 1829년 1월 11일 매사추세츠 「피츠버그 센티널」에 메인스트리트 식료품 가게 주인 W.M. 그레이가 낸 광고를 인용하겠다. "압착 귀리 25파운드, 압착 귀리 속 10팩, 고급 쌀 14파운드, 좋은 세탁비누 25개, 무첨가 라드 12파운드, 염장 돼지고기 12파운드, 무스카텔 건포도 15파운드, 최고급 밀가루 30파운드, 최고급 당밀 2갤런, 각 단돈 1달러에 판매."

마저 사라진 듯했다.

메리엄 형제는 웹스터의 유산에 대해 신경 쓰지 않았다. 시장 점유율이 아슬아슬해지자, 그들은 19세기 특유의 마케팅 전략에 의존했다. 과장과 중상모략 말이다.

과장 전술은 『미국 영어 사전』 1847년판이 출간되자마자 시작되었다. 뉴욕 「이브닝 포스트」에 실린 광고에서는 『미국 영어 사전』 신판의 다양한 장점을 늘어놓은 다음에 이렇게 말한다.

미국에서 이전에 출판된 다른 어떤 책보다도 더 많은 내용을 담은 이 저작은 저자와 편집자들이 **30년** 이상 노고를 쏟은 결과를 단돈 6달러에 제공하여, 가장 **방대하고, 저렴하고, 좋은** 사전으로 여겨진다.

대조적으로 1846년 워스터의 『보편 비평 영어 사전』 광고는 고루하고 우아했다. 글씨체로 장난을 치지도, 허풍을 부리지도 않았다. 사전 편찬자의 목표와 방법론에 관한 긴 설명, 분별 있는 독자의 취향과 판단력에 호소하는 찬사와 추천사 몇 개가 다였다. 광고는 수가 적었고 드문드문 실렸다. 1846~1848년 신문에서 워스터의 『보편 비평 영어 사전』이 언급된 것은 대부분 사전의 제목 외에 다른 정보가 담기지 않은, 서적상이 낸 광고였다.

반면 메리엄 형제는 사전 업계를 전복할 계획을 계속했다. 그들은 흥미로운 글씨체로 이렇게 고함쳤다. "가장 방대하고, 질 좋고, 저렴한 영어 **사전**은 명백히 **웹스터**입니다." 워스터 사전의 출판인들은 곳곳이 싸구려 광고의 저속함에 굴복하기를 거부한 반면, 메리엄 형제들은 적당히 하는 법을 몰랐다. 1849년 광고에서는 "최고의 사전을 사세요!"라고 외쳤고, 후에도 이런 논조를 이어나갔다.

그러는 사이 경주는 계속되었다. 워스터는 새 사전을 출간하려고 준비 중이었는데, G. & C. 메리엄 출판사의 고위 편집인 한 사람이 워스터의 새 사전에 삽화가 들어갈 거라는 이야기를 들었다. 메리엄 형제는 즉각 행동에 나섰다. 그들은 1847년 사전을 아주 살짝 보강한 재판본에 삽화 몇 점을 넣고 이에 『미국 영어 사전』의 '새 개정판'이라는 이름을 붙였다. 그리고 1859년, 이 사전을 출시한 직후 또 한 번 마케팅 전격전을 펼쳤다. 1860년 워스터는 육중한 『영어 사전A Dictionary of the English Language』* 을 펴내어 큰 호평을 얻었다. 워스터의 마케터들은 이 사전 출시를 앞둔 몇 년 동안 "기다렸다가 최고의 사전을 사세요"라는 카피로 광고 전쟁에 반격해왔다. 그러나 그즈음 메리엄 형제는 이미 온갖 신문에 눈길을 끄는 글씨체와 삽화가 들어간 광고를 도배하고 있었다. "최고의 사전을 사세요"는 "최고의 사전을 사세요. 제일 풍부한 사전을 사세요. 제일 싼 사전을 사세요. 웹스터를 사세요"로 발전했다. 광고가 으레 그렇듯, 웹스터 사전을 소유하는 것이 어떤 좋은 결과를 안겨주는지에 관한 설명도 있었다. "모든 걸 알고 싶은 사람, 무엇이든 알고 싶은 사람, 알아야 할 걸 전부 알고 싶은 사람은 웹스터 신 국제 사전을 가져야 합니다. 이 사전은 밝은 빛과 같으니, 갖지 못한 자는 어둠 속을 걸을 것입니다."

이 모든 걸—중상모략과 인신공격과 사전에 대한 초특급 칭찬과 사전을 가짐으로써 얻게 될 것에 관한 주장을—결합하면, 사전이 어째서 많은 사람들에게 교육적인 책을 넘어 도덕적인 책으로 여겨지게 되었는지 이해할 수 있다. 훗날의 사전 광고에서도 이런 생각을 꺾으려는 노력은 전연 이루어지지 않았다. 1934년 『웹스터 신 국제 사전』 2판 광고에서는 주장했다. "지난 25년 동안 인류의 실용적·문화적 지식은 놀라운 진화를 겪었습니다. 신세기의 삶을 알고, 이해하고, 이에 참여하고자 하는 사람에게는 필요한 것을 언제든지 알려주는 정보원이 꼭 필요합니다." 3판의 광고 팸플릿도 허풍을 떨기는 마찬가지였다. "영어 전체가, 지식과 기쁨과 성공으로 향하는 입증된 열쇠가 당신의 두 손에!" 1961년 「뉴욕 타임스 북 리뷰」에 실린 마리오 페이의 『웹스터 신 국제 사전』 3판 리뷰는 이런 문장으로 끝난다. "이 사전은 미국에서 우리가 얻을 수 있는 권위의 목소리에 가장 근접한 것이다." 새로운 광고 카피가 태어났다. 메리엄 웹스터에서는 1990년대까지 광고물에서 '권위의 목소리'라는 표현을 사용했다.

사전과 용법, 도덕성을 보다 투명하게 연결시킨 『웹스터 신 국제 사전』 3판의 마케팅과 판매였다. ** 『웹스터 신 국제 사전』 3판을 리

• 워스터의 사전 제목이 존슨의 사전에 대한 오마주이자 웹스터의—그 자체로 오마주인 동시에 부정이었던—『미국 영어 사전』에 대한 직접적 반박이었다는 건 두말할 필요도 없다. 사전 업계 내 존슨에 대한 페티시는 뿌리 깊다.

•• 『웹스터 신 국제 사전』 3판의 제작과 판매와 그것이 낳은 결과에 대해 충실히 연구하여 나보다 더 좋은 이야기를 들려줄 수 있는 작가들이 있다. 만일 이 주제에 흥미가 생긴다면, (특히 모튼의 『웹스터 신 국제 사전 3판 이야기Story of 'Webster's Third'』나 스키너의 『Ain't 이야기Story of Ain't』 등) 다른 책들을 읽어보길 바란다. 내가 살면서 쓸 단 한 권의 책은 이것이니까.

뷰한 사람들은 두 손을 들고 (때로는 그저 자기가 상상해낸 것에 대해) 치를 떨며 지금껏 우리가 알던 영어가 **끝장났다**고 선언했다. 비평가들은 3판을 '스캔들이자 재난'이라고 일컬었고, '크고 비싸고 흉하다'라고 비판했으며, 이 사전이 '민주주의의 이름으로 방임을 행하여 언어를 타락시키는 경향'을 보여준다고 했다.˙ 그러나 이 비판은 단지 영어에 대해 경종을 울리는 것이 아니었다. 『웹스터 신 국제 사전』 3판은 우리의 생활 방식이 변했음을 보여주는 전조로 여겨졌다.

저명한 작가이자 역사가인 자크 바전은 「아메리칸 스콜러」에 실은 리뷰에서 『웹스터 신 국제 사전』 3판이 문화를 바꾸려 든다고 맹비난했다. "이 사전은 한 당이 내놓은 가장 긴 정치 팸플릿이 분명하다. 무려 2,662쪽 안에 사전 편찬업의 한계를 크게 초월한 도그마를 담았으며—때로는 설교하기까지 한다. 내가 이 사전을 정치적 도그마라고 부르는 까닭은, 사람들에 대해 나름의 가정을 하고, 사회적 교류에 관한 특정한 견해를 내포하기 때문이다." 그 도그마의 증거가 무엇이었느냐고? 용법 해설가들의 생각과 달리 'disinterested'와 'uninterested'가 때로 동의어로 쓰인다는 설명이었다. 바전은 결론짓는다. "이 책은 우리의 감정적 약함과 지적 혼란을 충실히 기록했다."

페이는 1962년 여름 『웹스터 신 국제 사전』 3판에 대해 재고하기 시작했고, 1964년 「새터데이 리뷰」에 그 생각의 집합체인 글을 실었

˙ 길은 편집자들이 이 모든 소동에 전혀 무관심했다고 주장한다. "그때 우리의 고민거리는 『메리엄 웹스터 대학 사전』을 출시하는 거였지, 무식한 기자들이 뭘 생각하는지 걱정할 여유는 없었습니다."

다. 그의 신중한 비판은 영어화된 외래어 발음, 구두법과 철자법에 관련한 메리엄 웹스터 사내 스타일 지침의 특이성, 그리고 '표준', '비표준', '표준 이하' 같은 라벨에 대한 논란을 대상으로 한다. 그러나 그가 지적한 진짜 문제는 글의 3분의 1지점에서 드러난다. "이 논란에는 보이는 것보다 훨씬 더 큰 요소가 있었다. 이 전투는 단지 언어를 둘러싼 것이 아니라, 삶의 철학을 둘러싼 것이었다." 1960년대 『아메리칸 헤리티지 사전』의 출간은 『웹스터 신 국제 사전』 3판에 대한 언어적 대응이 아니라, 계획적인 문화적 대응이었다. 『아메리칸 헤리티지 사전』 초판의 한 광고에는 장발의 젊은 히피가 등장했다. 광고 카피는 이러했다. "이 사람은 당신의 정치를 싫어한다. 그가 당신의 사전을 좋아할 리 있겠는가?"

외부 권위에 호소하며 자기 의견을 정당화하는 것은 인간의 본성으로, 사람들의 대화를 조금만 엿들어 보아도 이를 뒷받침하는 증거가 산더미다. "우리 아빠가 말하길", "우리 신부님이 말하길", "법에 따르면", "어떤 기사를 읽었는데", "의사들이 주장하는 바로는" 등등 끝도 없다. 이것이 광고에서 자신들의 약이 적합한지 '의사에게 물어보라'라고 말하는 이유고, 교사들이 학생들에게 글을 쓸 때 출처를 적으라고 하는 이유다.

사전 출판사들은 오랜 시간 아무 문제 없이 사전을 삶과 우주와 그 밖의 모든 것의 권위자로 내세웠다. 왜냐면, 그래야만 **책이 팔렸으니까**. 반면에 살아 있는 사람인 사전 편찬자들은 문화의 창조자로 여겨지느니 책상 밑에 기어 들어가고 싶었다. 실로, 출판사가 어떤 광고

카피를 내놓든, 사전 편찬자들은 적어도 19세기 중반부터 문화적 싸움을 애써 기피해왔다. 웹스터의 1864년작 『미국 영어 사전』의 편집장이었던 노아 포터는 직원들에게 노예제에 반대하는 설교에서 뽑은 인용문을 사전에 실어서는 안 된다고 경고했는데, 참고문헌은 그런 내용이 들어갈 자리가 아니라는 이유였다. 그럼에도 불구하고 사람들은 사전이 문화적·정치적 도구라고 믿었다. 1872년 오하이오 맥아더에서 발행되는 「데모크래틱 인콰이어러」에 실린 한 기사에서는 『미국 영어 사전』을 기존 판본과 비교하면서 이런 질문을 던진다. "포터 박사는 어째서 미국 헌법을 무시하는가?" 짚고 넘어가건대 포터 박사는 단지 사전을 집필하고 있었을 뿐이다.

'marriage'에 대해 쏟아져 들어온 이메일을 훑어보니 137년 동안 많은 게 변한 것 같지 않았다. 우리는 당파성에 대해, '게이 어젠다'에 굴한 것에 대해, 그냥 옳은 게 아니라 정치적으로 옳아야 한다는 압박에 굴한 것에 대해, 상식과 기독교 전통을 저버린 것에 대해 비난받았다. 노아 웹스터가 무덤 속에서 부끄러워할 거라는 말을 들었다. 사람들은 그냥 화가 난 정도가 아니라, 거품을 뿜으며 격분하고 있었다. 한 여자는 경고했다. "당신은 무책임의 선을 넘었고, **내 아이들의** 정신을 오염시키려 하고 있어… **저리 꺼져!**" 나는 지옥에서 썩으라는 저주를 정확히 13번 들었다. 똑바로 살라고, 망할 네 인생부터 똑바로 살라고, 저리 꺼져서 죽으라고, 그리고 유리 조각을 염산에 섞어 삼키라고 저주를 받았다. 우리가 **어째서** 'marriage'에 새로운 하위 의미를 추가했는지 정말로 궁금해 하는 이메일은 거의 없었다. 사람들이 신경 쓰는 건 언어 변화의 메커니즘이 아니라 문화 변화의 메커니

즘뿐이었다. 'marriage'에 대한 새로운 정의는 단지 'marriage'(라는 단어)의 흔한 쓰임을 기록한 것이 아니라 동성 결혼(이라는 것)이 가능하다는 선언이자, 동성 결혼(이라는 것)이 우리 사회에 공고히 자리 잡게 만들 엔진이었다. 인터넷 포럼 댓글에서도 같은 생각을 엿볼 수 있었다. 기독교 단체 포커스 온 더 패밀리의 회장 짐 데일리는 블로그에 'marriage'의 정의 변화에 관한 글을 올리고, 한 댓글에 이렇게 적었다. "미국 전역에서 대부분의 투표자들은 동성 '결혼'이라는 개념을 꾸준히 반대해왔다. 그러므로 메리엄 웹스터가 온라인 사전을 통해 문화를 멋대로 주무르려 들고 있다고 주장할 수 있다."

맹습이 시작된 첫날, 마케팅 부장이 내게 급히 메모 하나를 보냈다. 회사나 나 자신에 대해 실질적인 협박을 하는 이메일을 따로 빼두라는 내용이었다. "혹시 모르니까요." 그녀가 말했다. 나는 그녀의 이메일을 선임 홍보담당자 아서 비크넬에게 재전송했다. "우리가 모두 호모들이고 죽어도 싸다고 메일을 보낸 남자가 있는데요. 무슨 조치를 취할 수 있나요? 혹시 드디어 제가 위험수당 받을 자격이 생긴 건가요?"

아서와 나는 함께 여러 차례의 이메일 공세를 견뎠다—그는 우리를 영원히 빙빙 도는 형제와 비운의 희생양 자매라고 부른다. 그러나 이번 공세는 유독 힘들었다. 그와 내가 매일같이 받는 독설의 수준은 끔찍했다. 우리 둘 다 인격을 잃은 기분이었다. 혐오 발언은 단지 동성애자들을 향한 것만이 아니었다. 어떤 사람은 우리가 다음으로 인종 간 결혼을 허용하는 법을 제정할 거냐고 물었다(미안하지만 대법원이 저희보다 한 발 앞섰네요, 메일 감사합니다). 어떤 사람의 이메일은 백인우월주의자들의 용어집 같았다.

몇 주 동안 쉬지 않고 이런 수준의 혐오와 분노에 맞서다 보면, 제 정신을 유지하는 길은 둘 중 하나다. 일을 그만두거나, 해학을 발휘하 거나. 나는 돈이 필요했으므로 해학을 택해야 했다. 어떤 사람은 메일 에 이렇게 적었다. "결혼은 한 남자와 한 여자의 결합이다. 남녀는 서 로 어울리도록 창조되었고, 그들의 목적은 에이즈와 영적 죽음을 가 져오는 것뿐이다." 나는 메일을 아서에게 재전송하며 덧붙였다. "이 게 혐오 메일을 보내기 전에 검토를 해야 하는 이유죠." 한 메일에서 는 이렇게 소리쳤다. **"당신의 동성 결혼을 뉘우쳐라!"** 나는 이 이메일을 남편에게 재전송했다. "이건 새로운 소식인 걸. 어차피 이미 뉘우치고 있지만."

그러나 적의와 개인적인 공격에 계속 노출되면 겉으로라도 냉소 와 해학을 유지하기가 쉽지 않다. 이메일 공세가 시작된 직후 일요 일, 교회 예배를 마치고 주위를 서성이고 있는데 친구 하나가 다가와 서 뉴스에서 내 이름을 봤다고 말했다. 나는 특별히 대꾸하지 않고, 다만 태연해 보이려고 애썼다. 아마 친구 눈에 나는 횃불과 삼지창이 시야에 들어오자마자 전속력으로 도망갈 태세로 보였겠지만. 이메일 공세 첫날 시어머니가 내게 이메일을 보냈다. "별 생각 없이 〈700 클 럽〉을 듣고 있었는데"로 시작하는 이메일이었다. 나는 더 읽지 않고 이메일을 끄고, 이메일 프로그램을 끄고, 웹브라우저를 끄고, 스크린 이 까맣게 변한 뒤에도 컴퓨터의 전원 버튼을 마구 눌러댔다. *

다행히 내게 편지를 보내는 사람들은 내게 직접 겁을 주는 것보다 는 결혼의 성스러움을 유지하는 것에 더 관심이 있었다. 수신함에 들어온 많은 수의 이메일은 동성 결혼(이라는 것)이 대부분의 주에서 합법이 아니며 'marriage'(라는 단어)의 정의를 사전에 올림으로써 우리가 동성 결혼의 합법성에 영향을 주고 있다고 주장했다. 동성 결혼이 미래 어느 시점에 연방대법원에서 다뤄질 게 분명한데, 누구나 알다시피 판사들은 판결을 내릴 때 사전을 찾아보곤 하니까.

실제로 판사들은 사전을 찾는다―한 연구에서는 렌퀴스트와 로버츠가 연방대법원에 재임하던 시기, 판사들이 판결에 사전을 참조하는 비중이 늘었다고 밝혔다. 그러나 판사들은 사전을 일관성 없이, 개인적 변덕에 의거해, 그리고 무엇보다도 항상 부차적으로만 사용한다. 형사·민사·법인법 사건에서 사전을 사용한 사례를 조사한 2013년 한 연구에서는 판사들이 어떤 단어의 객관적 의미를 확인하기보다는 기존 자신의 견해를 강화시키는 근거로 사전을 사용하는 경향이 있음을 밝혔다. 판사들은 또한 특정 사전을 선호했는데, 그중 어떤 것은 1934년 출간된 구식이었고, 어떤 것은 1961년부터 확실히 절판 상태였다.

연구된 25년 동안 사전을 가장 많이 사용한 판사는 스칼리아, 토마스, 브라이어, 사우터, 알리토였다. 이 판사들의 사전 취향은 개인적이며 개성이 있다. 스칼리아 판사는 『웹스터 신 국제 사전』 2판과 『아메리칸 헤리티지 사전』을 자주 선택하는데, 이 둘은 사전 업계에서 규범주의

●   알고 보니 시어머니는 핀란드에 대한 이야기를 듣고 내 생각이 들었다고 한다.

를 따른다고 여겨지는 보통 사전이다.* 토마스 판사는 『블랙 법 사전』을 특히 선호한다. 알리토 판사는 『웹스터 신 국제 사전』 3판과 『랜덤하우스 사전』을 편파적으로 이용하는데 이 둘은 기술주의를 따른다. 브라이어 판사와 사우터 판사는 보다 절충적이다. 두 사람 다 『블랙 법 사전』을 자주 사용하지만 브라이어는 『웹스터 신 국제 사전』 3판과 『옥스퍼드 영어 사전』도 꾸준히 사용하고, 사우터는 『웹스터 신 국제 사전』 2판을 자주 들추는 편이다. 한두 개 사전을 선호한 판사들조차도 절충적이라고 볼 수 있다. 개별 사건들에서는 다른 사전들도 자주 인용하기 때문이다. 판사들은 어떤 단어의 의미를 알아보기 위해 사전을 찾는 게 아니라, 자신이 생각하는 어떤 단어의 의미에 들어맞는 사전을 찾기 때문에 이런 패턴이 나타난다.

판사들은 재판 중 사전에 대해 농담도 한다. '타니구치 대 칸 퍼시픽 사이판 Ltd.' 사건의 구두 변론에서 원고 측 변호인은 피고가 'interpreter'의 정의를 사전 딱 하나, 『웹스터 신 국제 사전』 3판에서만 찾아봤다고 지적한다.

스칼리아 판사: 『웹스터 신 국제 사전』 3판이란 말이죠. 제가 기억하기로 이 사전에서는 'imply'의 정의를 'infer'라고 설명하고—
프라이드: 그렇습니다, 재판장님.
스칼리아 판사: 'infer'의 정의는 'imply'라고 설명하지요. 썩 좋은 사전이 아니에요. (웃음)**

미국에는 동성 결혼에 관한 중요한 판례가 여러 개 있지만, 그중에서도 가장 중심이 되는 것은 네 건의 대법원 판례다. '로렌스 대 텍사스(2003)'에서는 동성 결혼을 직접적으로 허용하지는 않았으나 동성애를 금지하는 텍사스 주법을 번복했다(그 결과가 13개의 다른 주로 확장되었다). '홀링스워스 대 페리(2013)'에서는 (동성 결혼을 금지하는 캘리포니아주 발의안이자 주 헌법 개정안인) 발의안 8호를 번복한 제9구 항소법원의 판결을 지지했다. '미합중국 대 윈저(2013)'에서는 '결혼'과 '배우자'를 이성 커플로만 한정하는 결혼보호법이 수정헌법 5조의 적법절차 조항에 의거하여 위헌이라고 판결했다. '오버거펠 대 호지스(2015)'에서는 적법절차 조항과 수정헌법 14조의 평등보호조항에 따라 동성 커플에게도 결혼할 기본권이 보장된다고 판결했다. 이 네 판결은 모든 주요 사전에서 'marriage'의 정의를 바꾼 뒤에 내

•   스칼리아 판사가 『아메리칸 헤리티지 사전』을 선호한 데에는 합당한 이유가 있다. 그는 용법 자문단의 일원이었다.

••   꼭 그렇진 않다. 『웹스터 신 국제 사전』 3판에서는 'imply'와 'infer'가 같은 뜻이라고 쓰지 않았다. 단, 'infer'의 한 정의에서 'implication'을 사용하고 'imply'의 한 정의에서 'inference'를 사용할 뿐이다. 'imply'와 'infer' 사이의 방화벽은 상대적으로 최근에 만들어졌다. 두 단어는 적어도 17세기부터 밀접히 관련되었으며, 게으름뱅이 셰익스피어는 'imply'를 뜻할 때 'infer'를 쓰거나 역으로 'infer'를 뜻할 때 'imply'를 사용하곤 했다. ('imply'와 'infer'는 같은 상황을 반대 관점에서 기술하는 단어다. 'imply'는 화자의 입장에서 무언가를 말하지 않고 넌지시 암시한다는 뜻, 'infer'는 청자의 입장에서 듣지 않은 것을 추론해낸다는 뜻이다—옮긴이.)

려졌다. 이 네 판결에서 구두 변론이나 판결문, 반대 의견을 통틀어 'marriage'의 사전 정의를 인용한 일은 '오버거펠 대 호지스'에서만 두 차례였다. 로버츠 수석재판관은 결혼(이라는 단어가 아니라 결혼이라는 것)의 제한적 정의를 지지하는 반대 의견에서 1828년 웹스터 사전과 1891년 『블랙 법 사전』을 인용한다. 이 재판에서는 또한 제임스 Q. 윌슨의 『결혼 문제』, 존 로크의 『통치론』, 윌리엄 블랙스톤의 『영국 법률에 대한 논평』, 데이비드 포트의 『결혼과 가족에 대한 창건자들의 관념』, 조엘 비숍의 『결혼·이혼법에 대한 논평』, G. 로비나 콸리의 『결혼제도의 역사』, 키케로의 『의무론』 번역본도 인용되었다. 네 판결의 반대의견 네 개 가운데 사전 정의를 인용한 건 하나뿐이었다.

법조인들과 판사들이 사전 정의를 실제로 찾아본다 한들, 사전은 그들의 의견을 흔들지 못한다. 위의 2013년 연구를 다시 인용하자면 "새로운 사실을 발견하거나 권위를 더하기 위해 사전을 사용한다는 이미지는 신기루에 지나지 않는다". 하지만 결혼을 새로이 정의하는 법원 판결에 화를 내는 사람들에게 이렇게 말한다면? 씨알도 안 먹힐 거다.

야단법석이 시작되고 2주 뒤, 나는 책상에 앉아서 스티븐 콜베어가 솜씨 좋게 이메일 공세를 비판하는 것을 들으며 폭소를 터뜨리고 있었다. 그때 내겐 웃음이 절실히 필요했다. 농담 하나하나, 촌철살인 하나하나가 무더운 여름날의 물풍선 같았다. 콜베어가 말했다. "가장 못된 사실은, 메리엄 웹스터가 사전의 정의를 바꾼 게 지난 2003년의 일이란 겁니다." 이 대목에서 나는 스크린에 대고 소리쳤다. "세상에,

진짜로요! **고마워요!**" 콜베어가 말을 이었다. "그건 제가 기혼자로 보낸 지난 6년 동안, 동성 결혼을 해놓고서도 **몰랐을 수** 있다는 거죠."

봇물 터지듯 웃음이 터져 나오다가, 급기야 눈물이 흘렀다. 내가 아닌 누군가 이 상황을 대놓고 놀리고 있다는 게 즐거웠다. 울면서 들은 말들—우리가 다른 이성적인 단어들을 '게이화engayify'할 수 있는 '동성 사전 편찬자들same-sexicogarphers'이라는 말—은 위안 그 자체였다. 우연히 'marriage' 한 단어에 대한 이메일에 답장했다는 이유로 내가 이 위대한 국가 미국에 신의 심판을 내리고 있다는 말을 2주 내내 들은 뒤, 그만한 약이 없었다.

우리는 아직도 『메리엄 웹스터 대학 사전』에 실린 'marriage'의 정의에 대해 불평하는 이메일을 더러 받지만, 2012년 전후로 불평의 내용은 확 달라졌다. 이제 우리는 미국에서 동성 결혼이 합법화되었으니만큼 두 개의 하위 항목을 하나의 젠더 중립적인 의미로 통합해달라는 요구를 듣는다.

이 책을 쓰는 지금, 'marriage'의 정의는 아직도 두 개의 하위 의미로 나뉘어 있다. 언어는 언제나 삶보다 뒤처진다. '오버거펠 대 호지스' 판결 이후에도 사람들은 'marriage'의 사전적 정의에 대해 논한다. 권위의 목소리가 그들이 옳다는 최종 판결을 내려주길 기다리는 것이다.

그러나 우리, '동성 사전 편찬자들'은 다음으로 넘어갔다. 지금 우리는 **N**으로 시작하는 단어들을 정의하고 있다.

Epilogue
끝내주는 일

사람들은 사전 편찬을 과학적인 일로 생각한다
―사전 편찬에 대해 생각을 한다면 말이지만. 인터넷에 접속해서
'insouciance(태평함)를 정의하라'라고 타자를 치면 구글 서버 주위
를 벌처럼 날아다니는 마법의 알고리즘들이 비밀스러운 춤을 춰서
당신을 위한 정의를 내놓을 거라고 생각한다. 사전 편찬에 대한 현
대의 책 대부분은―놀라겠지만 사전 편찬에 대한 책이 몇 권 있다
―학문적이며, 따라서 그 책에 담긴 정의는 꼭 코딩처럼 보인다. IF
['general' = gradable, comparable, +copula, +very] THEN echo
'adjective' ELSE echo 'adverb.' (어떤 단어가 정도를 매길 수 있고, 비교
가 가능하고, (be나 become처럼 주어와 주격보어를 이어주는) 연결 동사
와 사용될 수 있고, '아주'와 사용될 수 있다면 형용사로, 그렇지 않다면 부
사로 처리하라는 뜻―옮긴이.) 정의의 정확성, 구문 분석 과정에서 사용
되는 논리 조건, 사전 편찬자들이 단어를 분석할 때 사용하는 임상

적 접근법, 심지어 우리가 사전 편찬업에 대해 이야기할 때 사용하는 ('분석', '구문 분석', '임상적', '객관적' 같은) 단어들조차 실험복과 시험관의 영역에서 빌려온 것이다.

그러나 사전 편찬이란 알고 보면 과학적인 과정인 만큼이나 창조적인 과정이고, 이는 좋은 사전이 책상에 앉은 노역자들의 기술로부터 태어난다는 뜻이다. 사전 편찬자들은 자기 일을 '예술이자 과학'이라고 부른다. 우리가 사전을 쓴다는 일의 뼈대에 예술이라는 낡고 해진 코트를 덧씌우는 유일한 이유는 이 일이—정의를 만들어내고, 발음을 샅샅이 찾고, 인도·유럽조어 어원을 밝혀내고, 어떤 단어가 최초로 글에서 쓰인 날짜를 뒤지고, 언어와 씨름을 하는 일이—단지 일련의 규칙을 따르는 일만은 아니라는 뜻을 간단히 전하고 싶어서다.

그러나 내가 이 일을 '예술'이 아닌 '기술'이라고 부르는 건 이 단어에 내포된 의미 때문이다. '예술'은 사전 편찬자가 매체나 전달자라는 이미지를 연상시킨다—미지의 낯선 것을 그대로 전달하는 송전선일 뿐이라고. 그러나 '기술'에는 주의 깊고 반복적인 일, 도제 제도, 연습이 함축되어 있다. 기술은 대부분의 사람들이 접근할 수 있는 범위 내에 있지만, 그 기술이 능숙해질 만큼 충분히 오랫동안 노력을 쏟아 헌신하는 사람은 많지 않다. 단어에 그렇게 헌신한다는 건 정신 나간 짓으로 들릴 테니, 은유를 빌려 말하겠다. 정의를 하는 것은 농구에서 자유투와 같다. 누구나 자유투 선에 서서 한 번쯤 슛을 성공시킬 수 있다. 누구에게나 행운이 따를 수 있다. 그러나 프로는 몇 시간, 몇 달, 몇 년 동안 자유투 선에 서서 공을 던지는 하나의 몸짓이 인간적으로 가능한 한도 내에서 실패하지 않도록, 그것이 거의 두 번째 천성처럼 보이도록 갈고닦는다. 나처럼 균형감각 없는 얼간이는 프로가 자유투에 실패하는 한 번의 드문 사건을 보고 말한다. "지금 **장난해요**? 자유투가 얼마나 쉬운데!"

스티브 페로는 말한다. "저는 목수의 비유를 사용합니다. 처음 프로젝트를 시작할 때는 망설여지죠. 망치가 못을 빗겨가고, 자기가 뭘 하고 있는지도 잘 몰라요. 그때 전문가가 등장하죠. 극복 불가능한 난제로 보였던 것도 그들에겐 이미 다 해본 일이에요. 단어를 정의하는 사람들도 이와 같습니다."

메리엄 웹스터의 과학 편집자인 조언 나르몬타스는 사전 편찬 현업에 얼마간 몸을 담아본 사람답게 말한다. "정의는 하면 할수록 쉬워지는 것 같아요. 누가 제게 정의를 물으면 저는 그냥 이렇게 말해요." 이 대목에서 그녀는 능숙하게 손가락을 튕긴다. "짜잔, 여기 있네요." 스티브는 말하곤 한다. "경험은 능력에 큰 영향을 미칩니다."

우리 현대인들은 예술이 순식간에 만들어진다고 생각한다. 번개가 치고, 전구가 켜지고, 영감이 떠오른다고 말한다. 기술은 내적으로나 외적으로나 시간을 필요로 한다. 기술을 갈고닦을 인내심이 필요하고, 그 기술을 기다릴(그리고 그에 대해 보수를 지불할) 준비가 된 사회가 필요하다.

불행히도 우리는 모두 시간에 쫓기고 있다.

이 책은 사전 편찬자의 관점에서 사전 편찬업이라는 날것의 실체를 다루었지만, 사전 제작과 참고서적 출판이 이윤을 내는 사업이라는 사실을 무시할 수는 없다. 특히 미국 사전은 달러의 노예다. 많은 사람들이 믿는 바와 달리, 우리는 학술 기관의 관대한 후원을 받지 못한다. 미국 사전에서 이루어진 혁신은 대부분 시장 점유율을 늘리고 다른 출판사와의 경쟁에서 이기려는 욕망에서 비롯되었다. 노아 웹스터 시대부터 쭉 그랬다. 당시와 지금의 차이는 사람들이 사전을 소비하고 사용하는 방법일 것이다.

19세기 사전 편찬자들은 책을 출판했고, 독자들은 그 책에 대해 일정한 기대를 품고 있었다. 사전은 몇 년 동안 연구한 성과를 담은 정적인 물건이었다. 사람들은 사전이 필요하면 긴축 재정에 돌입하여 돈을 모았고, 금전적 여유가 없으면 동네 공립도서관에 가서 삐걱거리는 단풍나무 독서대 위에 비치된 사전을 사용했다. 이것이 과거의 사전 소비 방식이었다. 1990년대부터 종이책에서 전자책으로의 느린 이동이 시작되었다. 나는 1990년대 초 고등학교 졸업 선물로 종이 사전을 받았다. [•] 내가 대학 시절 내내 애용한 그 사전은 2000년에 이미 문 받침대 신세로 전락하여 먼지만 쌓이고 있었다. 나는 더 이상 종이 사전을 사용하지 않는다. 온라인 사전을 사용한다.

인터넷은 우리에게 양날의 검이다. 사전 편찬자들은 새로운 자료에 무료로(혹은 거의 무료로) 접근할 수 있고, 사람들이 우리가 만들어 낸 항목을 어떻게 이용하는지 더 잘 이해할 수 있고, 보다 직관적이고 덜 고루하고 덜 난해한 방식으로 사전 정보를 조직하고 보여주는

• 　치욕스러운 고백 하나 하겠다. 그 사전은 『웹스터 신세계 사전Webster's New World Dictionary』였고 나는 그 사전을 아주 좋아했다. 사실 지금도 아주 좋아한다.

유연한 방법을 찾을 수 있다. 공간 제약도 갑자기 없어졌다. 이제는 이해하기 어려운 약자를 풀어 쓸 수 있고, 정의를 할 때도 조금 다리를 뻗을 여유가 생겼고, 예문과 어원 해설도 더 상세히 실을 수 있다. 여기서 줄을 바꾸면 페이지가 넘어가고, 페이지가 넘어가면 우리에게 허용된 분량보다 여섯 쪽이 넘어버리고, 그러면 32쪽짜리 2절판을 더해야 하는데, 그러면 사전 가격도 1달러 올려야 하고, 연구 결과 사람들은 26달러짜리 사전은 사도 27달러짜리 사전은 사지 않는다는 상업적 고려 사항에 이제 연연하지 않아도 된다. 그러나 빠르고 날카로운 인터넷은 출판인들이 올라타서 춤 춰야 하는 칼날이기도 하다. 조금만 움직임을 늦추어도 칼날이 발을 파고들고 만다.

사람들은 인터넷 정보가 종합적이고 무료이고 최신이길 바라며, 그로 인해 참고문헌 출판인들은 곤궁에 처한다. 세상에 완전한 공짜 정보란 없다. 사전은 나 같은 얼간이들이 쓰지만, 아무리 얼간이라도 월급은 받아야 하지 않겠는가. 앞서 언급했듯 좋은 정의를 쓰는 데에는 시간이 걸린다. 사전 편찬자가 평균적으로 근무일 하루에 한 단어를 정의할 수 있다고 가정하자. 이는 한 사전 편찬자가 아무것도 안 하고 정의만 했을 때 1년에 250개 항목을 뽑아낼 수 있다는 뜻이다. 편집자에게 주어진 이 시간을, 구멍 없는 사전을 만들기 위해 신어를 더하는 데 사용할 것인가, 시대에 뒤떨어지지 않는 사전을 만들기 위해 낡은 항목을 갱신하는 데 사용할 것인가? 이것이 사전 편찬자들에게 새로운 딜레마는 아니다—우리가 원하는 걸 전부 할 만큼 시간이 충분했던 적은 한 번도 없었으니. 그러나 인터넷은 시간의 압박을 한결 심화시킨다. 사전은 온라인으로 옮겨가면서 고정된 물건, 가족서가에 보관되어 존경받는 책이 아니라 우리 언어의 변덕스러운 속성을 반영하여 계속 변화하는 연성의 물체가 되었다.

인터넷에는 또 하나의 날이 있다. 인터넷 덕분에 어떤 질문에 대한 답을 찾기 쉬워졌지만, 한편으로는 낱낱이 살펴보아야 할 정보의 양이 너무 많아졌다. 우리 사전 편찬자들은 이를 절실히 느낀다. 조앤 디프레스가 연도를 찾기 위해 출처를 뒤질 때, 에밀리 브루스터가 완벽한 예문을 찾아 나설 때, 닐 서빈이 간단한 단어 하나가 들어간 수십만 개의 인용문 검색 결과를 살펴볼 때, 댄과 존과 크리스토퍼가 과학 항목을 위한 정보를 수집할 때. 검색 결과 여섯 페이지를 뒤져서 무엇이 가장 요구 사항에 적합하거나 가장 신빙성 있는지 비교할 여유가 있는 사람은 아무도 없다. 그래서 우리는 검색 엔진에 그 일을 맡기고 만다. 정보를 찾는 이 새로운 방식은 검색 엔진 최적화라는 게임을 잘 수행하는 자료에 특권을 준다.

물론 과거에도 출판인들은 다른 이들의 창고를 드나들며 일했다. 과거에 그 창고는 우리 제품을 파는 중개자인 서점이었지만, 지금은 구글과 다른 검색 제공자들이다. 닐이 지적하듯 서점과 검색 엔진의 유사점을 찾기는 힘들다. 서점은 이득을 출판사와 간접적으로 공유했다. 책을 사는 사람들이 많아지면 둘 다에게 이득이었다. 그러나 검색 엔진과 인터넷 광고 제공자들은 그런 이득을 공유하지 않는다. 방식이 달라졌다. 인터넷은 사전 업계가 좀처럼 친숙하지 못한 유형의 이용자 참여로 돈을 번다. 에밀리가 말했듯 사람들은 이제 지갑이 아닌 눈으로 돈을 낸다. 이는 광고를 싣는 온라인 사전이 사람들의 눈을 웹페이지에 더 오래 묶어둬야 한다는 뜻이다. 클릭 경제에서 좋은 정의를 쓰는 기술은 중요하지 않다. 중요한 건 인터넷 검색 결과 최상단에 올라가는 데 필요한 조건을 만족시키는 민첩성이다. 바닥에 웅크리고 있길 좋아하는 고리타분한 사전 편찬자들에게 이건 무척 급격한 변화다.

다른 누구나처럼 사전 편찬자들도 더 빨리 움직여야 한다. 솔직히 말해, 이게 우리에게 새로운 압박은 아니다. 과거에도 우리는 단어 하나를 정의할 때마다 상업적 고려 사항들의 무거운 엄지손가락에 짓눌리는 기분을 느껴 왔으니까. 정의를 하는 건 숙련될수록 쉬워지고, 쉬워지면 속도도 더 빨라지지만, 사전 편찬에는 최종 속도라는 것이 있다. 어느 시점을 지나면 속도를 더 높이지 못한다. 아니면, 정의의 질을 타협해야 한다. 닐이 말한다. "정의는 올바로 하는 게 중요합니다." 에밀리가 말한다. "하지만 나는 더 속도를 내고 싶어요." 기술에는 시간이 걸리지만, 시간은 곧 돈이고, 그것이 우리의 전문 분야는 아니다.

이 책 집필을 마무리하던 중, 메리엄 웹스터에서 수십 년 만에 처음으로 대규모 정리해고를 시행했다. 나는 그 소식을 전화로 들었다. 컴퓨터에 정의할 단어가 잔뜩 쌓여 있었고, 나는 하루 종일 그 단어들을 무력하게 뒤적였다. 우리 사무실 사람들은 그날 내내 서로 이메일을 주고받았다. "괜찮아요?" 물으면 메아리처럼 대답이 돌아왔다. **"당신은** 괜찮아요?" 내가 괜찮은지 확신할 수 없었다. 우리 모두, 우리가 괜찮은지 확신할 수 없었다.

메리엄 웹스터의 정리해고 그 자체는 흥미롭지도 특별하지도 않다. 다른 모든 업계에서와 다를 바 없이 진행되었다. 참고서적 출판 업계에서는 정해진 수순이라 할 수 있었다. 언어는 호황이지만 사전 편찬업은 불황이다. 최근 문을 닫은 사전 출판사만 해도 펑크 앤 웨그낼즈Funk & Wagnalls, 랜덤하우스Random House, 엔카르타 Encarta, 센츄리Century 등 여럿이었다. 이것이 이윤 사업의 현실이 다. 잘나가는 일부가 있고, 아닌 일부가 있다. 세상 일이 다 그런 법 이다.

그러나 사전 편찬업에 종사하는 우리들은 해고당한 사람들의 빈자 리를 세 배로 느낀다. 단지 친구를 잃은 게 아니다. 단지 동료를 잃은 게 아니다. 우리는 **장인**을 잃었다. 사전 출판사가 위태로울 때 떠나보 내는 편집자 대부분은 수십 년 간 사전을 집필하고 편집한 경력자고, 그들의 기술은 대체 불가능하다.

에밀리는 말한다. "안타깝게도, 숙련된 사전 편집자가 집필한 사전 의 진정한 강점은 눈길을 끌지 않는 항목에 있을지 몰라요. 'FTW(온 라인 은어로 For The Win(쩐다)의 준말이다. 혹은 For Those Wondering(궁 금한 사람들을 위해), Fuck The World(엿같은 세상) 등의 준말로 사용되기 도 한다—옮긴이)'가 무엇의 준말인지는 수십 개의 온라인 약어 사전에 서 바로 찾아볼 수 있죠. 하지만 'disposition(기질, 성향, 배치)'이 무슨 뜻인지 알고 싶다면, 정말로 잘 쓴 정의가 필요해요." 에밀리는 잠시 생각에 잠겼다가 말을 잇는다. "저는 'build-out(어떤 건축물이나 체계를 사용할 수 있도록 완성시키기까지의 작업)'의 정의를 정말, 정말 열심히 썼지만 아무도 이 단어의 정의를 꼼꼼히 살펴보지 않았으리라 확신 해요."

스티브는 말한다. "때로는 절망을 느낍니다. 사람들이 사전을 만들고 특정 항목을 집필하는 데 들어간 노력을 인정하지 않는다는 생각이 들어요. 사전 뒤의 모든 건—보이지 않는달까요. 사람들은 사전을 대체로 당연하게 주어진 것으로 여겨요. 누군가 사전을 집필했고 그 과정에서 많은 결정을 내려야 했다는 사실을 잘 생각하지 못해요. 오류는 발견해도 탁월함은 발견하지 못하죠. 탁월한 사전이란 그냥 오류가 없는 사전이니까요." 스티브가 말을 잇는다. "누군가 사전을 찾아보고 탁월한 정의에 감명받은 나머지 옆 사람에게 소리내어 읽어주면서 '이것 봐요, 훌륭하지 않아요?'라고 말한 건 언제가 마지막이었을까요?"

매들린이 고개를 끄덕인다. "사람들은 사전이 그저 돈값을 하기만 기대하죠."

우리 노역자들은 불만에서도 긍정적인 면을 찾아내는 법을 배운다. "독자 편지는 아무리 불만투성이라도 사전이라는 존재에 대해 무릎을 꿇고 예를 표하는 셈이에요." 에밀리의 말이 맞다. "사전이라는 개념은—사전을 하나의 물체로 보는 개념은—앞으로도 오랫동안 유효할 거예요." 사전을 파는 이윤 사업은 끊임없이 격변하고 있지만, 사전을 편찬하는 일은 격변 속에서도 꿋꿋이 버티고 있다. 우리 메리엄 웹스터 직원들은 모두 상처 입었고 아직까지 입 안에 피 맛이 돌지만, 호빗 굴에 옹송그린 다른 사전 편찬자들처럼, 다 같이 앞으로 나아가고 있다.

스티브는 매들린'과 나와 함께한 저녁 식사에서 메리엄 웹스터에서 일하게 된 이야기를 들려준다. 그는 광택이 도는 회의실 탁자나 인용문 파일만큼이나 메리엄 웹스터에 태생부터 뿌리박은 사람처럼 보이지만, 처음 우리 회사에 지원했을 때는 고배를 마셨다. 다른 편집자가 채용되었고 스티브는 다시 신문 구인광고란을 훑기 시작했다. 여섯 달 뒤 한 편집자가 퇴사하자, 메리엄 웹스터에서는 스티브에게 채용하겠다고 전화를 걸었다.

"당시에 나는 백수였어요. 핼러윈 오후, 저는 키우던 개와 단둘이 집에 앉아 〈애즈 더 월드 턴즈〉를 보고 있었죠. 전화가 와서 받았어요. 프레드 미시가 자기와 함께 일하겠냐고 묻더군요. 월급은 보잘것없었어요. 우스갯소리 수준이었죠. 하지만 저는 메리엄 웹스터에 취직하는 것이 제 삶에서 일어난 가장 중요한 사건이라는 걸 알았어요. 막 인생이 바뀐 기분이 들었습니다. 경이로운 순간이었어요. 저는 제안을 받아들이겠다고 말하고, 부둣가로 걸어가서 바다를 바라보았어요. 인생이 이제 막 시작되는 걸 느꼈습니다. 정말 끝내주는 일이었어요."

상업적 고려 사항을 제쳐두면, 영어라는 근사하고 음탕한 언어를 다루는 우리 회사에서 일을 한다는 건 정말로 끝내주는 일이다. 우리는 돈이나 명예를 위해 일하지 않는다. 우리는 영어가 주의 깊은 관찰과 보살핌을 받아 마땅한 언어이기 때문에 일한다. 스티브는 책상

·   스티브와 매들린은 매들린이 입사하고 몇 년 뒤 결혼했다. 두 사람은 자리가 가까웠고, 서로에게 자신이 쓴 정의를 보여주곤 했다. 메리엄 웹스터에는 이들 말고도 편집자 커플이 몇 쌍 있다. 본디 닮은 사람들끼리 이끌려, 서로를 더 깊은 심연 속으로 끌어당기는 법이다.

에 구부정하니 앉아 'but'이나 'surfboard'나 'bitch'나 'marriage'의 파편들을 손끝으로 그러모아 살피며 외로운 목요일을 보내본 모든 무해한 노역자들의 마음의 소리를 이 한마디로 대변한다. "이게 제가 하는 일입니다. 이게 제가 세상에 나름대로 사소하게 기여하는 방법이지요." 영어는 계속 앞으로 나아갈 것이고, 우리 노역자들은 계속 영어의 꽁무니를 따라다닐 것이다. 험한 지형을 만나면 조금 뒤처질지 몰라도, 우리는 언제나 존경을 담아 눈을 크게 뜬 채, 고요히 추적을 계속할 것이다.

감사의 말(알파벳 순)

agent \ˈā-jənt\ *n* **-s** :

(예술가, 작가, 혹은 운동선수 등) 누군가의 대변인으로 활동하며 고객을 격려하고, 보호하고, 고객에게 조언을 하거나 고객의 엉덩이를 걷어차주는 사람 〈나의 **에이전트** 컴패스 탤런트 소속의 헤더 슈로더가 아니었더라면 이 책은 시작조차 못했을 것이다.〉

col·league \ˈkä-(ˌ)lēg\ *n* **-s** :

직장 동료; **특히** : 업무 경험, 지식, 바람직한 침묵, 때로 초콜릿을 공유하는 사람들 〈감사하게도 사전 편찬에 관해 이야기를 들려준 내 **동료들**은—E. 워드 길먼, 에밀리 베지나, 에밀리 브루스터, 피터 소콜로프스키, 대니얼 브랜던, 캐런 윌킨슨, 조슈아 귄터, 제임스 레이더, 조앤 디프리스, 닐 서빈, 스티븐 페로, 매들린 노박, 스티브 클라이네들러, 제인 솔로몬은—모두 아주 오랫동안 혼자만의 시간을 즐길 자격이 있다.〉 〈메리엄 웹스터, 아메리칸 헤리티지 딕셔너리즈, 옥스퍼드 대학 출판사, Dictionary.com의 모든 **동료들**은 내 기억을 더듬고 빈틈을 채우고 이 책을 쓰는 동안 내가 정신줄을 붙잡을 수 있도록 귀중한 도움을 주었다.〉 —'friend' 참조

ed·i·tor \ˈe-də-tər\ *n* **-s** :

(책이나 다른 인쇄 매체 등) 무언가를 출판할 수 있도록 준비하는 사람; **특히** : 글을 수없이 읽고, 수정하고, 각색하고, 교정하는 동시에 저자에게 글이 좋지만 아직 **좋지** 않다고 확신시키는 사람 〈판테온의 든든하고 참

을성 있는 **편집자** 앤드류 밀러는 참으로 귀중한 존재였다.〉〈판테온의 또 다른 **편집자** 에마 드라이즈는 내 글을 보며 적확한 질문들을 던져주었다.〉〈이 책의 특별히 까다롭고 횡설수설하는 몇 부분의 문장을 살펴봐 준 **편집자** 로라 M. 브라우닝에게 깊은 감사를 전한다.〉—**기적을 행하는 자**라고도 불림

fam·i·ly \ˈfam-lē\ *n* **-lies** :

1 a : 공통의 조상을 둔 사람들 〈나는 스탬퍼와 베니 양쪽 **가족**들의 응원에 감사한다.〉 **b** : 서로 관계를 맺고 아주 지저분한 집에서 함께 사는 사람들 〈때때로 나의 **가족** 안사, 힐야, 조쉬의 응원은 내가 계속 글을 쓸 수 있게 하는 유일한 원동력이었다.〉〈내가 이 책을 쓰는 1년 동안 피자와 포테이토칩과 살사만 먹고 산 우리 **가족**에게 미안하다.〉 **2** : 공통의 소속과 서로에 대한 사랑으로 묶인 사람들 〈시티 처치 필라델피아의 **가족**들은 격려로 나를 지지해주었고, 내가 책을 쓰는 것이 얼마나 어려운가에 대해 우는 소리를 하지 못하게 했다.〉

friend \ˈfrend\ *n* **-s** :

특히 감정적·물리적·영적·미식적 지지를 제공함으로써 (책을 쓰는 일 등) 무언가를 찬성하거나 촉진하는 사람 〈지금 독자의 손에 이 책이 들려 있는 것은 케이티 로든, 애비 브라이트스타인, 맷 더브, 빌리 페어클로스, 기도하는 여인들, 도싯 5 + 1 크루를 비롯하여 많은 **친구**들의 고요한 인내와 부드러운 격려 덕분이다.〉

men·tor \ˈmen-ˌtór, -tər\ *n* **-s** :

믿음직한 상담역 혹은 안내자; 특히 : 많은 경험과 지혜로 더 젊거나 미

숙한 사람을 아무리 짜증스러워도 가르치고 이끄는 사람 〈나는 매들린 노박, 스티븐 페로, E. 워드 길먼을 사전 편찬업의 **멘토**로 의지할 수 있어 행운이다.〉—'friend' 참조

re·treat \ri-'trēt\ *n* **-s** :

보통 환경에서 벗어난 사적인 장소; **특히** : (책을 쓰거나 집주인의 음식을 모조리 먹어치우는 등) 특정 목적을 달성하기 위한 고요한 장소 〈내가 글을 쓰고 대화를 나눌 수 있는 **피난처**를 제공해준 앨리슨 파쿠스카와 제임스 매티슨, 브루스터-얀케 가정에 깊은 감사를 표한다.〉

won·der \wən-dər\ *n* **-s** :

1 : 경악이나 동경의 원인 : 경이 2 : 기적 〈내 남편이자 친구이자 창의적 노력을 함께하는 동료, 내게 매일 **경이**를 안겨주는 조쉬 스탬퍼에 대한 마음은 백 마디 말로도 담을 수 없다.〉

옮긴이 **박다솜**

번역가. 사전 속 발음기호에 매료되어 수집하듯 여러 외국어를 공부했고, 서울대학교 언어학과에 진학해서 문장을 도해하고 단어의 품사를 정확히 판정하는 기술을 배웠다. 번역을 시작한 이래 매일 영어와 한국어 사이에서 외줄타기를 하는 스릴을 즐기고 있다. 옮긴 책으로는『관찰의 인문학』,『죽은 숙녀들의 사회』,『여자다운 게 어딨어』,『원더 우먼 허스토리』,『독립 수업』,『나는 뚱뚱하게 살기로 했다』,『암호 클럽』시리즈 등이 있다.

매일, 단어를 만들고 있습니다

펴낸날 초판 1쇄 2018년 5월 20일
　　　　초판 2쇄 2018년 6월 20일
지은이 코리 스탬퍼
옮긴이 박다솜
펴낸이 이주애, 홍영완
책임편집 선세영
마케팅총괄 김진겸
펴낸곳 윌북 출판등록 제406-2004-17호 주소 10881 경기도 파주시 회동길 209
전자우편 willbook@naver.com
전화 031-955-3777 팩스 031-955-3778 블로그 blog.naver.com/willbooks
포스트 post.naver.com/willbooks 페이스북 @willbooks
트위터 @onwillbooks 인스타그램 @willbook_pub
ISBN 979-11-5581-153-5 (03800) (CIP제어번호: CIP2018013006)
책값은 뒤표지에 있습니다. 잘못 만들어진 책은 구입하신 서점에서 바꿔드립니다.